REFLECTION

{不重要}

The Devils *of* Loudun

A True Story *of* Demonic Possession

Aldous Huxley

The Devils *of* Loudun

A True Story *of* Demonic Possession

卢丹的恶魔

法 国 神 父“附 魔” 案

Aldous Huxley

［英］阿道司・赫胥黎－著

庄蝶庵－译

北京时代华文书局

Aldous Huxley

The Devils of Loudun

据伦敦Chatto & Windus，1952译出

Aldous Huxley

阿道司·赫胥黎

Urbain Grandier

于尔班·格兰第

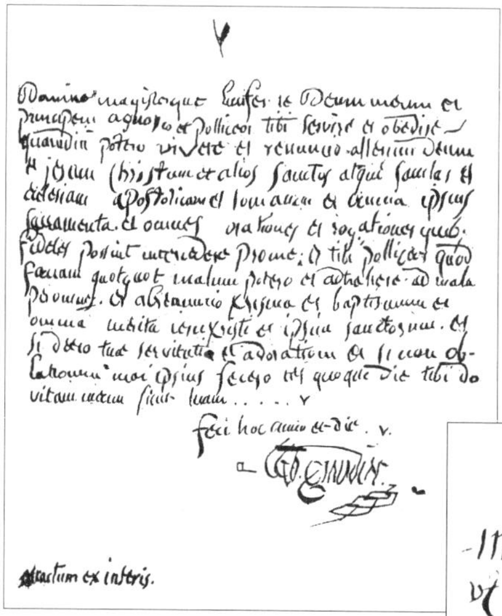

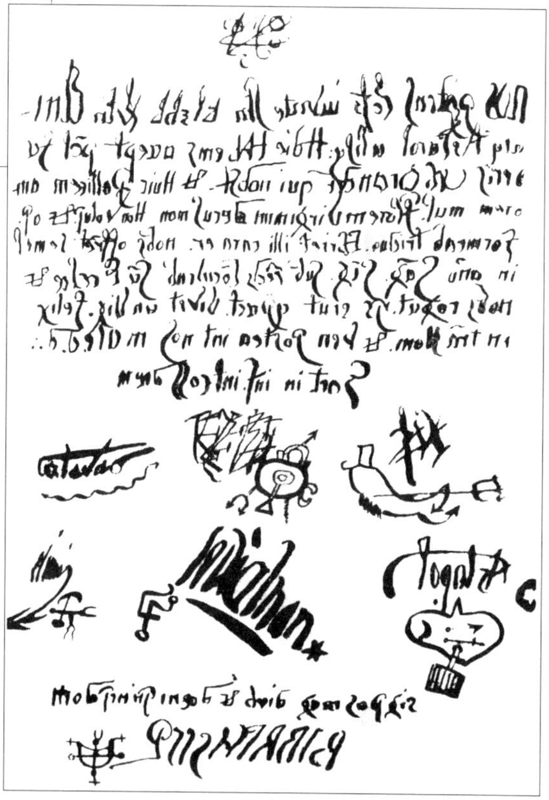

于尔班·格兰第和魔鬼用拉丁文签订的

“契约”，落款还有群魔的签名。

Jeanne Des Anges

让娜·德·艾格丽斯

Jean-Joseph Surin

让-约瑟夫·绪兰

“刽子手走上前，举起了笨重的木槌，就像一个人劈开一块结实的木材那样，用尽全身之力，将木楔敲了进去。”

“在一阵不可控的愤怒之下，他从柴火堆上跳下来，抓起一把稻草在火盆中点燃，在犯人面前挥舞着火焰。”

Chapter Ⅰ

第一章

1605年，讽刺作家、未来的主教约瑟夫·霍尔[①]初次踏上了佛兰德斯[②]的土地。他写道："我们一路看见，不知有多少教堂遭焚毁，只剩下残灰余烬以告知路人，虔诚与仇恨曾并行于世。天啊，战争[③]的步履何等残酷！……令我惊讶的是在教堂纷纷倒下之时，耶稣会[④]学院却遍地兴起。每一座城市都有这样的学院，或在修建中，或在运营中。是何原因？莫非对宗教的虔诚不如现世政治要紧？一如我们形容狐狸的那样，耶稣会里都是些愈挫愈强的人。本来世上并无人像他们那样自轻自贱，也无人像他们那样遭人仇恨，更无人像他们那样被我们抵制，但不料这

---

① 约瑟夫·霍尔（Joseph Hall，1574年—1656年），英国讽刺作家、伦理学者，晚年成为英国诺维奇圣公会主教。

② 佛兰德斯（Flanders），中古欧洲的封建诸侯国家，泛指古代尼德兰南部地区，位于西欧低地西南部、北海沿岸，包括今比利时的东佛兰德省和西佛兰德省、法国的加来海峡省和北方省、荷兰的泽兰省。

③ 八十年战争（1568年—1648年），是荷兰清教徒反抗西班牙统治者的战争，又称荷兰独立战争。战争期间，英格兰王国与西班牙王国之间亦有未经正式宣战的间歇性冲突，史称英西战争（1585—1604），起于英格兰在莱斯特伯爵的指挥下远征荷兰、拥护荷兰议会抵抗西班牙的统治。

④ 耶稣会，天主教修会，1534年由圣罗耀拉在巴黎大学创立。

些邪恶的种子最终还是生根发芽了。”

耶稣会的壮大，理由其实很简单，也很充分：民众需要他们。

霍尔和他那一代人再清楚不过了，耶稣会的神父们视“现世政治”为首要宗旨。他们之所以建起学校，目的只是在于加强罗马天主教会的力量以对付其敌人，即那些“自由派”以及新教徒。耶稣会希望通过教育创造出一个有知识的教友阶层，并使这一阶层愿意全心保障教廷的利益。按照切瑞蒂[①]的说法（这一说法曾让义愤填膺的米什莱[②]歇斯底里）便是：“我们将婴儿的四肢包裹在摇篮中，是为了塑造他们健全的形体；如此说来，人从幼时开始，就有必要约束他的意志，以保证其一生顺从、幸福并且健康。”只是，耶稣会想要控制民众的动机虽然足够强烈，但他们布道的手段却未免太过柔弱了。耶稣会培养出的优秀学生，虽然其意志受到了种种束缚，但最终还是逃离了学校，成为了自由的思想者，甚至有些人像让·拉巴底[③]一样，转身成为了新教徒。可见，从“现世政治”的角度考虑，耶稣会的这套体系，从未像其始创者期望的那般高效运转。

民众对政治不感兴趣，他们只对好学校感兴趣，因为男孩们可以在其中学到所有该学的知识——一位绅士照理是要掌握这些知识的。与其他绝大多数教育机构相比，恰恰是耶稣会满足了民众的这一需求。

---

① 切瑞蒂（Joseph-Antoine-Joachim Cerutti，1738年—1792年），生活在法国的意大利耶稣会修士、作家、政治家。

② 儒勒·米什莱（Jules Michelet，1798年—1874年），法国历史学家，被誉为“法国史学之父”。

③ 让·德·拉巴底（Jean de Labadie，1610年—1674年），法国人，原为耶稣会修士，后改宗皈依新教。1669年，新教建立了以其名字命名的教派“拉巴底派”。

伏尔泰曾写道:“在耶稣会的屋檐之下，历经七个寒暑，我究竟观察到了什么？我观察到的是一种追求自控、勤奋、有序的人生观。神父们用尽一整天的时间，要么致力于传授知识给我们，要么严格按照入会的誓言自我苦修。成千上万像我一样受其教育的人，都能为我作证。”伏尔泰的回忆证明了耶稣会的教育方法确有其卓越之处，可伏尔泰的一生却恰恰印证了耶稣会政治目的的破产。要知道，耶稣会的教育方法，原本就是为达到其政治目的而设立的。

在伏尔泰求学的时代，耶稣会学院是很常见的教育机构。更早一个世纪，耶稣会学院的种种优点看起来似乎是积极的，并带有变革的意味。当时，社会上绝大多数的教员对一切都是外行，却唯独善用桦木条鞭打学生。相对而言，耶稣会学院里的训练方法就人性化多了。学院的教师也都经过精心挑选，并且接受了系统的培训。神父们则教授非常优雅的拉丁文，最新的光学、地理学、数学知识，以及“戏剧”（学院期末的“戏剧演出”相当有名）、礼仪、虔敬（对教廷的虔敬，至少在亨利四世改宗[①]之后的法国是这样）和对皇权的服从。因此，法国上层阶级中的模范家庭对耶稣会学院颇为青睐：那些心软的母亲们，一想到自己的心肝宝贝要受到老式棍棒教育的折磨，就不寒而栗；那些博学的神父舅舅们，则关心自己的外甥是否能得到纯正教义的熏陶，从而培养出西塞罗[②]

① 亨利四世（Henry IV，1553年—1610年），法国国王，法国波旁王朝的创建者。法国是一个天主教国家，但亨利四世却是新教徒。1593年，亨利四世宣布改宗天主教，五年后颁布了“南特敕令”，宣布天主教为国教，但同时给予新教徒充分的信仰自由，促进了法国的宗教宽容。

② 马库斯·图留斯·西塞罗（Marcus Tullius Cicero，公元前106年—公元前43年），古罗马著名政治家、演说家、雄辩家、法学家和哲学家。

式的风格；最后，还要归因于那些父亲们，他们身为爱国的官吏，自然赞成君主制，同时作为精明的布尔乔亚，他们又指望“耶稣连队”[①]的人脉可以帮助自己的儿子找到一份工作——或是在法庭上拥有一席之地，或是得到一个清闲且报酬丰厚的神职岗位。举个例子，鲁昂市的高乃依先生，一位皇家律师，和他的妻子玛莎·勒·佩桑，相信他们的儿子皮埃尔[②]定有远大的前途，于是决定送儿子到耶稣会学院去求学。还有雷恩市议会的参赞，约阿希姆·笛卡尔先生，1604年，他带着幼子勒内[③]——一个聪明的八岁小家伙——到拉弗莱什市新开的耶稣会学院就读，该学院由皇家捐赠建立。大约在同一时期的桑特市，博学的加农·格兰第先生有一个侄子名叫于尔班，于尔班的父亲也是一名律师，虽不如高乃依和笛卡尔那般显贵，却也很有名望，受人尊重。当时，于尔班十四岁，极其聪明，理应接受最高明的教育。想在桑特市附近获得最好的教育，唯一的选择就是位于波尔多的耶稣会学院。

波尔多的耶稣会学院在教育界声名卓著，设有一所高中、一所文科学院、一所神学院，以及一所专为培养已授圣职研究生的高级研修所。早慧的于尔班·格兰第在耶稣会学院里学习了十几年，从起初的学童，一路成长为大学生、神学生。1615年，他被授予圣职，正式成为一名耶稣会修士。倒不是说他渴望加入这支“连队”，因为他并未感到蒙神呼召，更无意服从于苛刻的清规戒律。没错，相较于遁居修会，他更擅长

① 耶稣连队，the Company of Jesus，耶稣会对自己的另一种称呼。

② 皮埃尔·高乃依（Pierre Corneille，1606年—1684年），法国悲剧作家，与莫里哀、拉辛并称17世纪法国三大戏剧家。

③ 勒内·笛卡尔（René Descartes，1596年—1650年），法国哲学家，西方现代哲学的奠基人。

尘俗布道。以他的天赋，再加上教廷内最强大组织的庇护与推动，他似乎前途无量。或许他可以担任某个大贵族的家庭神父，成为未来法兰西元帅的家庭教师，甚至最后有望成为红衣主教；或许他有机会受邀，在众多主教、公主，甚至是王后陛下本人面前，展现他震撼人心的雄辩术；或许他有机会肩负外交使命，被授予高官，或挂一闲职大发其财。以上各种可能性，油水都不少。也有可能——可能性甚微，毕竟他并非出身贵族——在他的垂暮之年，某位慷慨的主教会为他的生活锦上添花，使他愈发富足美满。

在他职业生涯刚刚开始的时候，境况相当顺利，似乎最乐观的预期都水到渠成地实现了。经过两年神学、哲学的高级研修，当时年仅二十七岁的年轻神父格兰第就因其多年的勤奋与善行而受到嘉奖。“耶稣连队”奉上大礼，提拔他担任马尔什省[①]圣皮埃尔教区的教区长，赴卢丹[②]事工，听起来位尊权重；同时托“耶稣连队”这位大恩主的福，他被任命为圣十字学院教堂的教士。脚已经踏在梯子上，他所要做的不过是拾级而上罢了。

卢丹，你的新神父骑着马，步履铿锵，向他的归宿徐徐走来了。

卢丹是座小城，依山而建。至高处是两座高塔，其一是圣彼得教堂的尖塔，另一座是栋宏伟的中世纪城堡的主楼。如果将这两座高塔视为社会的某种象征或符号，那么，卢丹的这两座标志性建筑多少就有些落伍于时代了。虽然那座尖塔仍旧向城市投下它哥特式的幽灵，并任由它

① 马尔什省，法国旧省。

② 卢丹，法国西北部城市，旧属普瓦图省。另，宗教上划分的教区和政府划分的行政区域并不完全一致。

肆意横行，但城中相当一部分市民可是胡格诺派[1]，他们痛恨这塔所属的天主教会。普瓦捷伯爵在很久以前所建的那座庞大城堡，则依然实力强大，但是，黎塞留[2]很快将要掌权了，地方自治、外省城堡的黄金时光已然屈指可数。

我们这位还对此一无所知的新神父，骑马踏入的不单是宗教战争的最后一幕，也是民族革命的开场。

城门处，一两具腐烂的尸体悬挂在市政府的绞刑架上。城墙之内，街道照例肮脏不堪；空气中也照例弥漫着种种味道：柴火的烟味、屎溺味、鹅肉味、熏香味、烤面包味、马骚味，等等，诸味杂陈；猪与不洗澡的人们比肩而行。

农夫、工匠、雇工、仆佣，这些底层的穷人默默无闻，可以忽略不计，但却是这座城市一万四千人中的大多数。阶级地位稍高些的是一些店主、熟练的手艺人和小官僚，他们没有安全感，聚在一处，勉强维持着最底层布尔乔亚的体面生活。而那些大商人、专业人员（律师一类）、小贵族与大农场主（他们在所处的等级中算是素质较高的）、封建主和贵族神职人员，则居于那两类人之上，完全受其供养，享有无可争议的特权，以“君权神授”的名义统治着他们。

除了偶然能见到的几块文化与才智的绿洲外，卢丹城中的思想气氛偏狭守旧得令人窒息。富人们终日盘算的不过是金钱、财产、权力和特权，他们对这些有用不完的热情。城中最多有两三千人能支付得起诉

① 胡格诺派，16至17世纪由法国新教徒组成的一个教派，受加尔文思想的影响，反对君主专制。

② 黎塞留（Richelieu，1585年—1642年），法王路易十三的宰相，枢机主教，他在当时的法国政务决策中具有主导性的影响力。

讼费，或者需要专业的法律咨询。因此，卢丹城的法律专业人士构成如下：大律师不少于二十名，初级律师不少于十八名，法警不少于十八名，公证人不少于八名。

在全身心地关注财富之外，人们如果还有剩余的时间和精力，就用于老一套的消遣活动，比如周期性的狂欢、骤然发作的对家庭生活的热情，或邻里间的嚼舌根，或沉湎于繁琐的宗教程序，或陷于无穷无尽、尖酸刻薄的神学争论之中（当然，卢丹原本就是一个自相纷争的城市）。

并无证据表明，神父在此地任职期间能拥有什么地位；也无证据表明，此地有什么真正的精神信仰。只有一些“卓异”的个体对精神生活有广泛的关注，他们凭直接经验便认定上帝是个灵，需以精神去信仰。由此可见，卢丹市内流氓恶棍很多，但好歹还有一些正直的、好心的、虔敬的，甚至献身信仰的人。可惜，此地并无圣徒，也无一男半女可以仅凭一己之力，以自我验证的方式洞彻永恒的真实，并与这神圣的土地相融合。需要再过六十年，在卢丹的民众历经了最苦痛的身心折磨后，才会有这样一个人出现在城中，她名叫路易丝·德·特荣谢。在卢丹的医院里，她一面献身于治病救人的工作，又一面成为了人们一段紧张、热切的精神生活的中心人物。那时，卢丹城中的人们，不分年龄，不论等级统统汇集而来，向她询问有关上帝的事，恳求得到她的建议与帮助。路易丝曾经写信给她远在巴黎的告解神父：“这里的人们如此爱我，让我感到万分羞愧，因为我一谈到上帝，人们便深受感动，以至开始痛哭。我担心他们由此对我萌生好感。”于是她渴望逃离，想躲藏起来，但卢丹城里虔诚的人们又让她动弹不得。经她的祈祷，患者便常被治愈。这令她羞愧难当，因为人们认定这是她造就的奇迹。她写道：“倘若我果真创造过奇迹，我当认定自己遭了诅咒。”后来，她接到命令离开了卢丹。对于卢丹人来说，一时之间，似乎再没有一扇窗户能被圣光照亮。不久之后，这股狂热便冷却了，卢丹市民献身精神生活的决心也随之灰飞烟灭。卢丹市重归故态，而这种故态，正是六十年前于尔班·格兰第骑马进城时所见到的。

格兰第神父初到卢丹时，市民对他的看法分为两派。绝大部分虔诚的女性支持他，因为前任的本堂神父是一个步履蹒跚、可有可无的老东西；而这位新来的却是正当盛年的男人。他高大、健壮、仪表堂堂（按当时某个人的说法，甚至有些王者尊严），有一双又大又黑的眼睛；在他的四角帽下，还有一头浓黑茂密的鬈发；他天庭饱满，鹰钩鼻，嘴唇红润、丰满、灵活。他的下巴上留着著名画家凡·戴克那样优雅的胡须，上唇胡须经过勤勉的打理，并涂以发油，使其尖端上翘，沿着两个鼻翼，遥遥相对，就像两个迷人的问号。读过《浮士德》的人若看到他的画像，会以为此人是另一个靡非斯特[①]，多一些肉欲，多一些和蔼，却比原著人物少那么一点点聪明劲儿——不过他穿着的可是神父的华服。

格兰第的外表已经如此迷人，举止也彬彬有礼，言谈更是妙趣横生，正是善于社交的人才。他从容不迫地赞美着女性，倘若被赞美的妇人恰好可称得上是一位美人，那么他的目光可就比他的言辞要显出更多的奉承之意了。显然，新任教区长对辖下女性教民的兴趣，已经远远超过了单纯的宗教性质。

格兰第生活在一个时代的破晓时分，这个时代，不如就称之为“体

① 《浮士德》中的魔鬼。

面的时代”。

其实，贯穿整个中世纪以及早期现代社会，罗马天主教的教义与单个神职人员的实际行为之间，始终存在一个巨大的鸿沟，无法逾越——似乎也没有逾越的可能性。那时，绝大多数神父，无论是最高级的神职人员，还是最低层次的修道士，都是彻头彻尾的寡廉鲜耻之辈，但中世纪或文艺复兴时期的任何一位艺术家却都视其为理所当然。教会的腐朽招致宗教改革，而宗教改革也引来了“反宗教改革”。在特兰托公会议[①]之后，无耻的教宗越来越少见。直到十七世纪中叶，教廷彻底灭绝了无耻教宗的邪恶种子。即使还有一些因贵族子弟身份而得以升迁为主教的人，此时也努力使自己的举止端庄。而对于低层的神职人员，胡作非为也得到了遏制，一方面，是因为教会机构对这种行为的监管更加敏锐和高效；另一方面，则是由于耶稣会、奥拉托利会等组织内部也萌发了自我洁净的极大热情。

在法国，国王利用天主教，以新教徒和大贵族的利益以及地方自治传统为代价，来强化中央集权，但对神父们的体面与否却给予了特别关注。因为倘若神父们犯有秽行，那么民众就不会尊重教会。在一个不仅信奉“朕即国家[②]”，也信奉“朕即天主教会”的国度，对教会不敬，即是对国王不敬。

培尔[③]曾经在他那部伟大辞典中某处冗长的注脚里写道：“我记得有一天，我问一位绅士（此人曾告知我无数有关威尼斯僧侣荒谬行径的故

① 特兰托公会议，1545年至1563年，由教宗庇护四世在意大利特兰托主持召开的罗马天主教会的第十九次大公会议，会议决定采取一系列反新教改革措施。

② 法国国王路易十四（1638年—1715年）的名言。

③ 皮埃尔·培尔（Pierre Bayle，1647年—1706年），法国哲学家、作家，其开创性的工作是编著了《历史与批判辞典》，于1697年出版，文中提到的“伟大辞典”即指此书。

事），参议院怎么能够容忍这些怪胎，他们对宗教与国家的荣耀都毫无益处。此人回答，为了社会福祉，君主们不得不利用这种亵渎行为。听来是一个谜语。他又给我做了解释，说神父们和僧侣们被人民唾弃，参议院正乐得不行，因为如此一来，他们就没法在人民中间发动叛乱了。他又说，耶稣会的人之所以不招君主待见，原因之一就在于他们恪守教规，势必更受下层人民的尊崇，也就更易发动叛乱。"

但在整个十七世纪，法国政府对神父们胡作非为的态度，却与威尼斯参议院的态度截然相反。后者害怕教廷的侵扰，乐意见到神父们行为谬乱如猪，对可敬的耶稣会却不待见。而法国国王因其政治上的强大，且"高卢主义"[①]根深蒂固，实在没理由害怕教宗，反而觉得天主教会作为一种统治手段极其有用。因此，法国看重耶稣会，并抵制神父的胡作非为，或至少反对他们的言行失检。

格兰第这位新任教区长开始他的职业生涯时，神父们的各种丑闻虽仍常见，但却越来越受到有权势之人的厌恶。比格兰第年纪略小的同代人让-雅克·布夏尔[②]在自传中回顾了自己的少年时代和青年时代，他留下的是一份不偏不倚、完全客观、毫无忏悔之情、全然不顾道德评价的档案，以至于十九世纪的学者们仅在私人圈子里传阅，并对这位作者难以言尽的堕落行径予以严厉的批评。但是，对于深受哈维洛克·艾利

① 高卢主义（Gallcanisme），法国教会和政府用来限制教宗权力的政策，具有鲜明的法兰西民族主义色彩，它既是一种民族主义的宗教教义，又是一种王权主义的政治学说，与教宗权力至上主义（Ultramontanisme）对立。法王查理七世在1438年颁布的《布尔日国事诏书》中，宣称教宗应服从普世会议，教宗权限应由国王决定。高卢主义主要有三个特点：法国君主的世俗权力不受干预；普世会议高于教宗；教士与国王联合反对教宗干涉法兰西内部事务。

② 让-雅克·布夏尔（Jean-Jacques Bouchard，1606年—1641年），法国色情作家。

斯[①]、克拉夫特-艾宾[②]、赫希菲尔德[③]、金赛教育的现代人来说，布夏尔的著作已经不再那么令人厌恶了。虽然此书已不再使人震惊，但现代人读了必定还是会有些吃惊。当人们发现，路易十三治下的臣民描述异常性行为时所用的语言如此平淡，不带情感，就像当今女大学生回答人类学家的调查问卷时所用的语言，或像一位精神病医生录下一个病例时所用的语言，这还不够人们吃一惊的吗？

笛卡尔比布夏尔大十岁，但是早在这位哲学家开始解剖翻滚的活物——老百姓称之为阿猫阿狗——之前，布夏尔就已经在他母亲的女仆身上进行了一系列精神—化学—生理的实验。布夏尔初次注意到这个女孩时，她还是虔诚的，甚至贞烈到带有攻击性，但布夏尔具有巴甫洛夫[④]那样的耐心和聪明，他成功地将女仆由盲目的宗教信仰者，驯化为了一个自然哲学的信徒。因此，她自愿从事这种实验，并且为此做好了被观察与实验的准备。在布夏尔床边的桌子上有六部对开本的图书，都是关于解剖学和医学的。这位古怪的实验者，可以说是普洛士与巴德尔士[⑤]的先驱，他在与女仆的两次幽会之间，甚至在两次尝试性的爱抚之间，都会打开威廉·哈维[⑥]、费尔内尔[⑦]或费尔南德斯的书，查阅相关篇章、小节

---

① 哈维洛克·艾利斯（Havelock Ellis，1859年—1939年），英国医生、性心理学家和社会改革家。

② 克拉夫特-艾宾（Krafft-Ebing，1840年—1902年），德国神经学家，以研究性异常著名。

③ 马格努斯·赫希菲尔德（Magnus Hirschfeld，1868年—1935年），德国医生和性学家。

④ 伊凡·彼德罗维奇·巴甫洛夫（Ivan Petrovich Pavlov，1849年—1936年）苏联生理学家、心理学家、医师、高级神经活动学说的创始人，高级神经活动生理学的奠基人。

⑤ 赫尔曼·海因里希·普洛士（Hermann Heinrich Ploss，1819年—1885年），德国妇科医生和人类学家，与巴德尔士合著有《妇女》一书，后者生平不详。

⑥ 威廉·哈维（William Harvey，1578年—1657年），英国医生，实验生理学的创始人之一。

⑦ 让·费尔内尔（Jean Fernel，1497年—1558年），法国医生。

或片段。不过，他与绝大多数其同时代的人不同，绝不迷信任何权威。

莱蒙纽斯[①]与罗德里格斯·德·卡斯特罗[②]或许会说，他们对月经感兴趣是因为月经的性质怪异、令人恐惧；布夏尔则铁了心要自己搞清楚，月经是否真的如传闻所言有各种各样的妙用。如今有这位自愿的女仆协助，他便做了一系列的实验，只为验证自古以来医生、哲学家和神学家们在他们的学位帽和四角帽之下始终争论不休的种种结论。最后，他发现经血并不会使草叶枯萎，不会使镜子失去光泽，不会使藤蔓的花蕾破裂，不会溶解沥青，也不会在匕首的锋刃上染上无法清除的锈斑。在布夏尔决定离开巴黎前往教廷“淘金”时，生物科学便不幸失去了它最有前途的研究者。布夏尔选择离开巴黎，也是为了躲避他那位合作者的逼婚，即他笔下所谓的“琐事”[③]。而他想在教廷谋求的不过是一个“有名无实”的主教职位，最不济，在布列塔尼[④]谋得一个不那么显赫的职位，每年能赚得五六千里弗[⑤]的圣禄，就心满意足了。(笛卡尔用其父辈的遗产做了精明的投资，其收益是一年六千五百里弗，虽算不得大富大贵，但至少能保证这位哲学家可以像一位绅士那样体面地生活。)可惜，可怜的布夏尔从未能获得过圣禄。他被同时代的人所熟知，仅仅是作为一部荒谬著作《饶舌》的作者，或作为一部包括了四十六种语言在内的诗歌合集的编辑，这些语言包括了科普特语、秘鲁语、日语等。而

① 莱蒙纽斯（Levin Lemnius，1505年—1568年），荷兰医生和作家。

② 罗德里格·德·卡斯特罗（Rodrigo de Castro，1546年—1627年），葡萄牙裔犹太医生和作家，精于妇科。

③ 原文为拉丁文。

④ 布列塔尼，法国西部一地区。

⑤ 里弗，法国古钱币单位。1795年法郎正式代替里弗，成为本位币。

不到四十岁，他便溘然长逝。

卢丹的新任教区长身强体健，他极其热切地渴盼将自己的床第变成一处实验室。像布夏尔一样，格兰第出身于一个令人尊敬的布尔乔亚家庭；像布夏尔一样，他是在教会寄宿学校受到的教育；像布夏尔一样，他聪明又博学，是一个热情的人文主义者；像布夏尔一样，他也渴望在教廷获得光辉灿烂的前程。即使气质上不一定相似，但从社会和文化的角度来看，这两人的相似之处很多。因此，布夏尔自己所描述的童年、学生时代和假期里家中的娱乐活动等情况，可以间接地作为格兰第生活情形的证据。

布夏尔在《忏悔录》中揭示的世界，非常近似于今日性学家们揭示的世界，硬要说两者有什么区别，那么恐怕布夏尔揭示的还要更多些。我们看到在布夏尔笔下，孩童们自由而频繁地沉溺于性游戏，奇怪的是，大人们似乎并不加以干涉。学校里，在神父的管理之下，学生是不做剧烈运动的，男孩们充沛的精力找不到发泄的途径，于是只有不停自渎。而在休半日假时，他们还沉迷于同性恋。神父们鼓励的讲话、布道台上的雄辩、告解和祷告，都只能对他们的行为起到轻微的抑制作用。布夏尔记录道，因参加教会组织的四次大型宴会，他不得不克制自己惯常的性活动，一口气要禁欲七到八天。尽管他也曾尝试过，却从未成功地将这种间歇性的禁欲时间延长到两周以上，“多么虔诚地自我克制都不行”。实际上，他根本就不是一个能依宗教精神自制和自责的孩子。

在特定的环境之下，我们的实际行为类似于一个受力的平行四边形的对角线，嗜欲、兴趣是四边形的底，信念、伦理、宗教是它的高。我们可以想象，对于布夏尔以及与布夏尔一起玩乐的其他男孩而言，这个平行四边形的高，因其信仰的单薄而如此之低，而平行四边形的底又是那么得长，以至于那象征他们行为的对角线与这个底之间只有区区几度的夹角。

当布夏尔回家度假时，父母亲在他卧室中安排了一个年少的女仆。女仆清醒时，浑身都是美德，但是很显然，当她睡着了之后就不能对自己的行为做任何保证了。而根据她自以为聪明的诡辩，她是真的睡着了还是假装睡着了，其实也没有什么区别。后来，当布夏尔的学生生活结束之后，他发现家中果园里有一个漂亮的小女孩负责照看奶牛，只要给半个便士，她就会按照少东家的要求做任何事。还有一个女仆，布夏尔同父异母的兄弟卡桑·普里奥尔试图诱奸她，她因此被赶出家门，不过她后来又回来工作了，并很快成为了布夏尔性实验的小豚鼠兼合作者，《忏悔录》的第二部分对这些实验进行了描述。

布夏尔与法兰西王位继承人之间的地位差距，如鸿沟般宽广深长。然而，未来的路易十三与布夏尔这个地位卑微的同代人，却成长于相同的社会道德风气之下。通过让·埃罗阿尔[①]的《日记》，我们可以掌握一份关于十七世纪法国儿童生活详尽、冗长的记录。是的，这位法国王储是个极其特别的孩子，因为他是八十年来法国王室第一个真正的男丁，生而为王。但是对我们来说显而易见的是，这个独一无二的金贵婴儿却被置于极其特别的教育环境中。如果说这种环境对一个孩子来说足够好

① 让·埃罗阿尔（Jean Héroard，1551年—1628年），法国医生和作家，曾为路易十三童年时的医生，写有《日记》，是路易十三童年生活的主要记录者。

的话，那问题是，生活在这个环境中的“孩子”是谁？显然，对于这位王储而言，没有什么是足够好的。那么，我们接下来要问的是，这样的环境对普通人家的小孩来说是足够好的吗？

首先，王储与国王的一群私生子在一起成长，这些私生子有三到四位不同的母亲，这些私生子的兄弟姐妹中，有一些比王储年长，还有一些比他年幼。三岁时，也可能在更小的时候，王储已经清楚地知道“杂种”是什么意思，以及“杂种”是如何制造出来的。人们一直粗俗地谈论着这一切，以至于小王储常常为此感到震惊。“呸！那货！下流极了！”他会这么说起他的女主管蒙加丽女士。

亨利四世[①]则对黄色歌曲甚有偏爱，于是，他的朝臣和奴仆们便掌握了大量的淫猥歌曲，当他们在宫廷里四处走动时便不停地哼着这些歌。当他们不高声吆喝这些色情歌曲时，王储的侍臣们，无论男女，都喜欢与这个孩子开些淫秽的玩笑，取笑他父亲的那些私生子以及他未来的王妃（因为他很小就已经订婚了）——奥地利的安妮公主[②]。而且，王储的性教育不仅限于口头，到了晚上，这孩子常常被带到侍女的床上，而侍女或者赤身同其他妇人睡在一起，或者在与她们的丈夫颠鸾倒凤。由此看来，在四五岁的时候，这孩子恐怕就对性生活了如指掌了。这些知识不是他道听途说得来的，而是根据实际的观察所得，因为在十七世纪的宫廷里是完全没有“隐私”这种观念的，那时建筑师们还没有设计出走廊，所以，从一个房间到另一个房间，人们就随意地穿过其他人的房间。毫不夸张地

① 路易十三的父亲。

② 奥地利的安妮（Anne d'Autriche，1601年—1666年），路易十三的皇后，路易十四的母亲，曾代儿摄政。

说，这些房间里什么事情都有可能正在发生。

此外，还有礼节的问题，在这方面，当时的贵族要比后来人倒霉许多，他们可从来不被允许孤身独处。假如一个人的血液是蓝色的[①]，那么他必定生于众人之中，死于众人之中，甚至上厕所都是公开的，偶尔，还要当着众人的面做爱。而当时的建筑风格，又注定了人们几乎无法避免看见他人的出生、死亡、如厕、做爱。路易十三晚年相当厌恶女性，而极其热衷男风（虽然未免有些柏拉图主义）；同时，他甚是反感各种残疾人和病患。厌恶女人，从蒙加丽女士和其他宫廷妇人的行为中可以找到理由；作为反作用，他喜好男风也能解释得通；至于反感残疾人和病患，又有谁能解释清楚呢？这个孩子，在圣日耳曼昂莱[②]完全开放的卧室中，不知道还见过什么令人憎恶的勾当呢！

如上这些，同样是格兰第这位新任教区长成长的世界。这个世界中，传统的性禁忌对无知、赤贫的大多数人来说影响甚微，而对那些更高等级的人来说，这种影响也大不到哪里去。这个世界中，公爵夫人开起玩笑来与朱丽叶的乳母一般无二；而贵妇人们相互谈话，只是照抄巴斯夫人[③]的谈吐，甚至还要更加下流和愚蠢；至于有钱有势的男人，倘若

① 人们常用“蓝血”来形容欧洲贵族。“蓝血贵族”源自西班牙王室，古老的西班牙人认为贵族身上流淌着蓝色的血液。

② 圣日耳曼昂莱，法国伊夫林省县城，其中有法王的宫殿，亨利四世、路易十三都曾在其中生活，路易十四甚至将之定为首都。

③《巴斯夫人的故事》是《坎特伯雷故事集》中的一篇，小说对于女人和性爱抱有异乎寻常的观点。

他对污垢和虱子不是过分敏感，那么他可随意满足自己的食欲；而在那些有教养、有思想的人中，宗教的教育大抵是以匹克威克式①的方法进行的。因此，理论与实际行为之间的鸿沟，虽然比起中世纪那个信仰时代来是变窄了些，但依然巨大。于尔班·格兰第就是这样一个世界的产物，他前往自己的教区，满心希望，无论是面对高高在上的神圣宇宙，还是对待令人憎恶的人世，都能两面讨巧，游刃有余。

龙萨②是格兰第最喜欢的诗人，他曾经写过几节诗，完美地诠释了这位年轻教区长的人生观。

当我们身处圣殿
双膝下跪，我们的行为
当虔诚热烈
一如那歌颂上帝者
即使在教堂最隐秘的角落
亦卑躬到尘埃里

当我们已经躺倒床上
四肢缠绕
就让我们做成荡妇
一如那些爱人

① 狄更斯小说《匹克威克》中主人公性格特点的概括，一般指性格上的善意诙谐、宽厚憨直。

② 龙萨（Ronsard，1524年—1585年），法国著名的爱情诗人，他是最早用法语写作的诗人之一，是“七星诗社”中最重要的诗人。

自由嬉闹

沉溺于万般的爱戏

这几句诗描述了丰满多姿的生活，这种生活正是为格兰第这种年轻强壮的人文主义者准备的。但是，神父的生活只能以上帝为唯一的中心，就像一个圆规，而不能像风向标一样随风乱舞。为了保证自己的生活只有一个中心，神父们设定了许多的义务，许下相应的诺言。对格兰第来说，义务已被设定，誓言也已许下——这是他精神上的束缚。

在卢丹市住了十年之后，他在一篇简短的论神职人员独身的文章中将他的誓言公之于众——虽然仅仅只是为了一个特别的读者。他是反对独身的，为此提出了两个论点。其一可用如下的三段论来概括："任何一个誓言，倘若承诺的是根本不可能完成之事，则此誓言并无约束力。对于年轻的男性来说，禁欲是不可能的。因此，任何包括禁欲在内的誓言，便都无约束力。"

如果这个论点还不足够有力，他还有第二个论点，建立于被普遍认可的一则格言之上，即：凡被逼许下的承诺，并无约束力。他写道："神父并非热爱独身，选择独身仅仅是因为如此一来他便有望被授予圣职。"他的誓言"并非来自他的意愿，而是被教廷所强制，教廷迫使他——不管他是否情愿——接受独身这项条件，否则，就不让他从事圣职工作。"

最后的结论是，他——格兰第——自认终将拥有无限的自由，可以去结婚，与一个貌美、听话的妇人去过那丰满多姿的生活。

对于教区里正派的女人们来说，这位新任教区长多情的气质似乎是最可怕的丑闻，但这样的女人毕竟是少数。对于其他妇人，哪怕是铁了心要保持贞洁的女人，格兰第用他的外表、行为和声誉营造出一种甜蜜动人的吸引力，性吸引力与宗教搅和在一起，像是制造出了某种特别的味道，有点令人反胃，却又精致、尖酸，足以让味蕾吓一跳。这一切，似乎就这样揭破了她们的秘密。可是，揭破的是什么秘密呢？这恰恰是个问题。

格兰第大受妇人们欢迎，这令他在男人中间极其不受待见。起初，女性教民的丈夫和父辈们深深地怀疑这位花花公子，他那优雅的举止和巧舌如簧的天赋统统可疑。就算这位新任教区长是个圣徒吧，可为什么圣彼得教堂的美妙生活要落到一个外人头上？本地的男孩们又犯了什么错？卢丹的什一税①应该用在本地孩子身上。使矛盾更加激化的是，这个外人还不是独自一人前来，他还带着母亲、三个兄弟和一个妹妹，甚至还为其中一个兄弟在卢丹市最高行政长官的办公室里谋得一职；另一个兄弟还仅仅是一名司铎，就已被任命为圣彼得教堂的首席神父；第三个兄弟也已排上了号，虽然暂无官方职位，却也已经鬼鬼祟祟地热望着做些神父的零活儿了。这简直就是侵犯！

然而，即使那些爱发牢骚的人也不得不承认，这位格兰第先生布起道来倒确实声如洪钟，他能力很强，满口大道理，俗世的知识也非常丰富。但他的种种优点反过来也对他不利，因为他是一个才智之士，阅读广泛，因此，他首先是被市镇里那一小撮贵族、有教养的人所接受，这些人的家门总是对那些乡下的暴发户、粗俗的官僚、出身名门的蠢货（算是城中较高等级的人，却不是最高等级）紧闭不开，却立刻向这个来自外省的年轻傲慢之徒敞开了。更出人意料的是，这家伙竟然与新任市长兼城堡主人让·德·阿曼涅克打得火热，随后又结交了卢丹城的风云人物——著名的法学学者、政治家、历史学家和诗人——年高德劭的

① 什一税，又名“十一捐”，意指捐献自己收入的十分之一。

塞弗勒·德·圣马尔特。想想看，当那些被排除在外的显要们听说这一切时，他们心中的苦楚和愤恨之情。

德·阿曼涅克对新任教区长的能力和判断力评价很高，以至于当他因故不能到法院时，便委托格兰第替他全权处理自己的事务。这位本堂神父向圣马尔特做自我介绍时，自诩作为一个人文主义者，他熟知经典，因此能欣赏这位老绅士的杰作——《护理儿童艺术三论》的真正价值。这部杰作颇具维吉尔风格，是一首关于如何养育和照料婴儿的说理诗，当时非常流行，在作者生年至少有十个版本问世。全诗典雅无邪，以至于龙萨这样评论道："我将此诗的作者推荐给当世所有的诗人，并保证这位作者将带给诗人们极其巨大的快乐，诸如本博①、纳瓦杰罗②以及神圣的拉卡斯托罗③。"

唉！名誉何其短暂，人对虚荣浮华却又何其固执！

对我们来说，本博主教和纳瓦杰罗绝不仅仅只是一个名字；而神圣的拉卡斯托罗本来是享有不朽盛名的，那完全是因他以无瑕的拉丁文给梅毒起了一个高雅的绰号。在一首关于疾病的田园诗中，他描述了"斐乐斯王子"在历经了种种痛苦之后，通过痛饮愈疮木熬制的药液，终于摆脱了高卢病之苦。④可惜，僵化的语言只会越来越湮灭，而相比较拉

① 彼得罗·本博（1470年—1547年），意大利学者、诗人、文学理论家、红衣主教。

② 安德里亚·纳瓦杰罗（1483年—1529年），意大利拉丁语诗人。

③ 基洛拉姆·拉卡斯托罗（1476年—1478年），意大利数学、地理、天文学学者，同时是一位医生和诗人。

④ 梅毒的拉丁文为*Syphilis*，拉卡斯托罗在1530年创作的一首拉丁文诗中，描述一个养猪人，名字叫*Syphilis*，他冒犯了太阳神阿波罗，阿波罗惩罚他，让他得了性病，后人认为这是世上第一个得梅毒的人，因此以*Syphilis*作为梅毒的代称，此词原意包含了肮脏的猪圈和爱的含义。同时，因法国人风流，世人喜欢称梅毒为高卢病（拉丁文：*morbus gallicus*）。

卡斯托罗的“梅毒三论”,《护理儿童艺术三论》讨论起生殖周期来，用的语言实在淡定僵化多了；于是，一旦他的著作为人人所喜爱，一旦他的为人被认为比过去的伟人还要神圣，那么，塞弗勒·德·圣马尔特也很快就要被人遗忘了。不过，当格兰第初次拜访老先生时，他可仍然是“一片夕阳红”呢，实在是前辈中的佼佼者，活生生的国家纪念碑一般。能与之亲近，就好比与巴黎圣母院同桌进餐，或是拜访喀德水道与其闲聊[①]。在这位元老人物和人文学巨擘华丽的退休居所中，格兰第与元老本人以及其同样出色的儿孙们亲密交谈。同时来访的还有其他名人，如威尔斯王子，纯属微服拜访；还有泰奥弗拉斯托·雷诺德[②]，他是非正统的医生、慈善家和法国新闻之父；还有伊斯梅尔·布利奥[③]，他在未来将写作不朽巨作《天文学》，并成为第一个观察并明确变星[④]周期的人。一同加入进来的还有本地名流，如纪尧姆·德·塞里赛，这位“巴日”[⑤]是卢丹市的首席行政长官；还有路易斯·特兰坎，公诉人，虔诚而博学，是亚伯·德·圣马尔特[⑥]的同窗好友，在文学与文物研究上与此家族有相同的趣味。

不过，尽管这些精英人物的友谊令格兰第愉悦，但圈子之外的人们表现出的敌意却总是不那么令人愉快。因其聪明，格兰第不为愚蠢者信

① 喀德水道，古罗马水槽，建于公元前1世纪晚期，遗迹犹存，现位于法国南部尼姆附近。

② 泰奥弗拉斯托·雷诺德（Théophraste Renaudot，1586年—1653年），法国报纸发行人、医生、慈善家。

③ 伊斯梅尔·布利奥（Ismaël Bullialdus，1605年—1694年），17世纪著名的法国天文学家和数学家。

④ 变星，指亮度与电磁辐射不稳定的，经常变化并且伴随着其他物理变化的恒星。

⑤ 原文为法语*Bailli*，特指古时代表国王或领主执法的大法官。

⑥ 亚伯·德·圣马尔特（Abel de Sainte-Marthe，1620年—1671年），神学家，塞弗勒之子。

任；因其做事机灵，就被笨手笨脚的人嫉妒；因其才智，便遭到平庸之辈的厌恶；因其有教养，粗野之辈恨他；因其得到妇人们的欢心，无魅力之人痛心疾首。

看看吧，正因为卓尔不群，他竟受到这么多的“致敬”！当然这种恨意也是相互的，格兰第同样憎恶那些憎恶他的人。

“诅咒使人振奋，祝福使人懈怠”，[①]世上有许多人，相比爱情，他们从仇恨与愤怒中能得到更多、更直接的快感。由于天性好斗，一旦受到他人攻击，他们便能陷入最丑陋的激情之中。这种激情，源于精神上受刺激之后的分泌物，可以说他们的肾上腺素马上就像上瘾一样被激发出来。当意识到自己的固执己见永远以激发起另一个人充满敌意的固执己见收场，他们倒是想努力克制自己的好斗性，但很明显，他们很快便会陷于激烈的争斗，因为他们享受这种争斗，只有当争斗的时候，他们的血液才会发生相应的化学作用，使他们热切地感受到自己的本性。“感觉棒极了。”他们自然而然地认定自己处于很好的状态。于是，这种肾上腺素的上瘾状态被美化为“义愤填膺”。最终，像先知约拿[②]一样，他们坚定不移地确信，生气是正大光明的事。

几乎从一开始抵达卢丹，格兰第就陷于一些不太得体的争吵中，但这些争吵却令他自己极其愉悦。甚至，曾经有一位绅士真的与之拔剑对峙。他还与一位“刑事中尉”——本地警察的头头——发生纠纷，由当众互相谩骂迅速发展为肢体冲突。因为寡不敌众，教区长与他的党羽们

① 此句出自英国著名诗人威廉·布莱克的诗集《天堂与地狱的婚姻》。

② 《圣经》中的先知，记述其事的《约拿书》乃是《圣经》中非常罕见的充满思辨色彩、极具内在矛盾的篇章，行文如歌如泣。

只得设置路障，躲在城堡的小礼拜堂里不出来。次日，格兰第向教会法庭申诉。于是，这位“刑事中尉”便因此丑闻事件受到了相应的惩戒。本堂神父将这视为自己的胜利，可他也为此付出了不小的代价。此后，这位权势人物就对格兰第充满了难以言说的憎恶，成为了与之不共戴天的死敌。他密切关注格兰第，只待良机，便要报仇雪恨。

正如基督的教训，审慎是对人基本的要求，教区长本应极力避免围绕着自己的种种敌意。可是，尽管多年来格兰第与耶稣会朝夕相处，他却仍算不上一个真正的基督徒；而且，尽管德·阿曼涅克以及别的朋友对他多有忠告，可是一旦陷入激情之中，他还是无法审慎地处理事情。长期的宗教熏陶并没有根除他的自恋心理，甚至连减轻一点都没有，相反，倒是为他的自恋披上了一层神学的雄辩。无知识的自恋者要求的原本仅仅是他想要的，可倘若给予他宗教的外衣，那么很明显，现在他所要求的便是上帝所要求的，他可以随意将自己的事情认定为崇尚真理的教会的事情，认为任何妥协从形而上学上来讲都是一种绥靖政策，是对“根本恶”[①]的姑息。耶稣基督说：“你同告你的对头还在路上，就赶紧与他和息。”[②]但对于格兰第这样的人，基督的告诫听起来倒像是渎神的邀约，仿佛要与别西卜[③]签订契约一般。格兰第是不会与他的对手们媾和的，相反，教区长尽其所能地加剧着敌人们对他的仇恨。在这方面，他

① 根本恶，原文为Radical Evil，康德哲学中的一种概念，由他在《单在理性范围内的宗教》一书中提出。

② 引文见《圣经·马太福音》第五章。

③ 别西卜，《圣经》中的恶魔。《圣经》中提到他时，将其称作“鬼王”。恶魔学将他定位成地狱的宰相，也有著作中以别西卜为地狱的帝王，设定撒但只是来到地狱的“野党首领”，希望寻求别西卜的合作对抗天庭。《失乐园》将其描绘成深思熟虑、外貌威严的贤者，在堕天者中仅次于路西法。

的能力几乎媲美一个天才。

《好心的仙女》[①]中，拜访那些幼年权贵们的经常是披着闪亮外衣的坏仙女；她满载礼物而来，不过这些慷慨的赠品常常也是致命的。比如，对于尔班·格兰第来说，仙女既赠予他丰厚的天赋，也赠予他所有礼物中最炫目也最危险的一个——雄辩术。出色的演员——每一位伟大的神父、每一名成功的律师和政客，首先必定是一个完美的演员——演讲起来，其语言对听者来说几乎具有一种魔力，这种魔力是非理性的，因此，即使善良之人的演讲效果也可能弊大于利。

一个雄辩家仅靠魔力般的语言和一副金嗓子就能说服听众，使听众失去分辨是非黑白的能力，这是非常令人震惊的。无论何时，即便为了说服听众相信那些良好事物的正确性而运用这种雄辩术，我们也应该同样感到失望。信仰本身是正确的，但是激发这信仰的理由在本质上是站不住脚的，而运用雄辩术灌输给听众的哪怕是正确的信仰，也罪无可恕，因为这种手段迎合了人天性中最不可信的那部分。雄辩家们施展其灾难性的口才，不过是促使人们进入更深的催眠状态——绝大多数人其实本就生活于这种状态中，而通过这种状态，所有真正的哲学和精神信仰得以传播其理念，从而达成其宗旨与目标。此外，如果不用“极简法”，演说也产生不了效果，但是在简化思想的过程中，事物一定会被歪曲，因此，即使最成功的演说家，当他竭尽全力讲述真理时，事实上他也是一个大骗子，更别提绝大多数成功的演说家从来都无意讲述真理

① 《好心的仙女》最早是一部剧本，于1931年在匈牙利布达佩斯上演；英文版于1931年—1932年在百老汇连续上演151场；1935年，电影版问世；后又有舞台剧、电视连续剧等版本。剧中人物在西方深入人心。

了。他们只是在努力鼓动听众同情朋友，号召听众憎恨敌人。可惜，格兰第就是这大多数演说家中的一员。

一个礼拜日复一个礼拜日，在圣彼得教堂的讲道台上，他模仿着耶利米、以西结[①]、德摩斯梯尼[②]、萨沃纳罗拉[③]，甚至拉伯雷，因为他既擅长于嘲弄与讽刺，也擅长于发泄俗世义愤、鼓吹末日雷霆之怒。自然界厌恶真空，人的思想也一样厌恶空虚。今天，无聊寂寞之苦可以通过电影、广播、电视、漫画等方式排遣，但或许古人比我们幸运，或许没有我们幸运（谁知道呢？），他们想要从无聊中获取心灵的平静，只能享受教区神父每周的表演，或时不时地通过来访的方济会[④]托钵僧、游方的耶稣会修士的演讲来做补充。布道是一门艺术，在这门艺术中，就像在其他所有艺术中一样，糟糕的艺术表演者远远多于出色的艺术家。位于自由市场中间的圣彼得教堂的教民们或者要为此感到庆贺， 因为他们这位令人尊敬的格兰第神父实在是一位艺术大师。他既能随时就最高深的基督教神秘教义做即兴阐释，妙趣无穷；也能就最感人、最细致、最猥亵的教区琐事随时畅所欲言。当他抨击起暴行来，何等坦率；当他谴责起高层人物，又何其无畏！长期以来都觉得生活无聊的底层民众这下可被逗乐了，他们鼓掌喝彩，而掌声又加剧了教区长雄辩之下那些牺牲品们的怒火。

这些牺牲品中，有各等级的僧侣，自从与胡格诺派停止公开的敌对行为以来，天主教会的僧侣们就在这座曾经的新教城市中定居下来。格

① 二人为圣经中的先知，《圣经》中有《耶利米书》《以西结书》。

② 德摩斯梯尼（前384年—前322年）古雅典雄辩家、民主派政治家。

③ 萨沃纳罗拉（1452年—1498年），意大利神父，活跃于文艺复兴时期的佛罗伦萨，以其预言和诋毁世俗文艺著名。

④ 方济会，天主教托钵修会派别之一。

兰第不喜欢这些人，主要因为他是一个世俗神父，一心忠于他所在的阶级，就像士兵忠于团部，大学生忠于学校，纳粹分子忠于希特勒。忠于A组织，就常常对B组织、C组织、D组织以及其他所有组织都产生一定程度的怀疑、蔑视或刻骨的嫌恶。在一个超级庞大的组织内部，不同部门之间也是如此。教会的历史已经为我们呈现出这种仇恨的等级制，依仇恨程度递减如下：排名第一的是教会官方的、世界范围内的对异教徒、无神论者的仇恨。然后依次是教团与教团之间、教派与教派之间、各省教区之间以及神学家个人之间的仇恨。

圣方济各·沙雷氏[①]在1612年写道："如果由虔诚与谨慎的高级教士们出面调停，能在巴黎大学神学院和耶稣会神父们之间取得联合与共识，岂不最好？假如在法国的主教、巴黎大学神学院和骑士团完全联合起来，那么十年之内，异教徒将被全部清除。（《选集》第十五卷，188页）"异教徒们之所以会全部灭亡，正如这位圣徒在另一篇文章里所写的："以全部的爱布道的人，必全力攻击异教徒，虽然他说出来的话可能没有一个脏字。（《选集》第六卷，309页）"

任何一个教会，如因内部的仇恨导致分裂，自然就无法系统地践行爱的教义，也必然会虚伪地传播爱的教义，但是联合从未出现过，相反，倒是相互的倾轧持续不断；爱也没有得到践行，流行的反倒是神学家之间相互的憎恨和不同阶级、教派、教团中颇富攻击性的小团体之爱。耶稣会与巴黎大学神学院的争斗尚未歇止，又很快与慈幼会联合起

---

① 方济各·沙雷氏（François de Sales，1567年—1622年），法国人，曾为日内瓦主教，后被天主教会赐予圣徒称号。代表作有《虔诚生活导论》《论爱上帝》。该段所引文字，出自其选集。

来跟杨森主义教派[①]过不去了，此后便是“清静主义”[②]与“无差等爱主义”之间的拉锯战。至于“教宗权制限主义派”[③]的内外纷争，最后可不是靠着爱或说服，而是由独裁者的敕令来解决的。而异教徒则受到武力的迫害，直到南特敕令[④]之后，他们才最终得到解脱。对那些争吵不休的神职人员，就由教宗诏书来予以管束，或者由教廷发出“破门”的威胁——即将之逐出教会。秩序或许得到了恢复，但手段却最不光彩、最粗鄙，毫无宗教精神，也不讲人道主义。

忠诚于教派对这个社会来说是灾难性的，但是对于个人来说，它却能给予丰厚的回报。在许多方面，这种回报甚至比满足性欲、贪得财物要来得更丰厚。嫖客和守财奴很难从自己的行为中获得自豪感，但忠诚于教派却是一种复杂的激情，它使沉溺其中的信徒们觉得两全其美，因为他们做起事来是为了一个宗教团体（这个团体的善意和神圣性是不证自明的），他们便可自我赞美，同时厌弃他们的邻居；他们也可光明正大地谋求权力与财富，享受攻击和折磨敌人的快感，其间不仅没有一丝罪恶感，甚至还自觉荣耀伟大！对小团体效忠，竟能使种种快意的邪恶，一变成为英雄主义的慷慨！要知道，游击队的人可不会自认为是罪人和犯法者，而是自认为利他主义者和理想主义者（如果附带一些条件的话，这种

① 慈幼会、杨森主义教派都是天主教会内部分裂出来的教派。

② 清静主义，天主教中分裂出来，流行于17世纪末期的法国、意大利、西班牙的一种宗教思想。

③ 教宗权制限主义派，法国境内的天主教流派，盛行于1682年到1790年的法国大革命期间，其主要特点是否定教宗的极权，而认可教士对教宗的独立。

④ 南特敕令为法国国王亨利四世在1598年4月13日（也有一说是4月30日）签署颁布的一条敕令，它承认了法国国内胡格诺教徒的信仰自由，并在法律上享有和公民同等的权利。它是世界上第一份有关宗教宽容的敕令。

结论实际上也能成立）；唯一的问题是，如果换一个角度，他们的利他主义只不过是自私自利，而所谓的理想——很多情况下他们愿意为之奉献生命——不是别的，只是将小团体利益与党派激情予以合理化后的产物。

我们可以认定，格兰第批评卢丹的僧侣时是义愤填膺的，他自以为在执行上帝的任务。不言而喻，格兰第心中的上帝是站在世俗教士和格兰第的朋友们——耶稣会——一边的。加尔默罗修会[①]、方济会托钵僧们在他们自己的修道院或者偏僻的村庄里执行其传教的使命，也便足矣；城市里布尔乔亚们的事情，他们可千万别横插一竿子。上帝训示，世俗教士，当指引富人和贵人，或者可以寻求一点来自“耶稣连队”的好神父们的帮助。于是，新教区长最早的一次行动便是在讲道坛上宣布，忠实的教民只能向本教区的神父告解，不得向外来神父告解。绝大多数告解者都是妇人，她们立刻遵从这一命令，毕竟，新来的教区神父可是一个清爽帅气的年轻学者，举止颇为绅士；而普通的方济会修士或加尔默罗修会修士可没这等魅力。几乎是一夜之间，僧侣们就失去了他们那些漂亮的忏悔者，他们绝大部分的影响力也随之在城中消失。这一击成功之后，格兰第又对加尔默罗修会的主要财源——勒库夫朗斯[②]圣母院能创造奇迹的圣母像——大肆贬抑。曾经有一段时期，城中四分之一的地区遍布着小旅馆和寄宿公寓，以服务于那些前来求告圣母像的朝圣者。据说，此像能治病，能助人钓得金龟婿，能助人生育继承人，还能助人转

① 加尔默罗修会，中世纪天主教四大托钵修会之一。因称圣母曾显现授以“圣衣”，故又名“圣母圣衣会”。前身是十字军东征期间由意大利人贝托尔德和一部分朝圣者于1155年左右在巴勒斯坦加尔默罗山创建的隐修院，十字军失利后，其成员约于1240年左右迁居欧洲各地，靠托钵化缘为生，于1378年—1417年天主教会大分裂期间衰落。

② 勒库夫朗斯，法国西北部小镇。

运。但是如今，勒库夫朗斯圣母院多了一个可怕的对手——阿黛勒[①]的圣母院，此教堂位于索米尔[②]，离卢丹仅有几里格的距离。圣人也是轮流时兴，就像治疗方法，也像妇人们帽子的款式。

每个伟大的教堂，都曾有过圣像或者圣迹，流行一时，取代了旧圣物。风水轮流转，之后它们难免被公众新的趣味所抛弃，于是又有更新、更具吸引力的圣物取而代之。

为什么阿黛勒的圣母院几乎立刻之间就远胜勒库夫朗斯圣母院了呢？其中最明显的原因是阿黛勒的圣母院掌管着奥拉托利会，正如格兰第第一部传记的作者奥班所言："全世界都认为奥拉托利会的神父们能力出众，他们比加尔默罗修会的神父们聪明多了。"我们可别忘了，奥拉托利会的神父们都是世俗教士。或许这可以解释格兰第对勒库夫朗斯圣母院的冷漠与怀疑。出于对自己所在宗教团体的忠诚，格兰第自觉地服务于世俗教士的利益与荣耀，同时也致力于怀疑和攻击那些出家僧侣。其实，即使格兰第不曾来到卢丹，勒库夫朗斯圣母院也必将渐渐不为人知，但加尔默罗修会可不会这么看。他们很难综合多方面的因素来实事求是地调查事情的具体原因，而且没有这么做的动力；可如果将事情的具体原因归结于单个因素，或者归结于某个人，那就变得非常容易并使人兴奋了。除了这种错误的方式外，还有另外的心理因素，即对于加尔默罗修会的修士们来说，如果能与格兰第一派的人争斗并最终获胜，他们就能感受到英雄式的快感；如果在这场争斗中败下阵来，他们就会将自己的衰落全部怪罪于格兰第，从而从失败中产生更大的

① 阿黛勒，法国西北部小镇。

② 索米尔，法国西北部城市。

快感。

除这些乌合之众般的敌人外，格兰第很快又增加了一个新敌人，此人有能力对格兰第造成难以估量的巨大伤害。1618年，在与邻区高级僧侣们共同参加的一次宗教大会上，格兰第行为过分，冒犯了库赛①的修道院院长。当时，在穿越卢丹市街道的庄严行进仪式上，格兰第粗鲁地要求占据修道院院长前面的位置。单从职位上来讲，教区长提这个要求是无可厚非的，毕竟这次仪式是在格兰第本人的教区进行，同时作为圣克鲁瓦教堂的教士，他有权行走在库赛的修道院院长前面——即使修道院院长同时是一名主教，格兰第的这个权利也是照样适用。但世间不还有“礼貌”一词吗？而且还有一种叫做“谨慎”的品德。库赛的修道院院长是吕松市②的主教，而这位吕松市主教的名字可是黎塞留啊！

当时，黎塞留刚刚失宠，这本应是格兰第展现气量与礼貌优雅的一次机会。1617年，黎塞留的保护人，那位名叫孔奇尼③的意大利恶棍被人暗杀了。这次“政变”，由吕伊内④策划，得到了年轻国王的认可。于是，黎塞留被排除在政权之外，随随便便就被赶出了王宫。但是，有什么理由可以认定黎塞留此次被流放将是永久性的呢？完全没有理由。实际上，在短暂流放阿维尼翁⑤一年后，政府又将这位不可或缺的吕松市主教召回了巴黎，到了1622年，他不单成为了国王的首相，还成为了红衣主教。

---

① 库赛，法国西北部城市。

② 吕松，法国西部城市。

③ 孔奇尼（Concino Concini，1575年—1617年），意大利政治家和冒险家，亨利四世政权的重要大臣，被路易十三派人暗杀。

④ 查尔斯·达尔伯特（Charles d'Albert，1578年—1621年），世袭吕伊内公爵，路易十三的宠臣。

⑤ 阿维尼翁，法国东南部城市。

Cardinal Richelieu

红衣主教黎塞留

无缘无故，仅仅只为了凸显自己的身份，格兰第便冒犯了这位很快将成为整个法兰西绝对掌权者的人。以后，这位教区长将为他的不礼貌感到后悔；可当时，一想到自己的“功绩”，格兰第就充满了儿童般的欢喜。他不过是一介平民，一位卑微的教区神父，却让王后的宠臣、一位主教、一位贵族当众受辱。他就像小男孩一样兴高采烈，以为公然无视教师的存在后还能不受惩罚地脱身而去。

至于黎塞留本人，未来在侮辱皇族子弟时也同样感到兴高采烈，正如格兰第曾经对他所做的一样。黎塞留的老娘舅看到这位红衣主教淡然自若地将萨伏伊公爵[①]甩在身后时，不免说道：“想想看，我居然看见拉波特律师[②]的外孙，居然比查理五世[③]的孙子更早一步走进了房间！”黎塞留不过是另一个小男孩，做了坏事，最后成功地脱身了。

格兰第在卢丹的生活方式就此定型。他履行神父的职责；而一得空闲，又小心谨慎地（虽然很频繁）拜访那些漂亮的寡妇；到了夜晚，便与他那些智识界的朋友们把酒言欢；同时，又不忘与自己日渐庞大的敌对阵营争吵。这种生活方式让他感到快活：既活动了头脑，也愉悦了心灵；既让肉体得到享受，也让肾上腺素始终处于分泌状态；既巩固了他的社会地位，也让他认为找到了自我。

直至此时，他还未遭遇过任何明显的挫败，满以为自己的逍遥日子

① 此处指查尔斯·伊曼纽尔（Charles Emmanuel，1562年—1630年），他从1580年到1630年为世袭萨伏伊公爵。

② 拉波特，法国17世纪前后一位著名的法学家，生卒年不详，其女苏珊·德·拉波特嫁与弗朗索瓦·迪普莱西，生黎塞留。

③ 查理五世（1337年—1381年），法国瓦卢瓦王朝国王。

可以尽享终身，不仅所有欲望都不会遭受惩罚，而且痛击起敌人来也无后顾之忧。其实，命运已然开始索取他的欠账，只不过在表面上显得风平浪静罢了。他并没感到任何痛苦，但他不朽的灵魂之窗已经渐渐关上了，内心之光逐步黯淡下去，心肠也变得冷酷——虽然这些他都感觉不到。对于像格兰第这样有着乐观且易怒性情的人，按照当时的体质医学的说法，其生活方式是没有任何问题的——要是果真如此的话，上帝就会常驻天国，没必要拯救世人了。教区长是快乐的，或者更准确地说，在他情绪的交替变化之中，一直支配他的其实是躁狂症。

1623年的春天，高龄的塞弗勒·德·圣马尔特在荣耀中去世了。他被安葬在马尔什省圣皮埃尔教区的教堂，葬礼盛况空前。六个月之后的一次追悼会上，卢丹、桑特尼罗①、吉洛恩②、普瓦捷等地的要人悉数参加，格兰第发表了悼词。悼词很长，言辞华丽，是典型的“虔诚的人文主义者”的语言风格，这种风格在当时还不能说已经过时，因为直到来年，巴尔扎克那改变当世文风的书信集第一版才问世。在精心结构的语句里，格兰第引经据典，花哨、冗繁的学识盈溢在每一个句子的起承转合之中，好比人造的雷声在语词中隆隆作响——那时代的文章大抵如此。对喜欢这风格的人来说（话说回来，在1623年，又有谁不喜欢呢？），这篇悼词毫无疑问地备受推崇，于是乎格兰第那激昂的演说获得了一致的掌声。亚伯·德·圣马尔特大受感动，为此执笔写下了一首拉丁文的短诗，公之于众。特兰坎先生的赞词可没有那么炫目，他是用本

① 桑特尼罗，法国西北部城市。

② 吉洛恩，法国西北部城市。

地语言写的：

并非无缘无故
吾辈选择此角色
成为祷告者
何况此伟人年高德劭

千真万确啊
他言辞寥寥
却胜过雄辩万千
且向这高尚之士环绕致意吧
又有谁在另一个世界
没有自己的一角？

——他对缪斯女神情有独钟，可惜是单相思；虽然写不好诗，但他至少可以发表意见，于是自1623年，这位公诉人的客厅便成为了卢丹智识界的中心。可惜，从圣马尔特过世之后，卢丹本地智识界的生活就变得所剩无几了。特兰坎本人倒是勤于阅读，可他绝大多数的亲朋好友都没有阅读的习惯，因此，除了奥特·圣马尔特之外，这些人不幸只是因为收到公诉人的邀请定时来探望罢了，他们一进门，博学与机智的对话就从窗户溜走了，否则还能有什么结果？毕竟，那些妇人们只知道咯咯地高声谈笑；那些律师们除了地位和法律之外一无所知；而那些乡绅们唯一的兴趣就是打猎。幸亏还有两个人“撑着场面”，一位是药剂师亚当先生，一位是外科医生曼诺利先生，前者鼻子甚长，后者则面如满月腹如圆盆。

作为巴黎大学医学院的毕业生，他们气派庄严，能就锑元素和放血的好处、灌肠时肥皂的妙用、治疗枪伤时烧灼法的优点等话题侃侃而谈；有时，他们降低声调，以“严守秘密”的语气谈论侯爵夫人的水痘、国王顾问妻子的第二次流产和当地长官妹妹小女儿的“绿色贫血”病[①]。荒谬的同时却自命不凡，庄严的同时却言语怪异。如此一来，药剂师与外科医生不可避免地成为了笑柄，讽刺与嘲弄都是他们自找的。格兰第是个聪明人，而聪明人为了找笑料可以残忍到不择手段，于是，他将讽刺与嘲弄赠与了这两位医生。很快，格兰第也就收获了两位新的敌人。

与此同时，格兰第的另一个敌人也将现身。

公诉人是一个中年鳏夫，有两个女儿待字闺中。小女儿叫菲丽璞，魅力不凡，以至于在1623年的整个冬天里，教区长的目光愈加频繁地望向她所在的方向。他看着她在父亲的宾客中穿梭，忍不住将她与活泼的年轻寡妇妮侬做比较，这位寡妇是他当时每周二下午要去拜访安慰的——她那做酿酒买卖的可怜丈夫过早去世了。妮侬是个文盲，没有文化，而在那令人伤心的黑色丧服之下，她饱满的肉体也要开始失去紧致了。菲丽璞呢？她好比一块瑰宝，温暖、白皙。她身体中蕴藏着无限的性感，一时狂野，一时安静。她既是猛烈的，却也是温顺的，还受过良好的家教。另外，感谢上帝，她一点儿都不假正经，不需要他费尽心机去破解她的心思；她也没有柏拉图式的爱情观或彼特拉克[②]式的求爱观，不需要

① 绿色贫血病，又叫少女萎黄病，是一种以皮肤变成偏绿的黄色为特征的缺铁性贫血，患者多为年轻女性。

② 彼特拉克（Francesco Petraca，1304年—1374年），意大利学者、诗人，文艺复兴第一个人文主义者，被誉为“文艺复兴之父”。

他精疲力竭地经历一番追求的前戏。于是，在他们第三次会面时，他就大胆地引用了他最喜爱的诗歌中的开篇几行：

我经常撒谎，以为感觉到那欢愉之时
在黑夜，你枕于我的臂弯
啊，你轻佻的裸体！
但这样的极乐，哎！
于我尚是未知。

菲丽璞并未抗议，反报以爽朗的笑声，还留下风情的一瞥，虽然只在一瞬间，但含义显而易见。当他第五次拜访快要离开时，他又有机会再一次引用塔乌洛的诗：

再见，我的小情人
再见，你那薄纱与乳房
再见，你那曼妙的双手
因此，也就再见了，
你的雪花膏般的小奶头
再见，你那轻佻的大腿
再见，你那双眸与心胸
再见，我钟情的温柔！
毕竟我将离开
离你无比遥远
且让我再一次品尝你那腰肢

你那圆润的身体
大理石一样白皙

是啊，会再见的，不过是在吟诗那日的后天。当她来到圣彼得教堂进行每周一次的告解——对此她是严苛地自我要求的——和忏悔时，他们再次会面了。在当日和下一个周二之间为圣母马利亚行洁净礼的宴会上，他当即发表了一篇布道，在德·圣马尔特先生所献的悼词之后，这是他最出色的一次演说。何等的雄辩啊！何等的选词炼句啊！何等的渊博啊！何等微妙却又清晰的论理啊！鼓掌啊！祝贺啊！“刑事中尉”愤怒了，修道士们的脸因嫉妒而发绿。“神父先生，你又一次超越了自己。你实在是盖世无双的大师。”于是，他将在一片光明之中迎接另一个任命，而她也以环绕他的双臂为他加冕，并将她的热吻和爱抚作为对他的奖励，而他在她的拥抱中羽化成神。他们的狂喜、相互间“神圣”的抚摸、非凡的优雅，还有他们心灵的婚礼，将令世人艳羡。加尔默罗修会的修士们，就尽情地嚼你们的舌头吧！

不过，他也曾拥有过妮侬，而妮侬不过尔尔。于是，在望着菲丽璞时，他又怀疑起来，会不会到头来菲丽璞也是平庸之辈？对他来说，妮侬虽是个寡妇，却到底也算是一个巨大的慰藉，他没有理由要放弃每周二的幽会啊。但是，寡妇可是熟门熟路了，而且正在渐渐发福，到底比不上处女。相比较而言，菲丽璞仍然拥有着苗条如小女孩一般的臂膀、圆苹果一般的胸脯，以及青春逼人、修长光滑的脖颈。青春的光彩与羞涩加在一起是何等的令人陶醉！看到少女从只会笨拙地，甚至有些蛮干地卖弄风情，到突然间体验处女的恐慌，这转变的刹那又何其动人、刺激、令人兴奋！她就像表演克娄巴特拉[①]有点过头了，勾引到每个男人，都能使他们暗暗以为自己就是安东尼[②]；可是，哪个男人要是显出上钩了的意思，这位埃及的女王就玩起了失踪，她又化为了那个受惊的孩子，请求成人的饶恕；但是，一得到宽恕，她转眼就变成了塞壬女妖，念着诱惑人的咒语，厚颜无耻地（只有最堕落却最天真的人才有这样的无耻）炫耀着她的禁果。

清白、纯洁——在洁净礼上，他就圣母马利亚这最伟大的主题做了何等光荣灿烂的结论啊！当他在教堂的讲道台上宣讲他的话语时，一会儿声如洪钟，一会儿又柔如细雨，妇人们还不哭泣？甚至男人们都会动容。这纯洁就像百合花被露水沐浴，这清白就像羔羊与幼儿般无瑕。是的，修道士们的脸又将因嫉妒而发绿。但是，除了在布道词中，或者在天堂里，百合花或早或迟都将腐烂成泥；而母羊羔也注定被好色的公羊不停追逐，直至被屠夫宰割；在地狱里，罪人们行走于用活人做砖的道路上，中间镶嵌着那未受浸礼的婴儿们微小的肉体。实际上，自人类被逐出伊甸园以来，完全的清白已经与彻底的堕落混合为一了。每个年轻的处女，潜意识里与最淫荡的寡妇们懂得一样多。

感谢原罪，即使在最天真的人身上也能显现出隐藏着的不纯洁的因子。促使它们彻底显现，同时看着那处女的花蕾开放为繁茂、蓬乱的花朵，这不仅仅是感官的快乐，也是智识和意志的快乐。这种色情变成了道德，甚至还是形而上学的呢！

---

① 克娄巴特拉七世，通称为埃及艳后（约前70年或前69年—约前30年），是古埃及克罗狄斯·托勒密王朝的最后一任女法老。

② 安东尼（前83年—前30年），古罗马统帅，陷于克娄巴特拉七世的情网。

菲丽璞不止是年轻的处女，她出身优越，家教严谨，多才多艺：貌美如画，教义问答书也烂熟于心；弹得一手琉特琴，也按时到教堂；穿戴入时，却也热爱阅读，还懂点拉丁文。若能将她捕获，可满足任何“猎人”的自尊心，并将被知情者夸为“功业彪炳”。多年以后，在贵族圈子里流行着布西-拉鲁延[①]的说法：“获得妇人芳心，将为男人赢得荣耀，好比披挂上阵的勇士。”征服一位名媛，几乎等同于征服一个省。那在女人闺房中大获全胜的男人，如马尔西亚克、内穆尔、骑士葛拉蒙，他们的声名与古斯塔夫·阿道夫[②]、华伦斯坦[③]不分伯仲。当时的流行俚语这么说道：谁摊上一场风流艳史，都是出于自觉自愿，那是人们想要将自己的形象更加显明地刻画在人世间。性既能满足自我肯定的需要，也能满足自我超越的需要。一方面，性强化了自我肯定，通过英勇的情爱征服来巩固人们的社会身份；另一方面，在隐秘的情爱的狂喜中、浪漫激情的爆发中和完美婚姻的互相包容中，性能泯灭身份并超越自我。

格兰第与农家女和中产阶级的寡妇们（她们甚少顾虑，却欲望充沛）勾勾搭搭，便能达到这种“自我超越”。

而现在，菲丽璞给了他一个机会，能使他得到那种最令人受用也最时髦的“自我肯定”。当成功地征服之后，他还能获得期盼中的那份非常古怪却也倍觉珍贵的肉欲满足，同样达到“自我超越”的目的。

---

① 布西-拉鲁延（Bussy-Rabutin，1618年—1693年），法国回忆录作家，他与塞维涅夫人（法国17世纪著名的散文作家，以《书简集》名世）是表兄妹，并常常通信。

② 古斯塔夫·阿道夫（Gustav Adolf，1594年—1632年），瑞典国王，1611到1632年为瑞典国王，为当世著名的军事天才，奠定瑞典的国家地位。

③ 华伦斯坦（Albrecht von Wallenstein，1583年—1634年），波西米亚军事天才和政治家，在三十年战争中曾发挥重要的作用。

妙极了的春梦！但是却有一个极大的阻碍使这春梦不能实现。

菲丽璞的父亲路易斯·特兰坎，是教区长最好的朋友和最坚定的同盟，是帮助教区长对付那些修道士、“刑事中尉”以及其他敌人的伙伴。路易斯·特兰坎如此信任格兰第，以至于要求自己的女儿们抛弃原来的告解神父，唯独向格兰第忏悔。这位本堂神父是否会不辞辛苦地训诫她们遵守孝道与妇道呢？纪尧姆·罗吉耶配不上菲丽璞，可是，他倒是与弗朗索瓦般配，本堂神父难道不同意？菲丽璞当然需要继续学习拉丁文，本堂神父能否拨冗调教她一下？特兰坎的这份信任若被辜负，实在是教区长极大的罪恶，然而正是这犯罪的激情吸引了格兰第。

人类的各个维度，比如肉体、感官、道德、智识等，都有它的反面。譬如，我们看一个红色的物体，视觉感应该会强化我们对绿色的感觉，在某些特定条件下，甚至能在红色物体的外围看到一个绿色的光环，即使将这红色的物体拿走，绿色的残影仍然存在。又譬如，我们准备行动，此时一组肌肉因为脊柱感应受到刺激，则对称的那组肌肉将自动受到抑制。同样，对于意识的高级活动来讲此原则也同样适用。每一次表达同意，必同时产生否定的想法。“请相信我，在诚恳的质疑中，包含着更多的虔诚，比各类教条提供的虔诚更多。”①正如巴特勒很久以前指出的，也正如当今时代我们有很多机会看到的，我将对上面这句话做一番改动：“请务必相信我，在虔诚的信仰中会有更多的质疑，而在布拉德劳②或马克思的教条中，质疑就少多了。”

① 这句话是19世纪英国桂冠诗人丁尼生（Alfred Tennyson）的名言。

② 查尔斯·布拉德劳（Charles Bradlaugh，1833年—1891年），著名的政治活动家、19世纪英国最有名的无神论者，1866年创立了英国世俗协会。

在道德教育中，这种感应现象造成了一个很古怪的难题，比如每一次表达同意，则自动产生否定的想法，那么我们该如何教育人正确的行为呢？因为正确的行为同时也在诱导人接受它的对立面，即恶行。抵制这种感应现象的方法确实存在，但这些方法并未得到合理应用，从如下人物的行为可以明显验证，比如，数不清的冥顽不灵、自我矛盾的小孩；始终“反对管束”的青少年；堕落、无道德观的成年人。即使那些心智健全、自制力强的人，有时也会发现受到某种荒谬的诱惑，去做与正确行为恰恰相反的事情。通常，这种诱惑能让人不为任何利益或理由去作恶，也可以说，它能无端地激发人的反抗常识与对礼节的愤怒。绝大部分这样的诱惑都被人本身成功地抑制，但绝不是全部。时不时地，明道守礼的人也会突然之间做出一些原本他们不认可的事，在这样的境况中，为恶者似乎中了邪，与平常的自己不仅大不相同，而且似乎自己对自己怀有极大的敌意。其实，就像机器常常发生故障一样，人也会成为客观上身体机制的受害者，人的身体忽然脱离了理智的控制，反过来控制了理智。

菲丽璞是极其诱人的，要知道“血液中有火焰，一旦燃烧，能令最坚强的誓言，倏忽等同于草杆。”[①]同样，就像血液中存在火焰一样，头脑中也存在着感应现象。特兰坎固然是教区长最好的朋友，但正因格兰第认可这一事实，便会在头脑中产生荒谬的、不正当的欲望——他要背叛特兰坎。教区长并没有试图控制这种诱惑，相反还找各种理由为自己开脱。他不停地告诉自己，菲丽璞这种尤物的父亲是不可能诚恳待人

① 普洛斯彼洛的名言。普洛斯彼洛是莎士比亚《暴风雨》剧中的主人公，意大利北部米兰城邦的公爵。

的，他养出这么一个尤物，简直是愚蠢，不，比愚蠢还要糟糕，他简直是在犯罪，活该受到惩罚。

还教拉丁文课呢！这不又是阿伯拉尔和爱洛伊斯[①]故事的翻版吗？而公诉人，不就相当于那个可恶的福尔贝叔叔吗？他却已将劫色的阿伯拉尔引为座上宾了。彼时做老师的不过是少了自由鞭打学生的特权，不过，假使他来申请，愚蠢的特兰坎说不定也会同意呢……

时光照常流转。寡妇妮依照旧享受着她那美妙的周二；而在其他时候，人们大多会在公诉人家发现格兰第的身影。弗朗索瓦已经成婚；而菲丽璞依然待字闺中，拉丁文倒是日益精进了。

“世间人兽、海洋物类、畜群、光彩夺目之鸟，凡此诸品，悉被火热激情折磨；此亦如爱，横及万物。”

纵使植物，也能感受这温柔的激情。

“棕榈树相拥而舞，白杨木则共叹息，悬铃木一并唏嘘，桤木则相互私语。”

菲丽璞翻译起诗人们甚为温柔的段落或神话中猥亵的片段来倒是勤奋。而教区长呢，因在寡妇那里学会的自制，倒也能勉强忍住不扑到他学生的身上去，进而危及他的荣誉；也能忍住不做公开的表白或求欢。他仅仅是表现出自己的魅力与有趣，一周两到三次夸许这姑娘是他一生所见最聪明的女子，偶尔定睛注视菲丽璞，目光令姑娘脸红垂目。

这不是浪费时间吗？但却很有意思。毕竟他还幸运地拥有着妮依

① 阿伯拉尔（Pierre Abélard，1079年—1142年）与爱洛伊斯（Héloise，1090年？—1164年），阿伯拉尔是法国十二世纪的哲学家，爱洛伊斯是他的学生。他们之间的恋情成为丑闻，被迫秘密结婚。爱洛伊斯的叔叔福尔贝愤恨，遂找人一起阉割了阿伯拉尔，两人分别被送入修道院。但他们相爱不渝，书信往来不绝。

呢。同样幸运的是，菲丽璞并没有看出他的色念。

他们虽然在同一个房间，但他们并不在同一个宇宙。菲丽璞不再是儿童，却也未成熟，她正处于那玫瑰色的幻想之境，天真有余、经验不足。她的家不在卢丹市，也并不处于那些守旧者、无聊者和莽汉之间，而是在一己的天堂里与神相处，这天堂是微妙朦胧的爱情和幻想中的性欲虚构出来的。啊，他那乌黑的双眸，他那精致的胡须，他那白皙的、保养上佳的双手，都在引诱着她，同时使她感觉于心有愧。而他又是何等有智慧、有知识！他实在像一个天使长，既标致又明智，既明智又善良。况且他认为她很聪明，夸赞她的勤奋，最重要的是他看她时的那种目光。会不会他已经……但是，不行，不行，仅仅想一想那种可能性，也是要遭天谴的呀，这可是在犯罪呢。但是，她又怎么能向他坦白呢？

她只有将所有的注意力放在拉丁文上。

“老者从军岂非卑鄙，一如老者之陷入恋爱。”

可是不过一会儿，她又被一种模糊却强烈的渴望所攫住。在她的想象中，她一边回忆自己刚刚萌发的快感，一边突然将之与那双望着她的眼睛、那双白皙多毛的双手联系在了一起。书页在她眼前旋转，她犹豫了，结巴了。“那污秽的老兵……”她勉强翻译出来。于是，他用戒尺轻轻敲击下她的手指。对她说，她很幸运，因她并非男孩，如是男孩犯下这样的错误，他将不得不果断地采取更严厉的惩罚。他挥舞着戒尺，那是最果断的严厉惩罚。她看了他一眼，又慌忙转移了目光，双颊一片潮红。

幸福的婚姻虽使人感到满足，却也是平庸的，而弗朗索瓦已然深陷其中，乐不思蜀了。她回到家，告知她的姐妹有关婚姻真实情况的第一手信息。菲丽璞听得很感兴趣，却也知道如果是她结婚，那么她的婚姻生活一定是非常不一样的。菲丽璞就是如此沉溺于白日梦，在梦中构想出越来越丰富的细节。或者，她将与教区长同住，做他的女管家；或者，他被提拔至普瓦捷的首席主教，而在她的郊区住所与主教宫殿之间有一条地下长廊相通；又或者，她继承了十万克朗的财产，于是他离开教廷，他们便往来于宫廷与乡间宅邸之间，度过一生。

但是或早或迟，她总要回到令人沮丧的现实，即她只不过是菲丽璞·特兰坎，而他，也不过是本堂神父先生；即使他爱她（她很有理由相信他确实爱她），他也永远不会表白；即使他真的表白了，她的义务也要求她掩住双耳。可是与此同时，放下针线，放下书本，放下绣花架，仅仅只是去想一想那不可能发生的事情，却又多么的幸福！但听到他的敲门声、他的脚步声，还有他的说话声，她却又感到一种何等折磨人的快乐呀！与他同坐于父亲的书房翻译奥维德①，就好比同时置身于天堂和炼狱，她会故意犯些小错误，指望他说出敲打她的威胁；她会倾听他以那响亮而富有磁性的声音谈论红衣主教、反抗的新教徒、德国的战争、耶稣会在"先在恩典"②中的位置，以及他本人的晋升前景。这是何等令人快活的折磨感啊！但愿人事恒久如此！但这种呼唤，就好像在期盼一年都如夏日的黄昏般灿烂，或指望死亡永远消失一般。

在她内心的某个角落，明白自己是在自欺欺人，但是在那些满心喜悦的时分，她宁愿合上理智之眼，让自己相信已经栖息在天堂，人生之路从此可以休止。似乎那时幻想与现实之间的鸿沟已经消失，真实生活与白日梦之间没有分别，因为她的想象不再是出于安慰而否定现实，

① 奥维德（Ovid，前43年—17年或18年），古罗马诗人，代表作品《变形记》《爱的艺术》《爱情三论》。

② 基督教神学中,有一条教义称为"神恩先惠论"，简单说来，就是一个人还不能寻找神的时候，神首先找到他。

相反已转化为现实本身。这极乐的世界存在于她的感觉中，而她是无邪的，因为什么事都没有发生过，一切只是存在于内心；这极乐的世界好比荣登天堂，为这样的世界，她愿意全心投入——既无恐惧，亦无自责。她越是沉溺于对这极乐世界的眷恋，这种依恋之感就越强烈，直到她发现再也无法隐瞒。于是，一天在告解室里，她谨慎地提及了自己最近的感觉，正如以前想象的，她告解时没有任何暗示说自己这些情绪的发生，其实就是由告解神父本人引起的。

忏悔一段接着一段。教区长认真倾听，时不时地提出问题，让她深信他相信她所讲的，对于她只能无辜地伪装自己的情绪，他完全理解。她获得了信心，于是告诉他一切，甚至最私密的细节，此刻她的幸福感似乎超越了极限，时时爆发，绵延不绝；又似乎这是一种异常的狂喜，她可以随意重复这种感受，并可以永远重复下去。终于到了那一天，她说漏了嘴，原本用“他”来指代心中那人，这次却不慎提及了“你”，她想收回这个词，却突然惶惑失措，在他的逼问之下，她泪如雨下，承认了一切。

“等到了，”格兰第心想，“终于等到了！”

此后一切顺风顺水，格兰第只需小心翼翼地用些引导的词和手势罢了。不知不觉中，从一个职业基督徒的方式，转为彼特拉克式的方式，向告解者传递他的温柔，又从彼特拉克式的温柔，转为太过人性（其实就是兽性的自我超越）的柔情蜜意。

人在精神上的堕落总是如此轻而易举。对格兰第而言，要想为这精神的堕落狡辩可不乏辩词；直至情欲最终获得的胜利，这女孩也就自然得到了赦免。

几个月之后，隐患渐显。坦白地说，事情还令人有点不快呢。难道他从寡妇那得不到满足吗？

同时，对于菲丽璞来说，曾经那种平静无事的、内在的狂喜已经退去，现在，她感受到的是二人之间相互给予的激情，这激情令她恐惧；她陷入道德的挣扎之中，备受折磨；她祈求神赐她勇气和力量断绝这份激情，她亦决心不屈服于这爱的誓约。但是她失望地发现，她最终还是向爱情投降了，她觉得自己仿佛将自己扔下了悬崖。只是，爱情并没有带给她曾幻想过的那些美好，相反，在她曾以为是“天使长”的那人身上，却清晰地看到了一头狂烈的禽兽；在她心灵与肉体的深处，她首先发现了那注定的受罪者——他承受痛苦因而将愉快地殉道；之后，她觉得他突然间变成了一个陌生人。在惊人的激情中的他，与那雄辩的布道者或机智而优雅的人文主义者之间毫无相似之处——而她，起初深深爱上的可是这布道者与人文主义者啊。现在她意识到，坠入恋情与真正的爱情远非一回事。“一个人坠入恋情”只能说是一种虚构的情境，所谓的“坠入”其实只是抽象的，并不真实。真正爱一个人，其实是全身心去爱一个真实的生命，付出你的灵魂、你身体的每一根纤维、你全部的自我（你所爱的那个陌生人，其生命亦完全浸透于你的自我）。爱是全部，爱是唯一，世界已经枯萎，唯有爱亘古。一切消失。

但一切都真的消失了吗？她几乎可以听到命运女神的窃笑，这位女神触发了机关，使她落入陷阱之中，而这陷阱正是她自己挖的。现在，她便被生理机制与社会机制双双夹住，如被别针穿透，完全无能为力。因为她未婚先孕了。她将名誉扫地，没有挽回的余地。她从未想过这样的事居然真实地发生在自己身上，原还以为这种事于她就像天方夜谭一样缥缈呢。

月亮渐渐圆了，有那么一两个夜晚，满月朗澈，照亮夜晚；很快，月亮便消瘦下去，一点一点，直至看不见——就像那最后的希望一样。再无办法了，她想死在他双臂的环绕之中，但似乎一时也死不了，她至少可以暂时选择忽视目前的窘境，假装自己是另外一个人。

面对她激烈的情绪，面对她那自暴自弃的轻率想法，教区长努力开导她，希望她内心不要那么沉重和悲观。在爱抚之时，他会恰如其分地引用鲜活的经典语言。“啊，那腰身何等宽阔健壮，而那大腿又何其青春洋溢！”在抚爱的间歇，他却引用《国王的情妇》[①]里不那么合适的故事，在她耳边轻轻鼓吹婚姻将导致何等的暴行，这些暴行桑切斯在他那本论婚姻的对开本巨著中有着详尽的分类。可是，她却不为所动，仍旧是板着脸，不做回应，仿佛她的表情是雕刻在坟墓纯白的大理石上，却还是带着点儿生气。当她终于用目光回应时，又似乎是从另一个世界望着他，那个世界满是痛苦和绝望。这目光使他不安，但是他热切的询问得到的答复也仅仅是她伸出手，捧住他浓黑的卷发，命令他吻她的嘴、她的脖颈、她的胸脯。

终于有一天，他正描述着弗朗索瓦国王[②]如何向初入社交界的少女们展示他的酒杯，以及酒壶——酒壶的内部刻有春宫图，每倒出一口酒，春宫图便显露出一分。这时，她打断了他的话，猛然宣布她怀孕了，接着便立刻陷入到难以控制的啜泣之中。

教区长的手陡然垂落，头也耷拉了下来。他的声调变了，刚才还在

① 《国王的情妇》为法国中世纪宫廷艳史作家皮埃尔·德·布尔代耶（Pierre de Bourdeille，1540年—1614年）的作品。

② 弗朗索瓦一世（1494年—1547年），是法国历史上最著名也最受爱戴的国王之一（1515年—1547年在位），在法国国内，他被视为开明的君主、多情的男子和文艺的庇护者，在他统治时期，法国繁荣的文化达到了一个高潮。

畅谈淫亵之事，忽然便转为一个教士的口吻，他教训她务必学会用一个基督徒的顺从背上她那十字架。

突然，他想起来答应了去拜访可怜的德·布鲁太太，她子宫里生了一个瘤，急需他的精神安慰。于是，他便离菲丽璞而去。

此后，他或许是太忙了，都没有时间给她上课。除非在告解时，否则菲丽璞再也不能单独与他见面。而在告解室中，当她试图与他——那个她所爱并爱着她的男人（对此她到此时仍然坚信不疑）——说话时，她却发现面前的这个人只是一位神父，只会行圣餐礼，只会给予赦免，只会安排信徒的忏悔。当他要求她去忏悔时，他是何等雄辩啊！他给予了她神圣的宽恕！但当她一提及他们那段旧情，他便像一个满怀义愤的预言家，指责她身陷猥亵不洁却恬不知耻；当她绝望地询问他现在该如何是好，他便虚情假意地告诫她，身为一个基督徒，她务必承担未来的耻辱，因这出于上帝的善意，她务必拥抱这份耻辱，积极地愿求它的到来。至于她的不幸中他究竟有何责任，他是禁止她提及的。每个灵魂务必要承担其一己错误的后果，因为个人的罪孽与他人是否造孽无关；倘若她来到告解室，那么她所需的是为她本人的罪孽寻求宽恕，而不是去窥探他人的良心。她按着他的要求做了，虽然困惑，却依旧双目含泪。于是，她就被这样打发走了。

见到她的痛苦，他并没有一丝同情或悔恨，却自觉委屈。攻陷她这座城堡的过程实在冗长，俘获她的芳心其实也并无荣耀，后来的欢愉时光甚至可以说还是很节制的呢。而现在，伴随这突如其来且不合时宜的怀孕，她居然敢来威胁他的名誉，要知道他可是靠着这名誉生于世上的。他原来就有很多的麻烦，可目前的麻烦却是最大的，该死的小荡妇，她会毁了他的！其实他从来没有真正关心过这个女孩，现在更是非常憎恶她。况且，她现在连漂亮都算不上了。

怀孕和焦虑使女孩带着一脸丧家之犬的表情，肤色好比一个为蠕虫所害的儿童。她当下的丑陋，不仅使他觉得不必再对她负责，更让他感到受伤。因为，他觉得她如今的模样，简直侮辱了他的品位。既然没有其他更好的选择，那么他至少要选一个不那么好的方法让自己问心无愧。至此，他决定厚颜无耻地否认一切，不仅仅是在言行上予以否认，甚至在内心深处也迫使自己相信这样的事情从未、也永远不会发生在他的身上。似乎他与菲丽璞·特兰坎有染是件荒谬、可笑、毫无可能的事。

美妙心情既然不能长久
众人便只爱那属于自己的美妙一刻
且不去管那些永远的朋友

Chapter Ⅱ
第二章

日子一天天过去，菲丽璞越来越少外出，到后来甚至都不去教堂了。她托辞身体不适，每日都待在卧室里。有一位朋友名叫玛尔特·勒派拉蒂，出身良家，可惜自幼丧亲，家道中落，于是借住在菲丽璞家，做菲丽璞的侍女和同伴。玛尔特还未看出这一切，因此只要任何人略微暗示些什么，哪怕吐露一句对教区长不利的话，她都非常生气；特兰坎先生出于父爱，担心菲丽璞有患上肺结核的可能；而家庭医生方东为人谨慎，未向任何人透露菲丽璞的真实情况。

卢丹市民众暗地里都挤眉弄眼，或者出于义愤，说这一切恶行终得报应。教区长与他的敌人们见面时，敌人们便在言语上加以恶毒的暗示；他那些权贵朋友们见到他也都摇头，其中崇拜拉伯雷的人更是用胳膊撞他，大加恭喜，言辞下流粗俗。至于格兰第本人，他对所有这些人只有唯一的回应，即他不明白他们在议论什么。对格兰第尚无偏见的人，一见到他坦诚庄严的态度，听到他直白诚恳的言语，便立刻相信了他的清白，毕竟从道德上来说，像格兰第这样的人物，怎么可能做过那些诽谤者污蔑他的事呢？这些相信格兰第清白的人包括尊贵的德·塞里赛和德·布鲁太太，他们仍然欢迎格兰第神父，即使在公诉人的大门对格兰第关闭之后，这些人家的大门仍然对格兰第敞开。到了最后，特兰坎的眼睛终于看透了女儿身体不适的实质，经过反复盘问，菲丽璞吐露了真相。于是在一夜之间，特兰坎由教区长最坚定的朋友，转为他最不能和解和最危险的敌人。此外，在所有的关系中，格兰第忘记了另一个人，而这另一位人物将引他走向不归之路。

孩子终于出世了。虽然特兰坎家窗户紧闭，将沉重的窗帘落下，又给菲丽璞盖上了厚厚的被子——家人原以为这样可以遮盖住所有的声音。年轻母亲的痛叫虽被蒙住，却还是清晰可辨，于是特兰坎先生那些热切好奇的邻居们自然知道喜事的来到。不到一个小时，这消息便传遍全市镇，而到了第二天早晨，一首名为“公诉人私生外孙女之歌”的下流歌谣就已经用别针别在了本地法院的大门上。有人怀疑这是一些新教徒搞的鬼，因为特兰坎先生在宗教上是非常守旧的，他抓住一切机会阻碍和折磨这些同城的异端分子。

同时，在这道德普遍堕落的时代，玛尔特·勒派拉蒂却挺身而出，以高贵的自我牺牲精神当众宣称孩子是自己的私生女，是她犯了错，是她被逼隐瞒自己的耻辱，而菲丽璞不过是她的女恩主，为她提供遮风挡雨之地罢了。当然，没有一个人相信她说的话，不过人们倒是敬佩这一高尚的行为。当婴孩一周大时，玛尔特将孩子送给了一名年轻的农妇，农妇同意做这孩子的养母，这事是公开的，以便世人都看到。新教徒们仍然不信，他们还在嚼舌头。为了平息那些下流的揣度之语，公诉人采取了一个古怪又可憎的法律手段，他公开抓捕玛尔特·勒派拉蒂，并将她扭送到了治安法官处。在法院里，玛尔特当着证人的面发誓，并被要求签署一份文件，文件上正式承认了她是那个婴孩的母亲，并承诺对这婴孩的未来负责。因为热爱自己的朋友，玛尔特签字了。其中一份文件被夹进了法院的档案室，另一份则被特兰坎先生洋洋得意地塞进了自己的口袋。

经过了程序的验证，谎言在法律上也就成真了。对于受过法律训练的头脑来说，法律的真实性是不证自明的。不过，公诉人随后沮丧地发现，众人根本就不信这一套。即使他当众高声宣读了法院的裁决，即使朋友们亲眼目睹了裁决书上的签名，并亲手触摸了法官的印章，他们仍然不过礼貌地一笑，便顾左右而言他了；他的敌人们则放声大笑，言辞极其刻薄。清教徒们的恶毒可以从他们一位长老的言辞中看出，这位长老公然宣称做伪证的罪恶远超过通奸；为了掩盖丑闻而蓄意作假者，比丑闻制造者还下流，更应受地狱之火的煎熬。

萨缪尔·加斯博士[①]的中年时期与莎士比亚的青年时期，隔了一个世纪，这一百年可谓是多事之秋。在政府、社会经济组织、物理学、数学、哲学、艺术等方面，两个时代相比有着天翻地覆的变化。但至少有一个机构，在这一百年中毫无变化，那就是药房。按照罗密欧评论药房的话：

龟壳悬挂着
鳄鱼标本鼓塞着
各类丑陋的鱼皮漂浮着
至于药架子上么
尽是绿砂锅、囊袋、发霉的种子
还有空药盒

① 萨缪尔·加斯博士（Samuel Garth，1661年—1719年），英国医生和诗人。

而在加斯的著作《药房》中，也描画出同样的药房景象：

此处躺着木乃伊
腐烂不堪，令人肃然起敬
彼处则悬挂着甲胄显耀的乌龟
不远处，乃是一些鲨鱼头
显出吞噬万物的气势
以及那飞鱼，其鳍羽喷张有力

头顶上一排排硕大的罂粟头
近处则挂着一只短嘴鳄，鳞甲积垢
便是在此处，在发霉的堆积中
腐烂着药物
解开那些干瘪的囊袋
内里无非是拔掉的牙齿堆埋

这样的药房，不仅是科学的殿堂，同时也是魔术师的实验室，集市结束时还变为演出场地。整个十七世纪，人们的精神乱成一团，当时的药房则可以作为种种稀奇古怪之事的象征。笛卡尔和牛顿生活的时代，同时也是弗拉德和迪格比爵士[①]的时代；对数和解析几何的时代，同时

① 凯南尔姆·迪格比爵士（Kenelm Digby，1603年—1665年），英国朝臣、外交官，同时是著名的自然哲学家和天主教的重要思想家。

也是武器膏药[①]、通灵粉末[②]、印章术[③]的时代。罗伯特·波义耳[④]，《怀疑派化学家》的作者，英国皇家科学院创始人之一，同时也有一部丹方谱流传后世，里面描述说：在月圆之夜割下的橡树皮，配上风干的寄生浆果，磨成粉，与野樱桃汁混在一起，可以治疗癫痫；对于治疗中风，需找到乳香（从爱琴海的希俄斯岛上的乳香树上流淌下的树脂），通过一个铜质的蒸馏器提炼出精油，再用鹅毛管往患者的一侧鼻孔中滴两三滴，“之后，再滴到另一侧鼻孔中”。如此可见，在那个时代里科学探索的精神虽然活跃，但巫术也同样盛行。

亚当先生的药房位于商人街，是个普通的店面，既不寒酸，也不富丽堂皇，是极其典型的十七世纪药房。要说店里只有木乃伊和犀牛角，那还是亚当先生谦虚了，他满可以吹嘘店里能提供西印度的乌龟、鲸鱼胎盘和八英尺的鳄鱼，存货应有尽有。货架上，摆满了盖伦派[⑤]的植物；库房里，则堆满了瓦伦丁和帕拉塞尔苏斯[⑥]的追随者们配制的各种时髦化学药物。大黄、芦荟存货很多，甘汞（亚当先生更愿意称之为“轻龙粉”）也不少。另外，如果病人喜欢植物性肝药的话，店里也备有干药瓜囊；如果病人愿意尝试更时髦的治疗方法，那么牙石催吐剂、金属锑

① 武器膏药，流行于十七世纪的一种理论，这种理论相信，如果将膏药涂在造成人们受伤的那些武器上，那么人所受的伤也将得到治疗。

② 通灵粉末，中世纪人们的一种迷信，此种粉末如涂抹于制造伤害的武器或受伤者流血的衣服上，伤者将复原。

③ 中世纪迷信之一，相信特定的印章能有巨大的魔力。

④ 罗伯特·波义耳（Robert Boyle，1627年—1691年），英国化学家，其著作《怀疑派化学家》于1661年问世，后世因此确定该年标志着近代化学的开始。

⑤ 盖伦派，信奉古罗马医生盖伦的理论的医生。克劳迪亚斯·盖伦（Claudius Galenus，129年—199年），古罗马时期的医学大师，著名外科医生、动物解剖学家和哲学家。

⑥ 帕拉塞尔苏斯（Paracelsus，1493年—1541年），中世纪瑞士医生、炼金术士。

也是有的。

假如病人不幸与妖女或情郎纠缠不清，那么也可以在匀桧、水银白垩之间或者菝葜、水银蓝油膏之间选择一味妙药。除此之外，亚当先生也能提供风干的毒蛇、马蹄和人骨，只是暂时缺货。至于更贵一些的，如蓝宝石粉末和珍珠，则需要特别预定，货到前付款。

自私生子事件之后，亚当先生的药房便成了一群密谋报复格兰第的人定期集会的司令部。这个阴谋小组的核心成员包括了公诉人特兰坎和他的外甥米尼翁教士、“刑事中尉”和他的岳父梅曼·德·西利、外科医生曼诺利，以及药剂师亚当先生本人。亚当先生身为本地的制药师、拔牙师和灌肠师，在搜集信息方面具有得天独厚的条件。于是，从公证人肖万的夫人那里（在亚当为肖万夫人的爱子泰奥菲尔配制一份驱虫剂时，肖万夫人偷偷告诉他的），药剂师得知教区长以八百里弗的投资取得了某处房产的第一抵押权，这个流氓眼看就要发财了。

还有坏消息传来。从德·阿曼涅克阁下的二号男仆的小姨子那里（这女人喜欢抱怨，并且是干艾蒿的定期买主），亚当得知格兰第第二天将赴城堡参加晚宴。得知此事后，公诉人皱起了眉头，“刑事中尉”一边诅咒一边摇头。德·阿曼涅克不仅是市长，而且还是国王的宠臣，要是他成了教区长的朋友和保护者，那就太可恨了。阴郁的众人长时间沉默着，直到米尼翁教士起身打破沉默，他说，他们唯一的机会在于挖出格兰第实实在在的丑闻，那么何不想法子抓他的现行？从酿酒商的寡妇那里找到突破口如何呢？

但是药剂师却沮丧地说，在这方面实在行不通，那寡妇的嘴严实得很，寡妇的女仆也忠心耿耿。曾有一日，药剂师扒着窗户上的一道裂缝朝寡妇房间里看，不料有人从楼上窗户当头浇下满满一壶尿……

时间就这么过去了。教区长心情宁静，气宇轩昂，厚颜无耻地继续忙他的事，照常享乐。不过很快，药剂师的耳朵里听到了最奇怪的谣言，说教区长把越来越多的时间花在本城最有名的正派女子、虔诚的信徒德·布鲁小姐身上。

这位玛德琳·德·布鲁小姐是雷内·德·布鲁先生三个女儿中的老二。德·布鲁先生家财殷实、出身高贵，与本省所有显赫的家族都关系密切。玛德琳的两个姐妹都已出嫁，一个嫁给了医生，一个嫁给了乡绅，但玛德琳目下已经三十岁了，却依然未婚，倒是惬意自由得很。并非没有求婚者，但她却拒绝了每一个人，宁愿留在家中照顾年事已高的双亲，同时独自思考一些问题。她是那种静谧、神秘的年轻妇人，能压抑自己强烈的情感，外表也冷漠超然。虽然长辈们尊敬她，但同龄人和小年轻们却疏远她，认为玛德琳是一个假正经和扫兴的人，因为她从来不参加他们的狂欢。此外，她是非常虔诚的。虔诚自然好，但是将宗教侵入神圣的私人生活也不太好吧。想想看，玛德琳每隔一天就要忏悔，并在圣母像前一连跪上好几个小时，这可绝不是什么好事。人们弃她而去，而这却也正是玛德琳渴望的。

后来德·布鲁先生去世了。不久之后，德·布鲁太太又患了肿瘤，在漫长而痛苦的养病期间，格兰第时常在拜访菲丽璞·特兰坎和酿酒商寡妇的间歇，抽空去看看这位可怜的老妇人，为她带去宗教的慰勉。去世前，德·布鲁太太让玛德琳请教区长来为其进行临终礼仪，教区长向老妇人保证，他将保护玛德琳财产和精神的利益，就像关心他自己的利益一样。他将以自己独特的方式履行这一诺言。

在母亲死后，玛德琳的第一个想法就是抛却尘世的牵挂，献身于宗教。

但是与她的精神导师交谈后，她发现导师与她意见相反。格兰第坚称，加入乌尔苏拉修女会或加尔默罗修会，穿上修女服，她的光芒将会被埋没，而在修道院之外，她才能做更多有益的事情。作为在卢丹土生土长的人，她的天职是用智慧自塑光辉灿烂的形象，给那些愚蠢的、满脑子都是虚荣心的少女们做榜样。他的言辞流利、雄辩，用词还有种神圣的意味。再加上他的眼睛明亮，整个脸庞也因内在的热情而容光焕发。玛德琳心想，这人看起来就像使徒，就像天使。他所说的一切必是真的、不证自明的。

于是，玛德琳继续住在老房子中，不过现在房子里就显得昏暗和空旷了。因此，她喜欢去找她的朋友（几乎是她唯一的朋友）弗朗索瓦·格兰第，每每要消磨大半天时间。弗朗索瓦·格兰第与哥哥同住，因此再自然不过了，有时格兰第会加入他们，看她为穷人缝补，为圣母或某位圣徒绣出华丽的衣服。突然之间，玛德琳的世界变得明亮了许多，似乎被灌注了一种神圣的意义，以至于自己的灵魂被幸福所充溢。

这一次，格兰第给自己设置了陷阱。作为一个勾引女人的老手，他惯常的伎俩是寻求一种冷静的处理方法，因为他面对的是女人慢慢点燃的内心之火。

她暂时的感官享受是隐忍的，因此会鄙弃那种明显的激情，而追求爱的无穷性——目的单单只是为了爱本身。但是，随着勾引行动的开展，有些事情似乎出错了，更确切地说，是有些事情做对了。在格兰第的人生中，他第一次发现自己真正地恋爱了，这恋爱不单纯只是为了将来情欲的满足，不单单只是为了享受玩弄一个处女的快乐，虽然这位处女的堕落将证明他的成功和他的优越地位。这一次，他是把眼前这个女子当成一个人来爱。这浪子的人生突然改变了，他对一夫一妻制产生了兴趣——这算是一个很大的进步吧。不过，对于一位罗马教会的神父来说，迈出这一步，将使他陷入无数的麻烦之中，包括伦理上、神学上、教义上和社会上的麻烦。为了清除这些障碍，格兰第写作了那篇小论文来讨论神职人员的独身，本书在第一章曾提及此事。格兰第说，世上不会有人认为自己淫荡，也不会有人自认是异端；同时，也没有人能拒绝来自权威势力的命令，尤其是当这些命令就其本质来说被认为是良善的，将有助于一个人走向更崇高、更丰富的生活之时。接着，他用古怪的词句给出了合理的解释和丰富的辩词。他说，在特定的时间地点条件下，无论权威机构提出什么样的哲学观点，只要能做出合理的解释，就会流行开来；而对于非正统行为的辩词，则要考虑当下的道德准则予以重新的诠释，以符合特定的环境。

格兰第的论文是那种动人的、听起来过于别扭的护教学典型模板。他爱上了玛德琳，并且深知这次的爱情在本质上是美好的，但是根据教会的章程，即使美好的爱情也是罪恶的。因此，他必须予以辩护，证明教会的章程并不像教廷所解释的那样，又或者说他本人在发誓遵守章程时所说的话并非他的真实意思。对于一个聪明人来说，要想找到足够的理由证明他想做的事情是正确的，真是再简单不过了。

在格兰第的论文中，他为自己辩护的理由显得无可辩驳，甚有说服力。更令人瞩目的是，玛德琳似乎坚定地相信他的论辩。要知道，玛德琳的虔诚本来已经到了缩手缩脚的地步，她不仅将贞节当成一种原则，更是她的习惯和气质；她视教义为绝对命令，她宁愿去死，也不愿意犯罪毁了自己的贞节。但是她现在恋爱了，有生以来第一次，这恋爱的激情如此澎湃，没过了长久以来她内心深处持之以恒所信奉的那种贞节观。既然遵循了自己内心的感受，那么当格兰第辩解说独身的誓约并不能束缚神父，而且神父有权娶妻时，她便自然信了他。倘若她做了他的妻子，她便能得到授权去爱他，因为爱丈夫本是妻子的责任。女人的逻辑是不可抗拒的，因此，她的爱人的论文中提及的那些伦理、神学观点，便无可撼动了。于是，在某个午夜，当教堂空荡荡，发出任何声音都能产生回响之时，格兰第实现了他向过世的德·布鲁太太许下的诺言，与她留在世上让他照顾的这位孤女缔结良缘。作为一位神父，他自问是否要将此妇人视为自己的正室，而当仪式举行之时，这位新郎做出了肯定的回答，将戒指戴在了她的手指上。作为神父，他乞求神赐福于这对佳人；而作为新郎，他便屈膝接受这赐福。婚礼是很奇怪的，因为其背离了一般的律例、风俗、教规和法律，但他们本人却相信自己的婚姻是合法的。他们认为，在上帝面前他们互相爱慕，便是真正的婚姻①。

在上帝面前？或许吧，但可以肯定的是，他们的婚姻可没有旁人在场。对于卢丹市那些善良的市民们来说，玛德琳不过是教区长最新纳的一个妾罢了，只是一个假正经的小女人，看起来似乎黄油都不会在她嘴里融化，但其实她的本质好不到哪里去。这个假正经的女人如今普告众人自己贱如娼妓，她以最无耻的方式将自己那龌龊的肉体卖给了那个披着法衣的淫棍，这淫棍不就是戴着四角帽的公山羊么？

每个午后聚集在亚当先生悬挂的鳄鱼标本之下的人中，这愤慨的声音要比其他人士更高一些，怨气更毒一些。他们憎恶教区长，但教区长行事谨慎，他们暂时还无法将这最新的仇恨直接转化为对教区长的不

① 原注：“根据1560年普瓦捷市胡格诺派宗教会议的记录，神父婚娶并非稀罕的事情，不过，当这妇人是一个加尔文派时，她那模棱两可的婚姻地位便成了一个与其信仰冲突的严重问题。”（引自亨利·C.利亚《僧侣独身史》第二十九章“后天主教时代的教会”）

利之举。于是，为了保护自己，他们按兵不动，只是嚼嚼舌根罢了。他们用侮辱的言语公然攻击教区长和玛德琳，以至于玛德琳的亲戚们不干了，他们觉得有必要采取措施遏制这种攻击。至于亲戚们如何看待玛德琳与神父的勾当，史无明证，我们现在能证实的只是他们像特兰坎一样，坚信法律的真实，具体的真实如未获得法律上的证明，便不足信。“法律的真实伟大无匹，统治万事。”据此信条，他们怂恿玛德琳以造谣罪起诉亚当先生，案子甚至都惊动了巴黎最高法院，药剂师被地方法院判定有罪。本地的一个地主，他既非德·布鲁家的朋友，也不喜欢格兰第，做了药剂师的担保人再次提起上诉。于是，又进行了第二轮听审，之后地方法院判定，维持原判。于是，可怜的亚当先生只好认罚价值六百四十里弗的巴黎币①作为荣誉赔偿，承担两次诉讼的费用，并当着本地法官、玛德琳本人及其亲戚的面脱帽下跪，“用响亮并清晰的声音”宣告“他鲁莽而恶意地发表狠毒污蔑的言辞，攻击此年轻女士，他请求上帝、国王、法律以及本案的当事人玛德琳·德·布鲁小姐谅解，并承认她是一位美德、荣誉兼济的贞女”，至此，这事才算告一段落。法律上的真理大获全胜。本地的律师、公诉人和“刑事中尉”都承认了这次失败。他们明白，未来只能在暗地里做攻击格兰第和玛德琳的事了，毕竟玛德琳的母亲出身肖韦家族，德·塞里赛是玛德琳的表兄，德·布鲁家族则与塔巴尔、德勒、热内博等显赫的家族通婚。无论这姑娘干了什么，她都有这么多显赫的亲戚为其撑腰，是名副其实的富贵小姐。与此同时，药剂师彻底被毁了，这实在太糟糕，不过人生就是如此，天意难违。所有人都将背负自己那小小的十字架，正如使徒曾公正评价过的，

① 巴黎币，原文*parisis*，是当时巴黎所铸造的货币的统称。

每一个人都要背负起自己的重担。

马上，又有两位新人加入了对付格兰第的阴谋小组。

其中之一是律师皮埃尔·摩尼奥，此人小有名气，是王室律师[①]。过去的几年中，他不停纠缠玛德琳，欲与她成婚，面对她的拒绝并不曾气馁。他依然期盼着在某一天可以娶这位姑娘，顺便得到一大笔嫁妆，并获得玛德琳所在家族盘根错节的影响力。得知玛德琳居然委身于教区长，他感到被骗了，属于自己的权利（他认为对玛德琳拥有诸种权利）也受到了侵犯，于是他怒火冲天。特兰坎先生同情他，倾听他的抗议，安慰他，并引介他加入阴谋小组。摩尼奥乐意之至，从此之后他便成了阴谋小组中最活跃的一员。

格兰第的另外一个新敌人是摩尼奥的朋友，一位乡绅，名叫雅克·德·蒂博。他曾经参过军，如今是黎塞留主教的一个民间代理人，积极投身于地方政治生活。初次见到教区长，蒂博就大不喜欢他。格兰第，不就是一个微不足道的小神父嘛，本来只是低层中产阶级的一员，居然像骑兵一样留起胡须，举止还装出贵族样，炫耀起自己的拉丁文来好像是巴黎大学神学院的博士！现在，这厮胆大妄为到如此地步，居然勾引王室律师的未来新娘！很明显，像这样的事怎能让其继续呢！

蒂博采取的第一个行动，就是拜访格兰第最有权势的一位朋友及保护人杜·贝莱侯爵。蒂博对格兰第予以强烈的指责，并抛出一堆或真或假的恶行作为证明。侯爵被说动了，改换了阵营，此后他将自己的老朋友视为了不受欢迎的人。格兰第深感受伤，甚是焦虑。那些好管闲事的

① 王室律师，在宗教法庭中代表王室参与庭辩。

朋友们赶紧告诉他，让侯爵态度变化的背后怂恿者就是蒂博。当格兰第身着全套法衣正要进入圣克鲁瓦教堂时看见了蒂博，于是这位教区长对蒂博破口大骂，蒂博则举起他的马六甲手杖，以在格兰第的脑袋上敲上一棍作为答复。

卢丹市的战争掀开了新的一页。

格兰第首先发起进攻，发誓要向蒂博雪耻的他在次日清晨奔赴巴黎。对神父施以暴力可是渎圣之举，格兰第要向最高法院、首席检察官、大法官，甚至国王本人申诉。一小时之内，亚当先生就完全得知了格兰第的计划，他放下药杵，赶紧跑去告诉特兰坎，特兰坎立即派仆人通知反格兰第小组的其他人。大家立刻前来汇合，一番讨论后制定了一项反击计划。当教区长正在巴黎向皇帝倾诉苦难之时，阴谋小组的人已经在前往普瓦捷向主教投诉的路上了。他们以最好的法律文风起草了一份文书，指控格兰第勾引不计其数的已婚妇女和少女，不虔诚，不敬神，从不读祈祷书，并在教堂内与人有婚前性行为。想要让这些指控变成“法律上的真实”实在太轻而易举了，大家打发亚当先生到牲畜市场，找来名叫布格罗和谢尔博诺的两个混混，这两人略一思索，便声称愿意在任何文书上签字。布格罗倒是会写自己的名字，而谢尔博诺只能按手印。此事一了，二人拿了钱，就欢天喜地地跑去买醉了。

第二天早晨，特兰坎与“刑事中尉”骑上马，悠然地前往普瓦捷，他们在那里拜访了主教的法定代理人——宗教裁判所鉴定官。令二人大喜过望的是，原来格兰第早就在主教的黑名单中了。格兰第教区长的艳闻早已传到了上级的耳边。除了犯奸淫和言行失检之罪，骄傲是一项更重的罪过。例如，就在不久之前，格兰第竟大胆地侵犯主教的权威，他收人钱财，在没有取得主教颁发的结婚预告书的情况下，竟然擅自同意了一桩婚事。是时候修理修理这只傲慢的公鸡了，正巧卢丹的两位绅士也来指控他。

拿着鉴定官写好的推荐信，特兰坎与埃尔韦（“刑事中尉”的本名）便快马加鞭，前去拜见主教。主教住在位于迪赛[①]的宫殿，宫殿地处城外四里格之远的一处富丽堂皇的城堡。

主教名叫亨利·路易斯·沙太涅·德·拉罗什波扎伊，是一位罕见的奇才，既出身高贵，同时也是博学之士，根据《圣经》的注释，他写出了许多预言著作。

主教的父亲名叫路易斯·德·拉罗什波扎伊，是约瑟夫·斯卡里格[②]的保护人和终身的朋友，因此在未来的主教年轻时，曾有幸聆听那位无与伦比的学者的教诲，照马克·帕蒂森的说法，这位学者“有当时最伟大的智慧，并一直都在利用这种智慧汲取知识”。尽管斯卡里格有新教的思想，耶稣会对他写下的《时代新编年》[③]也始终颇有微词，但主教却能在显赫的声名下始终安全地忠于自己的早年恩师。至于其他那些异端，主教阁下可就仇恨满怀了，他憎恶胡格诺派——此辈在他的教区里人数众多，为此，他尽其所能地让这些异端难受。雨落在游园会，同时弄湿好人与坏人；施舍之时，也不分被施舍者人格好坏；同样，坏脾气发作起来也是极其公平的，比如自己的天主教民们惹恼他时，主教就像对待

① 迪赛，法国西北部城市。

② 约瑟夫·斯卡里格（Joseph Scaliger，1540年—1609年），法国著名的宗教领袖和宗教学者。

③ 《时代新编年》（*De emendatione temporum*），1583年出版，在此书中，斯卡里格在中世纪之后首次提出研究古代历史，除了要包括希腊、罗马之外，还要包括波斯、巴比伦、埃及、犹太等文明。

新教徒们一样，也会采取严厉的措施。根据1614年孔代亲王[①]写给当时的摄政王后玛丽·德·美第奇[②]的一封信中所记，有两百个家庭被迫在普瓦捷城外扎营，却无法返回自己在城内的家，因为他们的神父——那个魔鬼般邪恶的东西[③]——命令他的火枪手，对胆敢通过城门的人可以直接开枪射杀。那么这些人犯了什么罪呢？原来不过是因为他们效忠于王后任命的市长，但德·拉罗什波扎伊阁下却不喜欢这位市长。亲王请求王后陛下惩罚“这位神父前所未闻的傲慢行径”，当然此事最后还是不了了之。这位好主教继续统治普瓦捷，直至1651年在高龄时因一次中风丧了性命。

主教是一位易怒的贵族、小小的暴君、爱书的学者（对他来说，书房之外的世界不过是对神圣阅读行为的打搅，这种打搅令他抓狂），现在正是他在听取格兰第的敌人们对格兰第的控诉。半个小时后，主教下定决心，要给这位讨人厌的教区长些颜色看看。他派秘书起草了一份文件，亲自签署盖章后命令将格兰第抓起来，关到普瓦捷的主教监狱里去。此份文件移交给了特兰坎和“刑事中尉”，由其负责落实。与此同时，格兰第在巴黎也成功地向最高法院控诉了自己的遭遇，并且得到了国王陛下的秘密接见（多亏了德·阿曼涅克的帮助）。教区长将自己受到的不公用娓娓动听的语言倾诉给国王陛下，路易十三被深深打动，立

① 孔代亲王，法国一个世袭的王族，此处指亨利二世·德·波旁（Henri de Bourbon，1588年—1646年）。

② 玛丽·德·美第奇（Maria de' Medici，1575年—1642年），法王亨利四世的第二任王后，出生于显赫的美第奇家族，在亨利四世1610年被暗杀之后，她开始摄政，直至其子路易十三国王成年。

③ 原文*plus meschant que le diable*，是法语、德语的混合。

刻下令紧急行动，确保正义得到伸张。于是不过几天时间，蒂博就接到传令，要在巴黎最高法院接受问询。蒂博立刻出发，随身携带着对格兰第的逮捕令。案子在法院听审，似乎一切在朝有利于教区长的方向发展，不过，当蒂博戏剧性地向法官们亮出主教的逮捕令时，一切似乎又朝反方向发展了。法官们阅读了逮捕令，宣布案子暂停审理，直到格兰第在他的上级面前澄清逮捕令的事之后再审。

这是格兰第敌人们的胜利。

在卢丹，针对格兰第行为的正式调查也在同时进行。首先负责主持调查的是公正无私的司法专员路易斯·肖韦，但不久之后肖万厌烦了，宣布辞职；于是，调查转由不公正的公诉人特兰坎负责主持。对格兰第的控诉此时源源不绝而来。圣彼得教堂的一位神父，令人尊敬的梅斯钦作证说，他亲眼看见教区长在自己的教堂里与妇女在地板上嬉戏（对于这种娱乐项目来说，地板显得有点儿冷）。另一位教堂神职人员，令人尊敬的马丁·布利奥，曾躲在一根柱子后面，窥见格兰第与德·德勒女士共坐交谈，这位女士乃是德·塞里赛先生（在其家族中，他享有“巴日”的地位）已故的岳母。

特兰坎故意改换证词，比如原先马丁·布利奥的证词仅仅提到“格兰第和这位女士说话时一手放在女士的胳膊上”的问题，现在改为了“犯下情欲之罪[①]”。其实，那些没有做出不利于教区长的证词之人，她们的证词才是最有说服力的，比如那些随和的女仆、牢骚满腹的娘们儿、备受格兰第关怀的寡妇、菲丽璞·特兰坎以及玛德琳·德·布鲁。

德·阿曼涅克向格兰第保证，他将给德·拉罗什波扎伊阁下和宗教

① 情欲之罪，原文*veneric act*，其中，*veneric*是罗马尼亚文，意指花柳病。

裁判所鉴定官写信，为他申辩。接受了德·阿曼涅克的建议，格兰第决定主动拜访主教。在从巴黎秘密返回之后，他只在家中住了一宿。第二天日出时分，他又出发了。到了早饭时间，药剂师亚当先生就得知了他的动静。一个小时之后，早格兰第两天返回的蒂博已经快马加鞭前往普瓦捷了。他直接来到主教的宫殿汇报，说格兰第回到卢丹后想要装出认罪悔改的样子，并计划主动来见主教，以避免被当众逮捕时的羞辱。蒂博又说，要不惜任何代价，决不能让格兰第的伎俩得逞。对此，宗教裁判所的鉴定官深表赞成。于是，当格兰第穿戴整齐，正步行前往主教宫殿时，立刻被皇家警官逮捕，虽然格兰第表示抗议，却并未大吵大闹，于是他被带往“普瓦捷的主教监狱”。主教监狱就在主教宫殿的一座塔内，格兰第进去之后被交给狱卒卢卡斯·古耶尔，关在一处潮湿的、几乎完全黑暗的牢房内。那是1629年11月15日，此时距格兰第与蒂博起冲突那天，过了还不到一个月。

牢房苦寒，犯人不被允许与外界联系，因此格兰第无法得到暖和的衣服。几天之后，犯人的母亲请求见犯人一面，同样被拒绝。经过两周可怕的、严酷的禁闭，犯人写了一封哀怨的信给德·拉罗什波扎伊阁下。

“大人阁下，”信开头这样称呼，“我过去一直坚信并教育俗众，受苦是通往天国的路，但我却从不曾体验这路，直到承阁下大恩，被束于此。因恐惧于地狱之命运，因追求拯救之希望，我的心深受触动。我这十五天来虽艰苦备尝，但早先那四十年的浮生荣耀，却从来不曾使我如今日这般接近上帝。”之后便是大段大段经过苦心琢磨的漂亮文章，充满了自负和《圣经》中的典故，似乎上帝已然“快乐地将一张人脸与一张狮面合二为一，也就是说，您的仁慈与我那些敌人的暴戾之心——他们希望毁灭我，如毁灭另一个约伯[①]——共同催促着我往上帝的国度进发”。事到如今，他的恨已化为爱，他吁求报复的渴望已转为服务于敌人的热情。接着又是一段有关拉撒路[②]的花哨文字，然后他引出最后的恳求，既然他已经度过两周的监狱生活，那么他的生命已经得到了完善，因此，他应该立刻被放出去。

通常人们很难相信，用矫揉造作的文字和种种花哨的技巧能表达坦诚、真挚的情感。可文学不同，文学是一种艺术自有的理论规则。不过艺术的实践，却可能遵循另一套规则。因此，在17世纪早期，像格兰第所写的这封信虽然荒谬，却能完全表达他真挚的感情。不必怀疑，他真的相信受苦让他更接近上帝，这的确是他的真实感受，但不幸的是他并不了解自己。他不知道，除非他付诸巨大的、持久的努力，否则只要一回到尘世的虚荣中，他就必然会忘掉受苦受难的价值。他的这种健忘可不需要十五天的时间，在他返回尘世虚荣的最初十五分钟内，他就会将苦难忘得一干二净。

格兰第的信未能平息主教的怒火，德·阿曼涅克及其好友波尔多大主教[③]也都给主教写了信，还是未能使他息怒，当看到这个可憎的小人物居然拥有如此显贵的朋友，反而让这位主教更加痛恨格兰第了。何况，格兰第这两位所谓的朋友，居然敢命令他？他可是德·拉罗什波扎伊，

① 约伯，《圣经·约伯记》中的人物。约伯是上帝的忠实仆人，以虔诚和忍耐著称。

② 拉撒路，《圣经·约翰福音》中记载的人物，病危时没等到耶稣的救治就死了，但耶稣使其复活。

③ 当时的波尔多大主教是亨利·埃斯库本·德·苏迪（1593年—1645年），来自埃斯库本·德·苏迪家族，该家族一度是法国有名的贵族，并且一度占据了波尔多主教的位置，亨利占据此位，始于1628年其哥哥死后。

一位学者！他想，波尔多的大主教算什么，比马厩里的马高明不到哪里去，却自以为可以建议他如何处置那个冥顽不灵的教区长？简直不能容忍。于是主教下令，对待格兰第这个人，要比以前更加严苛。

在这段艰难的时光里，教区长仅有的访客是那些耶稣会的人。他是他们的弟子，此时他们没有抛弃他。除了带来精神的安慰，善良的神父们还给他带来了温暖的袜子和外界写给他的信。从这些信里他得知，德·阿曼涅克已经争取到了首席检察官的支持，首席检察官命令特兰坎，作为卢丹市的公诉人必须重新启动对蒂博的诉讼，而蒂博则跑到德·阿曼涅克那里，希望能达成和解，但“诸位先生们一致”（市长的拼词错误令人诧异）①认为不能妥协，否则“等于承认你的过失”。

教区长重新鼓起了勇气，就自己的案子又给主教写了一封信，但没有得到任何回复。在蒂博跑来找他提议私了后，他再次给主教写了一封信，还是没有得到回复。到了十二月初，那两个受人钱财后指证格兰第的人被叫到普瓦捷接受审问，法官们原本很看重这两个人，可他们给人的印象实在是不敢恭维。尔后接受审问的是格兰第的下属神父热尔韦·梅斯钦，以及那个偷窥狂——他曾窥见格兰第与德·德勒女士坐在一处。这二人的证词在法官们看来跟布格罗、谢尔博诺的证词一样不可取信。就凭这样的证据指控一个人有罪，似乎是完全不可行的。不过德·拉罗什波扎伊阁下可不是那种会因司法公正和法律程序等琐事影响自己决定的人，于是在1630年1月3日，宗教法庭宣布了裁决，责令格兰

① 原文为法语“*Messieurs les esclezeasticques*”，其中，*esclezeasticques*这个词在法语中并没有，应是拼写错误，此处只能意会为“一致”的意思。下句中“等于承认你的过失”也是一样存在部分拼词的错误。

第在每周五禁食，只准吃面包和水，为期三个月；禁止他五年之内在普瓦捷教区行使神职；终生禁止他在卢丹市行使神职。

对教区长来说，这一判决意味着他要蒙受经济损失，也意味着他晋升的希望彻底破灭。但是，他至少重获自由，可以自由居住在自己温暖的房子中，可以吃上丰盛的晚饭（周五除外），可以与自己的亲友叙谈，可以接待那位自称他妻子的女人来访（她得何等的小心谨慎啊！），最后，他可以自由地向德·拉罗什波扎伊的上级，波尔多的大主教申诉了。

格兰第给普瓦捷方面写了一封信，言辞虽倍显尊重，态度却依然决绝。他宣称，将把自己的案子上诉到大主教处。遭到这令人无法忍受的冒犯之后，德·拉罗什波扎伊怒发冲冠，却不能阻止。《教会法》承认连蠕虫也有权利，在某些情况下甚至还鼓励它们扭动身子呢——世上还有比这更大逆不道的吗?

对于特兰坎和其他阴谋小组的人来说，格兰第将上诉的消息更是不受欢迎的。大主教与德·阿曼涅克关系密切，并且很讨厌德·拉罗什波扎伊。他们很有理由担心，格兰第一旦上诉就会成功，如此一来卢丹市就将永远被这位教区长折磨了。为了阻止格兰第上诉，格兰第的敌人们自己也开始寻求上诉，倒不是向更高的宗教法庭，而是向巴黎最高法院，毕竟主教和他的鉴定官都是宗教法官，只能予人精神上的惩罚，比如禁食，或在极端情况下将人逐出教门。如果没有民事法官的判决，一个罪犯不可被吊死，也不会受肉刑或烙刑，也不会坐监。既然格兰第已经犯了相当多的罪，得到了停止执行圣职的处分，那么他也极有可能在最高法院被判定为有罪。最高法院接受了这次上诉，并定于在未来的八月底予以审理。

这次轮到教区长寝食难安了。仅仅在六年前，一个名为勒内·索菲尔的乡村神父因“精神上的乱伦和渎神的猥亵”而被活活烧死。这件案子教区长记忆犹新，公诉人特兰坎也不曾忘记。幸亏德·阿曼涅克在自己的乡村别墅里——在这里他度过了绝大部分的春夏时光——再次为格兰第解忧，让他安心，毕竟索菲尔是被抓了现行，而此人在法院里也没有任何朋友。格兰第就不同了，他没有任何实际的罪证，而首席检察官也已承诺会给予帮助，或至少保持他仁慈的中立。一切都将平安无事。确实，当案件庭审时，法官们做出了一个判决，这个判决正是格兰第的敌人们绝不愿意看到的：法官们要求对普瓦捷的那位“刑事中尉”予以新的审判，这一次，法官们将是公正的，所有的证人需要接受最细致的盘问。眼看前景不妙，谢尔博诺干脆玩起了失踪，而布格罗不仅撤回了他的指控，还承认自己是在收受贿赂后才在证明文件上签名。至于那两位作证的神父，年长的马丁·布利奥早已否认了公诉人特兰坎强加给他的那些证词。而在新的审判开始前几天，较年轻的那位神父热尔韦·梅斯钦在一阵恐慌或许还混杂着悔恨的情绪中找到格兰第的兄弟，口述了一份声明，大意是他上次所言有关格兰第不敬神的罪名，诸如与女仆和主妇们在教堂的地板上嬉戏，午夜时分与妇女们在自己的住所幽会等，完全是不实之词，他之所以会这么说，全是受那些调查此事的人的暗示和怂恿。另一份不那么致命的证词，来自圣克鲁瓦教堂一位自愿作证的神父，他现在却揭露说特兰坎曾偷偷找到他，先是甜言蜜语诱哄，后是恫吓威胁，要他对格兰第进行不实的指控。

于是到了庭审那日，针对教区长犯罪的证据一个都没有了，倒是那些原告被发现有不少的罪证。公诉人颜面扫地，骑虎难下。如果他讲出自己女儿的事情，格兰第将罪不可恕，而他本人的那些不智之举，从某种程度上，能得到解释和宽恕。但说出真相将使女儿菲丽璞难以抬头做人，而他自己也将被人蔑视，成为他人或嘲弄或可怜的对象。

权衡之后，他选择了沉默。于是菲丽璞保留了体面，而格兰第，那个他憎恨至极的混账，被宣告无罪。至于他自己，作为绅士、律师和公诉人的荣誉，无可挽回地被玷污了。

现在，格兰第再无因“精神上的乱伦”被活活烧死之忧了，但停止执行圣职的禁令仍然有效，既然德·拉罗什波扎伊阁下无意怜悯他，格兰第也就只有继续向大主教上诉了。

那时候，波尔多大主教的职位还是埃斯库本·德·苏迪家族的传统营生。

弗朗索瓦·埃斯库本·德·苏迪的母亲名叫伊萨贝·巴布·德·拉布尔黛西耶，她是加布里叶·德·艾丝缇斯的姨妈，而后者又是亨利四世最宠幸的情妇，因此弗朗索瓦·埃斯库本·德·苏迪在他的职业上晋升极快。在23岁那年，他就被授予了主教的礼帽；次年，即1599年，他就当上了波尔多的大主教；1600 年，他前往罗马，在那里人送绰号“下流红衣主教”或“妓院大主教”——这是有点刻薄了。返回之后，他将自己的时间用在了两个方面：一是大兴土木，建修道院，二是与本地的最高法院因各种琐事而凶猛地争斗，为此，他曾一度以教堂钟、经本、蜡烛的神圣之名，一本正经地宣布要将法院里所有人逐出教门。

1628年，在统治波尔多将近三十年之后，他弃世而去，大主教的职位由弟弟亨利·德·苏迪接任。

有关这位亨利大主教，塔勒芒[①]是这么记录的：“德·苏迪夫人临死

① 热代翁·塔勒芒（Gédéon Tallemant，1619年—1692年），法国作家，以《轶事集》闻名，此书为短篇人物传记。这段轶事与下面一段轶事，都出自该书。

时告诉亨利，他其实是德·希伟涅大臣之子，而她已经为其争取了迈勒泽地区的主教职位和其他一些利益。她请求他，满足于已有的财富，不要再向他的继父索取任何东西。而他是这么回答的：‘母亲，我从不愿意相信你无法超越自己，但是现在我看出来了，原本你是一个更好的人。’但这并不妨碍他像其他的异父兄弟姐妹一样取得法律赋予的财产继承权，共计五万克朗——因为他打赢了财产官司。”

作为迈勒泽地区的主教（这是德·苏迪家族的另一个传统营生，在亨利之前任此职位的是他叔叔），亨利·德·苏迪是一个快乐而年轻的朝臣，他暂不受婚姻责任的束缚，自然也就无需拒绝享受风流韵事的乐趣。正因为他在这些韵事上开销很大，以至于迪蒂耶小姐用典型高卢风格的简约语言建议她的嫂子让娜·德·苏尔蒂，与迈勒泽主教阁下——也就是她的小叔子，那位花花公子——要多搞点私情。德·苏尔蒂太太大吃一惊，“上帝啊！这位小姐，你可知道自己在说什么？”“我在说什么？我是在说，钱白白流出自家的大门可不是什么好事。你的婆婆对她的小叔子也是这般做的，他就是前任的迈勒泽主教。”

在风流韵事的间歇，年轻的主教主要忙于战争，首先是在陆地上，作为一名军需官和炮兵军备监督官；后来他将战线拉到了海上，成为了数艘战舰的舰长，并成为海军大臣，事实上，他几乎是一手创建了法国海军。

在波尔多，亨利·德·苏迪与他过世的兄长一样，继续与德艾培农市长争吵。大主教要求控制本地报关登记的权力，而市长则宣传他有首先挑选最新鲜鱼肉的权力。双方你争我夺，到了如下的程度：有一天，市长命令随从截住大主教的马车，并将马车往回赶；大主教自然要报复这样的羞辱，于是，他将德艾培农的警卫们全部逐出教门，并命令任何一个神父都不得在德艾培农家中的小礼拜堂做弥撒。作为回应，大主教还命令，波尔多所有的教堂里都必须进行公开的祈祷，以促使德艾培农公爵改宗。愤怒的公爵立刻予以反击，他发布禁令，凡在大主教宫殿附近有任何超过三个人的聚集，都属非法。当德·苏迪得知了这条命令后，立刻冲上街头，号召民众起而保护教堂的自由。市长立刻从自己的住处出来，意欲平息这场骚乱，于是便与大主教当面对峙。在一阵暴怒中，市长用自己的手杖打了大主教。德·苏迪阁下宣布，据此事实，市长已成被逐出教门之人。二人的争端被提交给了黎塞留，黎塞留决定支持德·苏迪。于是，德艾培农公爵被逐回自家的领地，而大主教则以胜利者的姿态控制了波尔多。只是到了后来，德·苏迪阁下自身也蒙受耻辱，塔勒芒写道：“在流亡中，他终于学会了一点儿神学。”

像亨利·德·苏迪这样的人物最能与格兰第相互赏识。自身原就是纵情声色的大主教，对这位教区长的诸种小罪过自然能同情、容忍；自身原本就是斗士的大主教，在下属中发现好斗者，自然也就大加欣赏。除此之外，教区长言辞风雅，嘴上没有一句俚语，说起话来多是有用的消息以及逸闻趣事，总而言之，他是大主教极妙的同伴。在教区长拜访完德·苏迪阁下之后，德·阿曼涅克写信给教区长，说了这么一句话：“他极其喜欢您。”这次拜访，时间是1631年的春天。大主教对教区长的喜欢之情很快得到了验证，他下令由波尔多宗教法庭重审教区长的案子。

一直以来，由红衣主教黎塞留掀起的民族主义革命稳步开展，现在，几乎是突然之间，凡是被卷进这场琐碎的外省戏剧之中的显贵，无一例外地都感觉到了这次革命开始影响到他们的私人生活。为了打破新教徒和封建寡头的权势，黎塞留说服国王和议会，命令拆除王国之内所有的堡垒。于是，数不清的塔楼被铲平，壕沟被填平，城墙改为两边绿荫的小巷。现在，轮到卢丹市的城堡了。

城堡最初由罗马人建造，在整个中世纪不断被修建、扩建，它是整个普瓦图省①最坚固的堡垒。卢丹市建在一座山上，外围是一圈城墙，由耸立于山上的十八座塔楼予以保卫；在这道外围的城墙之内，是第二道城墙和壕沟。城中最高的建筑就是那巨大的中世纪城堡的主楼，1626年，刚由现任市长德·阿曼涅克刚刚将其修复。修复工程与城堡内部的改造花了德·阿曼涅克好大一笔钱，但作为国王的第一宫廷侍从，他得到了国王私下的承诺，即使城堡的其他部分都被拆毁，主楼将得以保留。

但黎塞留对此事持另一态度。对他来说，德·阿曼涅克只是一个不那么重要的小朝臣罢了，而卢丹市却是一批具有潜在威胁的胡格诺教徒的巢穴。不错，在最近的暴动中，这些胡格诺教徒表现得很忠诚；但在南方，德·罗汉公爵与英国人结盟，领着胡格诺教徒与法王的军队正混战于拉罗歇尔②。所以说今日的忠诚决不能保证明日就不背叛，无论如何，这些胡格诺派都是异教徒。不，不，城堡不得保留，必须被铲平，城堡一铲平，顺带着也要废除一些这个城镇自古以来的特权，因为，既然剩下来的人主要是新教徒，这些旧日的特权也就毫无意义了。

黎塞留的计划是，将卢丹市拥有的特权转移到他自己的祖宅所在地。此地就在卢丹市的附近，还处于设计建造阶段，只能说是一座想象中的城市，将被命名为黎塞留市。

在卢丹市，铲平城堡的意见遭到了公众的强烈抵制。在那时，法国

---

① 法国旧省。

② 拉罗歇尔，法国西部海岸城市。拉罗歇尔是法国传统军事重镇，历史上曾经发生多次围城。最著名的一次是16到17世纪爆发的三十年战争中，由红衣主教黎塞留发动的围城。胡格诺战争即法国宗教战争。

国内仍然动荡不安，和平还是个新鲜事物，倘若堡垒被铲平，那么城内的居民无论是天主教徒还是新教徒，都会觉得自身（照德·阿曼涅克的说法）“将任由各路军队蹂躏，受到各种暴徒劫掠”。此外，有关红衣主教黎塞留存有私心的谣言传得连国外都知晓了。等他完成他的计划，可怜的老卢丹市只怕连个村庄也不如了，顶多算是一个半荒废的村子。因为与市长关系密切，格兰第旗帜鲜明地站在卢丹的大众这边。而他的敌人们，几乎无一例外全是黎塞留的支持者，他们对卢丹市的未来毫不关心，只想着如何拍黎塞留的马屁。于是，他们鼓吹铲平城堡，协力对抗市长。

此时的格兰第似乎正要取得诉讼的最终胜利，但他却遭到了一股巨大势力的威胁，这势力远胜于他一直以来所应付的那些敌人。此刻，教区长的地位甚是尴尬，他已被命令停止执行圣职，但却仍然是圣彼得教堂的本堂神父。在圣彼得教堂，他的兄弟是第一神父，行事自然站在他这一边。他的那些朋友们对他仍然不错；但他的敌人却视其为一个被主流社会所驱逐者；而在幕后，这个被驱逐者行使着皇家政府大部分的权力。因为，德·阿曼涅克要服侍国王，大部分时间被迫在宫廷供职，当他不在卢丹的时候，行政事务由其夫人和一个忠心的副官负责执行，市长明确告诉这二人，任何重要事项都务必与格兰第商量。这位被贬停职的神父，实际上担当着本城的副市长职务，是本城第一市民的家庭守护人。

在1631年夏天，特兰坎先生隐退了。对格兰第的第二次审讯中披露出来的种种事实，他的同工们和一般的公众都感到极大的震惊。为了报私仇，一个人居然做伪证、收买证人、篡改书面证词，很明显，这种人不适合承担法律职务。面对虽然沉默，但非常持续的压力，特兰坎只能辞职。原本他有权将自己的职位出售，但他却将这职位让给了路易斯·穆索，但有一个条件，这位年轻的律师只有娶了菲丽璞·特兰坎才能成为卢丹市的公诉人。对于亨利四世来说，举行一场弥撒就能取得巴黎，是很值得的[①]。对于穆索先生来说，为了获得这么好的一个职位，要去忍受他的未婚妻失去童贞的事实，并忍受新教徒们的下流话，也是很值得的。

在举行了一场悄无声息的婚礼之后，菲丽璞终于安定下来，去承受她的惩罚——四十年无爱的婚姻。

同年十一月，格兰第被召唤至圣茹安德玛恩的大修道院，此处是圣俸颇多的波尔多大主教最喜欢的一处宅邸。在此地，格兰第得知他针对德·拉罗什波扎伊的判罚提出的上诉已然成功。停止执行圣职的命令失效，他可以再次自由行使他作为圣彼得教堂神父的职权了。除了宣布此事，德·苏迪阁下还提供了一些友好而非常通达的建议。他指出，法律上虽然恢复了他的职位，但却无法消除他敌人们的怒火，相反这会更加激怒对方，考虑到敌人数量众多、势力强大，他建议格兰第离开卢丹，在别的教区重新开始教职，重新过上平静的生活。格兰第答应认真考虑这些建议，但其实他早已下定决心，绝不考虑大主教的建议。他是卢丹的教区长，他要留在卢丹，不管他的敌人是谁——或许正是因为这些敌人的存在，他才更要待在卢丹市呢。他们要他走？好极了，他就留下来，就要激怒他们，因为他享受与人斗争的乐趣，因为像马丁·路德一样，他因怒火而快乐。

除此之外，教区长希望留在卢丹还有其他一些尚算体面的理由。

① 亨利四世原本是新教徒，但当时法国是一个以天主教徒为多数的国家，于是，为了取得政权的稳定，亨利四世在巴黎举行改宗天主教的弥撒。

卢丹是玛德琳的家，要她离开此地实在勉为其难。此地还有他的朋友德·阿曼涅克，阿曼涅克现在急需格兰第的帮助，就像格兰第曾经急需他的帮助一样。在城堡保卫战的紧要关头离开卢丹，就好比面对敌人之时弃盟友而去。

在离开圣茹安德玛恩返回住所的路上，格兰第下车拜访了路边一个村庄的神父，问对方他可否砍下一枝花园里生长的漂亮的月桂树。年老的神父很高兴地同意了他的请求，并且说，世上没有任何东西，能像月桂叶一样，为野鸭和炖鹿肉提香。格兰第补充说，世上也没有任何东西，能像月桂枝一样，可作为胜利的象征。于是，手上抓着那胜利的月桂，格兰第骑马进了卢丹城。当晚，在近两年的沉默之后，圣彼得教堂里再一次响起了教区长那洪亮的嗓音。

与此同时，在药剂师亚当那悬挂的鳄鱼下面，阴谋小组的成员们不得不一边承认他们的失败，一边阴郁地讨论他们下次该如何行动。双方之间的争斗很快进入了一个新的阶段，这出乎所有人的意料。在格兰第胜利返回圣茹安德玛恩一两天之后，一位高贵的客人出现在卢丹城，他入住了“天鹅十字”酒店。此人是让·德·马丁，劳巴特蒙男爵[①]，吉耶纳省[②]上诉法庭的第一庭长，国务委员会成员，现为国王陛下的特使，前来卢丹解决城堡之争。

德·劳巴特蒙阁下现年41岁，官运亨通。他的一生证明，在特定的形势之下一个摇尾爬行的人比昂然步行的人走得更远。当然，最厉害的

① 劳巴特蒙（？—1653年），黎塞留最积极、最狂热的支持者之一。

② 吉耶纳省，位于法国西南部。

爬行者也是最凶狠的咬人者。在他的一生中，劳巴特蒙一面屈膝于权贵脚下爬行不歇，一面则对手无寸铁之人大快朵颐。现在，他收获颇丰，已然成为了上级最喜欢的下属之一。

在外表和举止上，这位男爵完全模仿了尤赖亚·希普[①]，虽然后者两百多年后才出现在狄更斯的小说中。他个子很高，身躯不停扭动，湿漉漉的手不停揉搓，一直强调自己的谦虚和善良，与尤赖亚·希普一般无二。而他的阴毒，和那双紧盯最大利益的无情双眼，也与尤赖亚·希普相同。

这是劳巴特蒙第二次来到卢丹市。前年，他曾代表国王参加了德·阿曼涅克一个孩子的洗礼，因此市长有些天真地认为劳巴特蒙是他忠诚的朋友。其实，劳巴特蒙对他是没有友谊可言的，他只向权势效忠。德·阿曼涅克可没有多少权势，不过是国王的一个宠臣，而国王甚是懦弱，永远都不会向黎塞留首相说不。国王虽然向德·阿曼涅克承诺过保住他的城堡主楼，可黎塞留阁下铁了心要铲平城堡，如此一来，早晚（更有可能会早）国王会收回他的承诺，这是完全可以预料得到的。到了那天，德·阿曼涅克这个宠臣就会明白自己究竟是什么分量了——其实不就是一个无名小卒嘛，空有一个头衔罢了。

在前往普瓦图省前，劳巴特蒙拜访了德·阿曼涅克市长，许下他通常会说的效劳、友谊地久天长之类的承诺；抵达卢丹市后，他也认真地倾听德·阿曼涅克夫人的话，出人意料的是，他甚至对格兰第也很是彬彬有礼。然而在私底下，他与特兰坎、埃尔韦、梅曼·德·西利以及其他红衣主教的支持者进行了长久的磋商。

---

① 尤赖亚·希普，狄更斯小说《大卫·科波菲尔》中的反面角色。

格兰第搜集情报的能力与药剂师亚当不相上下，他很快得知了劳巴特蒙的私下会议。他写信给德·阿曼涅克，提醒他要警惕劳巴特蒙，且最首要的是要警惕劳巴特蒙的主子——红衣主教黎塞留。但德·阿曼涅克却洋洋得意地回复说，国王陛下已经亲自写信给特使，明确下令，必须保留他的城堡主楼，城堡的问题根本就不是问题。

皇家公函大约是在1631年12月中旬的时候寄给特使的，但是劳巴特蒙却不过将这信函塞进自己的口袋，对谁都只字不提。拆除城市外墙和塔楼的工作稳步进行，到了来年1月，劳巴特蒙离开卢丹，去别地处理一些更棘手的事情，此时施工者渐渐靠近了城堡主楼。格兰第质问负责拆迁工作的工程师，工程师的回复是，他的职责是铲平城堡的一切。格兰第擅作主张，以市长的名义命令士兵们围成一圈护卫城堡。

二月，劳巴特蒙返回卢丹，发现自己的小把戏暂时未能成功，便以这是自己不可原谅的疏忽为借口请求德·阿曼涅克夫人的原谅，同时还亮出了国王的亲笔信。城堡主楼算是临时保住了，但又能保住多久呢？要付出何等的代价呢？米歇尔·卢卡斯，国王陛下的私人秘书，同时也是红衣主教忠实的代理人，他接到命令要设法削弱德·阿曼涅克对国王的影响力。至于格兰第，红衣主教将在合适的时机以适当的方式对付。

1632年初夏，格兰第和德·阿曼涅克取得了他们的最后一次胜利，但也是最富自杀性的胜利。通过贿赂一个情报员，卢丹市里支持黎塞留的那帮人写给米歇尔·卢卡斯的一叠信被中途截下，这些信里除了许多恶意诋毁市长的字句之外，还包含清晰的证据，证明写这些信的人，一心一意要毁灭卢丹。德·阿曼涅克此时正住在拉莫特的乡间别墅，得知此事后立刻骑马回到了卢丹，他敲响了钟，召唤所有的居民。当着市民的面，他大声朗读了这些罪恶的信件，市民们怒火冲天，特兰坎、埃尔韦及其他阴谋小组的人不得不躲藏起来。但市长的这次胜利实在短暂，几天之后，当他返回宫廷，发现消息已经传到了宫廷里，黎塞留非常生气。国务大臣拉弗利埃尔是德·阿曼涅克忠实的朋友，他把德·阿曼涅克拉到一边，提醒他只能在他的城堡主楼和宫廷职位之间选择一个，说红衣主教阁下是绝不允许他两者兼得的，不管国王陛下目前的真实想法究竟如何，城堡主楼是保不住了。德·阿曼涅克领会了，此后他不再抵抗。一年之后，国王又写了一封信给他的特使，“劳巴特蒙先生，朕听闻卿之勤勉，……朕写此信，以表赞许。城堡主楼仍未拆除，但朕深信卿必能彻底夷平之，一物不留。”

一如以往，红衣主教总是有办法的。

像德·阿曼涅克一样，格兰第也在为自己而战。在恢复圣彼得教堂神父之职后的几天里，他的敌人们向普瓦捷的主教提出诉求，允许他们邀请其他神父举行圣礼，而不是让他们那声名狼藉的教区长来举行。德·拉罗什波扎伊阁下欣喜不已，自然同意了。他这么做意在惩罚胆敢质疑他判决的那个家伙，同时也是为了明确告诉大主教，赦免一事对格兰第虽然是宝贵的，但他德·拉罗什波扎伊可不敢苟同。

德·拉罗什波扎伊的教令又引起了新的丑闻。那是在1632年夏天，路易斯·穆索和他的妻子菲丽璞来到圣彼得教堂，为他们的头胎孩子举行洗礼仪式，格兰第原本可以将此事托付给别的神父，但不知出于何等不可思议的低级趣味，他选择了亲自来做这仪式。穆索提出了主教的命令，格兰第则坚称此命令非法，在与他前情人的现任丈夫经过一番激烈的争执之后，格兰第提起诉讼，要求确认自己的权力。

当这宗新的案子还有待审理之时，旧案子又被翻出来了。格兰第已然彻底忘记了他在监狱里写的那些充满慈悲情怀的信件，信件中那些有关“转恨为爱”、“吁求报复的渴望已然转为服务于诬陷他的人的热情”之类的言语可是很动人的。不过，既然蒂博曾用马六甲手杖打过他的脑袋，那么他是要赔偿的。德·阿曼涅克其实数次建议格兰第与蒂博干脆私了算了，但教区长却拒绝了蒂博提出的所有调解的请求。于是，当格兰第恢复名誉之后，他便向那些应付出代价的人，提起了那些陈旧的控诉。蒂博可是在法院里有门路的人，即使格兰第赢了案子，所获得的赔偿也少得丢人。为了区区24里弗的巴黎币，教区长毁掉了所有消除仇恨的希望——至少是与他的敌人取得相互理解的希望。

Chapter Ⅲ

第三章

当于尔班·格兰第如此这般忽而胜利，忽而失败，忽而又获得岌岌可危的胜利，因而陷于命运车轮的裹挟之中时，他同时代还有另一个更年轻的人也在进行着另一场争夺，为的是求取一项高级得多的奖品。

作为波尔多耶稣会学院的男童，让-约瑟夫·绪兰[①]一定在神学生或新修士中见过一位特别英俊的年轻神父，他也一定从老师们的口中听过许多赞美格兰第先生热情和才华的话语。格兰第离开波尔多学院是在1617年，而绪兰此后再没见过他。1634年的晚秋，当绪兰来到卢丹时，教区长已经过世，其骨灰也早已扬风四散。

格兰第和绪兰几乎是同一个时代的人，在同一所学校受到教育，由同样的老师培养，接受同样的人文宗教的训练，同为神父，只是一人是世俗神父，另一人却是耶稣会修士——虽然注定要成为神圣宇宙的居民。格兰第是一个普通世俗的男人，当然他身上的世俗性较常人要更多一些。他的宇宙，就其一生的历程来看显然是指的世俗世界，这个世俗

① 让-约瑟夫·绪兰（Jean-Joseph Surin，1600年—1665年），法国耶稣会修士，神秘主义者，传教士、宗教作家、驱魔人。

世界常常以“此世”之名，出现在《四福音书》和书信集[1]中。“这世界有祸了！因为将人绊倒。”[2]“不为世人祈求。”[3]“不要爱世界和世界上的事。人若爱世界，爱父的心就不在他里面了。因为，凡世界上的事，就像肉体的情欲、眼目的情欲，并今生的骄傲，都不是从父来的，乃是从世界来的。这世界和其上的情欲都要过去，惟独遵行神旨意的，是永远常存。”[4]

“此世”看起来是人经验的产物，并由人的自我所塑造。“此世”的生活并不丰富多彩，它遵循着那些“封闭自我”的命令。因那扭曲的人欲与憎厌，“此世”已不单指那纯自然的世界，它被从永恒的世界割离，从此成为有限的世界；它为那独一无二的圣土所孤立，其中万物皆虚。“此世”的时间流逝不止，却令人忧心忡忡，因恶事不断。“此世”的运行，使原本由深不可测、美妙无比、玄妙神秘的种种细节呈现出的真实世界，忽然被一套天花乱坠的语言系统取代。“此世”不过是一个概念，却贴着“上帝”的标签。在“此世”，实用主义者的词库已经与这世界等量齐观了。

与“此世”对立的，便是“彼世”，上帝的国度。自从有所觉悟以来，绪兰便总感觉自己受到“彼世”的吸引。他出身高贵富有，家族也虔诚，这种虔诚是实用主义的，也是自我奉献的。绪兰的父亲在去世之前向耶稣会捐赠了一大笔钱；而在丈夫去世之后，绪兰夫人则实

---

① 书信是《圣经·新约》里一种重要的体裁，如《罗马书》《哥林多前书》《哥林多后书》均为书信体。

② 《圣经·马太福音》18：7。

③ 《圣经·约翰福音》17：9。

④ 《圣经·约翰一书》2：15–17。

践了她长期以来的梦想，进入修道院成为了加尔默罗修会的修女。绪兰夫妇一定是教育儿子养成了一种始终如一、认真尽责的严谨性格，以至于五十年之后，当绪兰回顾自己的童年，他发现自己只有很短暂的一段快乐时光。那时他八岁，家中忽然发生瘟疫，他被隔离于乡间的小木屋中。时当夏日，他被隔离的地方极其漂亮，家庭女教师受命可以任由他尽情玩乐，亲戚们来看他，还带来各种各样迷人的礼物。“那时我的时间都花在野兽般的玩耍与奔跑中，不用害怕任何人。”（这话说得多沉痛啊！）“但是在瘟疫之后，家人就安排我学习字母，此后便是痛苦的时光，我主耶稣引领我，却也将重担压在我身上。四五年前，我的痛苦如此之深，且不断加重，直到忍受的极限，我想那是人性能够忍受的顶点。”

绪兰进入学院跟从那些耶稣会修士，而他们所教的其实他都早已掌握。到了要做出职业选择之时，他义无反顾地选择了服务社会。因为在他接受耶稣会修士们的教育时，还同时从另一渠道学会了比熟练掌握拉丁文和经院哲学更有价值、更重要的事。那是在绪兰的青少年期间，前后大约有五年时间，当时波尔多加尔默罗女修道院的院长是一位西班牙修女，名为“天使般的伊莎贝尔修女”，伊莎贝尔修女曾是亚维拉的德兰①的同伴和门徒，在中年时期曾受命与其她几名修女前往法国，传播亚维拉的德兰的新教义、精神修炼和神秘主义信条。对于任何虔诚的灵魂来说，只要他们真心想要聆听，伊莎贝尔修女总会滔滔不绝地讲述这些

① 亚维拉的德兰（Teresia Abulensis，1515年—1582年），西班牙天主教神秘主义者、罗马天主教圣徒、反宗教改革者。

崇高而艰深的学说。在那些最常来拜访，且最用心听讲的人中，有一个十二岁的瘦小男孩，便是绪兰。他喜欢用此种方式度过他的假日。隔着客厅的栅栏，他心醉神迷地听着那费力、深沉的法语讲出有关“上帝之爱”、“乐园相聚”、“谦卑”、“破除自我”、“心灵净化”、“放下忙碌烦乱的心灵”的道理。听着这些，男孩似乎感到自己浑身充满了英雄般的雄心壮志，要与尘世、肉体、公侯和权贵斗争，并最终获胜，那时，他或者可以将自身奉献于上帝面前。他全身心地投入到精神的战斗中，刚过完十三岁的生日，他好似被赐福般得到了一个最终胜利的预兆（看上去这是上帝偏爱他的一个象征），那天他在加尔默罗修会教堂中祷告，突然感知到一束超自然的光，那光似乎要显出上帝的本质，并呈现出所有神圣的属性。

对那道神圣之光以及来自天国赐福的记忆，还有当时的感受，令绪兰铭记终生。布夏尔、格兰第和绪兰这三人都成长于同样的社会环境和教育环境中，但绪兰因对神圣的记忆得以保全自己，避免被贴上肉欲、五色之迷和傲慢的标签——另外两人倒是成功地被贴上了这些标签。当然这并不是说傲慢和欲望完全远离了绪兰，相反，他发现它们非常有吸引力。绪兰是那么一种人，脆弱、敏感、有强烈的性冲动，这几乎使他发狂。此外，他还有极高的写作天赋，后来便顺其自然地受这天赋的引诱，成为了一名职业作家。受虚荣心和俗世野心的刺激，绪兰陷入了对美学的研究之中。他本来期待品尝名望的滋味，去享受批评家们的赞美（当然表面上也少不了抨击）和被公众崇拜的喝彩声。但是人不分贵贱，都难免受各种引诱。绪兰所受的种种引诱，无论是令人尊敬的（譬如美学），还是那令人不齿的（譬如性欲），都同样强大；全靠他记忆中的那道荣耀之光，他才能够识别它们。绪兰至死都是一个处男，他焚毁了自己大部分的文学创作，对自己不仅不是名望隆重之人，相反却极其声名狼藉（后面我们会提到），其实感到很满意。虽然倍感痛苦，但是凭着英雄般的毅力，他破除了难以想象的障碍（后面的章节中我也会提到），将自己的命运投身于成为一个完美的基督徒。

在回顾他那匪夷所思的朝圣之旅之前，且让我们歇息一下，做一个小小的研究，看看究竟是什么东西推动着男男女女们走上了探索未知世界的旅程。

内省、观察、研究古往今来人类行为的种种案例，可使我们清晰地看到，人类自我超越的冲动是普遍的，偶尔还会像坚持己见的冲动一样强烈。人类既渴望强化自我认知，又同样渴望——常常还带有不可抗拒的强烈性——体验成为他人的感觉。总而言之，他们渴望跳出自我，跨过那微小岛屿的边界，在这微小的岛屿上，每个人都发现自己被束缚住了。这种自我超越的渴望，与逃离肉体和精神痛苦的渴望并不相同。虽然在许多案例中，逃离痛苦的渴望确实加强了自我超越的动力，但后者如果没有前者却依然存在。倘若不是这样的话，那些健康的、成功的个人既然已经“出色地调节了自己的生命”（这是精神医学的行话），就不必还有超越自我的那种冲动了，可事实上他们照样有此冲动。甚至在那些天赋和财富都极其丰富的人们中间，那种对自我的深层次的恐惧感和那种逃出令人厌恶的卑微身份的渴求也极为常见，这种身份是完美地“调节生命”之后，生命强加（没有缓刑期，除非他们向至高的法庭[①]提出申诉）给他们的。

无论男女，最快乐的人（依此世的标准）与最凄惨的人并无差别，

---

① 指上帝的审判。

他们或是突然，或是渐进地，都会到达那个时刻，那时“你那所谓的自我，终于不过是赤裸裸的无知无欲”——如《未知之云》[1]中所说。一旦意识到自我的这种局限性，人们就会烦恼，期望超越这“封闭的自我”。霍普金斯[2]写道：

> 我是胃痛，我是胆汁。上帝至深，判决在此：我所品尝，悉皆苦涩；致我本人，一身苦味。骨骼内造，外覆皮肉，血液奔流，无非诅咒。灵魂酵母，木然发酸，浑如生面，长久弃置。据我所见，迷失之辈，亦皆如此，只待鞭笞；劳苦汗臭，已无可救。我亦如此，只更逊彼。

相比劳苦汗臭，身受彻底的诅咒才是最糟糕的。所以，身负劳苦汗臭并不是最糟的，那只是部分地被诅咒。这部分的诅咒，就是指日常的生活和我们的意识——我们的行为举止和普通人一样充满欲望，这种意识通常是木然的，可有时也会敏锐起来。“所有人都会觉得悲伤，”《未知之云》中写道，“特别的是，觉得悲伤的人是真的知道并体会到自己是真的悲伤。与这种纯粹的悲伤相比，其他的悲伤倒像是追逐热情的游戏了。不过，热切追逐悲伤的人有可能不仅只是知道并体会到自己是一个什么样的人，而且还真能使自己成为一个悲伤的人。从未体验过真正悲

---

① 《未知之云》（*The Cloud of Unknowing*）一部匿名著作，讲述基督教的神秘主义，用中古英语写就，问世时间约在14世纪后半叶。

② 杰拉尔德·曼利·霍普金斯（Gerard Manley Hopkins，1844年—1889年），英国伊丽莎白时代的诗人、耶稣会神父，死后著作才出版。此处所引的诗歌节选自《醒来所见并非白昼而是黑夜》（*I wake and feel the fell of dark, not day*）。

伤的人，就让他去追逐悲伤吧，谁叫这人还从未感受过纯粹的悲伤。而当你拥有了纯粹的悲伤，它将净化你灵魂的罪，并能清除你因罪而生的痛苦。同时，它亦能使灵魂接纳尘世的快乐，而原本这种快乐是让人丧失自我存在的认知的。”

倘若我们产生了自我超越的冲动，那是因为无论我们有多无知，都能通过某种暧昧朦胧的途径来了解自己究竟是什么样的人。我们知道（或者更精确地说，是我们体内有什么东西知道）个体认知的范围与人类所有认知的“边界”其实是一样的，而阿特曼[①]（这种灵魂采取现世的态度）与梵[②]（这种灵魂追逐不朽的本质）也是一分为二又合二为一的。我们其实都明白这个道理，即便我们或许从来都没听说过这些讨论“原初真相”的学说；或许即使我们很熟悉这些学说也会视之为空谈。我们也明白在这些学说的推导中有实用的东西，即我们的存在，其最终的结局、目的和意义，其实是在“你”之中为彼岸腾出地方；也就是说，自我要闪到一边去，让整体的“边界”浮出我们意识的表面；也即是说，我们要彻底地“死去”，这样我们便可以说：“我与救主同钉了十字架，然而我活着，但其实不是我活着，而是救世主活在我心中。”当表象的自我得以超越，如以有限的意识世界中的语言，可以这么表述：本质的自我可自由地认知它本身的不朽，同时认识到相关的事

① 阿特曼，梵语为Atman，意为内在的自我或灵魂。在印度教，尤其在吠檀多一派的哲学中，阿特曼是第一原则，乃是人的本质，超越于现象之上。

② 梵，梵语为Brahman，也翻译为婆罗门。在印度教，Brahman指的是一种不变的真实性，存在于世界之中，却超越于世界之上，被描述为存在的清醒的极乐的境界，乃是最高的真实。

实，即经验世界中的每一个微芥，均具有永恒与无限的特性。这才是解放，这才是智慧，这才是荣福直观[①]，达此境界，则万物皆自如，再不与爱恶交织的自我有什么关系。

“原初真相”便是：你与彼岸为一。这一事实，个体能够知觉。但对于宗教来说，对这一事实的认知，需要通过客观化、具体化的方式让信众知觉到，于是，便外化出一个无限的神祇，这神祇远离有限的人世。与此同时，为了闪到一边以让整体的“疆域”浮出有限意识的表面，这一“原初使命”也外化为一种责任，即在信仰的框架内，努力获得救赎。由此两种原初的途经，宗教遂生发出它们的教义、中保理论、象征、仪式、教条、戒律。遵循教条者、崇拜中保者、举行仪式者，都信奉教义并敬慕那超越有限世界、活在“彼处”之神者，便能指望，借助恩典，可得救赎。至于是否能得到智慧（这原本是伴随着领悟“原初真相”而出现的），那可就取决于宗教虔诚之外的其他一些因素了。如果宗教帮助个体遗忘自身，也促使他抛弃有关宇宙的现成观点，那么它就为领悟“原初真相”开辟了一条道路。但如果宗教唤醒并证明了诸种激情（如恐惧、谨小慎微、义愤、制度化的爱国主义、十字军的仇恨等）自有其正确性，或者说它喋喋不休地鼓吹某些神学观念、神圣的语句有何等的妙处，那么，它就堵塞了这条道路，成为了人们领悟“原初真相”的障碍。

在所有主要宗教的词汇表中，“原初真相”和“原初使命”或多或少都能得到充分的阐述。在基督教神学的语言中，我们可以将“领悟”定义为三位一体，那是灵魂与上帝合一，是与圣父、圣子、圣灵的融合，

① 荣福直观，指完全净化的灵魂直接面见无限美善天主的圆满境界。

也是与万物之源和“疆域”的融合，是在人类的意识中与“疆域”的诸种表现融合，最终是与“灵”的融合——这“灵”将未知世界与现象世界联合在一起。

仅与三位一体中的一位融合，而排除另外两位，不叫领悟。因此，单单知道与圣父融合，虽得到狂喜，却只能算掌握了一门学问，这学问是有关“疆域”的永恒本质的，并不涉及“疆域”的种种有限的表象。

领悟，即彻底的解放与智慧，意味着时间的永恒，以及从万有中发现唯一。依大乘佛教，若以菩萨的观念，则小乘佛教中声闻者[①]所体验的世界寂灭的狂喜，并非领悟，相反阻碍了领悟。在西方，教会出于种种考虑攻击“无为派”[②]，并导致宗教迫害。而在东方，声闻者并未受惩罚，大乘佛教只是认定，他们的证道之路是错误的。马祖和尚[③]说，“声闻者确有所悟，然其所赴，实为歧路。俗人于歧路，偶亦得领悟。声闻者却不如，盖彼未知，禅心无阶段、无因果，亦无想象。凡执着因者必得果，从此安住三昧[④]，一切皆空，万古如斯；声闻者以此，虽得悟解，终究是误。依菩萨教，安住三昧，一切皆空，等同承受，地狱诸苦；盖声闻者，自葬于空无，难破静思，无能跳脱。若声闻者，于佛性万一，

① 声闻，巴利语sàvaka的直译，意为弟子，即亲自听闻佛陀音声言教的弟子，或者说是佛陀的亲传弟子。

② 无为派（Quietism），也称寂静主义，流行于17世纪70、80年代的法国、意大利、西班牙的一种基督教派别，1687年，教宗英诺森十一世宣布该派为异端，此派的教义主要是推崇沉思、冥想，反对语言与仪式，相信在精神的寂静中可以达到与上帝的融合。

③ 马祖（709年—788年），俗姓马，名道一，世称“马祖道一”，因在江西弘扬禅学，又称“江西道一”，唐代和尚，中国禅宗历史中的重要人物，曾随六祖慧能门下的怀让大师学禅十年，沩仰、临济二宗皆与他有渊源关系。此处所引文字，未能查到来历，译文为译者意译。

④ 三昧，梵语samadhi的音译，意思是止息杂念，使心神平静。

终未窥见。”

只知道圣父，便排除了对世界本质的认知。这本质是：世界虽是万有，但皆是那唯一的无限之存在的表象；世界虽在时间流转之中，却参与了永恒。倘若能一并认知世界的本质，则除了要与圣父融合为一之外，同时也需与圣子、圣灵融合为一。与圣子融合为一，即是说要在人格上达到无私之爱的典范；与圣灵融合，则意味着通过自我超越达到无私之爱，这是手段与结果的合一。与圣子、圣灵的融合，将使我们知道，我们已然与圣父融合为一——其实，在不知不觉中，我们无时无刻不在享受这样的融合。

但假如单方面追求与圣子融合，就是说，全身心关注那位历史上的中保[①]的慈悲，那么，宗教将会变成一场爱情，外在的显现是人们做出种种苦修之事，内心则想象种种圣像、幻境，并自我激发出种种宗教情感。但是，无论是苦修、幻境，还是对某个记忆中或想象中人物的情感，就它们本身而言，是不够达到领悟的；就解放、智慧而言，它们所起的价值仅仅是工具型的，它们是助人达到无私的手段（更准确地说，它们有可能助人达到无私），因此或者能使那些做出苦修、看见幻境、体验宗教情感的个人意识到那神圣“疆域”的存在——其实即使在不知道“疆域”存在的情况下，人依然总是将自己的存在栖息于上。苦修、圣像、宗教情感构成信仰，但这种信仰与相信一套神学的、历史的断言，或因得到某个卓绝不凡之人的拯救而对之产生强烈的信念，并不是一回事；其实它是对万物井然有序的信心，它是有关人与神圣自然的理论，它是一种能发挥特殊作用的假说，此假说坚定地依托于一种期盼，即通

① 中保，此处意指耶稣基督，他带来了天国的消息，做人与圣父之间的媒介。

过进入“封闭自我”无缘得知的某种现实，自假设开始之物，迟早会转变，终能被人真实地体验到。

可以这么说，所谓的未知之现实，通常不仅指人类存在的神圣“疆域”，也指在“疆域”与人类日常生活的清醒意识之间那个中间地带。对那些接受超感官知觉[①]（也即预见力）测试的人来说，测试的成功与失败并没有明确的界限划分。猜数的过程与之相似，是否准确猜中，或猜出大于、小于实际的数字，完全是偶然。在实验室中，实验环境也一贯存在同样的偶然性。但是，在一种更重要的情境中，这种偶然性却并不总是那么明确。根据许多记录在案、经过权威认证的实验，超感官知觉会自然发生，有此超感的人清楚地知道未来某事的发生，他们极其肯定超感传递过来的信息。在精神的领域，我们也发现相似的记录，有人会在无意识中看见神的出现。因了直觉的恩赐，通常属于不可知之物也会显形，人于是获得这类知识，它是不证自明、无可怀疑的。无论男女，倘若达到高度的无私状态，其直觉到不可知之物的情况，将会变得很经常——原本这样的经验是非常稀罕和短暂的。通过苦修与圣子融合，通过顺从于灵感而与圣灵融合，最终让清醒、完美地与圣父融合成为可能。达到这种融合的境界之后，万物不再与“封闭自我”有关，人们认识到，万物“是其所是”；换句话说，万物最终关涉到，并等同于那神圣的万有的“疆域”。

为求得智慧与解放，若单纯追求与圣灵的融合，或单纯追求与圣父的融合（在世界湮灭的狂喜中），或单纯追求与圣子的融合（外在的苦

① 超感官知觉，Extrasensory perception，缩写为ESP，人们通常用第六感来命名这种特殊的感觉现象。

修、内在的圣像与情感），结果都并不那么令人满意。

排除其他，单单追求与圣灵融合，我们便会发现思想上的神秘主义，行为模式上的心灵学、灵异学。有灵异的人，其天生或者后天习得一种窍门，可以感知潜意识之下发生的一些事情。在潜意识之下，正常的心智失去其个性化的特征，而融于超自然的介质（此处借用了物理的隐喻）之中，在那里，所谓的个我已然晶化。在这超自然的介质中，有许多其他的晶体，每个晶体都有其模糊的边缘、互相溶解渗透的边界。其中一些晶体，乃是其他有形物体的灵魂；另外一些，则是“精神因素”，即使在人死后，此“精神因素”仍然存活。无疑也有一些晶体是理念模型，因痛苦、愉悦和沉思而产生，这些晶体作为可能被感知之物，顽强存在于“彼处”，即在那超自然的介质中。最后，还有一些晶体，或许是与人无关的实体，可善可恶，也可能只不过是些陌生之物。

那些旨在单纯追求与圣灵融合的人，将注定失败。因为，倘若他们不行苦修，从而忘记还需与圣子融合，倘若他们也忘记了人类最终的目标是自由，并且获得有关圣父的完美的知识——只有在圣父身上才有我们的存在；那么，他们将永远无法达到智慧与解放的目的。对于此辈来说，最终他们是不可能与圣灵融合的，倒是会与某些精神有所交融，比如与那超自然世界里某个A、B、C的灵魂交融，而超自然世界里的那些居民，也并不比我们更接近智慧，甚至其中一些居民，实际上比那些最不透明的肉身，还要更加不能被圣光照耀呢。

令人费解的是，我们清楚自己究竟是何许人也。我们因为知晓自己似乎并非那本应成就之人而感到悲哀；我们因此产生强烈的渴望，意欲超越那自我束缚的牢狱边界。要想达到自我超越的、解放的境界，唯有舍己、顺从灵感（换句话说，即是与圣子、圣灵融合），如此便意识到自己终与圣父融合，虽在并不知道的时候，我们总是栖居于圣父之中。

只不过，达到自我超越的、解放的境界，说起来容易，做起来难。自我超越，乃是上升的方向，在这过程中多有障碍，对于那些被障碍拦住的人，却有其他一些更好走的小径可供选择。毕竟，自我超越虽然方向往上，但过程绝不是始终向上的，实际上，在绝大部分案例中，人们既可以向下躲入潜意识，也可以进入某种与自我平行，并不更高却更加宽广的事物之中，虽在本质上这事物乃是自我的延伸。为了减轻集体堕入“封闭自我”的影响，我们一直都在尝试另一种更加私密的遁逃之路，即找回兽性、精神错乱；或选择差不多更可信的一种自我逃避方法，如沉迷艺术、科学、政治，或热爱某个小嗜好、一份工作。不用说也知道，这些是对自我超越这条上升之路的替代品，但这些遁逃，或者是非人的，或者不过是取代人的。以此想觅得恩典，往好了说，其结果不可能令人满意；往坏了说，结果将是灾难性的。

《致外省人信札》[①]已跻身文学艺术最完美的杰作之中。这部书是何等精确！用词是何等高雅！含义是何等丰富明畅！讽刺挖苦起来又是何等巧妙！可以说是“温柔的残暴”。但是，阅读帕斯卡的杰作所产生的愉悦，很可能令我们忽视这样一个事实，即在耶稣会与杨森主义[②]的纷争中，我们那无与伦比的大师究竟是为谁而战？大抵上，他所支持的是每况愈下的那一方。最终，耶稣会取得了胜利，但这胜利绝非纯粹的祝福；但与“帕斯卡一派倘若获胜的话”做比较，耶稣会的胜利倒也不

① 《致外省人信札》（*Letters Provinciales*），布莱兹·帕斯卡（Blaise Pascal，1623年—1662年）的著作，帕斯卡是坚定的杨森主义者。

② 杨森主义（Jansenism），罗马天主教十七世纪的运动，其理论强调原罪、人类的全然败坏、恩典的必要和宿命论。

算是诅咒。杨森主义的教义是，几乎每个人都活该下地狱，其宗教伦理则是坚不可摧的清教主义。若信奉该派，那教廷大概很容易就会变成一个几乎全然邪恶的机构，好在最终是耶稣会赢了。在教义上，杨森主义过度发挥了奥古斯丁主义[①]，幸亏有类似半伯拉纠主义[②]的一些常识做中和。（在其他时期，过度的伯拉纠主义——比如爱尔维修，又比如今日的J.B.沃森和李森科——也需要半奥古斯丁主义的常识来做中和。）其实，在实践中任何严苛的主义最终都会产生较大的宽容与缓和，这种宽容的态度得到一种诡辩术的支持，这种诡辩意在证明，任何看起来是弥天大罪的行为其实都是可以宽恕的。这一诡辩，最后被总结为盖然论[③]。依此理论，之所以要奉行权威们的大量意见，是为了给罪人们谋取种种可能但并不确定的利益。

对于严谨、顽固的帕斯卡来说，盖然论看起来完全是不道德的。但对于我们来说，这一理论及其支撑的那种诡辩却有一个巨大的优点：使永沦地狱的可怕教义变成了荒诞。假如在地狱里，一个罪人只需治安官几句无足轻重的诡辩就能得到拯救，那么这地狱也就无需被认真对待了。耶稣会的诡辩家和那些道德哲学家提出盖然论是出于仁慈，其目的

---

① 奥古斯丁主义（Augustinianism），是一种以上帝为核心，基督教教义为原理的宗教唯心主义体系。

② 伯拉纠主义，公元五世纪初不列颠隐修士伯拉纠（Pelagius，354年—420年或 440年）提出的相悖于奥古斯丁的学说。他反对原罪，相信人的自由意志可选择善恶。半伯拉纠主义，亦称“伯拉纠折中说”，四五世纪间基督教神学学说之一，是伯拉纠主义遭到谴责之后，一部分神学家在伯拉纠与奥古斯丁的主张之间所做出的一种折中的说法。

③ 盖然论（Catholic Probabilism），天主教道德神学中的一种理论。该理论相信，关于某行为是否符合道德，可以先行遵循某种可能的意见，即使完全相反的那个意见更有可能是正确的。

是为了让最世俗、最邪恶的男男女女也可以留在教廷，以此来巩固这个机构的统一性，尤其也是为了巩固他们内部的秩序。在某种程度上他们的目的还是得逞了，但与此同时，他们也在信徒中制造了巨大的分裂，暗中还对正统基督教的一个核心教义——有限罪过将得无穷惩罚——进行了归谬。

自1650年以来，自然神论、“自由思想”和无神论迅速流行开来，这是许多因素综合作用的结果，耶稣会的诡辩术和盖然论，包括《致外省人信札》本身就是这些因素的一部分（虽然在《致外省人信札》中，帕斯卡以无与伦比的艺术技巧对这些因素进行了辛辣的嘲讽）。

而在本书描述的这部怪异的人间戏剧中，耶稣会扮演的角色与《书函集》[①]中那些善良的神父有着天壤之别。《致外省人信札》中的耶稣会修士从来都与政治绝缘，也几乎不与“此世”及其中的居民有接触，他们那苦行的生活既是英雄般的，却也几乎令人发狂。他们还向自己的朋友和弟子们宣扬这样的苦行，如此一来，大家都在冥想中投身于成为完美基督徒的命运之中。在耶稣会的神秘主义流派中，最知名的神秘主义代表人物是阿尔瓦雷斯神父[②]，他是亚维拉的德兰的导师。耶稣会的一个会长曾经指责阿尔瓦雷斯举行默祷，且教人默祷，违背了罗耀拉[③]关于默想行为的规定。后来一位总会长阿奎维瓦[④]赦免其罪，如此一来，就算是耶稣会官方认可了默祷的合法性。“谁若过早地、鲁莽地试图达到最高级

① 《书函集》（*Provincial Letters*），布莱兹·帕斯卡的著作。

② 巴萨泽·阿尔瓦雷斯（Balthazar Alvarez，1533年—1580），西班牙天主教神秘主义者。

③ 圣依纳爵·罗耀拉（San Ignacio de Loyola，1491年—1556年），耶稣会创始人。

④ 克劳迪奥·阿奎维瓦（Claudio Acquaviva，1543年—1615年），意大利籍的耶稣会士，于1581年被选为第五任耶稣会总会长。

的默祷，谁就应该受指责。然而，那些伟大的神父们一直以来都在进行默祷，对此事实，我们决不能一概而论。默祷的功效不得蔑视，修士们进行默祷亦不得予以禁止。依许多神父的切身经验及其权威，我们可以认定，纯粹的、深沉的默祷比起其他形式的祷告，能产生更强的力量和功效，既能抑制人性的傲慢，也能鼓舞胆怯的灵魂执行教会的命令，使其为达到灵魂的救赎而充满热情地工作。”在十七世纪上半叶，耶稣会得到允许，可以过神秘主义的生活，同时他们也受到鼓励，可以在本质上甚为活跃的教团框架内，让自己献身于默祷。但在后来的一段时间里，随着模利诺斯[①]被定罪，以及与“无为派”进行了激烈的论战之后，消极的默祷被大多数耶稣会士所怀疑。

在《法国文学史中的宗教思想》一书的最后两卷，布雷蒙[②]生动而充满戏剧性地描述了耶稣会中大部分的“禁欲主义者”和小部分泄气的默祷者之间的冲突。鲍狄埃，这位博学的耶稣会历史学家，对拉勒芒[③]和他的弟子们进行了研究，他受布雷蒙严厉、毁灭性的批评所影响，表示不认可耶稣会修士的默祷行为。他坚持认为，官方从未真正谴责过默祷行为，即使在反“无为派”运动的那段最糟糕的日子里，默祷者仍然在坚持，且在耶稣会内部继续兴旺。

① 模利诺斯（Miguel de Molinos，1628年—1696年），西班牙天主教神秘主义者，无为派的代表人物。

② 亨利·布雷蒙（Henri Brémond，1865年—1933年），法国文学研究家、天主教哲学家，曾为耶稣会士，推动了神学的现代主义化。

③ 路易斯·拉勒芒（Louis Lallemant，1578年—1635年），法国耶稣会士，被称为法国的阿尔瓦雷斯神父。

在1630年代，离“无为派”的兴起还有半个世纪的时间，有关默祷行为的争论还没有被冠以异端的恶名。对于耶稣会当时的总会长维特勒斯采[①]以及他的上级们来说，关于默祷行为的问题完全可以从实际效果上来做判断：究竟默祷使修士们变得更好，还是默想令会士们变得更好？

从1628年开始，一位伟大的默祷者，路易斯·拉勒芒身居鲁昂学院导师一职，直至1632年因身体原因退休。绪兰是1629年的秋天到达鲁昂学院的，他与十二到十五名年轻的神父（他们正处在耶稣会神父的“第二个见习期”）一起学习，直到来年的春末。在那个令人难忘的学期中，绪兰每天都要听拉勒芒导师的课，并以祈祷和苦修的方式，按照罗耀拉制定的修会规则训练自己过完美的基督徒生活。

绪兰仅对拉勒芒的课程大纲做了简略的记录，而他的同学利格留神父的纪录则事无巨细。后来，另一位耶稣会神父尚皮翁对这些原始记录进行了汇总，在17世纪的最后几年里，以《皮内·路易斯·拉勒芒的精神学说》为名出版。由此书来看，拉勒芒的学说没什么新鲜的，话说回来，他又怎么可能有新鲜的学说呢？其所鼓吹的终极追求，无外乎是完整地认识上帝，这是所有追求自我超越之人共同的目标。而达成这一目标的方法则极其传统，如频繁地领圣餐，一丝不苟地践行耶稣会的誓言，“自然人”一贯的苦修、自我审视，坚持“保卫心灵”和每日对情欲进行深思反省。而那些已有所准备的人，便可进行“心思单纯”的默祷，以清醒地等待上帝荣光的照耀，期望默祷的恩典降临在自己身上。拉勒芒讲课的题目都是老一套，但将之传授给学生的方式是完全个人化的、

① 穆蒂奥·维特勒斯采（Mutio Vitelleschi，1563年—1645年），第六任耶稣会总会长。

原创的。因此，由大师和他的弟子们共同建构起来的这套学说，便有了其特殊的品质、格调，以及特别的风味。

在拉勒芒的教诲中，特别强调对心灵的净化以及服从圣灵的指引。换句话说，他教导弟子只有通过苦修与奉献来与圣子相通，同时在被动却清醒的默祷中与圣灵相通。只有这样，才有望与圣父相通，并清晰地感受到这种相通。

要想达到“心灵的净化”，务必要热情地奉献自我，频繁地领圣餐，并以时刻戒备的精神保持清醒，以便在发现肉欲、傲慢、自恋的任何一丝迹象时能立刻禁抑。关于拉勒芒所说的虔诚的情感、想象，及其与领悟的关系，在后面的章节中将有机会讨论。此处我们要讨论的是他所说的禁欲的过程，以及需要进行禁欲的“自然人”。

“愿你的国降临”[①]这句话的弦外之音是“我们的国将远去”，对此无人质疑。人们的分歧在于“我们的国将远去”的最佳路径是什么。是以武力来驱逐吗？还是“我们的国”悉数改宗？拉勒芒是严苛的，在奥古斯丁的影响下，他对人性全然的败坏与罪恶表示肯定，并持非常悲观的态度。作为一名善良的耶稣会修士，他对罪人也表示宽容。但他神学思想的基调却带有很深的悲观主义色彩。他看待自己和那些期望完美的人是毫不留情的。对于他们，同时对于他自己，没有捷径可言，只有以达到人类忍耐极限的禁欲态度去努力。尚皮翁在有关拉勒芒的短篇传记中这么说道：“很明显，他在肉身上的苦行已经超过了他的体力，按照他最亲密的朋友们的判断，正是这种过度的苦行极大地缩短了他的寿命。”

① 《圣经》中主祷文的第二句开头。

关于这一点，很有趣的是，我们可以看看拉勒芒的其他同代人对自我鞭笞这种事抱有什么样的看法。比如约翰·多恩[①]，他由天主教改宗英国国教，作为一位痛改前非的诗人，他最后做了牧师和神学家，他是这么说的："他人的十字架与他人的优点并不是我的；他人自愿背负十字架，即使是为我本人的罪而背，那十字架也不是我的；弯曲的、遥远的、多余的十字架，同样也不是我的。我注定要背负起属于我的十字架，而世间亦必定有一个十字架属于我，这属于我的十字架乃是上帝为我预备的，放置在我的人生之路上，当我呼唤它，那可能是我受到了诱惑，也可能是受了苦难。但我绝对不会离开我的大道去寻找那个十字架，因偏离了我的大道找到的十字架，不是我的，也不该是我所背负的。我生来不是为了自我束缚，去盲目寻求人的迫害，或承受折磨而不逃离，或面对瘟疫却不远避，或任由别人伤害竟不防卫。我生来也不是为了过分节食以至饿死，也不是为了惨无人道地鞭打自己使自己皮开肉绽。我生来乃是为了背负起我的十字架，那十字架是独一无二的属于我的十字架，是由上帝之手留于世间给我的。而当我在大道上呼唤它，诱惑与苦难将随之而来。"

毫无疑问，多恩的观点完全是新教徒的观点。曾经，这些观点也由许多伟大的天主教圣徒和神学家所阐明，可惜的是，肉体的苦行经常会到达极限，这在天主教的历史中作为一种常见现象竟流行了很多个世纪。这一现象的流行有两个原因，一个是教义上的，另一个则是心理和生理上的。

对于许多人来说，自我折磨是炼狱的替代品，好比是在当下的折磨

① 约翰·多恩（John Donne，1572年—1631年），英国诗人、英国国教牧师。

与死后未来更痛苦的折磨之间做一种选择。但是，肉体上苦行的产生，还有其他一些隐晦得多的原因。对于那些以自我超越为目标的人来说，绝食、绝眠、身体的疼痛也是“替代品”(此处借用古老药物学的一个名词),它们带来了人状态上的改变，使病人转变为另外一个人。在身体层面上，这些“替代品”如果施行过甚，将导致一种向下的自我超越，以疾病告终，甚至如在拉勒芒的案例中一样，以短寿告终——这种“功成圆满”可不是受人欢迎的。但在此过程中，倘若这些“替代品”的施行是适度的，那么身体的苦行倒是可以助人达到水平的甚至是向上的自我超越。当身体饥饿，人会感到一阵罕见的心灵的明澈；当人缺少睡眠，则易于降低意识与潜意识之间的门槛。当疼痛不是那么极端时，对深深陷于自满与惯性中的人的肌体，倒不失为一剂清凉散。由此可见，祈祷者若自我折磨，或许真的能促进向上的自我超越的进程呢。

然而，更常见的是，这些自我折磨并没有打开神圣的“边界”之门，而是引人进入了奇怪的超自然世界。这么说吧，此世界介于“边界”和人的心灵（上层的、更个人化的、包括潜意识与意识层面的那部分心灵）之间。进入超自然世界的人，若进行身体苦行的训练，看起来将走上神秘学的道路，他们通常会获得那种我们的祖先称之为“超自然”或“神奇”的力量。这种力量和伴之而来的那种超自然的状态，常常与精神的领悟相混淆。当然，实际上这种自我超越仅仅是水平层面上的，而非向上的。但是超自然的经历是如此奇妙而迷人，以至于许多男女都愿意，甚至渴望能通过自我折磨的手段，使自己有可能进入超自然的世界。

身为神学家，拉勒芒和他的弟子们很清醒，他们从不相信所谓的

“非凡恩典”能与和上帝的融合等量齐观，或者说，其实这些所谓的“恩典”与上帝没有一丁点儿的关系。（正如我们所见，许多所谓的“非凡恩典”实际上是邪灵的显现，而世人辨别不清。）决定实际行为的可不单纯是清醒的信仰，看起来拉勒芒和绪兰都可能被苦行强烈地吸引住，而苦行实际上倒是帮助他们获得了所谓的“非凡恩典”[①]，为了美化这种吸引力，他们借用了非常传统的信仰，即自然人是天生的罪人，因此需要不惜代价、不择手段（不管这手段有多残暴），铲除这种罪。

拉勒芒对人类天性的敌意，既针对了人的内心，也针对了人的外在。对于他来说，这个堕落的世界布满了陷阱。对他来说，被造之物寻欢作乐，自恋于自己的美，对心灵、生命、万物的秘密追问过多，这些行为危险地偏离了研究人性的正确路径，因正确的路径不是去研究人本身，不是研究人的本性，而是体悟上帝，获得对上帝的认知。对于一个耶稣会士来说，想成为完美的基督徒是一个怪异而困难的问题。耶稣会可不是一个讲究默祷的修会，因为讲究默祷的修会的成员隐居世外且将其一生都献给了祷告。耶稣会乃是一个很有活力的修会，布道者众多，他们投身于拯救灵魂的事业，并发誓在全球范围内为教廷赢得胜利。拉勒芒对完美的耶稣会士的定义，在绪兰的听课笔记中有如下的总结：耶稣会的本质在于“将表面上相对的事物融合在一起，比如博学和谦卑，青春与贞洁，面对不同的国度却要保持完美的宽容……在我们的一生中，我们务必要将对天国深深的爱与科学研究、社会工作交融在一处。

① 原注：绪兰在一封信中写道：“必同时伴随身体的折磨，祷告才能予人安慰和快乐。”他在别处还提到，未受鞭笞的身体“几乎不可能迎接天使的到来。要想得上帝的爱抚，人或者必须承受内心的痛苦，或者必须折磨自己的身体。”

然而，人太容易忽而冲向这一极端，忽而又冲向另一极端；因此，一个人可能太过于迷恋科学而忽视了祷告和灵修，或者如果他渴望成为一个属灵的人，可能就忽视了他本应做的一些事，如培育自己的天赋，掌握教义知识和雄辩术，还有为人谨慎。”卓越的耶稣会士，其精神有如下表现：“敬仰和模仿耶稣基督将神性与人性、灵魂的伟大力量、身体、血液融合为一的方式，将耶稣基督的一切都神化……可是，这种融合实在难。这也就是为何我们不能达到精神的完美，常常执着于自然的、人性的优点，因而失去了领悟那超自然的、神性的力量的机会。”无法达到耶稣会精神要求的会士们，就转而寻求流行的想象，或寻求那些世俗的、野心勃勃的、令人着迷的历史（这种情形并不少见），“那些无法全身心致力于精神生活的人，必然陷于这些迷妄，因为那赤贫的、挨饿的灵魂必定要寻找依附之物，希望如此便能满足灵魂的饥饿”[①]。

对于拉勒芒来说，完美的生活既是活泼的也是沉思的；既存在于无限中，也存在于有限中；既生存于当下，也生存于永恒。这是作为理性的人所能想到的最高的人生理想，它既是最高的理想，同时也是最现实的理想，根据人性的、神性的本质，这种理想也是最能融合二者的。但是，在讨论实现这一理想的实际问题时，拉勒芒和他的弟子们却表现出一种狭隘的、单调乏味的严苛性。他们所提出的要与神性相融合的那种人性并非人性的整体，而是人性中严格限制的一小部分，即学习、布道、行商和组织的天赋。

在绪兰的笔记中，没有提及物性，而在利格留神父冗长的笔记中，

① 原注：“耶稣会士曾努力将上帝与尘世融合，最后却变得既轻蔑上帝，也轻蔑尘世。”——帕斯卡

关于物性也仅仅是附带提了几句话。然而基督曾告诉他的门徒们，应沉思那百合花[1]（据记载，对百合花的沉思，几乎有点像道家的思想），不是把百合花视为全然人性的某物的象征，而是视其为被神赐福的某物，此物自生自发，自有其规律，却与万物之道相融（除了没有意识之外，它是完美的）。《圣经·箴言》的作者曾斥责闲汉，要其好好思索勤俭的蚂蚁是如何生活的。[2]但基督因百合花而喜悦，恰恰不是因为它勤俭，而是在其既不辛勤也不奔波的情形下，却仍然比希伯来最光辉灿烂的列王们更可爱，无人可比，正如沃特·惠特曼笔下的动物们：

> 它们并不为它们的处境挥汗又哀号，
> 它们并不为自己的罪过哭泣，在黑暗中通宵不眠，
> 它们并不议论它们对上帝应尽的责任而使我生厌，
> 没有一个感到不满足，没有一个是严重的占有狂，
> 没有一个向另一个屈膝，也不向一个生活在数千年前的同类屈膝，
> 整个地球上没有哪一个是体面或是愁苦的。

但是，基督的百合花与圣方济各·沙雷氏论述灵魂净化的文章开头所提到的百合花，却有着千差万别。圣方济各·沙雷氏告诉菲萝思[3]，这些

---

① 此处提及的百合花，典故出自《圣经·马太福音》第六章："何必为衣裳忧虑呢？你想野地里的百合花怎么长起来；它也不劳苦，也不纺线。然而我告诉你们，就是所罗门极荣华的时候，他所穿戴的，还不如这花一朵呢！"

② 见《圣经·箴言》第六章。

③ 菲萝思（Philothea，1522年—1589年），希腊殉道者，后被封为女圣徒。

花朵是心灵良好愿望的象征。《虔诚生活入门》[①]一书中到处提到“自然”，但这里的“自然”遵从的是普利尼[②]和动物寓言集[③]的作者们的观点，视自然为人的象征，视自然为家庭女教师和道德家——一贯教训人类。

其实，田野上的百合花们原本与嘉德勋章[④]共享同样的荣名，那就是“该死的，完全一无用处”。然而，这正是它们的意义所在，这也正是为什么人类认为它们很能振奋人的精神，而且在道德之外更深刻的一个层面上，它们还富有如此深刻的教育意义。禅宗三祖[⑤]说道：“至道无难，唯嫌拣择。但莫憎爱，洞然明白。”

在现实的生活里，我们总是身处悖论和自相矛盾之中。一方面，我们自受拘束，只选择好的，而抛弃恶的；另一方面，假如我们希望实现与万有的“边界”融合，我们在做选择时就不能带有任何爱憎之情，同时也不可将所谓有用的或有道德的观念强加于世界。

鉴于他们忽视物性，或单单将物性看作人性的象征，视之为只有工具作用，且从属于人，便可看出拉勒芒的教学和绪兰的受学，典型地反映了他们身处的时代和国家。十七世纪的法国文学，在表达上极其贫乏，只对鸟儿、花儿、动物、风景存有一种极其实用主义或象征主义的

---

① 《虔诚生活入门》（*Introductionàla vie dévote*），圣方济各·沙雷氏著，初版于1609年。

② 盖乌斯·普利尼·塞孔杜斯（23年—79年），统称为老普利尼，以区别于外甥。他是古罗马作家、自然哲学家，以《博物志》闻名后世。

③ 动物寓言古代即有，但在中世纪的欧洲格外流行，其成集的作品甚多，该类作品通常有插图，描述各种动物，甚至岩石，富有宗教教化之意。

④ 嘉德勋章，授予英国骑士的一种勋章，它起源于中世纪，是今天世界上历史最悠久的骑士勋章和英国荣誉制度最高的一级。只有极少数人能够获得这枚勋章。

⑤ 僧璨，又作僧粲（510年—606年），生平事迹不详，为中国佛教禅宗三祖。此处所引文字出自《信心铭》，但此铭是否出自僧璨，学界一直存疑。

兴趣。以整本《伪君子》[①]为例，其中只有一处提到了物性、自然，而且是最无诗意的一行："当下之农村，花香实不多。"[②]等于什么有价值的话都没有说。在十七世纪的法国文学里，提到法国的乡村几乎都是没有花的。田野中的百合花好端端地在那里，却没有诗人思考过它们的存在。自然也有例外，但是太少了，如特奥菲尔·德·维奥[③]、特里斯坦·莱尔米特[④]，以及后来的拉封丹[⑤]，他们偶尔写写天然的造物，并不将其写成茹毛饮血之辈，而是写成另一种存在——它们是其所是，因其本身的缘故，也因为上帝的缘故值得世人去爱。在《向萨布里埃女士的演说》[⑥]这首诗中有一段漂亮的文字，对当时时髦的哲学进行了讽刺，这种哲学的代表者宣扬说：

原始的动力略一偏转
到达临近的部分
（我们可以称之为"邻居"）
从那里反弹回来
那力便传遍于全身

---

① 法国戏剧大师莫里哀的代表作。

② 《伪君子》第一幕第四场。

③ 泰奥菲尔·德·维奥（Théophile de Viau，1590年—1626年），法国巴洛克诗人和戏剧家，以歌颂同性恋闻名。

④ 弗朗索瓦·莱尔米特（François I'Hermite，约1601年—1655年），法国戏剧家，以特里斯坦·莱尔米特（Tristan I'Hermite）的笔名写作。

⑤ 让·德·拉封丹（Jean de La Fontaine，1621年—1695年），法国古典文学的代表作家，著名的寓言诗人。

⑥ 收入拉封丹的《作品全集》。

逐点穿透，连续不停
最终变成“印象”
（这是他们的名词）

可这“印象”又是如何产生？
他们说，那是因了绝对的必要
虽然，动物们见到人
许多表现出害怕、沮丧、快乐
或者满是痛苦、嫉妒的喜欢
但是他们说，不要搞错：
这可不是“印象”
因为动物所有的行为
从不夹杂任何的意志与热忱

这种笛卡尔腔调的教条委实让人讨厌（顺带说一句，笛卡尔的学说其实与天主教的老观念没太多差异，它们都相信，野兽是没有灵魂的，因此人类可以随意驱使野兽，似乎野兽们不过是些物件罢了），不过文中倒也提及了一些有关动物智慧的例子，如牡鹿、鹧鸪、海狸。若就其本身的特色而言，这首诗与所有注重冥想的诗歌中的任何一首差不多一样好。

可是，就是这样的诗，在拉封丹所有同代人的著作中都属凤毛麟角，因那时的文学中“物性”无论如何都是轻如鸿毛的。高乃依那些让伟大的英雄们表演其悲剧命运的世界，乃是一个组织严密、等级森严的社会。“高乃依的世界里只有城市。”学者M. 奥克塔夫·纳达尔这样写道。而拉辛[①]戏剧中的世界，则更加封闭局限（女主角和那些毫无特色的男性角色，仅仅是拉辛为了描写痛苦而编造的替身罢了），与高乃依的城市一样，拉辛的戏剧世界里也是没有窗户的。这些后塞涅卡[②]时代的崇高的悲剧，其实是乏味狭隘的，其中的悲痛毫无生气，空间也不自由，背景则完全隐去。那个时代的作品其实远逊于《李尔王》《皆大欢喜》《仲夏夜之梦》和《麦克白》。事实上，在莎翁的任意一部喜剧或悲剧中，任何人读上不到二十行就会清楚，在那些剧中的小丑、罪犯和英雄背后，在那些调情之人和哭泣的女王背后，是人类所共有的苦闷与滑稽，它超越所有的喜剧角色；在人的意识中，与人的存在融于一体；它是天长地久的绵延，是遍布在宇宙中所有存在的集合；无论有生命的还是无生命的，无论是没头脑的，还是神智清醒的，它都与他们同在。一首诗，如果舍弃了自然，单独来描绘人类，它就无法准确地呈现人类；同样，如果只想在人类的灵魂中认知上帝，同时却不去认知那物质的宇宙（实际上我们不可分割地与之相连），如此灵修得到的灵性，是无法完整认知那神圣之存在的。在我们的时代，有一位杰出的天主教哲学家，叫加布里埃尔·马赛尔[③]，他这样写道："不管思想家们、博士们说得如何天花乱坠，我深深地、最为坚定地相信：我们一面反对《创世记》，一面却声称热爱上帝，这样的行径从根本上是违反上帝原意的；相反，上帝的荣光闪耀于《创世记》中，他希望以《创世记》作为我们言行的起

① 让·拉辛（Jean Racine，1639年—1699年），法国剧作家，与高乃依和莫里哀并称为十七世纪最伟大的三位法国剧作家。

② 塞涅卡（Seneca，约前4年—65年），古罗马政治家、哲学家、悲剧作家、雄辩家。

③ 加布里埃尔·马赛尔（Gabriel Marcel，1889年—1973年），与萨特齐名的法国哲学家、剧作家、音乐批评家、存在主义神学的代表人物。

点——假如我的话是异端邪说，那么正教的前途未免会更加糟糕。带着这样的信念，我发现许多所谓虔诚的图书，其实都是令人不能忍受的。”照此说来，那么十七世纪虔诚的书籍之中，最能被人接受的恐怕要属特拉赫恩[①]的《冥想的世纪》了。对这位英国诗人和神学家来说，上帝是不可能反对创世的，相反，上帝因创世而得荣耀，因创世而显圣。所以，渺小如一粒沙、一朵花，其中亦含有无限与永恒。[②]特拉赫恩说：“那在无欲的冥想中赢得世界的人将靠近上帝，并且终将发现万事万物，到时皆自然具备。所有欣羡和抱负都得满足，所有怀疑和不忠都将远离，所有勇气和快乐都得灌注，这难道不是妙极了的事情吗？而要实现这一切，只需要去赢得世界，而且，如此一来，上帝将以其全部的智慧、力量、善意、荣耀显圣。”拉勒芒提到过，要将那些看起来矛盾的因素融合，比如自然与超自然，如此才能过上完美的基督徒生活。

可惜，正如我们前文所论及的，拉勒芒所谓的“自然”，并非完整的自然，而仅仅是经过节选的“自然”。特拉赫恩也赞成矛盾之融合，但却视自然为完整，不忽视最微末的细节。百合花与乌鸦，因此将不被视为“我们同类”[③]，而是被更无私地视为“自在之物”[④]——换句话说，就是“与上帝同在”。

假设沙就在眼前，一朵花绽放于谷物之中。若你满怀爱意默想它们，那么你将看见永恒和无限就在它们之内。值得注意的是，绪兰也曾

① 托马斯·特拉赫恩（Thomas Traherne，1636年或1637年—1674年），英国诗人、神父、神学家、宗教作家。《冥想的世纪》是其代表作。

② 此处作者引用了英国著名诗人威廉·布莱克的名作《一粒沙》的典故。

③ 我们同类，“*quoad nos*”，为拉丁语、法语的混合。

④ 自在之物，“*an sich*”，源自德文。

体验到神性灌注到自然物体之中。根据他笔记中一些简单的符号可知，他确曾多次在一棵树、一只掠过的动物身上完整无缺地感知上帝的伟岸。但非常奇怪的是，虽然在相对之物中窥见“绝对者”，他却从未就那幸福的时刻而发表任何言论。甚至在他那些充满灵性的信件中，也未向任何人暗示过倘若按照基督的教训去沉思那百合花，或许能帮助于黑暗中摸索的灵魂认知上帝。于是，我们只能假设，在他的思想中，相信人性的堕落与邪恶这一后天信仰，比他本人真实体悟的道理要强大得多。在主日学校他所习得的那些教条足够灰暗，以至遮蔽了他亲眼所见的真相。禅宗三祖又说过：“欲得现前，莫存顺逆。”但是，神学家有职业病，他们心中都是僵化的概念，绪兰和他的导师也是如此，他们在成为真正的求道者之前，不幸已做了神学家。

在拉勒芒的禁欲计划中，要实现心灵的净化，需要对圣灵的引领保持恒常的顺从之心。圣灵的七项恩赐中，有一项为智慧，而与智慧相对的是“对圣灵之事粗笨不明”的恶。这种粗笨乃是冥顽不化之人常见的一种状态，这种人或多或少对内在之光视而不见，对灵感之召唤充耳不闻。通过抑制自我的冲动，通过对自己的思想予以监管，且“设立一个小小的哨兵，以保持对心理变化的密切关注”，一个人可以提升其知觉的敏锐性，以至于他能清晰感知心灵晦暗深处所传递的信息，这种信息形式甚多，能以知觉、直接命令、象征性的梦境或幻想的面目出现。始终得到密切关注和保护的心灵，将能感知所有的荣光，最终真正地感到“圣灵上身”。可是，在达到这种功德圆满的境界之前，人们也有可能被另一种东西附身，毕竟，灵感可绝非都是神圣的，甚至也有不道德的，或毫无意义的。那么，我们又如何区分身为圣灵的“非我之物”和另一种形式的“非我之物”呢？这后一种“非我之物”，有时是愚笨的形象，有时显现为疯子或凶恶的罪犯。

皮埃尔·培尔曾举过一个虔诚的再洗礼派[①]信徒的例子，这个小伙子有一天自觉受神灵的鼓舞，便将他兄弟的脑袋砍掉了；而这位受害者的死实在是命中注定，因为他也曾读过《圣经》，知道这种事以前发生过，所以当他认出自家兄弟是受神圣的圣灵所鼓动，便在一大帮虔诚的教徒面前，任由自己被斩首，仿佛他是第二个以撒[②]。克尔凯郭尔[③]优雅地称这种行为是“道德悬空的目的论”，在《创世记》中很常见。可是这在现实生活中也很常见吗？在日常的生活中，我们必须要制止内心深处那黑暗的、恶作剧般的疯狂溢出。

拉勒芒其实很清楚，人的许多灵感很有可能并非源自上帝，因此他一直谨慎地做好抵抗幻觉的准备。他的一些同工反对他顺从圣灵的学说，怀疑它像是加尔文主义有关“内在精神”的说法，对此，他反驳道，首先，基本的教义是不容置疑的，即如果没有圣灵的指引（圣灵以灵感的形式出现），任何伟大的工作都不可能完成；其次，任何神圣的灵感，都必须是以遵从天主教信仰和教会传统并服从上级教会为前提。因此，倘若在某种灵感的推动之下，一个人竟起而反对天主教信仰、反对教会，那么，这灵感必定不是来自圣灵。

① 或称重洗派，16世纪欧洲宗教改革时期新教中一些主张成人洗礼的激进派别的总称，因该派否认婴儿洗礼的效力，主张能够行使自由意志的成人受洗才为有效，故名。

② 以撒，《圣经》中的人物，亚伯拉罕和妻子撒拉所生的唯一儿子，在以撒出生一段时间后，神命令亚伯拉罕要他到山上献祭他那独生的儿子以撒，亚伯拉罕顺从，正要牺牲自己的儿子时，天使出现阻止。

③ 索伦·克尔凯郭尔（Søren Kierkegaard，1813年—1855年），丹麦哲学家，存在主义之父。

这对防止内在疯狂的溢出来说是一种很有效的逻辑，而贵格会[1]则另有策略，该会规定，若有人感到一种担忧，要去做某件非比寻常或意义重大的事，他必须要请教一些“重量级的朋友”，并服从他们的建议，仿佛他们的建议等同于灵感。拉勒芒也采取和维护了这一手段，他说，圣灵其实“鼓励我们与智慧之人协商，并使我们的举止顺从他人的意见”。

在没有圣灵灵感的激励之下，想成就伟大的事业几乎是不可能的。对他的批评者，拉勒芒可以用这句话作答，因这是天主教信仰的基本信条。而对那些“抱怨自己从未受圣灵的指引且不能感到圣灵之存在”的同工们，他则回答说，倘若他们蒙受天恩，那么这样的灵感永远不会缺少，何况他们有可能是在灵感来临之时并不知情呢。他还补充说，如他们举止得体，那么他们必定会感知那神圣的灵感——可惜，他们不是这么做的，“他们选择远离本心地过日子，几乎从不回家看顾一下自己的灵魂，在检视自己的良心时（他们原已发誓要服从自己的良心）态度轻浮，只考虑那些外人明显看到的差错，并不试图找到自己激情和嗜好的内在根源，也不去检查自己灵魂的状态和趋向，以及心底的情感”。像这样的人无法领受圣灵的指引，就一点儿也不让人惊讶了。“他们又怎能了解圣灵？他们甚至连自己内心的罪过都不了解，而这些罪过，都是他们自己任意胡为导致的。但是，只要他们选择在自己内心创造合适的条件，那么他们也必然会真实地感受到圣灵的存在。”

所有这些，解释了为什么绝大多数自称伟大的事业到最后都失败了，甚至于几乎成为了邪恶的。“如果说地狱是用世人的善心铺砌的，那是因为大多数人对我们内在之光是盲目的，这导致我们不会有纯粹的善

---

① 贵格会，“贵格”为英语Quaker一词之音译，意为战栗者，是基督教新教的一个派别。

心。”拉勒芒说，正因如此，我们的任何行为就务必要经过合理的审视。“我们越是自省，就越能向外行动；倘若相反，则我们需要约束自己，不要尝试做善事。”在此，拉勒芒又一次指责他的同工们：“一个人在忙碌的工作中尽可以带着热情与慈悲；只是，这热情与慈悲的动机真的单纯吗？有没有可能是因为此人在做这样的工作时感到了一种自私的满足？有没有可能是因为此人是为了逃避祷告和研修？有没有可能是因为此人不能忍受待在自己的小屋中，不能忍受隐居和沉静的生活？”一位神父，或许可以举行一场盛大的、热诚的集会，但是只有“充分远离私人的利益，充分与上帝融合”时，他说的话、做的事才有可能结出真正的信仰的果实。

这种工作很忙碌的表象经常使人受骗。要知道，灵魂得到拯救靠的不是忙碌，而是圣灵。“任何行为都决不能成为阻挠我们与上帝融合的障碍，相反，所有的行为都应该促使我们更紧密、更加充满爱意地靠近上帝。”因为，“正如过多的体液可能导致身体骤然死亡，信仰的生活亦是如此，当信仰的行为过度，而不以祷告和沉思来做中和，那么它将扼杀属灵的精神”。正是种种看起来过于彪炳的、辉煌的、富有成效的行为，才导致了如此之多的人一生毫无收获。如果没有无私的自省（它是灵感产生的条件），那么所有的天赋都将不能开花结果，所有的热情和艰苦的劳动都将不能产生任何精神上的价值。“祷告的人在仅仅一年中所做的，比那穷尽一生四处忙碌的人，要创造更多的价值”。

完全外向性的工作，在改变外在的环境方面或许能产生些效果；但对于那些试图改变人们对待环境的方式的人来说，务必首先洁净自己的灵魂，使自己的灵魂能被圣灵充满。一个男人，工作起来或许极其勤奋，说起话来可能雄辩如狄摩西尼[①]，但他仅仅只是从事外向性的工作；而“一个从事精神工作的人，因被圣灵充满，单单说出一个词，就能在人们的心灵上烙下印迹”，这将比那些竭尽所有努力、智慧、知识做外向性工作的人产生更大的价值。

但是如何才能真实地感受到“被圣灵充满”呢？这是一种持续清醒的灵感被激发的状态，而对这种状态做出过最详尽、最准确的自我分析的人，名叫阿梅勒·尼古拉斯[②]，她和绪兰是同一时代的人，年纪比他小一些，她在她的故乡布列塔尼深受爱戴，被亲切地称为“女佣阿梅勒”。女仆是个文盲，她一边烧晚饭、擦地板、照顾小孩，一边过着圣徒般冥想的生活，并不能写出自己的故事。幸运的是，一位非常聪明的修女精准地描绘了她的人生，记录了阿梅勒的信仰。这位修女记录道：“阿梅勒完全无视自己的肉体和大脑的运转，她不再设想自己正在做任何事，而是认定自己仅仅是承受和顺从上帝在她身上完成的、或通过她完成的事情；因此对她来说，拥有肉体似乎仅仅是让她有‘被圣灵充满’的机会，当上帝以不容置疑的态度命令她为圣灵腾出地方时，她便进入到这种状态之中。……当她提及自己的肉体或心灵时，她再也不说‘我的肉体’或‘我的心灵’，因为‘我’这个词在她生命中已经被驱逐了。于是，她惯常说的一句话便是‘一切归属上帝’。我曾听她说起，自从上帝完全主宰了她以来，她便被彻底‘辞退’了（阿梅勒的隐喻都源自一个全职女仆的职业词汇），就像过去她‘辞退’了‘其他那些事物’（比如

① 狄摩西尼（Demosthenes，前384年—前322年），古希腊著名政治家、演说家。

② 阿梅勒·尼古拉斯（Armelle Nicolas，1606年—1671年），法国一位虔诚的天主教女信徒，在人民中间享有极高的敬意，但教廷从未许她封圣。

她的坏习惯、利己主义的冲动等）一样。”一旦被“辞退”，她的心就不再被允许去看或试图理解上帝在她的灵魂最深处究竟做了什么，同时，她也不再被允许从事干涉灵魂自主的活动。似乎她的心停驻在室外，而上帝在室内，她等在外面，就像一个仆人等待着主人的命令。在这种状态下，她的心倒不是孤独无依的，有些时候，似乎还有数不清的天使来与她相聚，他们围绕着上帝的居所，阻止任何人和物踏过那道门槛。这种事态延续的时间很长，直到上帝允许她的意识进入灵魂的主室。进入，并且真实看见，她被这神圣的完美之灵充满了，那一刻就像永恒。但是，像其他人一样，她并不能理解。内在之光耀目之极，可她不能承受，以至于她的身体一度感到极其痛苦。不过最终她还是获得了某种程度上的忍耐力，能够不以过多的痛苦去承受那觉悟之后的意识世界。

阿梅勒的自我剖析原本已经非同凡响了，如将她的案例置于更多的类似案例之中，势必将更加引人关注，而这些案例指向的是同一个结论：“现象的自我”下面，还有一个“纯粹的自我”，或者叫“阿特曼”，其性质与神圣万有的“疆域”相同。在灵魂的主室之外（前提是达到灵魂的无私状态），“别无他人唯有上帝可以出入”。而在神圣的“疆域”和意识的自我之间，潜伏着潜意识，其易于溶解的边缘几乎完全客观化了，对万事都无动于衷，但是，一旦“现象的自我”携带其腐朽的垃圾、成群的老鼠蟑螂，或偶尔携带着蝎子和毒蛇，试图靠近个人的潜意识之时，潜意识的边缘便会结晶固化。个人的潜意识是我们内在的罪孽和疯狂的藏身之所，是原罪之地。但是，自我与疯狂相联系，同时，自我又与神圣的“疆域”相联系（这两种联系都是人们意识不到的），这两个事实是矛盾的。我们生来便带原罪，但是我们生来也带有“原德”，“原德”是我们所有的慈悲的能力，用西方神学的语言来说，“原德”指人具有的那种“火花”、“灵魂中较好的那部分”，是未堕落的意识的残片——从伊甸园苟存下来，如用术语描述，可称之为“通灵的精神实体”[①]。弗洛伊德学派的心理学家们过于关注原罪，而忽视了“原德”；他们聚精会神地研究那些老鼠和蟑螂，对内在之光却不愿理会。荣格与其信徒倒是表现得较为现实，他们踏过个人潜意识的界限，开始探寻更深的领域。在那里，心灵变得越来越客观化，对一切都无动于衷，直至滑入超自然的介质之中，在这种介质里，个体的自我结晶固化。荣格派的心理学已然抵达内在的疯狂之境，但却在抵达内在的上帝之前戛然而止。

然而，这里我要再重复一下，在原罪之下，有“原德”的存在，证据很多。阿梅勒可不是个案。灵魂之中存在一个主室，因神圣之爱和智慧而燃放灿烂的光芒，这在历史上是被许多人观察过的，这些人中就有绪兰神父。在后文中，我们会看到，绪兰虽掌握这一知识，但随此知识而来的还有另一种有关恐怖和毒虫的知识（这两种知识一样直截了当、无法抵抗），这些恐怖之物完全藏身于超自然的介质中，这些毒虫则藏身于个人的潜意识中。在同一刻，绪兰同时感知到上帝与撒但的存在，他一点也不怀疑自己已经与神圣万有的“疆域”永远融合为一，然而他也同样确信，他已经并将继续不可挽回地受到诅咒。然后，我们将看到，最终还是他对上帝的认知大获全胜。在绪兰饱受折磨的心灵中，原罪到底还是被更原始、更无限、更永恒的“原德”盖过。

神秘体验、神的显灵、宇宙意识的闪光，这些可不是一经索取便可免费赠送的，也不能在实验室里任意重复。虽然身居灵魂主室的经历并

① 通灵的精神实体，原文*synderesis*。

不可控，但那种靠近主室、身处彼境、立于门外（用阿梅勒的话说）、置身一群天使之间的经历，却可能重复出现。不过，这种重复却不是均匀一致的（只有最基本的心理体验才可能原样重复），但至少它们出现得足够频繁，足以表明超然性的存在，它们的会聚正是为了亲近这超然性。举例而言，被催眠者在精神恍惚到达一定程度后，便间或出现如下情形，即单一、凝神的个体会感知一种内在的宁静与善意，同时看到光，以及一片宽阔却不荒凉的空间。有时，出神者会有一种渴望，想要说出自己的感受。在第二代动物催眠术专家中，德勒兹[1]算是其中最好的观察者，他记录说，梦游状态的一个特征是，个体彻底远离所有个人利益，丧失激情，对后天所习得的想法、偏见漠不关心，却采取了“一种全新看待事物的态度，这是一种迅捷而直接的判断力，伴以内心的坚信……因此，梦游者同时手握一炬火把和一盘指南针，火把给他光，指南针为其指引道路。但火把和指南针并非梦游本身的产物，它们原本就在我们内心深处，不过因为被这个纷繁的世界分了心，激情，尤其是傲慢，还有对易朽之物的迷恋，阻碍了我们发现火把和找到指南针。”（药物有时也能制造“麻醉幻境”，但通过催眠术制造的幻境效果更好、危险性也更低。催眠术可以暂时性地停止人的分心，镇静人的激情，使意识腾空，以便潜伏在内在疯狂之下的“原德”腾身而上，将意识充满。）

“在这种新状况之下，”德勒兹继续说道，“被催眠者的心灵中充满了宗教思想，可在此之前这人的心中也许从来没有被宗教思想占据过。”常规状态和催眠状态（在催眠状态下，人能获得观看世界的新态度）有一个差异，

① 德勒兹（J. P. F. Deleuze，1753年—1835年），法国唯灵论研究者，主要活动于19世纪上半叶。

“这差异很是惊人，以至于被催眠者有时会感觉自己似乎被圣灵充满了，于是自视为一个更高级智慧体的一部分，但这并不会刺激他的虚荣心”。

德勒兹的发现得到了一位经验丰富的女精神医师的证实，她多年来从事“自动写作”的研究。在与她的交流中，这位女士告诉我，或早或迟，绝大部分“自动写作者”的手稿中都会出现某些形而上学的思想，这些手稿的主题总是一致的：个体灵魂的界限与神圣万有的“疆域”是一般无二的。但当“自动写作者”恢复到常规状态，阅读自己那些“自动写作”的手稿时，会常常发现这些手稿的内容与他平日里一贯相信的思想完全相反。

以此为根据，似乎很值得做出这样的结论（F. W. H. 麦耶斯[①]其实早在多年前就已经指出来）：通灵者所表述的有关人生的道德论调，大体上几乎总是无可指责的，因为人们或者会视其不过是胡言乱语而弃之不顾。但是，不管这些语言是何等的乏味沉闷，也不管其思想何等的腐朽老套（至少在过去的三千年里，最伟大的真理不过也都是陈词滥调）。总之这些胡言乱语总是无害的。

假如对心理学的表述方式做些改进，我们甚至可以说这些胡言乱语还是振奋人心的呢。由此可以得到这样的推论，在恍惚出神的特定状态之下，介质越过个人的潜意识，越过原罪那毒虫横生的领域，而进入潜意识之下的精神领域，在此领域中“原德”开始发挥影响，人们能感知它的存在，虽然微弱，但一定是清晰的。当然，与此同时，如果人们忘记了最终目的是与圣父融合，忘记了需要通过苦修与圣子融合；那么，

① F. W. H. 麦耶斯（Frederic William Henry Myers，1843年—1901年），英国剑桥大学古典文学教授，著名诗人、语言学家。因对灵魂存殁的问题极感兴趣，曾在剑桥成立“灵魂研究社”，并著有《人之心性及其不随肉身亡灭论》一书。

他们将会陷入一种危险之中，发现自己并没有被圣灵所充满，而是被各种各样的低等的实体（有些源自他们的个人潜意识，其他一些存在于超自然的介质中）所激荡，这些实体中有一些是无害的，甚至还是有助于人的，但其他一些就是最不受人待见的了。

根据那些神秘体验的情况，可以得到一些明确的推论，这些推论略一转化便成了证据。由此，拉勒芒和他的弟子们议论起来便不再有任何的后顾之忧。他们已经得到了第一手的知识，为了证明这些知识，他们可以引用从雅典最高法官丢尼修①的《神秘神学》到几乎所有当代的著作，如亚维拉的德兰、圣十字若望的作品。对于需要通过净化心灵和顺从圣灵的指引才得以实现与上帝的融合，这些人没有过一丁点儿的怀疑。在过去，上帝的伟大仆人们写下了他们的经历，教会则确认这些文字为正统教义。而到了现在，当上帝的仆人们痛苦地生活于理智与情感的暗夜之后，终能认知那内心的安宁，而这安宁，超越一切的认知。

① 丢尼修（Dionysius），生卒年不详，活动于公元一世纪，最初是雅典最高法官，根据《圣经·使徒行传》，他后来改信基督教。所著的《神秘神学》其实是公元六世纪的伪作。

Chapter Ⅳ
第四章

对于那些并未感受到神召的人来说，居于十七世纪的修道院无非会感到无聊与失望，要得以轻微的缓解，唯有偶然的快活时刻[1]，比如与来客在会客厅中嚼嚼舌头，或者在闲暇时分专心于某些虽然无害但也完全无意义的嗜好。

绪兰神父在他的《书信集》中曾提及用草编织的装饰品，许多他熟知的修女在这些琐碎之物上花费了大量的闲暇时光。其中的一件杰作是用稻草编织的一架微型马车，它由用草编织的六匹马拉着，此物命中注定要去装点某位贵族女信徒的梳妆台。真福高隆汴司铎[2]在论及圣母往见堂[3]的修女们时曾这样说道，虽然修会的规矩立意高贵，原本是为了引领灵魂抵达至善之境；虽然他也曾在圣母往见堂中见过个别神圣而高尚的修女；“虽然到处都是遵守教规、准时起床、做弥撒、祷告、忏悔、领

---

① 原文*Schwärmerei*，德语。

② 真福高隆汴司铎（Claudio La Colombière, S. J.，1641年—1682年），法国耶稣会神父、传教士、苦行作家。

③ 圣母往见堂，以色列隐基林的一座教堂，为纪念圣母玛利亚对施洗约翰的母亲伊利莎白的探望而建。

圣餐的人，但她们这么做，不过是因为习惯，因为钟响了，因为别人也在这么做。至于她们的心，几乎并未真正地投入到这些事情之中。她们有许多的小想法、小计划，这使她们忙碌；于是，有关上帝的事虽然在她们的意识中，却不过是无关紧要的事情罢了。无论在修道院之内，还是在修道院之外，亲朋好友耗尽了她们所有的情感，于是，剩下来留给上帝的一点情感不过是某种懈怠的、被迫的情绪，而上帝对此是决不会接受的。……灵魂本该因对上帝的爱而永恒燃烧，修会正是这灵魂之火燃烧的熔炉。然而，如今修会却沦落为了可怕的平庸之所，连上帝自己都要承认，情况不可能更坏了。”

对于拉辛来说，皇家港修道院似乎是唯一值得人钦佩的修会，因为“其会客厅总是沉寂幽静，修女们没有聊天的热情，她们对外界事物漠不关心，甚至对她们的邻居也没有好奇心”。根据拉辛所罗列出的皇家港修道院的优点，我们就可以推论出其他不那么卓越的修道院会有哪些相应的缺点。

1626年，卢丹市建起了乌尔苏拉修会的女修道院，此修道院并不比一般的修道院好到哪里去，却也坏不到哪里去。其中的十七名修女都是年轻的贵族女子，她们之所以拥抱修道的生活，并非强烈渴望谨遵福音忠告，进而成为一个完美的基督徒，而是因为家庭经济并不雄厚，无法为她们提供既匹配其出身又为同等级求婚者所接受的嫁妆。她们的行为倒是无可指责，但也于教化无益。她们遵循教规不过是出于顺从，而不是因为热情。

在卢丹生活很是艰难。这座新建的修道院里，准备入住的修女，来时身无分文，其所处的城镇里又有一半是新教徒，而且所有的市民都很吝啬。她们唯一支付得起租金的住处是一间阴暗老旧的房子。这栋房子恶名在外，别人都不愿意住在那里，因为传说里面闹鬼。房间没有任何家具，她们就这样住了进去，甚至还一度被迫睡在地板上。她们本来指望靠教授小学生谋生，但来报到的学生寥寥无几。因此，这些拥有贵族血统的德·萨泽莉们、德·埃斯库本们、德·巴伯齐厄耶们、德·拉莫泰们、德·贝尔茨耶们、德·当皮埃尔们一度被迫亲自劳作。她们腹中没有油水就在外工作了，可不仅仅是周五才如此，她们周一、周二、周三、周四都是如此[①]。几个月后，那些势利之徒终于来救了她们一把。卢丹市的布尔乔亚们发现，只需支付甚少的费用，就可以让自己的女儿们接受良好的语言和礼仪教育——教授者不是红衣主教黎塞留隔一代的远房堂姊妹，就是红衣主教德·苏迪的一个近亲，不是某个侯爵的年轻女儿，就是普瓦捷主教的一个侄女。于是，寄宿者和全日制的学生越来越多、越来越迅速地来求教了。

学生一多，修道院便繁荣起来，还招了仆人干那些脏活，牛羊肉也重新出现在了长餐桌上，地板上的床垫也被移到木床架上了。

1627年，这个新修会的院长另赴他职。一位新的院长接替了职位，她的教名是让娜·德·艾格丽斯[②]，本名叫做让娜·德·贝尔茨耶，乃是“德·科兹男爵”路易斯·德·贝尔茨耶和夏洛特·古马尔特·德埃施莱的女儿。显然，她的父母出身于历史悠久而且血统高贵的家族。让娜生于1602年，此时正当二十多岁的妙龄，她面容美丽，可惜个子矮小，几乎可以说是个侏儒，甚至还有残疾——大概是因为骨头长了瘤。

① 天主教的教律规定，每星期五不食荤，这叫守小斋。

② 让娜·德·艾格丽斯（Jeanne des Anges，本名Jeanne de Belcier，1602年—1665年），年轻时曾任卢丹乌尔苏拉修会女修道院院长。1632年，因“卢丹的恶魔”一案而出名。

与她同时代的绝大部分年轻淑女相比，让娜只受过初级教育，却具有相当高的天赋，人也聪慧。不过，她性格气质不佳，常折磨别人，同时也折磨自己——她便是自己最险恶的敌人。因为残疾，她的肉体毫无魅力可言。当意识到自己将成为别人厌恶或同情的对象时，让娜内心痛苦万分，幽怨之情也油然而生。这使她不可能感受到爱情，也无法为人所爱。既然不喜欢人，也因此不被人喜欢，她便生活于龟缩之壳中，偶尔伸出身子，只是为了攻击她的敌人——显然，所有人都是她的敌人——她会突然对他人施以嘲讽或爆发出嘲笑声。绪兰后来写到她时，是这么说的："我注意到，女院长具有某种诙谐的天赋，这使得她常常对别人冷嘲热讽或开玩笑（可谓动作滑稽、讲话戏谑）。而邪恶的巴兰[①]，就曾经竭尽全力想要获得并保持这种诙谐的本事。但我知道，这种诙谐的精神与信奉上帝的人所要保持的严肃态度完全背道而驰。由此，她的心底滋养出了一种快感。这种快感，抵消了一个完美的基督徒不可缺少的忏悔之心。我还知道，仅仅这一个小时的诙谐行径，便足以摧毁过去许多天来我对她的所有告诫。于是，我敦促她下定决心去除自己性格中的大敌。"其实，有一种笑声，是完全符合"上帝之道"的，这便是谦卑、自嘲、温和容忍的笑声，这笑声在面对这堕落与荒唐的世界时，可以取代绝望与愤怒；这种笑声的产生，乃是出于补偿的渴望，但这补偿是因为自己有优势而要补偿给别人。所以在这样的笑声中，戏谑的意味便没有多少主观针对性，照现行的标准，它极其严肃崇高，而又万分洪亮。但是，让娜的笑声却并非如此，她的笑声或者是嘲弄别人，或者是愤世嫉

① 巴兰（Balaam），《圣经》中的人物，是外邦人的法师。因叫以色列人行奸淫的事，被上帝惩罚。

俗。她只是反对别人，从不批评自己，这像是一个无药可救的佝偻，意欲报复命运，其方法是将别人也变成佝偻，最过分的是，还要别人的背弯得比她更低。

像让娜这种性格的人，易于惹出一堆麻烦，既不利于自己，也有损他人。让娜的父母眼看不能应付这个非常令人厌烦的小孩，便将她打发给一个年老的姨妈，这姨妈在临近的一处修道院做院长。非常不光彩的是，两三年之后，让娜又被打发了回来，因为修女们也拿她毫无办法。时光流逝，让娜感到在父亲的城堡里生活是如此可憎，以至于修道院看起来倒比家庭生活更令人愉悦。于是，她又进入了普瓦捷的乌尔苏拉修会，度过了修女的见习期，且得到了圣职。或许众人都能猜到，让娜不会成为一个非常令人喜欢的修女，但谁叫她的家庭大富大贵呢，院长也只有暂时忍耐她了。

不料，几乎是一夜之间，神奇的事发生了，她开始向好的方向转变，自从到达卢丹后，让娜举止虔诚勤勉，堪称典范；那个在普瓦捷时极难管教、毫无热忱、马虎应对自己职责的年轻妇人，忽然变成了一个虔诚恭顺而又勤勤恳恳的完美教徒。看见此等转变，即将退休的修道院院长大为感动，她推荐让娜代替她的位置。

十五年之后，这位皈依者自己描述了当时那段人生小插曲，她写道："我甚是谨慎，在那些权势者面前，确保自己显得不可或缺，既然院里并无多少修女，修道院院长也就只有任命我为修会里所有部门的负责人。这倒不是说院长离了我就万事不能，因为其实也有其他的修女比我更有能耐，也比我更好；但我不过是通过千万次的顺从使她感到，她离不开我。我很清楚，如何才能适时逗她一乐，如何才能说服她，直至最后，她发现只有我做的事情才是出色的，她甚至因此相信，我是优秀而善良的人。这么一来，我的心也就膨胀了，做那些看起来令人敬重的事情也就毫不费劲。我知道如何假装，我利用了人的伪善，使我的院长有可能一直对我印象良好，对我的诉求也甚是支持，以至给我许多特权——这些特权我自然就大胆使用起来。院长本人是优秀而善良的人，并且相信我也打算以一个完美的基督徒的面目倾向上帝。于是，她便经常邀请我与一些出色的僧侣谈话，我便同意了，目的是取悦她，同时可以打发时间。”

当出色的僧侣们离开之后，他们总会在格栅[①]的架子上留下一些新翻译的精神生活的经典著作。某日，是布卢修斯的一篇论文，另一日，是《亚维拉的德兰——神圣修女的一生》，由德兰本人执笔，还有圣奥古斯丁的《忏悔录》，另外还扔进一本由德尔里奥所著的论天使的书。当她阅读这些书，并学会与院长和神父们讨论书中的内容时，让娜发现，她的人生态度不知不觉有了转变。会客厅中那些虔诚的对话，有关神秘主义文字的研究，不再仅仅是消遣的活动，而成为了实现特定目的的手段。假如她继续读那些神秘主义的作品，假如她继续与至善的加尔默罗修会的来访者交谈，那么她绝不是“为了在精神生活上能有所跃升，而仅仅是为了使自己显得聪明，从而使修会所有其他的修女都显得相形见绌”。这位无可挽回的佝偻，渴望升迁为修道院院长。她后来又发现一个令人着迷而且易于操纵的新途径。虽然偶尔还有讽刺、愤世嫉俗、插科打诨，但在她严肃的时刻，让娜修女会做出灵性生活专家的样子来，她对

① 中世纪的修道院，在客厅放置一个格栅，多是金属制成，类似置物的架子，分成很多个小格子，既便于客人留置物品，也起到阻挡外人窥视的作用。修女们在隔栅之内，客人们在隔栅之外，以作交流。

神秘主义的哲学甚有知识，可以为人做参谋。因为这些新掌握的知识，她的地位提升了，如此，她便看低她的姊妹，她既轻蔑又同情她们，这种态度的混合是令她愉快的。不错，她们倒是虔诚，这些可怜的人儿啊，她们正努力要成为崇高之人呢，不过她们那些美德又何其琐碎？她们那献身宗教的样子又何其无知（甚至可以说是蠢如野兽）？对那无与伦比的荣耀之境，她们又能知道些什么？还有心灵的触感、狂喜、灵感，以及“干旱”“黑夜”的真正寓意，她们知道吗？答案是极其令人满意的：她们一无所知。而她，这个小矮子，一边的肩膀还比另一边高，却几乎知道所有这些问题的答案。

包法利夫人最终命运凄惨，那是因为她将自己想象为某一种人，而实际上她根本不是。福楼拜笔下的这位女主人公反映了一种甚为广泛的人性倾向，朱尔斯·德·戈蒂耶[1]观察到这一点之后，借其名字提出了“包法利主义”，即“浪漫人生观”。就此主题，他写作了一本书，很值得人们阅读。毫无疑问，“包法利主义”的结局也并非总是悲戚的，相反，教育中最有效的教育手段就是，把自己想象成更好的样子，并在这种想象的基础上为人处世。在所有讲述基督徒奉献的图书中，最盛行不朽的一本便是《效法基督》，该书以雄辩的证据，论述了这种教育手段。在任何既定的情境中，通过思考与行动——但不是照常规的思考与行动的方式，相反是通过假设自己是其他一些更出色的人物，然后进行思考与行动，这终将促使我们不再像过去的自己，而会让我们更像自己理想中的偶像。

当然，有时理想的偶像并不高明，甚至或多或少还有些不讨人喜

① 朱尔斯·德·戈蒂耶（Jules de Gaultier，1858年—1942年），法国哲学家和散文家。

欢。但是“包法利式”的自我想象依然存在，并且人们以这一自我想象的形象来思考问题，行为处事，就好像自己真的就是这副模样。当然，在道德的领域，也有“包法利主义”的现象，比如，一个本性善良的男孩，受“包法利主义”的影响，就会颇负使命感地自觉沉溺于饮酒和嫖妓，其目的不过是为了让自己更像那些通常受人崇拜的男子汉或胆大妄为之徒。在等级关系的领域，也有“包法利主义”现象，即布尔乔亚的势利鬼，假想自己是一个贵族，因此便努力照贵族的派头行事。在政治领域，也有“包法利主义”现象，许多人大肆模仿列宁、韦勃或墨索里尼。在文化和美学的领域，也有“包法利主义”现象，即“附庸风雅者”，或者叫当代的“艺术盲”，这些人一夜之间能从一贯欣赏《星期六晚邮报》的封面，忽而转为热爱毕加索。在宗教中，也少不了“包法利主义”，高尚至于圣徒们，他们全心模仿基督；低劣至于伪善者，他们模仿圣徒，目的是更有效地追逐本人邪恶的目标；处于两者中间的人，即摇摆于答尔丢夫[①]和圣十字若望之间的人，他们在宗教上显现出来的“包法利主义”具有前面两者的混合特点。他们可以说是精神生活的丑角，言行虽荒唐，却也时常令人同情，他们既不是自觉为恶，也不是毅然求圣。他们那太具有人性的渴望，在尘世与上帝的两个世界中都能捞到足够的好处。他们自然渴望得拯救，但却不想有太多的麻烦；他们渴望有所奖赏，但仅仅是为了让自己看起来像英雄，或说起话来像是默祷者，但他们并不会去做英雄或默祷者应做的事。支撑这些人信念的是幻觉，可是他们一面清楚这是幻觉，一面却热忱地相信只要不停地念叨“主啊，主啊”，他们就能够进入天国（总之肯定是有什么办法的嘛）。

① 《伪君子》戏剧中的主人公。

如果不念“主啊，主啊”，不依托其他更精妙的教义，也不付诸献身于主的行动，那么宗教上的“包法利主义”将很难实现，在某些情况下则近乎是不可能实现。笔之伟力，远胜于刀剑。因为，只有依靠语言化的思想，我们才能指挥和维持我们的行为。但是，我们却有可能一味地沉迷于文字，反而放弃了行为，于是便生活在一个纯然由词语组成的宇宙之中，远离了直接经验的世界。改变一个词实在太容易了，但要想改变外部环境或我们自己根深蒂固的习惯则难上加难，而且这一过程甚是枯燥无聊。于是对那些宗教上的“包法利主义”者，倘若他们并不准备全身心地模仿基督，便会自我满足于对新的宗教词汇表的掌握。不过，新的词汇表可不等同于新的环境或新的性格。文字会杀人，或至少会使人懒散；只有隐藏在语言符号之下的精神和现实才能开启人的新生。任何成语刚刚形成之时，表达的都是重要的经验，可到最后却不过变成一个术语、一段虔诚的语句（这是人的本性，也是宗教组织的本性）。用此成语，伪善者掩盖起自己的邪恶，而那些几乎并无恶意的丑角们，则能以此自我欺骗，并忽悠信徒。我们可以相信，答尔丢夫说起话来，教训起人来时用的语言，恰恰是上帝仆人们所用的语言。

> 他使我的心灵从种种的情爱里摆脱出来；我现在可以看着我的兄弟、子女、母亲、妻子一个个死去，我也不会情动于中了。[①]

在此段文字中，我们看到了对福音书的扭曲回响，看到了对圣罗耀

① 出自《伪君子》第一幕第五场，原文为法文，译文为赵少侯版本，人民文学出版社，1955年版，第15页。

拉和慈幼会神圣学说毫无宗教情怀的拙劣模仿。当假面被人撕下之时，伪善者会忏悔他全然的堕落，这又令人感到何等的动容！

所有的圣人都相信自己是天大的罪人，答尔丢夫也不例外。

> 老兄，是的，我是一个坏人，一个罪人，一个不讲信义、对不起上帝的可怜的罪人，一个世上从未见过的穷凶极恶的人。[①]

这可是圣加大肋纳[②]用的语言啊。话说回来，如果记得起来，让娜·德·艾格丽斯在她的自传中也会说这样的语言。甚至在答尔丢夫引诱欧米尔[③]时，也用上了虔信者的措辞："您那美丽的眼光包含着无法形容的温柔"——这种话在每一个基督教神秘主义者的文字中都能看到，乃是对上帝或基督的吁求。而当奥尔恭发现真相时，不禁愤怒地叫喊起来：

> 完了，算了，凡是善人我都再也不信服了；以后我惟有痛恨他们，对待他们必须比对魔鬼还要凶狠三分。[④]

而他的兄长就理智得多，还为此就语义学的知识给他上了一堂课。虽然有些"好人"并非他们表面上看起来那么好，但却不能因此得出结论说，所有的人都是恶棍和丑角。每件事的是非曲直都要单独评判。

---

① 《伪君子》第四场第六幕，第54页。

② 圣加大肋纳（St. Catherine，约287—约305年），天主教女圣人。

③ 欧米尔，《伪君子》中的人物。

④ 《伪君子》第五场第一幕，第78页。

在十七世纪，好几位卓越的灵魂导师（博纳主教[①]是其中之一，耶稣会神父吉约雷是另一位）就如何区分虚假的灵修和真实的灵修、空头言语和真实体验、欺骗与“神恩”想象这些问题写就了许多详实的论文。如果经过这些作家提出的各种测试的考验，那么让娜要想蒙混过关的可能性就微乎其微了。遗憾的是，她的导师们无心鉴别，他们实在急于看到她的成就，没有工夫对她产生一丁点儿的怀疑。不管是理智还是癫狂，任何一种心理状态下，在面对任何情况时，让娜这位完美的演员都不幸被人高看了。有一次例外，后面我们将会看到，彼时她彻底坦白了自己的真实情况。

如果她的导师们看重她，那是因为他们自己就有些不太光明正大的理由，竟相信她蒙了“神恩”，或者因为他们也中了“包法利主义”的毒，其性格和世界观也认同她那假想出来的人格。我们或许会问，她本人呢？她是怎么看待自己的？她的修女姊妹们又是如何看待她的？对这些问题，我们只能靠猜测了。

那些假装过着精神生活的丑角，不管其角色扮演得如何感人，也不管其台词记得如何扎实，终究会有这样的时刻：他们会良心不安，他们会感到有什么事情不对劲。他们难免要猜测，也许上帝总归是不可愚弄的，甚至人类也不至于如此麻木（这想法太可怕了！）——其实，在长期模仿亚维拉的德兰的过程中，让娜在相当早的时候就对这一真理有所感觉。她曾这样写道：“上帝时常借他人之手，让某些事情发生在我身上，使我倍感痛苦。”这段话很古怪，拨开它隐晦的面纱后，我们大致可

① 乔瓦尼·博纳（Giovanni Bona，1609年—1674年），意大利西多会修士，红衣主教。

以推测，也许在让娜就“神婚”发表其格外雄辩的议论时，某位姊妹就曾讽刺性地耸了耸肩；也许当让娜在教堂中模仿巴洛克绘画上的某些圣人，扬起双眸，将手按着那因被“圣恩”照耀而激动得发抖的胸脯时，某位姊妹曾发表过无情的评论。我们都幻想自己既聪明又不会被人看穿，然而除非因迷恋而盲目，否则，其他人可以轻而易举地看穿我们，就像我们可以看穿他们一样。承认这一事实，无疑将使人极端不快。

幸运的是（也许是非常不幸），对于让娜来说，卢丹市乌尔苏拉修道院的院长嬷嬷没什么洞察力，远远比不上那些曾经以讽刺和怀疑给了让娜巨大痛苦的人。被这位年轻学生那敬神的言谈、典范的举止所深深感动，善良的院长嬷嬷毫不犹豫地推荐让娜替代自己的位置。如今，任命终于下来了。从此，年仅25岁的她便是这个家庭的一家之主，在这个小小的王国里，她好似王后，这王国里的十七名臣民既然已发过神圣的誓言，便自当遵从她的管理，倾听她的发言。

既然一战而胜，既然艰巨的漫长计划所结的果实已牢牢在她手中，让娜便认为有权去度假了。她仍然继续阅读神秘主义的著作，偶尔她还继续就如何做完美的基督徒发表博学的议论，但一得空闲，她就允许自己轻松一会儿——好歹她是院长嘛，她的确是可以命令自己偶然消遣消遣的。现在，她算是自由了，可以任意在会客厅打发时间，于是这位新院长便热衷于与俗世的朋友和熟人们漫无止境地畅谈。数年后，她倒是虔诚地表示，期望自己可以列出“我所犯的和因我而起的所有罪过，这些罪过都是在那些并非极其必要的谈话中产生的，哪怕谈话或许完全是关于灵修的”。不过，这位女院长并不明白的是，甚至最关乎灵修的谈话也能以古怪的方式转向议论大不相同的其他事。比如一个人刚开始发声时，讨论的是对圣约瑟[1]的热爱和冥想，一连串的话都是富有教益的；突然，声音就让位于讨论默祷、“神圣的冷淡”和《对上帝存在的实践》一书；刚谈论一会儿，还没意识到谈到哪里了，或者还没明白何以开始谈这些话题时，就忽而又讨论起既迷人又令人生厌的格兰第先生的丰功伟绩了。

“就是那个住在金狮街的不要脸的骚货。……那个小骚货？在埃尔韦先生结婚之前，她可是埃尔韦的女管家。……那个补鞋匠的闺女，现在竟服侍王后陛下以及王后的母亲了，她把宫里的事全都告诉给自己的老爹呢。……向他忏悔的那些人哪……一想起来就要打寒战……是的，在圣器收藏室，院长嬷嬷，就是在圣器收藏室，离着圣餐桌不到十五步的距离……啊，那可怜的小特兰坎，你都可以这么说，她就在自己老爹鼻子底下，就是在自家的书房里，被人给诱奸啦。现在又轮到小米·德·布鲁了，是的，就是那个假正经的蠢货。她一味保持贞节，只怕永远不能结婚了。她倒是虔诚呢，她老妈死的时候，她就说要加入加尔默罗修会。可是她反而做了……”

她反而做了什么……女院长想起了自己的身世，在她而言，可没有“反而”一说。十九岁时，她是一名初学的修女；紧接着，她就成了正式的修女。然后她的姐妹和两个兄弟都死了，她的父母求她回家结婚，生育后代。她为什么会拒绝了呢？既然她痛恨这高墙中阴郁的生活，为什么她却坚持立下了誓言？是因为对上帝的爱，还是因为对母亲的憎恨？是为了唾弃德·科兹男爵，还是为了取悦耶稣？

其实她倒嫉妒起了玛德琳·德·布鲁，没有暴躁的父亲，没有爱打

① 圣约瑟，圣母马利亚的丈夫。

听的母亲，家庭富裕，自己做主，可以任凭自己的心意，现在倒好，她勾搭上格兰第了。

嫉妒转为了恨意和轻蔑。

这个伪善者，她那苍白的脸庞看起来倒像是图画书中的一位贞节烈女！这个柔声细语的伪善者，戴着念珠，念着冗长的祷告，手上是一版口袋本日内瓦主教[1]的著作，封面还是红色的摩洛哥皮革哩！而且，在那黑色的丧服之下，在那垂下的双眸后面，始终燃烧着强烈的情欲，与住在金狮街的那个荡妇可是不分伯仲呢。

与补鞋匠的闺女及小特兰坎相比，她也好不到哪儿去。那些女人至少还能以自己年轻或守寡做借口；而那个三十五岁的老处女，体型就像五朔节的花柱，毫无容貌可言，她还能找什么样的理由？而她，现任女院长，可是二十多岁的妙龄，克莱尔·德·萨齐利姊妹还曾说过，她的面庞被头巾一挡，好比天使自白云中窥看世界呢。还有她那双明眸！所有人都羡慕她那双明眸呢，甚至包括她的母亲和她那讨嫌的老姑，也包括前任院长嬷嬷。想想看，要是能将格兰第拉到这客厅里来的话！她就可以透过格栅，目不转睛地仔细打量他，她那双眼睛将赤裸裸地向他敞开自己的灵魂。是的，赤裸裸。要知道，格栅的存在不会让人变得谦逊，相反，会让人的谦逊消失无踪。于是，心灵中的拘谨瓦解，变化为格栅。在铁栅栏之后，一个人尽可以无羞无耻。

可是，哎，她可从来没有机会让自己放荡一回。教区长没有任何职业或私人的理由来拜访她，因他不是修女们的导师。在她们所教的学生中，也没有一个是他的亲戚。而他因诉讼案和教务缠身，实在忙碌，没

① 此处指圣方济各·沙雷氏。

有空来此进行无谓的闲谈，他的情妇自然也不允许他另有新欢。月复一月，年复一年，女院长始终没有机会展现她那双眸无可抗拒的魅力，对她来说，格兰第仅仅是一个名字，但却是一个有影响力的名字，这名字激起了她不可告人的幻想、乖张不羁的态度、肮脏龌龊的欲念，乃至好奇的恶魔和情欲的梦魇。

动物在发情期，除了伴随其单纯的生理行为（吼叫、散发出气味，甚至在特定的时间里发出红外辐射）外，还有一个精神上的衍生物，那就是坏名声：一个有乱交之名的妇人，对谣言散布范围内所有的男性，会发出长期有效的邀请函。而甚至对于最高尚的女士们来说，那些冷酷地折磨人心的猎艳高手，又何其迷人啊！在女信徒们的想象中，格兰第的猎艳可是英雄般的盛举，他宛如神话中的人物，部分是朱庇特[①]，部分是萨梯[②]，他的情欲虽然带着残忍，却也因此而迷人。

在他诉讼期间，卢丹市最尊贵的家族中一位已婚的妇人曾作证说，在举行完圣餐仪式后，教区长曾凝视她，而她因此“对他产生了一种强烈的爱意，这在她所有的伙伴中制造了一点小小的激动”。另一位妇人在大街上遇见格兰第，居然不能自制地被一种“非凡的激情”所征服。第三位妇人，不过是当格兰第进教堂的时候看了他一眼，却感到“心潮澎湃，产生如此的冲动，以至于她非常愿意就在当时当地，与格兰第同床共枕”。众所周知，所有这些妇人，都品行端正，名誉清白。此外，她们每一个人都有家庭，有丈夫，还有在成长中的子女。而可怜的女院长

① 朱庇特，古罗马神话中的众神之王。

② 萨梯，即潘神，希腊神话中一个被描绘成具有人形却有山羊尖耳、腿和短角的森林之神，性喜无节制地寻欢作乐。

呢，她无事可做，既没有丈夫、没有孩子，也没有工作，如果她对格兰第这头“美味的禽兽”产生爱情，就更不稀奇了！

“院长嬷嬷很烦恼，她不能更多地谈论格兰第，亦不能说出他是她所有感情的出口。”这里特别强调了“所有”两个字，似乎她对格兰第的爱恋已经超越了常人所能体验的范畴。而其他人对此也确实无法感同身受——只有她才能感受到这份爱恋中，由可怕而偏执的堕落所带来的罪恶感。教区长一直出现在她的脑海中，她的冥想本应是体悟上帝之存在的，现在却都是格兰第，或许这个既下流又迷人的形象（这形象是她围绕着格兰第这个名字想象出来的）代替了上帝的位置。她的欲望全是主观的，既无穷无尽，又愚蠢疯狂，好比飞蛾向往星星，小女生向往民谣歌手，烦躁沮丧的家庭主妇向往鲁道夫·瓦伦蒂诺[①]。

饕餮之欲和性欲不过是肉体的欲望，是人的本性与身体的结构强加于人的，这些肉欲终究有局限，因肉体实在是软弱而不能长久的。反之，精神的主动性是无穷的，因此对于意志上和想象中的罪孽，人的本性无法为其设置框范。贪财贪权之欲，与尘世中其他任何无限的事物一样，也是无穷无尽的。D.H.劳伦斯所说的“头脑中的性欲”也是如此无穷无尽，它和英雄主义的激情一样，是高贵者最后的几个弱点；它和意淫一样，是疯狂者最初的几个弱点。如不去考虑身体本身的局限性，也不考虑疲劳、厌倦，以及我们的理念和幻想中那些必要的琐碎物事给人造成的局限，那么“头脑中的性欲”这东西不管在哪种情况之下，都具有无限的特征。

① 鲁道夫·瓦伦蒂诺（Rudolph Valentino，1895年—1926年），意大利著名男演员，是1920年代最受欢迎的明星之一。

在格栅之后，女院长发现自己深受一头贪得无厌的猛兽的折磨，这猛兽，就是她的想象。在她的身体中，她将一个战栗、受伤的猎物形象与“天堂猎犬”的形象（她借用了地狱中那条猎犬的形象）混合在一处[①]。读者想来猜得到，如此一来，女院长的身体难免就垮下来了，到了1629年，让娜的精神与身体都患了病，根据罗吉耶医生和外科手术士曼努利的说法，她的“胃部好似精神错乱一般，使其消瘦之极，以至走路都相当困难”。

请读者回想一下，在这段时间内，乌尔苏拉会的寄宿学校一直在向不断增多的年轻女孩们提供阅读、写作、教义问答、礼仪方面的教育。有人可能会问，深陷于性困恼之中的院长嬷嬷，她的履职情况如何？当她的歇斯底里已经开始传染到其他教师时，孩子们的反应又如何？很不巧，从传世文献中看不到对此问题的回答。我们只是知道，直到寄宿学校的事态发展到后期较坏的阶段，义愤填膺的父母们才开始将自家孩子接走，拒绝修女们的照料；在此之前，似乎女修道院的精神氛围并非那般明显的反常，尚不足以令这些父母们产生警惕。

于是，到了让娜任院长的第五年。这一年的任期刚开始，就发生了一系列的事件，事件本身无关紧要，但却注定会带来巨大的恶果。

第一起事件，是修女们的导师莫索特教士的亡故。此人是最值得信任的神父了，他本着良心，为新成立的修会贡献了自己的全部，可既然他的第二个孩子都要出生了，那么他的全部贡献恐怕也就好不到哪去

① 地狱犬，希腊神话中的形象，乃是百手巨人堤丰和女神厄喀德那所生，它有五十个头和龙的尾巴，负责守卫地狱大门和阻止亡灵离开。此处是说让娜自比为被天堂猎犬（格兰第和他带来的性欲之欢）所捕获且受其折磨的猎物。

了。那些向他忏悔的修女的事，他其实一无所知；而他的忏悔者们对他所说的话，他也一概不听。

听说莫索特教士死去，女院长勉为其难地表现出悲伤，可是内心深处她却是喜气洋洋的。这老东西，终于升天了，终于升天了！

在老家伙被妥当下葬之后，她立刻给格兰第写了一封信。信的开头，她描述了修道院因莫索特逝世所承受的那不可挽回的损失，接着强调她本人以及她的姊妹们需要精神上的指导。她们需要一位与那令人尊敬的死者一样聪明与圣洁的新导师。最后，她发出邀请，请格兰第接替莫索特教士，来做她们的导师。

除了拼写之外（这一直是让娜的最大弱项），这封信写得倒是令人称道。信重新誊写之后，女院长又看了一遍，她看不出来他怎么可能拒绝如此真挚虔诚的溢美之辞。

孰料格兰第的答复，却是一次礼貌的拒绝。不仅是因为他自觉配不上如此高的荣誉，而且也因为作为教区神父，他实在太过忙碌了。

女院长先前还处于兴奋的高峰，这下可就一头扎进了失望之中，她既感到忧伤，同时感到自尊受到了伤害，而当她反复咀嚼自己的失败时，在她心中又升起了一股冷酷、持久的仇恨与恶意。

毫无疑问，要想表达这种憎恨是很不容易的；因为教区长身在世俗世界，而这世俗世界是一个隐居的修女不可涉足的。她不能走到他的地方，而他则不愿走到她的地方。

但当玛德琳·德·布鲁来修会看她的小外甥女（她住在寄宿学校中）时，让娜与她有了近距离的一次私人接触。一走进会客厅，玛德琳就发现，坐在格栅对面的人，正是女院长本人。玛德琳表达了礼貌的问候，孰料女院长却报以一阵狗血喷头的怒骂，而且一句比一句更加尖刻刺耳。“婊子！娼妓！勾引神父！你犯下了最大的渎神罪！”透过铁栏杆，女院长向她的对手大吐唾沫，害得玛德琳转身跑掉了。

一次私下面对面复仇的希望，就此破灭了。但让娜至少还可以做一件事情：她和她领导下的修会要与格兰第的那些公开的敌人们联系起来。她马不停蹄地邀请本地对格兰第最有理由表示憎恨的教士们过来。

米尼翁教士长相丑陋，天生跛腿，既无魅力，又乏天赋。他自然总是嫉妒教区长不俗的外貌、机智和轻易的成功。除了这些通常的、早就有的厌恶之外，在这么多年中，还有其他一些更具体的理由让米尼翁厌恶格兰第，比如格兰第好讽刺人，且引诱了米尼翁的表妹菲丽璞·特兰坎，最近，他们更是因圣克鲁瓦教堂与圣皮埃尔教区的一块争议地产而发生了争吵。不顾同伴们的反对，米尼翁将争议提交到法庭，而结果正如他的同伴们预言的一样，他败诉了。当女院长召唤他到女修会的会客厅时，他正因这羞辱而苦恼不已。两人详谈了灵修的话题，特别谈论了教区长的可耻举止，然后，女院长邀请他做修女们的忏悔神父。米尼翁立刻同意。于是，在反对格兰第的队伍中，加入了一个新的盟友，至于这支队伍究竟是如何构成的，米尼翁其实还不清楚。但是，像一位出色的将军一样，他时刻准备好抓住每一个机会，能让自己有所表现。

与此同时，在女院长的心中，对格兰第的憎恨并未终止，但这并没有抵消她对格兰第的迷恋。在她的白日梦与睡梦中，那位想象的英雄依然挥之不去；不过现在，他不再是那个令人甘愿于夜色中为他敞开窗户的白马王子，而是一个纠缠不休的梦魇，兴冲冲地对受害者施以凌辱

（这凌辱虽然不讨喜，但却带给她无法压抑的快感）。

在莫索特教士死后，让娜数次梦到这老家伙从炼狱中跑回来，恳求他的忏悔者们为他祈祷。可是，当他哀伤地说话时，一切都变了，"现在，她面前的人不再是她过去的告解神父，他的面庞、外貌变成了格兰第的模样。同时，他的言行举止也一起变了，他向她说起奸情，不停爱抚她，淫荡而无礼。他压在她身上，索取她无权处置的贞节，这贞节在她当初起誓时，早已许诺给那神圣的新郎[①]了"。

每每在早晨，女院长就将她梦中的经历复述给她的姊妹们听。女院长叙述的时候，一个细节都不曾遗漏，有一次，另外有两个年轻的女士略微提了几句，说她们也曾幻见某位纠缠不休的神父，并幻听到一个声音，在她们耳边低声说些最下流的话。这两位女士，一个是克莱尔·德·萨泽莉，她是黎塞留主教的堂姊妹；另一个也叫克莱尔，是一名庶务修女[②]。

接下来的一件事，在围绕格兰第的冗长争斗中具有决定性的意义，因它最终导致了教区长的覆灭，但这事原本不过是一个愚蠢的恶作剧。这简单的恶作剧是由一帮年轻的修女和较为年长的学生们共同设计的，他们在万圣节前夜，假装成鬼怪幽灵，目的是为了吓唬小屁孩和那些既虔诚又单纯的学生。

前面我们提到过，修女和寄宿生们生活的那座大房子素有闹鬼的名声。因此，老教士刚一死去，就有人看见形如白床单的形象，在宿舍区内游荡，使得住在房子里的人都大为惊恐——这原是意料之中的。在这

① 指耶稣基督。

② 庶务修女，指在修道院帮忙的女性。

床单鬼初次显身之后，所有的门都被人锁得很紧；但这鬼怪要么是从管道或窗户溜进了宿舍，要么是他们的“第五纵队”[①]偷偷给开了门。鬼怪在床上把衣服撕扯下来，还以冰冷的手指触摸人们的面庞。而在头顶的阁楼上，人们还听到呻吟声和椅子的响声。孩子们尖叫起来；修女们在身上画十字，吁请圣约瑟显圣。可是并无效果，只过了几个平静的夜晚，那些鬼怪又回来了。学校和修道院因此陷入了恐慌。

告解室是米尼翁教士的情报站，他听说了这一切：脑子里的梦魇、宿舍里的鬼怪、阁楼上的恶作剧。了解到这一切，突然间他眼前一亮，很明显，这是上帝在点拨他呀。他现在领悟到，将所有这些事综合起来，能一劳永逸地解决问题，他需要好好利用。为达此目的，他谴责那些恶作剧者，但命令她们不得将这些恶作剧告诉别人；他又告诉那些被恶作剧所折磨的人，她们所以为的鬼怪，更有可能是魔鬼，这在受害者心中造成了新的恐惧；他又明确告诉女院长和她的两位姊妹，她们夜间在幻觉中所见之人其实是真实存在的，而且很明显，他是撒但的使者。随后，他与教区长的敌人中最有权势的四五个人一起，前往特兰坎先生位于皮达尔当的乡间别墅——离市镇有一里格的距离。在那里，在组织起来的“军事委员会”面前，米尼翁教士描述了修道院发生的事情，并说明了如何利用这些事来摆平格兰第。众人进行了讨论，制定了行动计划，计划中将充分利用种种秘密武器，比如心理战和灵异情报。于是，阴谋者们情绪激昂地开始分头准备了。这一次，他们感到，格兰第将成为他们刀俎下的鱼肉了。

① “第五纵队”，泛指隐藏在敌方内部、尚未曝光的间谍。

米尼翁的下一步动作，是拜访加尔默罗修会。他需要一位高明的驱魔人。不知可敬的神父们是否有可推荐的人选。岂料院长甚是热情，一下子推荐了三位驱魔人，即厄塞布·德·圣米歇尔神父、皮埃尔·托马斯·德·圣查尔斯神父和安托南·德·拉查里特神父。他们与米尼翁立即着手工作，而且很快取得成效，几天之内，除了两三位年长的修女之外，再无其他人受到过“教区长的夜间拜访”了。

过了一段时间，谣言传开了，说女修道院里闹鬼；很快众人都知道了，善良的修女们被魔鬼缠身，而魔鬼将所有的责任都推到了鬼怪一般的格兰第先生身上。可以想象，新教徒们听说此事，都大喜过望。一位天主教的神父与撒但结盟，使一整个乌尔苏拉修会都放荡堕落了，此事几乎足以抚慰他们因拉罗歇尔陷落而沮丧的心灵。

教区长本人呢，面对这些流言蜚语，他只不过是耸了耸肩。毕竟，他甚至还从未正眼瞧过女院长和她那些发狂的姊妹。这些错乱的妇人说他的坏话，其实不过是她们的痼疾在作祟——她们只是太过阴郁苦闷了，又有一点“慕男狂”。这些可怜的女人不能与男人亲近，故此难免会做些春梦。米尼翁教士听到教区长的这些言论，便意味深长地笑了。他说笑到最后的人，才是胜利者。

与此同时，驱魔的动静闹得如此之大，以至于经过长达数月与恶魔的英勇搏斗之后，米尼翁教士不得不寻求增援。第一个响应召唤的是皮埃尔·朗吉，他是韦尼耶市[①]的本堂神父，他因甘做主教的密探和特务，而在教区内既享有极大的影响力，也极其不受欢迎。朗吉加入驱魔行动，使米尼翁教士吃下了定心丸，可见高层对他的行为没有产生任何怀

① 韦尼耶市，法国西部城市。

疑。修女附魔一事，已得到官方的正式认定。

朗吉之后，附近的吉洛恩市圣雅克教堂的本堂神父巴雷先生，也很快加盟了驱魔团队。他是另一种风格的神父，属于消极派的基督徒，相信魔鬼比上帝更加真实有趣。其实，巴雷先生在任何地方都能看到偶蹄[1]的痕迹；在人类生活中所有奇异的、灾难性的，以及过于欢乐的事件中，他都能认出撒但所做的手脚。与彼列[2]或别西卜大战一场，对他来说是最大的享受。就是这个人，一直在编造着魔鬼的存在，同时又忙着驱魔。在他的努力之下，吉洛恩市遍布着胡言乱语的女孩和附魔的奶牛；就因为某个巫师的邪恶符咒，该市的丈夫们都不能与他们的老婆亲热了。在他的教区，没有一个人会抱怨说生活枯燥无味，因为本堂神父与魔鬼纠缠不休，生活焉能有一刻是沉闷的？

接到米尼翁教士的邀请后，巴雷大喜，没过几天，他从吉洛恩市领着一大群他所在教区的狂热教民到达了卢丹。令他非常憎恶的是，这么长时间以来，卢丹的驱魔行动居然是关起门来在修道院内搞的。把光罩在一蒲式耳的容器里，亏他们想得出来！干吗不把容器拿掉，让公众有机会受到教诲？于是，乌尔苏拉修会的大门被打开了，暴民们一拥而入。在教堂内，经过三次尝试，巴雷成功地使院长嬷嬷抽搐起来。让娜“毫无感觉与理智地”在地上打起了滚。观众们大喜，尤其是当她露出两条大腿的时候。终于，经过许多的“扭曲、恼怒、嚎叫、咬牙切齿后（其中口腔里面两颗牙都被咬断了）”，魔鬼遵命离

① 动物前后肢双数着地的蹄叫偶蹄。相传魔鬼的脚具有偶蹄的特征。

② 彼列，与耶稣基督对立，经注释为撒但的别名。彼列在弥尔顿的《失乐园》中也有提及，是堕落天使之一。

去，附魔者安静了下来。女院长精疲力竭了，而巴雷则从自己的额头上抹去汗水。现在该轮到米尼翁教士在克莱尔·德·萨泽莉身上、厄塞布神父在那个庶务修女身上、朗吉先生在自称“道成肉身”的加布里埃尔修女身上驱魔了。

这场驱魔表演，直到夜色降临时才告一段落。观众们成群结队地走进了秋日的黄昏中。大家都认为，自从那些巡回演出的杂技演员（尤其是那两个侏儒和那只会表演的狗熊）离开之后，可怜的卢丹老城从未见过如此生动的表演，而且表演完全免费。

两天之后，即1632年10月8日，巴雷取得了他第一个重要的胜利，找到了阿斯摩太[①]躲藏的位置，它是寄居在女院长体内的七个魔鬼中的一员。通过附魔者的口，阿斯摩太透露，他盘踞在女院长的下腹。于是，巴雷与这魔鬼争斗了足足超过两个小时。一次又一次地，巴雷念出响亮的拉丁文驱魔词：“最不洁的鬼魂、妖怪、群魔，我要驱逐你，将你每一次的进攻化为乌有，因我依凭的，乃是我主耶稣基督的名号！我要把你连根拔掉！快给我从上帝的这个造物中滚出来！”

然后，他洒下几滴圣水，抚摸附魔者的头顶，抚摸圣衣和每日祈祷书，并抚摸了教堂内的圣物，行了祝福礼。“你这古蛇，凭着生死之判官、造物者、造世界者即上帝的名义——上帝有神力，将逐你到地狱中去——我命你出来，远离这上帝的仆人。她要回到教堂的怀抱，而你，带着你的恐惧和你的暴怒，赶紧溜走吧！”

然而，阿斯摩太没有走，它不过是笑了笑，说了几句渎神的玩笑

① 阿斯摩太，犹太神话中的恶魔。

话。换了别人，或者就承认失败了，但这不是巴雷先生的风格。他命令将女院长关进地牢，命人立刻去找药剂师。于是，亚当先生来了，随身带着他这个职业最传统的象征物：一个巨大的黄铜注射器——像是莫里哀式的闹剧中的道具，却是十七世纪医学的实际用具。在他面前，摆放了一夸脱的圣水，亚当先生将圣水注进注射器，尔后向女院长的床铺走去。意识到剩下的时间不多了，阿斯摩太大发脾气——可惜反对无效，因女院长的四肢都被捆缚了。强壮的手臂则压住了她蠕动的身体，凭着行医多年的技巧，亚当先生向女院长实施了神奇的灌肠术。两分钟之后，阿斯摩太终于溜之大吉。

多年之后，让娜在自己的自传中写道，在附魔的最初一段时间，她头脑十分混乱，以至于完全记不住当时到底发生了什么。这一陈述或许是真实的，也可能不是。有许多事情，我们宁愿选择遗忘，也要尽力去抑制对它们的回忆。然而实际上，它们始终活灵活现地留在我们的记忆中，比如亚当先生的注射器……

在孤绝的自我中，倒是有许多方法可以让人逃遁至一种弱智、幼虫的状态里，这种状态以“虚无”为特征。关于“虚无”这个主题，马拉美的许多诗歌多有涉及。“可你的长发是一条温馨的小河，那里，沉溺着我的灵魂，没有战栗来滋扰它，蔓延着你不认识的虚无！”[①]可是对于许多人来说，彻底的“虚无”还不够，他们需要的“虚无”还带着否定的特征，被命名为“不存在”，这“不存在”是发臭的、丑陋的，就像波德莱

① 此段源自马拉美的诗歌《夏愁》，译者葛雷、梁栋，见《马拉美诗全集》，浙江文艺出版社，1997年版，第23页。

尔的诗中所言："某夜，我躺在一个犹太丑女身旁，就像一具尸体靠紧另一具尸体。"[①]

这确乎是对"虚无"的体验，但却带着憎恨。某些人发现，正是这种带着憎恨的"虚无"感，对于他们来说才是体验成为他者的最令人愉悦的方式。对让娜·德·艾格丽斯而言，天生的自负、遭遇令人沮丧的环境所产生的压力，恰与她自我超越的渴望有相等的强度。在后来的岁月中，她假称努力（甚至真的努力了）达到更高的自我超越，以过真正的精神生活。但在她修女生涯中目前这个阶段里，唯一的逃遁之路，却是堕入性欲之中。她有意地开始沉迷于想象，与她的暗夜情郎卿卿我我，这个情郎令人心热，是臭名昭著的格兰第先生——虽然他本人还浑然不晓。时间一久，原本有意和偶然的沉迷变化为一种不可抵抗的上瘾状态，上瘾变成习惯，习惯使她的性幻想变成极其迫切的需求，于是，这位暗夜情郎变成一种自动的存在，她的意志完全不能控制。原本她是这想象的主人，现在，她却成了这想象的奴隶。奴役是令人蒙羞的；然而，清醒地意识到再也无法控制自己的思想和行动，虽无疑令人沮丧，却能有效地使人达到自我超越——而超越正是所有人渴望的。让娜修女曾努力想要挣脱被色情想象所奴役的境遇，但她获得的唯一的自由，却是成为那个她所憎恶的自我。没有办法处理这种困境，她唯有再一次深陷情欲之瘾，那无法挣脱的地牢之中。

而现在，历经数月的内心挣扎，她落在了恶名昭彰的巴雷先生手中。向下的自我超越的幻想，如今变为一个残忍的事实：巴雷真的不把

① 《恶之花·忧郁与理想》第34篇《某夜，我躺在一个犹太丑女身旁》，译者钱春绮，人民文学出版社，1991年版，第79页。

她当人看，而是视为某种奇怪的动物，展示给乌合之众们观赏，好像她是一个要把戏的猿猴，或视她为较低等的人类，只适合被人吼叫、摆布，在反复的言语引诱下精神发作，最后屈服于被人强行灌肠的凌辱之中——这本是违背她残存的意志和羞耻心的。巴雷羞辱她，或多或少等同于在公共场合强奸她。

那个曾经名为让娜·德·艾格丽斯的修女，亦即卢丹市乌尔苏拉修会的女院长，自此消失了，这消失不是马拉美式的“虚无”，而是波德莱尔式的“虚无”——带着憎恨与复仇之心。她大可模仿使徒保罗的语言自我点评：“我活着，然而活着的那个人并不是我，她肮脏，屈辱，只是在生理上寄居于我的身体。”[①]在驱魔仪式中，她不再是一个主体，而变为一个非常敏感的客体。这很可怕，但同时也很奇妙。好比一个人一边受凌辱，一边却在启示世人；单纯从字面意义上理解，也可以说是一边受辱，一边狂喜。这是一种独特的角度：一个人站在一边，看着那个令人憎恶的、再熟悉不过的自我。

值得注意的是，在此阶段让娜修女并无强烈的附魔感觉。米尼翁和巴雷却说，她一身都是魔鬼，而被他们的驱魔仪式搞得疯癫的让娜本人，在胡言乱语中也这般说。其实，她仍然没有感到自己被七个魔鬼缠身（阿斯摩太被驱逐之后只剩下六个了），而他们说魔鬼们就寄居在她那侏儒一般的身体内。后来她是这么分析当时的情况的：

“那时，我并不相信在不经人同意，或者不与人立约的情况下，魔鬼会附在人身上；但我错了，因为最纯洁的人，甚至是最圣洁的人，都

① 典故出自《圣经·加拉太书》第二章，保罗所说的一段话：“我已经与基督同钉十字架，现在活着的不再是我，乃是基督在我里面活着。”

有可能附魔。我本人自然不能算是纯洁者，因我成千上万次把自己交给魔鬼，犯了罪，并持续抵抗主的恩荣……这些魔鬼，潜入我的思想和性格，通过发现我身上邪恶的性情，它们将我变成如它们一样的存在……通常，魔鬼们的所作所为，符合我心底的感觉。它们的手段如此巧妙，以至于我本人一点都不相信我身上居然住着魔鬼。当别人怀疑我附魔之时，我深感受辱，当别人当面说我附魔之时，我感到极大的愤怒，完全无法控制自己的憎恨之情。”

也就是说，这个对格兰第先生情难自禁的人，这个被巴雷先生视如实验动物的人，她自己在驱魔仪式之外，在清醒的时间中，都没有意识到自己有多么不正常。她依然视自己为一个有着普通感觉的妇人，只是不幸加入了修会，而原本她是应该嫁人生子的。那身受羞辱、满是淫荡幻觉的狂喜便是降落在这样一个人身上。

至于巴雷先生和其他几名驱魔人的心理状态，我们没有第一手资料。他们没有留下自传，也没有留下信件。大约两年之后，绪兰神父拜访当地时，这场冗长的精神狂欢中那些男人的所作所为，已经完全无人关注了。幸运的是，绪兰虽然内向，但自我剖白一向开诚布公，他是一个天生的分享者，其忏悔的热情充分弥补了他那些同工们的沉默寡言。在描述自己早期在卢丹、后来在波尔多的生活时，绪兰抱怨说，他几乎不停地受到肉欲的诱惑。而一名驱魔人，身处到处是附魔修女的修道院中，其遇到的诱惑可想而知。这群妇人歇斯底里，长期处于性亢奋状态，而他正是那受到特许的男性，尽可傲慢和残暴地统治她们。他羞愧地说，在女修会中履职时，自己深陷在狂喜的堕落之中，这不过强调了驱魔人身为男性所取得的征服感。她们的屈服加强了他身为主子的感觉。当暴怒无法控制时，他是清醒而强壮的；在兽性横行之时，他是唯一的人类；在魔鬼当道之时，他是上帝的代表。作为上帝的代表，对这些低一等级的造物，他有权为所欲为，让她们表演游戏，命她们当众抽搐，粗暴地驱使她们好像驱使一群固执的母猪或小母牛，或者开出灌肠剂的药方，或者施以鞭笞。在她们较为清醒的时刻，这些附魔人便会向主子汇报，带着何等下流的快乐啊，竟将她们人性中最为基本的那些（教义）完全踩在脚下！她们坦白自己心中最不可告人的事实，描述自她们那潜意识的泥潭中冒出来的最骇人听闻的幻想。

驱魔人和被认定为附魔的修女们之间可能存在的关系，在如下的一段叙述中得到了很好的描写，此段文字节录自当时有关奥克松市[①]乌尔苏拉女修会附魔事件的材料，此次附魔事件发生在1658年，持续至1661年。

"修女们、神父们都承认，通过驱魔，神父们治好了她们的脱肠病，他们也在一会儿工夫内治愈了魔鬼在她们子宫内造成的裂伤；他们还撵走了那些巫鬼——它们将其覆盖着包皮的阳具放在她们的子宫中，好似尖锐的小蜡烛；然后它们还要将一大堆尿布覆盖着她们，并以其他手术器具羞辱她们；不管是跟肠道有关的，还是其他任何地方，这些巫鬼是从来不在意是否清洁的。她们还宣称，神父们治好了她们的疝气、胃痛、头疼，只要她们忏悔，他们还能治好乳房硬化；通过驱魔，他们能帮助她们止血；而通过灌入她们口中的圣水，他们消除了她们腹部的隆肿，这隆肿是因为她们与恶魔、污鬼交媾造成的。

"其中三名修女直截了当地宣称，她们与魔鬼交媾了，贞节遂如花凋落。另外五人落在污鬼、术士和魔鬼的手上，虽然她们羞于启齿，但

① 奥克松市，法国东部城市。

实际上她们也承受了相同的遭际，与前面三位并无分别。驱魔人证明了如上陈述的真实性。”①

何等坦然的道德败坏啊！何等亲密的外科手术啊！下流话像客观物体一样无所谓道德与否；生理的灾难等同于精神与智识的历练。就像一场浓稠恶臭的大雾，沉重的性欲覆盖了一切，其浓厚的程度都需要用剪刀来剪开了，而且，它是无所不在、无可逃避的。根据勃艮第高等法院的指令，医生们拜访了那些修女，却没有发现附魔的证据，倒是有许多的证据表明她们患了一种疯病，此疯病被神父们命名为“慕男狂”。这种疾病的症状是“发烧，同时伴随一种不能抑制的性欲望”，对于患了此病的年轻修女来说，她们“除了性之外，再不能思想或谈论其他事情”。

在一个附魔修女们集聚的修会，氛围就是如此；与她们接触的神父们，两者之间的亲密关系就像是妇科医生与病人之间的关系、驯兽师与动物之间的关系、备受崇拜的精神医师与饶舌的神经症患者之间的关系的混合。在这种亲密关系中，官方指定的神父们与修女们日日夜夜在一处，度过了许多时光。对于奥克松市的驱魔人来说，所受的诱惑太大了，很有理由相信，他们利用了自己的优势地位，勾引了那些修女，而原本他们应该向她们负责的。

不过，在对付让娜和卢丹市其他歇斯底里者的过程中，神父们、僧侣们倒没有受到类似的指责。绪兰可以作证，诱惑确实持续存在，但是他们抵挡了诱惑。长期的放荡只存在于想象中，从没有转化为肉体的行动。

驱逐阿斯摩太是值得铭记的一次胜利，而修女们当时也已经能很

① 原注：见塞缪尔·甘比尔所著《巴布·比弗及声称附魔的奥克松市乌尔苏拉女修会》（巴黎，1895，第14—15页）。

熟练地扮演她们附魔的角色，以至于米尼翁教士和格兰第的其他敌人认为，他们的力量已经足够强大，可以采取正式行动了。于是，在当年的11月11日，皮埃尔·朗吉，这位韦尼耶市的本堂神父被派到卢丹市最高行政官德·塞里赛的办公室，在那里陈述了女修会发生的一切，并邀请“巴日”和他的司法专员路易斯·肖韦亲身前往看看究竟。他们同意了，于是当天下午，两位行政官员带着办事员，拜访了女修道院。他们受到了巴雷与米尼翁教士的接待，并来到“一个天花板很高的房间，里面摆了七张小床，其中一张床上，睡的是那位庶务修女，另一张床上则躺着女院长，后者此时被几名加尔默罗修会的修士、几名修女，以及圣克鲁瓦教堂的教士马蒂兰·卢梭和外科医生曼诺利环绕着”。

一看见“巴日”和他的司法专员，女院长便（根据办事员当时所做的记录）“开始剧烈的骚动，发出特别的噪音，好似小猪的呼噜声，然后将自己埋在被褥中，一边磨牙，一边像那些丧失理智的人可能会做的一样，做出种种扭曲的动作。在她右手边，是一位加尔默罗修士，而在她左手边的便是米尼翁。此时，他伸出两只手指，也就是拇指和食指，放在那位女院长的嘴唇上，开始当着我们的面驱魔，并念起了咒语”。

在驱魔和念咒语的过程中，让娜修女泄露出曾以两种物质为中介，与魔鬼签订了两份残忍的契约，因此才会附魔。这两种物质分别是三颗山楂刺和一束玫瑰花，后者是她在楼梯上捡到然后别在自己腰上的，“于是，她的右胳膊突然感到一阵猛烈的颤抖，此后所有祈祷的时间里，她都被对格兰第的爱纠缠，不能自拔，除了内心感觉格兰第的形象在压迫她之外，她再也不能关注其他任何事物。”

神父以拉丁文问道：“是谁送了这些花？”女院长“一阵迟疑之后，似乎甚是勉强地回答说，于尔班。于是，那位米尼翁又问，说出他的职位。她便回答，神父。他又问，是哪个教堂的？那位修女便回答，圣彼得教堂，这最后几个词她拼得非常糟糕。

当这场驱魔仪式结束之后，米尼翁将“巴日”拉到一边，当着卢梭教士和肖韦先生的面，指出当前的情况似乎与路易斯·格弗里迪事件惊人相似。早在二十年前，那位出生于普罗旺斯的神父，就因通过施魔法淫乱乌尔苏拉修女而被活活烧死。

既然提到了格弗里迪，那么阴谋就泄露了出来。针对教区长的新的阴谋计划，清楚地呈现在众人面前，他们要让教区长因行巫术受审判，这样一来，即便他最终被无罪释放，也将声名扫地；而如果被判有罪，他将被送到火刑柱上。

Chapter V
第五章

于是，格兰第被控行巫术，乌尔苏拉女修士们则被认定附了魔。我们看到这样的结论，忍不住要微笑，但在微笑变成露齿之笑，直到发展为狂笑之前，先让我们探究一下，在十七世纪上半叶，这些结论所用的词语其准确含义究竟为何。既然那个时代里行巫术在任何地方都算作犯罪，那么我们就先来看看对此事的法律界定。

爱德华·柯克爵士[①]，伊丽莎白晚期和詹姆斯一世时期全英最伟大的律师，将女巫定义为“一个与魔鬼讨论的人，或请教其如何做事，或有所行动”。根据1563年颁布的法律，唯有在尝试谋害他人性命且证据确凿的情况下，女巫才会被判死刑。但是在詹姆斯一世执政的第一年，就有一部新的更严厉的法律替代了1563年的旧律。于是，1603年之后，女巫不管是否采用超自然的手段谋害他人，只要有简单的证据证明她是女巫，就可被判死刑。在法律实际执行过程中，女巫可能并不会受到起诉，例如替人占卜的女巫；甚至还有可能受到善意对待，比如用符咒、魔咒为人治病的女巫。但倘若有证据表明，女巫在行事的过程中“与魔

① 爱德华·柯克爵士（Sir Edward Coke，1552年—1634年），英国律师、法官、政客。

鬼有讨论”，或者使用了本质上是恶魔手段的魔法，那么即是犯罪，被告就将被判死刑。

这虽然是英国清教徒的法律，但却完全符合教会法①和天主教的惯例。多明我会②的克莱默和斯宾格勒，二人甚是博学，并是《女巫之锤》③的作者，在近乎两个世纪的时间里，此书是所有女巫猎捕者的教科书和指南，路德派、加尔文派和天主教派都在使用它。在书中作者引用许多权威，证明对那些行巫术、算命，或行其他任何妖术的行为，正确的惩罚便是死刑。

此书中道："盖巫术乃背叛上帝的大逆不道之罪，因此需对这些人（被告）施以酷刑，迫使其坦白。任何人，不管其地位与职位，如被控告行巫，就可以对他们施以酷刑。任何人一旦被发现有罪，即使坦白了自己的罪行，也要被送上拷问架，使之遍历酷刑，这乃是法律所规定，以便使其受到与罪行相当的惩罚……"

这些法律的制定有其古老的传统，因为人们相信魔鬼会介入人类的生活。更具体些说，真相早经揭示，魔鬼乃是"世界的王子"，它发誓要做上帝及上帝子民的敌人。有些时候，魔鬼会独自行动；有些时候，它会在人类中寻找代理人来制造伤害。对此，此书中又提到："如果有人

① 教会法，广义而言，可以泛指整个基督教会及其各个教派在不同时期的规范和汇编的各种规章制度。狭义而言，是指存在于中世纪西欧的天主教会法。教会法是西欧封建法律的一个重要组成部分。

② 多明我会，即道明会，亦称"布道兄弟会"，天主教托钵修会的主要派别之一。

③ 《女巫之锤》（*The Malleus Maleficarum*），1486年出版，是魔鬼文献中最重要的一部著作，这部著作是针对宗教裁判官而写，与以前同类书籍的不同之处在于，它专门叙述如何侦察巫师的罪行。作者据信是多明我会的修士克莱默（1430年—1505年）和斯宾格勒（1436或1438年—1495年）。此书是16、17世纪追捕女巫的基本指导手册。

问，魔鬼是愿意自己行动伤害万民万物呢，还是更愿意通过女巫来行破坏之事呢？那么答案将是，这两种手段没有任何可比性，因为魔鬼绝对更愿意借女巫之手来行破坏之事。首先，魔鬼从上帝手中夺下一个人为己所用，就极大地冒犯了上帝，因任何人原本都应效忠于上帝；其次，上帝越受冒犯，就越会被魔鬼抢去更多的权力，使它更加伤害人类；第三，魔鬼也有收获，它在那些堕落的灵魂身上找到了寄居之所……”

在中世纪和早期的现代基督教世界，巫师及其客户的生存境况，几乎等同于生活于希特勒统治之下的犹太人、生活于斯大林统治之下的资本家、生活于美国的共产主义者及其同情者的境况。巫师及其客户们被视同异国政权的代理人，说他们不爱国还算是好听的，最坏的时候，他们被视为叛徒、异教徒、人民的敌人。这些形而上学的内奸，既存在于过去的时代，也存在于当今世界的绝大部分地区，对付他们，其惩罚便是死刑。

死刑等待着那些政治上和世俗中的魔鬼崇拜者，他们现在被称为“赤色分子”，当时则被称为“反动派”。在十九世纪，曾经有过短暂的自由主义的时光，那时的人（比如米歇莱）发现很难去原谅，甚至很难去理解，为什么巫师们曾经会受到那般野蛮的对待。对于过去，米歇莱们认为太过残忍；面对当时的社会，他们则洋洋自得；至于未来，他们又极其乐观——他们可是在对我们这个时代乐观呢！这些唯理主义者[①]，一厢情愿地认为，随着宗教传统的衰落，类似迫害异教徒、折磨和烧死巫

① 唯理主义，即主张检验真理的标准和获取正确知识的途径不是感觉经验，而是理性的一种主义。笛卡尔是法国唯理主义奠基人。

师这样的暴行将寿终正寝。“宗教唤起邪恶，如此深重！”①

但是，无论回首往事还是瞻望未来，当我们站在近代史的下行之路这个有利的位置上，我们当下即能看见，无需信仰超自然的力量，宗教的所有邪恶依旧蓬勃兴旺；我们亦能看见，坚定的唯物主义者准备崇拜他们偷工减料创造出来的偶像，似乎这些偶像也是那“绝对者”；同样，自诩为人道主义者的那帮人，当他们迫害起反对者来，与宗教裁判官灭绝那些撒但（这个撒但富有人格，卓越不凡）的信徒一样满怀无比的热情。人类这种行为模式的存在早于宗教信仰，也将比宗教信仰存在更久，此模式似乎在任何时代都能刺激到人类。

现在，自然没多少人信仰魔鬼了，但是当撒但化身为现实人物，其存在就像它的加法反元素②一样无可置疑时，许多人便像他们的祖先一样行事了。为了证明其行为合法，这些人便将其理论转为教条，将其章程变为基本原则，将其所在党派的领袖树立为神，而所有反对者，便被他们“魔成肉身”。他们由崇拜一个相对的偶像，转为崇拜一个“绝对者”；由赋予偶像以完全的人性，转为赋予“绝对者”以全然的神性。这有可能使他们在沉溺于最丑陋的激情时，良心上还觉得自己清白，并且自信他们正在为“至善者”效劳。而一旦风水轮流转，当前的“绝对者”忽而变得蠢不可及，他们就能及时造出一套新的体系，以确保自古以来那种人性的疯癫能继续戴着它一贯的面具：法律、理想和真实信仰。

① 此处原为拉丁文，引用的是罗马哲学家及诗人卢克莱修的名言。

② 原文为Opposite Number，即Additive inverse，翻译为加法反元素，指的是一个数X的相反数-X。例：7的加法反元素是-7，-0.3的加法反元素是0.3。撒但的加法反元素，自然是上帝。

正如我们所见，与巫术相关的法律大体上是相当简单的。任何人，蓄意与魔鬼勾结，都罪当至死。关于这条法律在实际情况中是如何执行的，限于篇幅本书不能详述，只能简而言之，即当许多法官明显对巫师怀有偏见之时，仍然有许多法官尽其所能要给被告一个公正的审判。然而即使审判再公正，以当今西方社会的标准来看，这种审判都不过是一幅荒谬的司法漫画。

《女巫之锤》中写道："不管什么样的证人，只要所言的证据是不利于巫师们的，法律便采纳。"不仅所有人——包括了儿童、被告的死敌——被接受为证人，而且，各种各样的证据也得到采纳，如流言蜚语、道听途说、推论、复述的梦境、被鬼附之人的话。为了获得供词，酷刑照例井然有序且频繁地被使用，其手段更是花样百出。伴随着酷刑的，还有关于最后审判的虚伪承诺。在《女巫之锤》中，关于虚伪承诺的问题，两位作者表现出其一贯的机智和自圆其说的能力。他们说，面对这一问题，可能有三种应对之道。

第一种，法官向犯罪的女巫承诺可以保住其性命，而且真的准备遵守诺言。当然，前提是被告供出其他女巫的名字。但这种欺骗性在于，被告认为自己的死刑将减轻为其他不那么严厉的刑罚，例如流放。但法官却已经决定责罚她被永久单独监禁，只能吃面包和水。第二种，法官认为"一旦女巫被交付给监狱，保住其性命的承诺就算是达成，过一段时间后，犯人照样应被烧死"。第三种，法官可以坦然地向被告承诺会保住其性命，但其后他将卸去该案件的法官职位，并指定另外一位法官来判刑。（啧，好一个"坦然地"，这简单的一个词，具有何等丰富重要的意义！蓄谋的欺骗，将置骗子的灵魂于极大的危险之中。因此，如果你发现需以撒谎作为权宜之计，那么，就请做好心理准备。要知道，当你认定自己将来有相当的资格升入天堂之时，这仅仅是你自己的认定，而不是来自别人的认定，更非那绝不可能被戏弄的上帝的认定。）

对于现代的西方人来说，他们所见的中世纪或近代的巫术审判中，最荒谬同时也是最邪恶的特点，在于日常生活中几乎任何古怪和麻烦的事情，都有可能被合理地判定为是魔鬼在捣乱，而这一定是由巫师行巫术所导致的。例如，1664年，当着未来首席法官马修·黑尔爵士的面，圣埃德蒙兹伯里[①]的两名巫师中，有一名被判处了绞刑。这名巫师被认定，在一次争吵中，诅咒并威胁了她的一个邻居，然后，这位邻居作证说，当他的母猪生出小猪时，猪崽们上蹿下跳，然后立刻倒地而亡。这还不是全部。不久之后，他还被“一群个头超级大的虱子所为难”。对付这等超自然的寄生虫，现代的消毒法是无用的，于是证人别无选择，只好将自己两套最好的西服扔进火堆。马修·黑尔爵士是一位公正的法官，热爱中庸之道，知识渊博，精通科学、文学与法学。可他居然郑重其事地采纳了这些证据，在今日看来近乎不可思议。或许是因为，与其他人一样，黑尔爵士极其虔诚。在信仰正统基督教的年代，虔诚就意味着相信存在人格化的魔鬼，并承担起将魔鬼的仆人——巫师们——赶尽杀绝的责任。此外，犹太教、基督教共同的传统当然都是相信真理，而在此传统中，确有可能存在先例：即如果被一名老妇人诅咒之后，会出现猪崽之死和虱子过度繁殖的超自然事件，这必定是因为撒但在为它的崇拜者们出头。

《圣经》中有些关于魔鬼和巫师的知识，加上后来许多流行的迷信也融入其中，最终使得这些迷信也得到同等的崇拜，与古老的《圣经》

① 圣埃德蒙兹伯里，位于英国中西部的一个集镇。

手抄本所揭示的真理竟具有了同样的威信。例如，直到十七世纪晚期，所谓的“巫术体能测试”的合法性竟毫无疑义地得到所有检察官和绝大多数民法官的认可。被告的身体上是否有非比寻常的标记？能否发现其身体的某个地方居然对针刺都不敏感？当然首先是要看这些被告的“副乳头”，或者说额外的乳头[①]，能否被某些熟悉的动物如蟾蜍和猫所吮吸，并且能够养肥这些动物。假如答案是肯定的，那么毫无疑问，嫌犯是一个女巫，因为根据传统这些特征乃是魔鬼在自己的信徒身上留下的烙痕和印记。（既然百分之九的男性和略低于百分之五的女性，天生就有额外的乳头，那么就少不了这些命中注定的冤死鬼了。）

还有其他一些流行的迷信，其中有三条因广为世人接受，造成了人间巨大的悲剧，因此我们在这里至少要提一下。这三条迷信是，通过呼唤魔鬼的帮助，女巫们能制造风暴、疫病和阳痿。在《女巫之锤》中，克莱默和斯宾格勒视这些观念为不证自明的真理，不仅为常识所验证，而且为最伟大、最权威的博士们所认可。书中言道：“多马[②]在评论约伯时说，必须承认，得上帝的认可，魔鬼就能扰乱天气、兴起风暴，并从天上投下火焰。虽然无论善天使、恶天使，都不能化身为各种各样的肉体（只有造物主才能化为肉身），然而，在环境变化方面，肉体却要遵循精神的命令……既然风雨及其他类似的天气变动仅仅起因于大地、河流蒸发的水汽运动，那么，魔鬼的自然力足够导致天气变化。”

至于疫病，书中说：“只要得到了上帝的默许，女巫们就能使人们患上世上任何一种疾病，甚至包括麻风和癫痫。这一条可以由医生也会患

① 这里指多乳症，常见的一种先天性畸形。

② 多马，耶稣的十二门徒之一。

上任何一种疾病的事实予以证明……”医生们的权威性，还得到了该书作者亲身的观察验证。“因我们经常发现，某些人如果接触了掩埋在死人旁边的鸡蛋尤其是放在女巫尸体旁边的鸡蛋……特别是如果这些鸡蛋被送给一个人，而这个人把鸡蛋煮了吃或生吃了，他就会得癫痫，或者病倒。”

关于阳痿，该书作者对自然阳痿的种种情况与超自然状况下的阳痿进行了鲜明的对比。自然阳痿是指一个男人不能与任何异性发生性关系，而超自然状况下的阳痿，则由魔咒和魔鬼引发，指的是不能与特定的一个人发生性关系（尤其是自己的配偶），与其他异性交媾则无问题。作者强调，相较于人类生活的其他方面，上帝允许女巫在与生殖力相关的方面多行巫术，因为，自从人类堕落[1]之后，“与人类其他行为比较”，和性相关的行为中“存在着更多的堕落”。

毁灭性的风暴并非罕见，而绝大部分男性偶然都会受阳痿之苦，至于疫病，更是司空见惯。在那样的时代，法律、神学、大众的迷信都一致将这些日常现象诿过于女巫，监视、指控、迫害女巫的案件遂不可胜数。在十六世纪追捕女巫的高峰期，德国部分地区的社会生活一定极其类似纳粹之下的德国。

遭受酷刑，被某种责任感鼓动，或仅仅是歇斯底里的冲动，这些都能使一个男人起而告发其结发的妻子，一个女人起而告发其最好的闺蜜，一个孩子起而告发其母亲，一个仆人起而告发其主人。而这些还不是一个被魔鬼缠身的社会的全部罪恶。许多人会不断被提醒要防备巫术，每日都被警告要预防魔鬼，最终造成了这种灾难性的后果。一些较

① 人类堕落，在基督教中是指人类始祖犯罪被逐离伊甸园。

为胆小的人竟被吓破了胆，面对那无时无刻不存在的恐惧，一些人甚至选择了自杀；而对那些野心勃勃、满怀愤怒的人进行喋喋不休的关于超自然危险的教诲，却导致了另一种后果：类似博斯韦尔[①]的男人和类似蒙堤斯斑夫人[②]的女人，为了获得他们垂涎欲滴的奖赏，时刻准备着利用巫术来实现他们罪恶的目的。假如一个人自觉受到了压迫，感到沮丧；假如一个人对全社会（尤其是对邻居）怀恨在心，那么他选择向魔鬼求助就是再自然不过的事了，因为照多马和其他人所言，魔鬼是能够制造巨大伤害的。

那些神学家和宗教审判官们如此关注魔鬼，并视巫术为最可憎的犯罪，却恰恰在实际上宣扬了魔鬼的信仰，并鼓励了民众大行巫术，而这本来是他们竭尽全力要去压制的。到了十八世纪早期，巫术终于不再是一个严重的社会问题。出于各种原因，它终于淡出了历史。而其中原因之一就是几乎无人愿意自找麻烦去压制所谓的巫术。于是，巫术审判越少，巫术的传播就越少。那时，人类的注意力从超自然转到了自然。自1700年直至今日，西方世界所有的审判都是世俗的，或者说是人文主义的。对我们来说，“根本恶”[③]不再是形而上学的东西，而是归入了政治或经济的范畴，它现在已不再体现在巫师和魔法家身上了（因为我们现在喜欢自认为是实证主义者），而是由某些被人憎恨的阶级和国家来做代表。行动与理性之间的关系与过去相比已有改变，但激发仇恨、为暴行

① 此处或指第五任博斯韦尔伯爵（Bothwell，1562年—1612年），曾是苏格兰海军大臣，在英国历史中是有名的叛徒、阴谋家。

② 蒙堤斯斑（Montespan，1640年—1707年），是法国路易十四国王最有名的情妇，她为国王生了七个子女。

③ 根本恶，康德在《单纯理性限度内的宗教》一书中提及的概念。

辩护之类的事仍然一如旧日。

我们可以看到，在十六、十七世纪，教廷声称邪恶的巫术无所不在，根据此教诲，法律便配以相应的无情手段。那么，在巫术这个问题上，公众意见与官方意见在多大程度上一致呢？还有，口齿不清、大字不识的大多数人，他们对此感想如何呢？所有这些，只能从他们留在历史记录中的具体行动，以及从当时的知识分子的评论中做出推论。

在论及与动物有关的巫术时，《女巫之锤》对中世纪乡村生活投以一束好奇的侧目之光；而感伤主义者们，因厌恶现在的生活，又对旧日极端残暴的历史（并不比今日更仁慈）一无所知，至今仍然对中世纪的乡村生活充满盲目的怀旧之情。书中写道："甚至在最小的村庄，所有的妇人都相互伤害对方的奶牛，用的方法是以咒语使奶牛的乳房干瘪，有时还常常杀死奶牛。"又经历了整整四代人，英国的两位占卜家，乔治·吉福德[①]和塞缪尔·哈森涅[②]，才为我们描述了一个魔鬼出没的社会中，类似乡村生活的场景。

吉福德写道："有一位妇女W，与邻居发生激烈的争吵，此邻居后来便突然遭遇相当大的伤害……对此，人们已经满腹狐疑。没过几年，她又与人产生矛盾，后来这人也患了疫病。这就足以说明一切了。于是这件事被到处传播，说W婆娘是一个女巫……当然，后来W婆娘确实开始变得非常令人讨厌，她对其他人的态度也不好，邻居都不敢跟她说话。人们心里希望她被绞死。很快，又一个日益憔悴的人病倒了，邻居们去

① 乔治·吉福德（George Gifford，1552年—1613年），伊丽莎白女王的朝臣。

② 塞缪尔·哈森涅（Samuel Harsnett，1561年—1631年），英国宗教作家，1629年被任命为约克大主教。

看望他。‘你好，邻居，’其中一人说，‘你难道不怀疑有什么下流的勾当在陷害你吗？你是不是惹怒她了？’他回答说：‘是的，邻居，确实如此。我讨厌她已经很长时间了，但我不清楚自己是怎么惹怒她的。那天，我和我的妻子只是一起恳求她，请她将她的鸡赶出我的花园……我想，她真的对我施了巫术。’于是，此后大家都说W婆娘果然是一个魔鬼……这是毫无疑问的，因为就在他病倒之前不久，曾有一只鼬鼠从W婆娘家蹿到他的院子里来。那病人随后死掉了，并且被认定是为巫术所害。然后，W婆娘便被抓捕，关进了监狱；接着，她受到了指控，被定罪，送上了绞架。但直到临终前，她依然坚称自己并无罪过……”①

哈森涅在他那本《严重欺诈行为之宣言》中写道：“哎呀，然后呢，小心些，四处看看，我的邻居们！如果你们有一头羊犯了晕眩病，或一头猪得了腮腺炎，或一匹马患了摇摆症，或者你家的男学童调皮捣蛋，或者女孩子在纺轮旁懒懒散散，或者你看中的小婊子满脸阴云，只因她的粥中没有肉油，而其父母的面包上也没有足够的奶油……然后，诺布斯大娘偶然对这小婊子喊了一声：‘无所事事的小娼妇’，或表示要喊魔鬼来抓她，那么毫无疑问，诺布斯大娘就是一个女巫。”②

这些乡村社群的风俗画，牢固地根植于人们的迷信、恐惧和互相之间的恶意中，使人既好奇又沮丧。更重要的是，这些情景仍然发生在当下的现代社会，依然十分流行，而且与时俱进。这使我们强烈地回忆起《第二十五个小时》和《一九八四》里的一些内容。在前书中，乔治乌

① 原注：出自乔治·吉福德论女巫的一篇文章，转引自《英格兰巫术史》。

② 原注：转引自《英格兰巫术史》。

描述了目下以及刚刚过去的历史中那些梦魇般的事件；而在后书中，奥威尔预言了更加残忍邪恶的未来。

前述文字，是知识分子对那些口齿不清的民众所谓“民意”的记录，这些记录是非常有启发意义的。但是，行动的声势远过于话语。一个社会如果周期性地对所谓的女巫施以私刑，那么，不过是对其信仰巫术、恐惧魔鬼的有力证明。在这里，举一个源自法国历史的例子，几乎与本书讲述的故事发生在同一时期。那是在1644年的夏天，在经历一场猛烈的、毁灭性的冰雹后，靠近波恩①的许多村庄的村民们团结起来，准备向那些魔鬼的化身复仇，正是他们在嬉戏中毁了村民们的收成。一名十七岁男孩宣称自己的鼻子绝对可靠，能嗅到女巫的气息。于是，在他的带领下，一群妇女被按到水中活活打死，剩下的人则被用烧红的铲子推进砖窑烧死，还有的被从高处一把扔进砖窑。为了结束这场恶性事件带来的恐慌，第戎②的最高法院不得不下令安排一队警察，携带重武器，护送两名特派员去处理该事件。

由此我们看到，那些口齿不清的民众的所谓“民意”，与神学家和律师是完全一致的。然而，知识阶层的意见并非与他们完全一致。克莱默和斯宾格勒曾满怀义愤地谴责过那些怀疑巫术真实性的知识分子——到了十五世纪末期，这样的人已经有很多。二人在书中指出，所有的神学家、圣典学者对如下谬误加以一致的谴责：“那些人声称：世上并无巫术，巫术是某些人想象出来的，这些想象力丰富的人，因看不到发生在暗处的事实（其实至今还无人可以参透这些潜藏的因素），便将某些自然

① 波恩，法国东部酿酒中心。

② 第戎，法国东部城市。

事件归因于巫术的作用，似乎他们并非被那些隐藏的原因所影响，而是被魔鬼或魔鬼的代理人——女巫所影响。”二人又在书中提到，“所有的博士们谴责这一谬误，并视之为彻底的错误；多马尤其猛烈地抨击这一谬误，并视之为如假包换的异端，因这谬误源自不信神……”

这一神学推论引发了一个实际的问题，即那些坚称女巫不存在的人，是直接被认定为异端从此声名狼藉，还是只认定他们有异端思想的嫌疑呢？似乎前一种意见是正确的。不过虽然“被控怀有此等邪说”的所有人都被逐出了教会，随后又遭到所有惩罚，“但我们应考虑到，仍有数量庞大的人群，因自己的无知也必定犯有同样的谬误。既然此谬误如此常见，那么出于仁慈，审判的尺度或许可放宽些”。另一方面，“不能让任何人自认为以无知作辩护就能逃脱惩罚，因为这类无知之举或使人偏离正道，或使人犯下重罪”。

一言以蔽之，教廷的官方意见是这样的：虽然不信巫术的存在毫无疑问是一种异端邪说，但不信巫术的人却没有立刻被惩罚的危险。当然，他们仍有严重的异端嫌疑，倘若在教会已告知他们何为真理之后，他们仍坚持错误的观点，那么他们将面临严重的问题。蒙田在《随笔录》第三卷第十一章曾发表这样的告诫：“当任何人因产生幻觉，随便找些没经验的人来作证，指控我的邻居中有女巫，那么她们的生命便将受到威胁。其实，既然我们不清楚巫术的成因，也不明白巫术进行的方式，那么引用《圣经》中的相关案例（这些案例是最无疑问、最不可反驳的）与当今时代里的女巫案例做个区分，分析二者之间的异同，以我们的智慧是办不到的。”或许只有上帝能明白何为巫术，何为神迹。我们必当信仰上帝；但我们是否有必要相信一个人呢？“他不过是我们中的一员，他对自己说的话（有关巫术的证言）都会感到惊奇，因为假如他没失去理智的话，他必然会感到惊奇。”蒙田以如下一句金玉良言做了总结，这句话，完全可以刻在每个教堂的圣坛上、每个法官的长凳上、每个讲堂的墙壁上，刻在每个国家的参议院和议会，也刻在每个政府的办公室和会议室。这句话是用霓虹灯的光芒写出的，每一个字母都高大如人身。他说：“毕竟，单凭猜测就将一个人活活烧死，那人类付出的代价实在是太大太大。”①

半个世纪之后，塞尔登②的用语就没有那么谨小慎微了，但也不再那么讲究人道主义。他说：“存在反对女巫的法律，并不证明女巫就是存在的，但法律需要惩罚那些假借巫术害人性命的恶人。倘若一人可以公开宣称，只要将自己的帽子转动三次，并发出嗡嗡的叫声，他就能夺去另一个人的性命（即便事实上他根本不能完成这样的事）；那么，国家法律就应该有其公正性——任何人若当真转动自己帽子三次且发出嗡嗡的声音，而其目的又真的是要害人性命，则此人当被处死。”

塞尔登是一个十足的怀疑派，他反对根据各级教义对（有关女巫的）猜测予以拔高；但是同时，他是一个地道的律师，对被认定为女巫的人施以火刑，他认为有可能是正确的。蒙田也曾接受过法学教育，但他却固执地拒绝接受法律的瑕疵。当蒙田想到女巫，他并不去思索她们那需被惩罚的邪恶用心，而是考虑她们或者可能有药可治的疾病。他写道：“本诸良心，我更应为她们开出藜芦的药方——此药被认为可消除忧郁因而能疗治疯狂——而不是开出毒芹的药方来。”

最早于1563年对猎捕女巫的行为和魔鬼介入人世的理论予以攻击

① 见《随笔录》第三卷《论跛子》。

② 约翰·塞尔登（John Selden，1584年—1654年），英国法学家，以博学著称于当世。

者，乃是一位德国的医生，名为约翰·威尔[①]；然后，来自肯特郡[②]的绅士雷吉诺德·斯科特[③]于1584年发表了《巫术之探秘》。

新教徒吉福德和圣公会教徒哈森涅，在有关当代巫术案例的问题上，与斯科特持相同的怀疑态度，但却不能如斯科特一样更进一步，质疑《圣经》中有关附魔、巫术、与魔鬼立约等说法。

与这些怀疑派形成鲜明对比的，还有一堆相信巫术存在的显赫之辈。首先是卓越不凡的让·博丹[④]，他说，他之所以写作《陷入魔鬼狂热的巫师》一书，首先是因为“他要给那些试图尽可能为巫师们开脱的作家们迎头一击，因为看起来，这些作家似乎是被魔鬼引诱，才写出那些蒙人的东西”。照博丹的看法，这些怀疑派活该与那些女巫一起被送上火刑柱，谁叫他们不仅致力于保护她们还积极为她们辩护呢。

詹姆斯一世在他的《魔鬼学》一书中也采取了相同的态度。他说，威尔为巫师辩护，而他那本辩护的书“恰恰暴露出此人实乃巫师中的一员”。

与国王同一时代的伟人中，还有瓦尔特·罗里[⑤]爵士和弗朗西斯·培根[⑥]爵士，他们似乎也是相信巫术存在的人。在十七世纪其后的时间里，我们发现，英格兰仍然有人就巫术问题进行辩论，如哲学家亨利·莫

① 约翰·威尔（Johann Weier，1515年—1588年），荷兰医生、术士、鬼神学家。赫胥黎说他是德国人，疑是笔误。

② 肯特是英格兰的一个郡，位于伦敦东南。隔多佛尔海峡，与法国相望。

③ 雷吉诺德·斯科特（Reginald Scot，约1538年—1599年），乡绅、下议院议员。

④ 让·博丹（Jean Bodin，1530年—1596年），法国法学家、政治哲学家。

⑤ 瓦尔特·罗里（Walter Raleigh，约1554年—1618年），英国贵族、作家、战士、政客、朝臣、间谍、冒险家。

⑥ 弗朗西斯·培根（Francis Bacon，1561年—1626年），英国文艺复兴时期散文家，唯物主义哲学家，实验科学创始人，被誉为“实验哲学之父”。

尔[①]、卡德沃斯[②]，如博学的医师和学者托马斯·布朗爵士[③]、格兰维尔[④]，以及才华横溢的律师马修·黑尔爵士、乔治·麦肯齐爵士[⑤]。

在十七世纪的法国，所有神学家都承认巫术是现实存在的，但并不是所有的神父都热衷于追捕女巫。对许多神父来说，猎捕女巫这档子事似乎是极其不得体的，而且对良好的秩序和社会稳定是一个威胁。他们对那些陷于猎巫的狂热激情中的同工们深表哀叹，并尽其可能地予以阻止。在律师中，也有类似的情形。其中一些律师，实在太兴奋能将一个女人烧死了，“看啊，蚂蚁纷纷钻进洞里，因那乌云正在汇聚，带来一场冰雹，终将摧毁那女巫所在的村庄”。（这次的焚烧女巫事件，发生在1610年的多勒。）而另一些律师则是温和派，他们自然也相信有所谓的巫术，但却不太情愿真的去起诉巫师。

但是，身处专制君主统治之下，国王的意见才是决定性的。路易十三对魔鬼甚是焦心，但是他的儿子却不是如此。1672年，路易十四下令，所有最近在鲁昂议会上被判定为行巫术的人，应被判为流放。议会提出抗议，但是他们的抗议无论从神学的角度，还是法律的角度，都不能令国王改变主意。国王乐于看到女巫们不被烧死，流放足矣，就这么定了。

回过头来考虑在卢丹发生的一切时，我们务必明确，修女们所谓的

---

① 亨利·莫尔（Henry More，1614年—1687年），英国人，剑桥柏拉图学派的哲学家。

② 拉尔夫·卡德沃斯（Ralph Cudworth，1617年—1688年），英国哲学家，剑桥柏拉图学派的领军人物。

③ 托马斯·布朗（Thomas Browne，1605年—1682年），英国博物家、作家。

④ 约瑟夫·格兰维尔（Joseph Glanvil，1636年—1680年），英国作家、哲学家、牧师。

⑤ 乔治·麦肯齐爵士（George Mackenzie，1636或1638年—1691年），苏格兰律师、检查总长、散文家、法律作家。

附魔，和其宣称附魔的原因——格兰第施展了巫术，这是两回事。下文我将主要探讨格兰第的罪孽，关于附魔的问题，留待后面的章节讨论。

特朗基耶神父是最早一批到达卢丹的驱魔人中的一员，他在1634年出版了《有关卢丹市乌尔苏拉修会附魔事件及于尔班·格兰第之审判的公正的诉讼程序实录》。此书名很有欺骗性，因这本小册子其实没有任何“实录”可言，它不过是辩解，是为驱魔人和法官们的行为进行修辞学上的防御，以应对公众明显的怀疑和普遍的非难。很明显，在1634年，绝大多数受过教育的人对修女们所谓的附魔一事的真实性深表怀疑，同时也相信格兰第的清白，并对格兰第受到不公平的审判感到震惊和厌恶。

特朗基耶神父仓促出版此册子，原希望凭他布道的雄辩，使读者的看法回到正轨。但他的努力一点都不成功。不错，国王和王后对卢丹附魔事件深信不疑，但朝臣们却几乎无一人相信。当时到卢丹看驱魔仪式的权贵之辈，甚少相信附魔一事的真实性。当然，如果附魔一事非真，则格兰第自当无罪。绝大部分拜访卢丹的外科医生们在离开时，也深信他们所见的所谓附魔现象，完全是再自然不过，并无魔鬼作祟。梅纳热[①]、德奥弗拉斯特·何耨豆、伊斯梅尔·布利奥，所有这些作家和学者在论及格兰第之死时，皆坚定地维护他的清白。

站在这些怀疑者对立面的，是那些信奉天主教的文盲和大众。（至于那些文盲的新教徒嘛，不用说，在格兰第之死一事上，全体一致地表示怀疑。）至于所有的驱魔人，他们看起来全都相信格兰第犯有罪孽，而修女们也肯定附魔了。他们是如此坚信不疑，以至于像米尼翁教士一

① 吉勒斯·梅纳热（Gilles Ménage，1613年—1692年），法国学者。

样，他们帮助制造假证，以便将格兰第送上火刑柱。（在唯灵论的历史上，关于欺诈的作用是得到明确承认的，尤其是虔诚的欺诈，完全不与信仰相违背。）那么神职人员们的意见呢？我们几乎一无所知。但作为虔诚的教会人士，他们大概会站在专业的驱魔人，如米尼翁、巴雷和其他人一边。但是世俗教士们呢？他们会否焦虑地相信甚至宣扬说，竟是他们中的一个人，将自己的灵魂卖给了魔鬼，并对十七名乌尔苏拉修会的修女们施了符咒？

我们至少知道的是，在高阶的神职人员中，关于格兰第之死一事的意见可谓泾渭分明。波尔多大主教相信格兰第的清白，至于修女们，她们是受米尼翁教士的蛊惑，同时受“慕男狂”的影响，才会有所谓的“附魔”。

普瓦捷主教则不然，他相信修女们真的附魔了，而格兰第就是一名巫师。那么最高宗教权威，即红衣主教对此事又是什么样的态度呢？后面我们将看到，在某种情况下，黎塞留对此事全然表示怀疑——此事完全是一个骗局；但在另一种情况下，他则表现出如同一个烧炭工的信仰——以一种匹克威克式的态度，有时甚至以一种非匹克威克式的态度，他认定这事完完全全是正确无误的。

不管是出于好心还是坏心，凡是巫术，皆是以超自然（虽然并非神圣）的手段，达到自然的目的。所有女巫都利用巫术和差不多是魑魅魍魉的力量，但其中一些女巫却也是“旧宗教”[1]的信奉者。

① 原文为*la vecchia religione*，意大利语，指的是基督教信仰统治意大利之前，意大利的传统宗教信仰。

玛格丽特·穆雷小姐[①]在她那本杰作《西欧女巫崇拜》的序言中写道:“为了扫清认识上的误区,我明确区分了‘技术巫术’和‘仪式巫术’。无论使用者自称是巫师还是基督徒,无论使用相关巫术其目的是好是坏,是为了杀人还是为了疗伤,只要涉及到的是符咒、魔法,全部称为‘技术巫术’,这类符咒、魔法在每个民族、每个国家都很常见,在所有宗教中也都有祭司或信徒使用,它们是人类共同遗产的一部分。……‘仪式巫术’——或者我更愿意称之为‘狄安娜[②]崇拜’——包括了在晚期中世纪时代被称为‘女巫’的那群人的宗教信仰和宗教仪式。有证据表明,在基督教信仰的潜流中,许多阶层——首先是较为无知的人群或人口密度较低地区的人们——对‘仪式巫术’有所信仰,这一信仰可追溯至基督以前的时代,似乎源自西欧古老的宗教。”

耶稣纪元的1632年,离西欧“改信基督教”已经过去了一千多年。虽然古老的生殖崇拜因长期“反政府”之故已经受到相当的破坏,但是,它却仍然存在,仍然炫耀着它众多的坚定信徒与殉教的烈士,仍然有其相应的组织——按照科顿·马瑟[③]的说法,该组织与他本人所在的公理教会[④]一模一样。旧信仰存活这一事实,一定程度上似乎并不那么令人震惊,因为倘若我们回顾危地马拉印第安人的改宗史,便会很明显地发现,虽历经四个世纪的传教,可此辈今日的天主教信仰并不比阿尔瓦拉

① 玛格丽特·穆雷(Margaret Murray,1863年—1963年),女,英国杰出的古埃及学者、考古学家、人类学家、民俗学家。

② 狄安娜,罗马神话中之处女守护神、狩猎女神、月亮女神。

③ 科顿·马瑟(Cotton Mather,1663年—1728年),生于新英格兰,是美国独立之前在社会、政治上极有影响力的清教牧师、多产作家。

④ 公理教会,基督教新教宗派之一,该宗主张各个教堂的会众组成独立的教会,并由其教徒公众管理,尤其强调个人信仰自由。

多[1]进入危地马拉后的第一代改宗的土著们更正宗。

或许，再过个七八百年，中美洲的宗教境况将与十七世纪的欧洲相似，一大群基督徒残忍地迫害一小群旧信仰的教徒。

（在一些地区，“狄安娜崇拜”者们和他们的同情者在全体居民中或可能占据绝大多数的位置，比如，洛林、侏罗省和巴斯克地区[2]，关于这些地方的“狄安娜崇拜”，雷米[3]、博盖[4]、德・朗克[5]在十七世纪之初都分别有所记录。从他们的著作中可以清晰看到，在这些偏远地区，绝大多数人至少在某种程度上信奉旧宗教。作者们打赌说，这些人白天向上帝祷告，晚上则崇拜魔鬼。在巴斯克地区，许多神父常常做两种弥撒，一种是向着白天使，一种是向着黑天使。德・朗克曾烧死三名这样的神职人员，另外五人却逃离了死牢，但他强烈地怀疑这种人仍然有许多。）

“仪式巫术”的核心典礼是所谓的“安息日”，这个词来源不明，与希伯来文中那个同音词其实毫无关系。“安息日”每年庆祝四次，分别是：2月2日的圣烛节、5月1日的五朔节、8月1日的收获节，以及10月31日的万圣节前夜。这些节日都很盛大，经常有成百上千的信徒不远千里来参加。在传统宗教仍然存在的村庄中，在“安息日”之间，有每周

① 佩德罗・德・阿尔瓦拉多（Pedro de Alvarado，1485年—1541年），西班牙征服者，危地马拉总督。

② 洛林，法国东北部的一个地区；侏罗省，法国东部省份；巴斯克地区，位于西班牙北部和法国南部。

③ 尼古拉斯・雷米（Nicholas Remy，1530年—1616年），法国地方法官，因追捕女巫闻名。

④ 亨利・博盖（Henry Boguet，1550年—1619年），知名法学家，圣克洛德地区的法官，因写作《论邪恶的巫师》（*Discours exécrable des Sorciers*）而获得鬼神学家的名声。

⑤ 德・朗克勋爵，即皮埃尔・德・罗斯蒂居（Pierre de Rosteguy，1553年—1631年），法国波尔多大法官，1609年曾发起一场大规模的猎巫行动。

一次的所谓“女巫会”，一小群人会聚集在教堂。而在四次重要的“安息日”时，魔鬼本尊永远在场——自然这是有人做它的化身，此化身者荣幸地代表着“狄安娜崇拜”中的两面神，其特权或者来自家族世袭，或者是经过努力才取得。于是，崇拜者们向此神表达敬意，便亲吻他背面的脸——其实是一个面具，附在魔鬼臀部那条动物的尾巴下面。然后，便有一些信徒，至少是女性信徒，与此神进行交媾仪式，为了完成此仪式，化身者提前准备一个人造的阳具，或是牛角制的，或是金属制的。在此仪式之后，便有一次野餐（因为“安息日”是在户外举行庆祝的，其地点靠近某些神圣之树或石头），人们歌舞欢乐，最终演变成一场混乱的交媾狂欢。毫无疑问，这一狂欢仪式源自原始的猎人和牧人们为促进自己赖以为生的动物多产而发明的魔术。在这样的“安息日”，压倒性的氛围是一种亲密的友情，以及无所顾虑、动物般的狂欢。参加这些仪式的很多人在被捕和受审之时，即使受到酷刑，甚至被钉在火刑柱上，都坚定地拒绝放弃自己的信仰，因这信仰曾给他们带来如此巨大的幸福感。

而在教廷和世俗管理人员的眼中，参加魔鬼的聚会比行巫术还要邪恶。一个女巫如果参加了“安息日”聚会，要比那单纯在家中秘密行巫术的女巫更坏，因参加“安息日”聚会是公开承认自己更倾向于“狄安娜崇拜”，而不是基督教。此外，女巫的组织是很秘密的，可能会被有野心的领导者引向某些政治目标。博斯韦尔就是这般利用了苏格兰的女巫大聚会，看来是错不了的事情。①更加可信的事实是（且不管其对错），

① 此处的博斯韦尔即弗朗西斯·斯图尔特，第五任博斯韦尔伯爵，他被控曾利用巫术，试图夺取苏格兰国王詹姆斯四世的性命。在审判中，又牵涉到女巫，于是，有超过100个所谓的女巫在苏格兰的北柏威克受审，许多人受到折磨后承认，曾经夜里在教堂中与魔鬼聚会，并决定要害死国王及其家属，方法是令国王的船沉没。

伊丽莎白女王和她的枢密院确信，外国和本土的天主教徒雇佣了女巫和巫师，要谋害女王的性命。而根据让·博丹的说法，在法国，巫师的组织类似黑手党，在各个阶层都有其会员，在每个城镇和村庄都有分支。

因其罪孽似乎更加邪恶，格兰第最终被控为不仅行使了“技术巫术”，而且也参与了“安息日”的仪式，他实乃魔鬼教派的一员。

耶稣会的一个门徒竟郑重其事地弃绝了他洗礼时所得的恩赐；一个神父竟离开其布道台，兴冲冲地向魔鬼致敬；而一位严肃而博学的神职人员竟与巫师们大跳吉格舞，并与一个女巫、山羊、梦魔混合在一起的不知什么东西在干草堆上颠鸾倒凤。凡此等奇景，估计会使虔诚者吓瘫，使低俗的观众高兴得浑身发痒，也会使新教徒们大为开心。

Chapter Ⅵ

第六章

德·塞里赛进行的初步调查使他相信，并没有真正的“附魔”之事，修女们不过是得了点病，经过一些添油加醋的描述，事件被扩大化了；而在米尼翁教士方面，则掺杂了个人极大的仇恨；其他卷入其中的神职人员，其迷信、狂热以及职业性的自私自利也把事件弄得更加复杂。很明显，只有停止驱魔仪式，这场疯狂才能得到治疗。但是，当他试图终止那些逐步迫使修女们神魂颠倒的教唆时，米尼翁和巴雷却得意地交出主教的一份书面命令，要求他们继续为乌尔苏拉修会进行驱魔仪式，并等待下一步指令。德·塞里赛不愿冒身陷丑闻的风险，只得同意继续进行驱魔仪式，但他坚持要求整个仪式他都要在场。根据记载，在一次仪式中，烟囱中发出令人毛骨悚然的声音，壁炉里则突然冒出一只猫。猫被追逐，被逮住，被撒了圣水，被划了十字，驱魔人以拉丁文对它发出咒语，然后才允许它溜走。此后，又发现这魔鬼的乔装其实是修女们的宠物猫，名叫汤姆，它在外面风流够了之后，刚好寻了一条捷径回家。得知真相后，众人哄然大笑。这像是拉伯雷[①]才能想出的场景呢。

① 拉伯雷（François Rabelais，约1495年—1553年）文艺复兴时期法国人文主义作家之一，著有《巨人传》

第二天，米尼翁和巴雷竟厚颜无耻地当着德·塞里赛的面关上了修道院的大门，于是，德·塞里赛与他的地方行政官员们只得等在大门外，那时正是秋寒天气。而在门内，两名教士违背了德·塞里赛的命令，在没有官方证人的情况下，对可怜的修女们进行驱魔仪式。回到家之后，义愤填膺的行政长官向驱魔人发去公函，他宣布，他们的行为不过是在导致人们"强烈地怀疑他们在欺骗和教唆"。而且，"既然修会的负责人已然公开指责并诽谤了格兰第，宣称他与魔鬼签下契约，那么现在所有事情都无需鬼鬼祟祟地进行了；相反，一切都要当着法官的面，在我们眼皮底下举行"。

公函中的坚定态度，使这些驱魔人甚为焦虑，他们只得道歉，并报告说，修女们已然平静下来，此后暂时无需进行下一步的驱魔仪式。

与此同时，格兰第骑马前往普瓦捷向主教上诉。可是，当他叫门时，德·拉罗什波扎伊阁下却不巧身体不适，只派其随行教士传话，大意是："格兰第先生可向皇家法官提出控告，而他本人作为主教，如获悉格兰第在此事件中得到公正对待，将不胜欣喜之至。"

教区长只得返回卢丹，他立刻向"巴日"提出一项禁令，要求禁止米尼翁及其共犯的行为。德·塞里赛立刻发出一份禁令，禁止任何人——不管他是何等级或出身如何——再行伤害、诽谤圣皮埃尔教区的本堂神父。同时，他明确要求米尼翁不得再行任何驱魔之事。但教士却回嘴说，他只向他的神职上级负责，而且在涉及到魔鬼的事务上（因这些事务完全是属灵的），他不能承认"巴日"的世俗权威。

在此争论的间隙，巴雷返回了他在吉洛恩的教区。于是，公开的驱魔仪式暂时终止。但是，每一天米尼翁教士都花费冗长的时间与他的忏悔者们在一起，向她们朗读米夏埃利斯神父[①]的畅销大作，即关于格弗里迪事件的那份报告，并且向她们保证，格兰第与他那位普罗旺斯的同工是同等水平的巫师，因此，她们确实被格兰第蛊惑了。

到了此时，修女们的行为已经变得非常古怪，寄宿生的父母们大受惊吓，很快就将学生们带走，只有零星几名走读生仍然斗胆进入修会，而他们带给市民们的消息也是极其令人不安的。

比如，在算术课上到一半的时候，“信圣约翰”的克莱尔修女突然难以抑制地大笑起来，好似有人一直在挠她的痒。而在餐厅，玛莎修女则与“信耶稣”的路易丝修女厮打起来，她们那尖叫声啊！还有那下流的骂人话！

到了十一月下旬，巴雷又被从吉洛恩叫了回来，在他的影响之下，每个修女的症状立刻加剧。修会现在成为了一座疯人院。外科医生曼诺利、药剂师亚当感到万分惊恐，于是不得不召集本城名医会诊。他们都来了，在检查完修女之后，向“巴日”写了一份书面报告，结论如下：“修女们显然已失去自控力，但我们不认为这是魔鬼和精灵在捣鬼……她们自称附魔，但在我们看来，这似乎是幻象而非真实。”

除了驱魔人和格兰第的敌人，其他所有人都认为这份报告似乎是盖棺论定了。格兰第又一次向德·塞里赛提出上诉，而德·塞里赛又

① 塞巴斯蒂安·米夏埃利斯（Sébastien Michaelis），法国一位异端审判官，生卒年不详，主要活动于十六世纪末至十七世纪初，他有许多鬼神学的著作，对魔鬼进行细分；在猎巫运动中，他也有臭名昭著的演出。

一次努力阻止驱魔仪式的进行。然而米尼翁、巴雷再一次拒绝了他，而德·塞里赛则又一次因害怕陷入以实际行为抵抗神父的丑闻而退缩了，他改为写信给主教，呼吁主教阁下终止卢丹之事，称此事乃“过去多年来虚构出的最凄惨的恶行”。他继续说，至于格兰第，从不曾见过那些修女，也未曾对这些修女做过任何事，“如果魔鬼对他有求必应，那么他本应利用魔鬼来报复落在自己身上的暴行与侮辱”。

德·拉罗什波扎伊阁下没有回信。格兰第上次违抗他的决定提起上诉，早已惹恼他，因此，举凡一切可以伤害教区长的事情，在他而言都是完全正确、正派和公正的。

德·塞里赛于是又写了第二封信，这次是写给当局的头头。这封信比写给主教的信更其详细，描绘了发生在卢丹的那种怪异的、可怕的闹剧的种种细节。“米尼翁先生已经称许巴雷先生为圣徒，这二人已等不了上级的裁决，便相互吹捧彼此为圣人了。”当魔鬼在语法的迷宫中误入歧途时，巴雷便能予以纠正，并且他对那些表示怀疑的人发出挑战，“要别人像他一样，敢于将手指放在附魔者的口中”。一位名叫卢梭的方济会修士接受了挑战，不幸被附魔者一口咬紧，他不得不用另一只手拉扯修女的鼻子，以使其松口。当时，他惊叫道：“见鬼！见鬼！”声音比厨房里头的丫鬟见猫咪叼着什么东西溜出时大叫“呸，猫，猫！”还要高。事后大家提出一个问题来，何以魔鬼竟敢去咬一只神圣的手指，这手指不是经过涂油之礼了吗？讨论的结果是，主教必定是过于吝惜圣油，因此为卢梭神父行涂油礼时，圣油未能流及他的手指。又有几名初出茅庐的神父染指了驱魔仪式，其中一人是菲丽璞·特兰坎的兄弟，可惜这位年轻人的拉丁文频频犯错——如将*hostis*（异乡人）的呼格误读为*hoste*，且误称*da gloria Deo*（伟大荣耀的上帝）[1]——以至于受过教育的观众对此忍俊不禁，特兰坎也不得不知难而退。德·塞里赛还补充说，“那位由特兰坎负责驱魔的修女，甚至在抽搐最厉害的时候也绝不同意特兰坎先生将其手指放入她的口中（因为他有点脏兮兮的），甚至坚持要另一个神父来代替他”。不管事情何等不顺，特兰坎“这位好神父，方济会的卫士，见卢丹人心肠之硬，甚为诧异，见卢丹人不太情愿信服驱魔术，更甚为惊奇。他向我们发誓说，在图尔市[2]的时候，他能让当地的居民轻易就接受此等神迹，好比吞下一块黄油那么简单。他和其他一些人宣称，凡不信驱魔术的人都是无神论者，注定要下地狱”。

但这封信也是石沉大海。于是，这可怕的闹剧继续得以上演，一日复一日，直至十二月中旬，德·苏迪阁下在极其恰当的时机返回他的修道院——圣茹安德玛恩。于是，格兰第通过非官方的形式，德·塞里赛通过官方的形式，都告知了大主教眼下发生的事情，并恳请其介入。

德·苏迪阁下立刻派自己的私人医生调查此事。众所周知，这位医生一向不容胡言乱语，而他的主人——大主教更是直言自己对此事表示怀疑。修女们为此大惊失色，在调查的全过程中，她们表现得就像一群温顺的小羊。医生的结论是，根本就没有附魔的迹象。大主教听取这一汇报后，在1632年12月的最后几天里颁布了法令。米尼翁被禁止再做任何驱魔仪式，而巴雷则必须在由大主教指定的两名驱魔人的协同下，才可行驱魔之事，这两位指定的驱魔人，一是来自普瓦捷的耶稣会修士，

① 呼格为名词的格表示法，用在对人（动物、物件等）的称呼，有时也作为名词的限定词使用。此处的错误在于：*hostis*的呼格仍为*hostis*，而上帝的呼格形式为*Deus*，并非*Deo*。

② 图尔，法国中部城市。

另一人则是来自图尔市的奥拉托利会会士。除此之外，其他人不准再进行驱魔仪式。

然而，这一禁令似乎有些多余了。因为在接下来的好几个月中，根本就没有什么魔鬼好供人驱逐。由于不再受到教士们的教唆和刺激，修女们的狂怒消散了，变为一种阴郁、宿醉的状态，其内心交织着精神混乱、羞耻、懊悔和极大的罪孽感。假如大主教是对的呢？假如修会中从不曾真有过魔鬼呢？那么她们所做、所言的种种怪异之事，岂非都要成为她们犯罪的证据？如果她们是附魔，则为无罪；如并未附魔，则到了最后审判日，对自己的渎神、淫荡、扯谎和仇恨，她们将无言以对。在她们脚下，地狱正在张开它可怖的大口。与此同时，使情况更糟糕的是，现在修会一贫如洗，所有人都转而反对她们了。所有人，包括了学童的父母亲、城中虔诚的女士们、成群的观光客，甚至还有她们的亲戚。是的，甚至包括她们自己的亲戚，只因她们现在不受附魔之苦了，而且如照大主教的判决，则她们或为骗子，或因强制节欲导致忧郁才有这样的受苦，那么她们现在已成为家庭的耻辱，家庭不仅批评她们，更与她们断绝关系，所以她们的零用钱也就中断了。肉类与黄油从餐桌上消失；仆人们也从厨房溜之大吉。修女们被迫自做家务，当家务做完，她们不得不做些女红以赚取生活费，乃至为贪婪的织布商纺织羊毛，这些商人利用她们的急需和不幸，支付给她们的薪水甚至比那些血汗工人的普通工资还要低。她们饥肠辘辘，被繁重的苦工压榨，为神鬼恐吓，又被负罪感所缠绕。这一切，使这些可怜的妇人对自己附魔时的那段幸福时光无比怀念。冬去春来，春去夏至，夏天也是令人苦恼的季节。然而，到了1633年的秋天，希望复生。

当时，国王对卢丹市城堡主楼的去留问题有了新的主意。德·劳巴特蒙阁下再一次入住了“天鹅十字”酒店。梅曼·德·西利和其他红衣主教的支持者们简直欣喜若狂。德·阿曼涅克在城堡争夺中已经失利，城堡在劫难逃。现在一切无碍，只需解决那令人无法忍受的教区长了。在与国王特使的第一次会面中，梅曼提及了女修会附魔事件，劳巴特蒙听得很仔细。在他的一生中，劳巴特蒙曾审判并烧死近百名女巫，在有关神鬼问题上，他大约可以合法地宣称自己是专家。

第二天，他拜访了女修会，米尼翁教士和女院长证实了梅曼的说辞，红衣主教的女亲属克莱尔·德·萨泽莉，以及劳巴特蒙本人的两个小姨子——德·当皮埃尔家的两位少女也证实了梅曼的说法。所有修女们的身体被恶魔侵入，恶魔的产生是由于巫术，而那巫师便是于尔班·格兰第。既然这真相原由魔鬼本尊当众宣扬，那么自然便是无可置疑的。然而，大主教阁下居然说修女们并没有真正的附魔，这使她们在世人面前颜面尽失。这是何等可怕的不公正啊！于是，她们恳请劳巴特蒙阁下利用其影响力，在红衣主教阁下和国王陛下面前为她们做些争取。

劳巴特蒙是何等慈悲的人，不过当时他并没有做任何承诺。其实他本人最喜欢的，无过于组织一场热闹的女巫审判大会，但是红衣主教对这些事情又是什么看法呢？这倒很难准确地讲。有些时候，红衣主教似乎确实把女巫之事看得非常严重；但是下一次当你与他谈论起鬼神之事时，他又好像是蒙田或沙朗[①]的信徒，仅仅付之一笑。那些为他效劳过的

① 皮埃尔·沙朗（Pierre Charron，1541年—1603年），法国天主教神学家和哲学家，他是蒙田的学生。

人知道，一个伟大的人物必定要被当成一个神、一个熊孩子、一头野兽的混合体来对待。神是要人去崇拜的，孩子是要人取悦和逗弄的，而野兽是要人抚慰的——当兽性焕发时则要懂得规避。如有朝臣说了令他不悦的话，便是惹恼了这个集超人的自负、非人的残忍、婴儿的荒谬于一体的癫狂者，这朝臣不过是自讨苦吃。修女们或许会哭泣恳求，但是只有搞清楚风从哪个方向吹来，否则他劳巴特蒙是无意提供任何帮助的。

几天后，一位显赫人物的来访令卢丹城蓬荜生辉，此人便是亨利·德·孔代。这位皇族亲王是一个臭名昭著的鸡奸者，他一面行着最卑鄙、贪心之事，一面却蒙着典范、虔敬的名声。在政治上，他本与红衣主教作对，但现在既然黎塞留的地位看起来是牢不可破了，他又成了红衣主教阁下谄媚者中最为谄媚的一人。听说了卢丹附魔事件之后，亲王立刻表达出亲往一见的想法。米尼翁教士和修女们自然欢天喜地地表示感恩。于是，在劳巴特蒙和一群随从的陪伴下，孔代亲王兴师动众地到达修道院，受到了米尼翁的隆重迎接。他被拥进一个小礼拜堂，并在此举行了一场盛大的弥撒。起初，修女们遵守着最完美的礼仪，但是一到圣餐仪式举行，女院长、克莱尔修女、艾格丽斯修女便大肆抽搐起来，在地上打起了滚，咆哮着猥亵、渎神的言语。修会其他修女也依葫芦画瓢地大闹起来。于是，一两个小时之内，这教堂看起来既像是一个熊把戏场，又像是一座妓院。

亲王大受启发，欣然宣布，附魔一事确凿无疑，并敦促劳巴特蒙立刻写信给红衣主教阁下，通报此事进展。对于当时的场景，也曾有人留下这样的叙述："但是，特使本人对这场怪异的景象，当时并未表露任何自己的想法。然而，一俟回到酒店，他却对修女们凄惨的处境表达同情之意，这令他自己都被深深感动了。为了掩饰自己的真实感情，他邀请格兰第的朋友们，还有格兰第本人共进晚餐。”想来这场晚宴一定是一场快乐的聚会吧。

为了激励过于谨慎的劳巴特蒙尽快采取行动，教区长的敌人们又给格兰第增加了一项更严重的新指控。他们说格兰第不仅仅是一名巫师，背叛了天主教的信仰，对上帝造反，蛊惑了一整个修道院的修女；而且，他还撰写了一本小册子，对红衣主教进行了凶猛而淫秽的攻击。此书出版于六年前，即1627年，书名为《卢丹补鞋匠的来信》。几乎可以确定的是，格兰第从没有写过这本小册子。但是，既然他是那位“补鞋女士”（这是讽刺文章给凯瑟琳·哈蒙取的绰号）的老相好，既然双方一直保持通信，既然他又曾非常有可能是她的情夫；那么，猜测他可能写了这本小册子也就完全不是不讲道理的了。

凯瑟琳·哈蒙是一个聪明、漂亮、年轻的无产者，1616年，玛丽·德·梅第奇在卢丹短暂居留期间注意到这个小姑娘，遂将其收为侍女。很快，凯瑟琳被正式任命为皇家鞋匠，私下里她还是王后的闺蜜和家务总管。在王后被流放于布卢瓦时，格兰第就认识了凯瑟琳（据说是非常亲密的关系），当时她请假回家在卢丹待了一段时间。后来，当她返回宫廷时，因她识文断字，就与教区长通信，描绘宫廷里发生的事情。这些信是如此有趣，以至于格兰第常常高声朗读其中比较辛辣的段落给他的朋友们听。

当时他的朋友中还包括公诉人特兰坎先生，即那秀色可餐的菲丽璞的父亲。现在，这同一位特兰坎先生，已不再是格兰第的朋友，相反成了格兰第最难缠的对手，正是他指控凯瑟琳·哈蒙的通信人为《卢丹补鞋匠的来信》的作者。这下子，劳巴特蒙可不再隐藏他的态度了。红衣主教对女巫和魔鬼到底有何想法或许不能明确，但是对那些批评他的政见、他的家庭和他本人的事，红衣主教会有什么想法，劳巴特蒙绝对一清二楚。凡是与黎塞留政见不同者，下场就是自断仕途，遭受经济损失，以及被流放；辱骂黎塞留者，则要冒被绑上绞刑架的危险，甚至要被施以火刑或车裂（根据1626年的一条法令，对任何诽谤性的小册子，其罪等于对君主大不敬）。仅仅因印刷了《卢丹补鞋匠的来信》，一个倒霉的商人便被遣送到船上做苦役去了；假如小册子的作者被抓住，会有什么样的惩罚等待着他？这一次，劳巴特蒙详细记录下特兰坎先生所说的一切，他自信，他的热情将使他在红衣主教阁下面前大为吃香。

与此同时，梅曼也没有闲着。正如我们所见，格兰第是僧侣和修道士们公开的敌人，而除了少数例外，卢丹市的僧侣和修道士们也是格兰第公开的敌人。加尔默罗修会的人有充足的理由仇恨格兰第，但他们却找不到机会表达恨意。方济会的修士们受格兰第的折磨倒是不多，不过，他们却拥有无比巨大的力量去伤害他，因为方济会的修士们与约瑟夫神父①是同行，并与这位“灰衣主教”常有通信，而他又是红衣主教的密友、主要的幕僚和左膀右臂。因此，梅曼便向灰衣的修士们（不是向穿白衣的修士②）吐露了对格兰第的新指控，他得到的答复完全如他心意。于是，方济会的修士们立刻起草了一封写给约瑟夫神父的信，此时

① 弗朗索瓦·勒克莱尔·都特朗布莱（François Leclerc du Tremblay，1577年—1638年），通常称为约瑟夫神父，此人是法国一个方济会的修士，是红衣主教黎塞留的知己和代理人，他是最早的“灰衣主教”，对当时的法国政治有重要的影响力。之所以称灰衣主教，是因为方济会修士一贯穿灰色衣服。

② 灰衣的修士们指方济会修士。在天主教各派中，穿白衣的教派包括西多会、加尔默罗会、加尔都西会等，另外，教宗也穿白衣。

劳巴特蒙正要返回巴黎，梅曼请求他将此信亲手交给约瑟夫神父本人。劳巴特蒙接受了此使命，但于同一日，他却又邀请了格兰第和格兰第的朋友们参加他的告别晚宴。在晚宴上，他敬酒，祝教区长身体健康，并向格兰第保证二人的友谊地久天长，且承诺他将尽自己所能帮助格兰第对付那群寡廉鲜耻的敌人的阴谋。啊呀，这是何等的善意，何等慷慨的提议，又表达得何等自然啊！

第二天，劳巴特蒙骑马赶至吉洛恩市，当晚，他与最真诚、最狂热地相信教区长罪孽的那位巴雷先生共度良宵，而巴雷先生接待皇家特使也是竭尽敬意。在特使的要求下，巴雷转交了驱魔仪式的所有记录，并说明在驱魔过程中修女们是如何指控格兰第蛊惑她们的。次日早餐后，劳巴特蒙兴趣盎然地看着本地几名附魔者的滑稽举动，随后与驱魔人告别，启程前往巴黎。

一回到巴黎，他就拜访了约瑟夫神父。几天过后，他又与两位当时的伟人（穿红衣的那位和穿灰衣的那位）进行了一场决定性的商谈。劳巴特蒙阅读了巴雷先生的那些驱魔记录，约瑟夫神父则朗读了他的同行写给他的信，信中指控教区长是那本小册子《卢丹补鞋匠的来信》的作者。找这作者已经很久，不料得来全不费工夫，黎塞留认定事态很严重，值得在下一次国务会议上予以讨论。

1633年11月30日，国王、红衣主教、约瑟夫神父、国务大臣、财政大臣和劳巴特蒙会聚一处，国务会议如期举行。卢丹市乌尔苏拉修会修女们的附魔事件是会议议程中的第一项。虽然发言时间不长，但劳巴特蒙却耸人听闻地描述了他所见的一切，路易十三又是一个坚信魔鬼存在的人，他对魔鬼甚感恐惧，于是毫不犹豫地下令，务必要对卢丹市的附魔事件采取相应措施。于是在当时当地便起草了一份文件，由国王在文件上签名，国务大臣会签，用黄蜂蜡封住信封，并盖上国玺。根据此文件，特派劳巴特蒙再次前往卢丹市调查附魔事件的真相，对指控格兰第与魔鬼共谋一事予以取证，如果指控属实，则需将那巫师付诸审判。

在十七世纪二三十年代，审判巫师的事情仍然常常发生；但是，这么多年以来，在几十名被指控与魔鬼交易的人中，只有格兰第受到了黎塞留强烈而持续的关注。1634年，方济会的驱魔神父特朗基耶写了一本论证魔鬼存在的小册子为劳巴特蒙鼓吹："此事的成就，首功应归于卓绝不凡的红衣主教阁下的热情推动。"—— "红衣主教写给德·劳巴特蒙阁下的信件足以证明"这一事实。至于特使本人，"如果不是首先完全汇报给国王陛下和红衣主教大人，他是决不会擅自进行附魔事件的取证与处置的"。特朗基耶的证词也得到了当时其他人的旁证，人们记录说，黎塞留几乎每天都要与他在卢丹市的代理人通信。

这么一件明显无关大局的琐碎案件，何以得到红衣主教如此特别的关注？如同红衣主教阁下的同时代人一样，我们也只能满足于猜想。几乎可以确定，个人的报复欲望是一个重要动机。在1618年的时候，当黎塞留还仅仅是吕松市的主教和库赛的修道院院长之时，格兰第这个傲慢的家伙就曾经冒犯过他。现在，他很有理由相信，正是这个格兰第该为《卢丹补鞋匠的来信》这本小册子中对他可怕的诽谤和侮辱负责。不错，对格兰第的指控在法院是不可能得到证实的，但是，只需被怀疑犯下诽谤之罪，此人便活该被除掉。

这还不是全部，这个该死的教区长领俸的教区也是罪恶不断，因为卢丹市仍然是新教徒的一个大本营。在1628年夺下拉罗歇尔之后，新教徒的叛乱方告结束，不过，因为过度谨慎，普瓦图的胡格诺派在叛乱期间没有任何作为，也就没有受到公开、系统的迫害。虽然他们实在是令人无法容忍，但是南特敕令依旧有效，世人也只有继续容忍这些加尔文的门徒了。不过，现在假设一下，如果可以从修女们的口中证明，这些所谓“宗教改革”的绅士们其实私下与敌人结盟，而且这敌人比英国人还坏，竟是魔鬼本尊！这样的话，红衣主教就有充足的理由做他素来打算做的事了，即剥夺卢丹市所有的权利和特权，将此城彻底改为以他名字命名的新城——黎塞留市。这还不是全部，或许他还可以利用“魔鬼”的名头做其他事情。因为如果人们相信，卢丹是地狱对人世发动持续入侵的一个桥头堡，那么，在法国复兴宗教裁判所或许也就有希望了。这是何等绝妙的良机！实行君主专制、中央集权是红衣主教为自己设定的使命，现在卢丹事件对促进这一目标将起到何等巨大的作用啊！

从资本主义帝国的那些魔鬼行为中，我们不难发现建立一个警察国家并证明其存在合理性的最佳途径，就是喋喋不休地向民众宣传有一个“第五纵队”正在威胁这个国家。黎塞留唯一的错误就在于，他过高估计了他的同胞们对鬼神存在的信念。事实上，他正身处三十年战争期间，那么，他或许可以声称西班牙人、奥地利人正在法国搞“第五纵队”。借用这一理由，远比仅仅利用鬼怪（即使它们来自地狱）更加有效。

劳巴特蒙一点都不耽搁。12月6日，他就返回了卢丹市。在郊区一处房子里，他秘密地请公证人特兰坎和警察局长纪尧姆·奥宾会面。刚一见面，劳巴特蒙就向他们展示了他的委任令和皇家命令，要求逮捕格兰第。

奥宾一直欣赏教区长，于是当晚他给格兰第送去密信，告诉他劳巴特蒙已经返回，并建议他不如溜之大吉。格兰第对此表示了谢意，不过，他天真地以为自己清白无辜，无需有任何的担忧。因此，他对朋友的建议置若罔闻。第二天早晨，格兰第在去教堂的路上被捕了。梅曼、特兰坎、米尼翁、摩尼奥，以及药剂师亚当、外科医生曼诺利，一大清早就跑来看热闹。而格兰第则在嘲笑声中被扭进马车，押往了他的指定监狱。这座监狱位于昂热市[①]的一座城堡内。

随后对教区长的住所进行了搜查，格兰第所有的书籍、纸张都被没收。令人沮丧的是，在他的藏书室里没有发现一本有关巫术的书籍，不过倒是藏了一本《卢丹补鞋匠的来信》（这差不多是毁灭性的），还有一份论文的草稿，论述僧侣独身问题，此论文原本是格兰第写给米莱·德·布鲁小姐[②]的，以解除她良心上所受的折磨。

劳巴特蒙真是欣喜若狂，有人听到他说，只要能搞到哪怕三行手稿，他就能找到一个理由将手稿的作者送上绞刑架。仅凭这份论文和反对红衣主教的小册子，他已经有最充分的理由不仅仅送格兰第上绞刑架，而且还可以送他上拷问台、车轮、火刑柱[③]。并且，这次搜查还收获了其他宝贝，比如让·德·阿曼涅克写给教区长的所有信件。如果劳巴特蒙要给自己找点闲事做做，他大可利用这些信将那位皇家宠臣送去流放，或者将其送上断头台。此外还有波尔多大主教的赦免令，目前德·苏迪阁下在海军部干得风生水起，不过只要他犯了一点差错，那么他曾经赦免过一个臭名昭著的巫师的证据立马就可以被拿出来说事。

当然，赦免令必定不能再落在格兰第的手里，因为倘若他交不出自己曾被大主教赦免的证据，那么普瓦捷主教对他的禁令便依然有效。

① 昂热，法国西北部城市。

② 米莱是玛德琳的昵称。

③ 此处的拷问台，是中世纪一种刑具，把人放在台子上，然后拉长其身体，直至死亡；车轮指的是用车子四面拉扯，使人体分裂，类似中国的五马分尸。

如果这禁令依然有效，那么格兰第就仍是那个在教堂里与人做风流勾当的神父。如果格兰第在教堂里都敢干这种事，那么很明显他就足以蛊惑十七名修女。

接下来的几周里，种种恨意披上合法的外衣，种种伪证得到教堂的神化，种种仇恨与嫉妒不仅不受限制地发泄而且还得到官方的鼓励，凡此种种，皆衍化为了一场冗长的狂欢。普瓦捷主教发布了一份告诫书谴责格兰第，号召虔诚的教民起而检举，这一命令引起了强烈的反响。大量恶毒的流言蜚语被劳巴特蒙和他的办事员转录下来。1630年的事件又开始炒冷饭，当时的所有证人原本已经承认做伪证，但现在又都发誓说他们当时放弃的谎言其实是福音一般的真理。所有的这些预审听证，格兰第本人都不在现场，也没有法律顾问作为他的代表参与。

劳巴特蒙禁止辩方对此事件进行辩驳，当格兰第的母亲对此种不公正的，甚至是非法的调查手段表示抗议时，劳巴特蒙的回应不过是将她的请愿书撕个粉碎。1634年1月，这位老妇人宣称，她已经以自己儿子的名义向巴黎最高法院提起上诉。与此同时，劳巴特蒙正在昂热市反复盘问格兰第。他的努力并无成效。格兰第已经知道母亲上诉一事，并且相信自己的案子很快会交给另一个不会那么明显存有偏见的法官审理。因此，他拒绝回答特使的问题。历经一个星期的恫吓威胁与甜言蜜语交错的审判，劳巴特蒙厌恶至极地放弃了盘问，匆忙赶回巴黎拜谒红衣主教去了。因格兰第母亲的行动，笨重的法律机器虽缓慢却也明显开始咯吱咯吱地运转起来，上诉是免不了了。无论是劳巴特蒙，还是他的主子，最不愿意看到的就是上诉成功。

最高法院的法官们最关心的就是合法性问题，而政府行政部门也始终坚守这一原则。假如最高法院获准再审此案，那么，劳巴特蒙作为律师的名声将受到毁灭性打击，而他的主子也不得不放弃此前的计划——这计划与红衣主教本人有极大的关系，此中原因红衣主教本人再清楚不过了。

三月，黎塞留将此案件再次提交国务议会。他向国王解释说，魔鬼正在反击，只有采取最有力的行动，才能抑制并将其赶回去。一如往常，路易十三欣然接受了黎塞留的说法。国务大臣于是起草了必需的文件，在皇家签名与盖章后文件生效，上面规定“无需关心眼下提交至最高法院的上诉，因国王陛下已经废除这上诉，所以，劳巴特蒙阁下务必继续采取行动，处理格兰第事件。……为完成目标，国王重新任命特使的任职期限，尽可能长久，以防止最高法院或其他法官审理此案件。另外，国王禁止当事人向最高法院或其他法官控诉，违者罚五百里弗”。

如此一来，红衣主教的代理人便凌驾于法律之上，且被赋予了无限的权力。因此，他便在四月初返回了卢丹，立刻为他表演的这出阴森恐怖的喜剧布置下一幕的舞台。他发现，卢丹市没有一处足够坚固、足够令人难受的牢狱可以关押一个巫师。于是，特使将属于米尼翁教士的一所房子的阁楼挪为公用，为使这临时的牢狱能抵御魔鬼，劳巴特蒙把窗户全部用砖头砌上，大门则换了新锁和一个沉重的门闩，而烟囱（这可是魔鬼的暗道）则以一块结实的铁箅子堵死。在武装护持下，格兰第被带回卢丹，关在这个黑暗憋闷的牢房内。牢房里没有床，格兰第只好像动物那样蜷缩在一捆稻草上。监狱长是某个叫邦当的人物（他曾在1630年做伪证陷害过格兰第），以及他那泼妇一般的老婆。在整个漫长的审判过程中，二人始终对格兰第极尽狠毒之能事。

在确保犯人被关好之后，劳巴特蒙现在将所有注意力都转到本案主要的——其实是仅有的证人，即女院长让娜和其他十六名附魔者身上。米尼翁教士和他的同工们不顾主教的命令，拼命工作，以期能将六个月来安静的、有益人心的局面打破。进行过几次公开的驱魔仪式后，修女们再一次像过去一样疯疯癫癫起来。劳巴特蒙不让她们多喘一口气，日复一日，从早到晚，这些可怜的妇人被成批带到城中不同的教堂里表演她们的把戏。这些把戏每次都差不多。像现代的灵媒一样（此辈仍然照搬一百多年前"狐狸姐妹"①的伎俩），这些老早的附魔者和驱魔人玩不出什么新花样。一次又一次，只有人们早已熟知的抽搐、老一套的淫猥言语、常见的渎神言语、自负的吁求，虽不停重复，却从未能证实她们身上有超自然的力量。但这些表演仍然足够巧妙、下流，吸引了大众的注意。通过修女们的嘴巴，通过小册子和大幅传单，通过成百上千次的布道，终于，有人附魔的新闻一时间也可以沸沸扬扬。在法兰西的每一个省，甚至在国外，都有观光者涌到卢丹观看驱魔表演。上次在加尔默罗修会会士的神迹表演（真是一出《圣母院复苏》的大戏）如日食般隐去之后，卢丹几乎失去了所有的观光生意；现在，多亏了魔鬼的复苏，一切恢复原状，而且客人比以前更多。小旅店、寄宿处真是人满为患，而垄断了世俗附魔者生意的加尔默罗修会（因为歇斯底里症已经传布至女修道院围墙之外）也再一次兴旺起来，其繁华程度绝不亚于当年朝圣者络绎不绝前来拜谒的黄金时代。与此同时，乌尔苏拉修会当然也就富得流油了。现在，不仅皇家国库会支付给他们一笔固定的津贴，而且那些以观赏到特别表演为乐的高等观光客的施赠也颇为慷慨大方。

① "狐狸姐妹"，指的是19世纪来自纽约的福克斯（英文Fox，也有狐狸之意）三姐妹，她们自称有通灵术，到处宣扬，作为灵媒，她们一度取得极大的成功。

在1634年的春夏，驱魔仪式的主要目的不是拯救修女，而是控诉格兰第。其目的是通过撒但之口证实，教区长为巫师，并蛊惑了众修女。但是如果按照定义来讲，撒但是谎言之祖，它的证言不就毫无价值了吗？对此质疑，劳巴特蒙、驱魔人以及普瓦捷主教的回答是，一旦被罗马教会的神父适时控制，魔鬼将被迫吐露实情。换句话说，在驱魔人的怂恿下，一个歇斯底里的修女发出的誓言则可被认定为事实上的天启。对于检察官来说，这一说法倒是实用，不过，它却有一个致命的缺陷——很明显这是异端邪说。

早在1610年，一群博学的神学家就组成了一个委员会，曾讨论能否接纳魔鬼的证言，随后发布了如下的权威论断："凡此处签名者，乃巴黎学院的众博士，就提交给我们的诸问题，有一致意见如下，任何人绝不可承认魔鬼的控告，更加不可为了发现他人的过错或判断此人是否为巫师而使用驱魔仪式；我们亦一致同意如下意见，即当圣餐之时，行上述的驱魔仪式逼迫魔鬼发誓（这种仪式我们根本就不赞同），不管这誓言如何，任何人都不得相信其中哪怕一个词，需知魔鬼永远说谎，其乃谎言之祖。"此外，魔鬼是人类不共戴天的仇敌，因此它时时刻刻都愿意承担驱魔带来的所有折磨，只为给某个灵魂带去伤害。

如果魔鬼的证词得到承认，最正直的人将处于最可怕的危险之中，因为撒但最猛烈的仇恨正是为了对付这些人。我们必须要遵循基督的模范，在恶魔口吐真相称呼基督为"神子"时，基督强迫它们安静[①]。"当

① 见《圣经·路加福音》第四章："又有鬼从好些人身上出来，喊着说：'你是神的儿子！'耶稣斥责他们，不许他们说话，因为他们知道他是基督。"

没有其他的证据时，任何人都绝不可起诉那些被魔鬼指控的人。我们注意到，在法兰西，这一原则受到了很好的遵守，所有的法官都不采纳这样的口供。”

在这份权威论断发布二十四年后，劳巴特蒙和他的同伙们因未发现其他证据，便用一种异端邪说（这异端邪说极其荒唐愚蠢、危险害人，却得到红衣主教代理人的热切承认）替代了正统观念中的人性和常识。伊斯梅尔·布利奥，这位天文学家兼神父，曾在格兰第手下做过马尔什省圣皮埃尔教区的神父。他指称劳巴特蒙的新理念是“不敬的、错误的、该咒的、可恶的，这新理念将基督徒变成了偶像崇拜者，暗中破坏了基督教的根基，打开了诽谤之门，并使魔鬼有可能宰杀人类的牺牲者，却不是以摩洛神的名义，而是以一条残忍的、可憎的教理的名义”。这条残忍的、可憎的教理肯定深得黎塞留认可。这是由劳巴特蒙本人以及红衣主教的私人医生、《卢丹附魔记》的作者皮耶·德·拉梅那尔蒂埃尔记录下来的事实。

残忍的证词深得官方许可，有时甚至就是官方怂恿的结果，却始终能被认真对待和倾听。如此一来，这样的证词便源源不绝，劳巴特蒙想要多少就有多少。于是，他便甚为满意地坐实了格兰第的身份，格兰第不仅仅是一个巫师，还是异端宗教中的一个大祭司。

证词不断，终于，一位世俗的附魔者在强制之下（通过一个被加尔默罗修会的驱魔人适时控制的魔鬼之口），承认了她曾向教区长行娼妓之事，同时教区长还表达过对她的欣赏，并主动带她到“安息日”会场，在恶魔的宫廷里，她做了一回公主。对此，格兰第则坚称，他此生从未见过这位姑娘。

正如当时大众所认为的那样，一些女巫有多个乳头，这多出来的乳头，据说是被魔鬼的手指触摸后长出来的，是一个或数个没有触感的凸起物，针刺后无痛感且无血流出来。可惜格兰第身上并没有额外的乳头，那么他一定是在身体某个地方有无痛感的点，那就是恶魔所做的记号。这无痛感的点究竟在哪里呢？早在4月26日，女院长就给出了答案。格兰第身上一共有五处魔鬼的记号，一处在肩膀——就在罪犯们被烙印的部位，两处在臀部非常靠近肛门的地方，两个睾丸上还各有一处。（莫非这是修女们梦中所见？）为了求证，外科医生曼诺利得到命令，要做一次小小的活体实验。在两名药剂师和数名医生的见证下，格兰第被拔光头发、剃光体毛、蒙住眼睛，曼诺利则用一根长而锋利的针有条不紊地刺他的骨头。

十年前，在特兰坎的客厅里，教区长曾取笑臀部的无知和华而不实，如今他的屁股反过来给了他猛烈的痛击，疼痛是如此钻心，即使窗户被砖头砌住，楼下大街上越聚越多的看热闹的人还是听见了犯人的惨叫声。根据后来格兰第被宣告有罪的官方纪要，我们了解到，因为想要确定身体上如此微小的无痛感区域实在太难，女院长所言的五处记号中，真正被证实的只有两处。

但是对于劳巴特蒙来说，这两处也足以达到他的目的了。此处要说明的是，曼诺利的手段着实简便有效，实在令人佩服。经过二十次令人痛苦至极的钻刺之后，曼诺利便将针头反过来，用粗的那一头戳教区长的皮肉。神奇的事情发生了，教区长竟然没有感到疼痛。如此一来，魔鬼的记号就露出来了。如果得到允许再努力一段时间，毫无疑问曼诺利将发现魔鬼在犯人身上留下的所有记号。不幸的是，其中一名药剂师（此人是来自图尔市的一个生人，靠不住）不像劳巴特蒙找来监控整个实验的其他乡下郎中一样彬彬有礼，发现曼诺利有作弊的行为后，他竟然起而抗议。抗议无效。他的少数派报告到最后不过是被人忽略不计了。与此同时，曼诺利和其他人的合作则极其愉快。劳巴特蒙于是可以宣布，如今科学证实了地狱和魔鬼的存在。

当然，此事也并不需要“科学”来证明，因为根据如上事情做推测，地狱的存在必然属实。当格兰第面对那些指控者时，修女们就像一群希腊女祭司一样冲向他，她们口中冒出来自所有恶魔的鬼哭狼嚎，一致声称，正是他蛊惑了她们，正是他在整整四个月里，每晚都在修道院中徘徊，对她们施以催眠术，在她们耳边吹嘘淫猥下流的甜言蜜语。本诸良心，劳巴特蒙与其文书将所有的话语悉数记录了下来。时间、签名都很严谨，会签之后一式两份，存于档案室。此案在事实上、神学上原本就是属实的，现在法律也认可了它的真实性。

为了使教区长的罪孽更确凿，驱魔人们又制造了许多“契约”，这些“契约”或神秘地现身于牢狱中，或（较为稳妥）是在驱魔仪式中由修女们在一阵发作后呕吐出来——而且还未经消化呢。根据这些“契约”显示，修女们一直在被教区长蛊惑。比如，看这份文纸，沾着三滴血，裹着八颗橘子核；还有那份“契约”，是五根稻草；还有那一份，是煤渣、蠕虫、毛发、指甲屑裹成的一小包东西。这一次，又是让娜·德·艾格丽斯走在了最前头。6月17日，被利维坦[①]附身之后，让娜呕吐出一份“契约”，包括（根据魔鬼口述）一个小孩的一块心脏——这小孩是1631年在奥尔良附近一次“安息日”女巫聚会上被杀而献祭魔鬼的——圣饼烧成的灰，还有一些据称是格兰第的血液和精液。

不过在一些时候劳巴特蒙的新理念也造成了尴尬。例如某天早晨，

① 利维坦为《圣经·旧约》中记载的一种怪兽，和合本译为鳄鱼。

一个魔鬼（在圣餐仪式上，且此魔鬼已被适时地控制）评价说，德·劳巴特蒙阁下被人戴了绿帽子。本诸良心，办事员将这段话也记录了下来，而劳巴特蒙当时并不在驱魔仪式现场，后来他看也不看就在这段记录上签下了自己的大名，并照例加上一段附言，大意是根据他本人最好的知识水准认定，在这份证词中所说的一切都是真实的。当此事曝光后，人们发出拉伯雷式的哄笑声。当然，这事只是令他烦恼，却并未产生严重后果。档案总是人来处理的，也就总是可以被销毁；愚蠢的办事员会被打发走，无礼的魔鬼则被叫过来惨遭痛斥，甚至还被打了一个耳光。毕竟，劳巴特蒙的新理念带来的裨益远胜过偶尔的闪失嘛。

劳巴特蒙很快就发现，新理念的好处之一在于如今有可能用一种全新的、超自然的方式（通过在圣餐仪式上被适时控制住的魔鬼之口）拍红衣主教的马屁了。1634年5月20日，在驱魔仪式进行之时，劳巴特蒙本人亲笔记录如下：

问题："魔鬼，你对法兰西的保护者、伟大的红衣主教有何评价？"

魔鬼以上帝的名义发誓，回答说："他是铁鞭，痛打我所有的好友。"

问题："你所谓的好友都是哪些人？"

回答："异教徒。"

问题："红衣主教大人还有其他英雄事迹吗？"

回答："他致力于救济人民、为政府谋福——他的能力是上帝所赐，他渴望维护基督教世界的和平，他诚心诚意热爱着国王。"

这颂词真是漂亮，而且它还直接来自地狱，所以可以被认定为简朴的真理。修女们确实在歇斯底里中走得很远，但即便走得再远，她们也不会忘记面包上的黄油是谁给的。

正如里格博士所言，在附魔的过程中上帝、基督、圣母马利亚不停地被亵渎，但是路易十三，尤其是红衣主教阁下，却从未受到言语攻击。修女们很明白，对天国她们可以尽情发泄而不受惩罚；但是倘若敢对红衣主教不敬……那就看看现在格兰第先生的样子吧。

E

Chapter Ⅶ

第七章

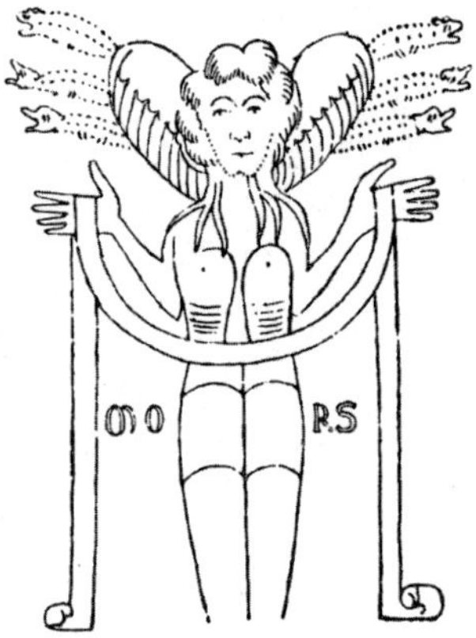
MO
R.S

在特定的时间和空间里，人们完全无法突破思维定式。这种思想上的固化与情感上的无法感知并不一样，也不同于因感情激荡而丧失行动能力。在任何时候，任一事物都能被人感知并引发人的行动，尽管有时会遇到极大的困难，面对大众的责难。个体总是能够依自身性情和体格所赋予的可能性去感知和行动，但在特定的时空中，除非依赖看起来不证自明的参照体系，否则他们是不能真正对自己的经历形成思考的。阐释往往依赖于主流思维模式，而这种思维模式只会在一定程度上限制人冲动的情绪化表达，却不能完全抑制它们。举个例子，坚信永恒的诅咒之人，其思想中却共存着“我在犯世俗之罪”的认知。关于这一点，请容许我引用皮埃尔·培尔一段极其睿智的评论，这段评论隐藏在他为博学的耶稣会修士托马斯·桑切斯[①]1592年出版的对开本著作《婚姻》[②]所做的一个注释中，此书被作者的同时代人和下一代人认为是人类有史以来

① 托马斯·桑切斯（Thomas Sanchez，1550年—1610年），西班牙耶稣会士，著名的诡辩家。

② 《论婚姻》，托马斯·桑切斯的这部作品被罗马教廷认为是关于婚姻的经典之作。

最为淫秽的书籍。

“我们不知道古代异教徒的家庭隐私，但我们知道那些实行‘告解’制度的国家的人民；所以，我们或许不能讲清楚婚姻在异教徒中是否一如在基督徒中那样是一种粗野的、不光彩的行为。但在婚姻这个问题上，至少能判断出基督徒的行为或许比异教徒更为野蛮和不光彩。

好吧，他们相信了《圣经》中有关天堂和地狱的教诲，他们相信了炼狱的存在，也相信了有关基督教圣餐的教义。然而，在被说服相信教义的过程中，他们却一头扎进了令人厌恶的杂质中，这种杂质不值得为之命名，而那些胆敢提到此杂质的作者也容易遭致严厉的抨击。我在那些说服自己相信人性的堕落是因为人们对另一个世界的存在表现得无知或怀疑的人身上，发现了如上的问题。”

在1592年，人类的性行为与今天相比并无不同；变化只能发生在人们对性行为的看法上。在早期，出现哈维洛克·艾利斯或克拉夫特·艾宾那样的思想是不可想象的。但是，早在古代，即便是在地狱之火的思想语境中，这些现代性学家们描述的性情感和性行为，既可被人感知，也为人所践行，正如在当代我们这个世俗社会里一样。

在后面的篇章中，我将简要描述十七世纪早期人们在思索人性时，会有什么样的价值参照体系。这一价值参照体系如此古老，又与传统基督教义紧密相连，以至于被普遍认为是不证自明的真理。到了今天，虽然人类的无知仍然令人扼腕叹息，但我们却有足够的知识可以明确感觉到，旧的思维模式在很多方面都脱离了实际经验。

也许我们会问，这种理论上的明显缺陷是如何影响男男女女的日常行为的呢？答案或许是这样的：在一些情况下，影响小到微不足道；而在另一些情况下，又似乎影响深远，关系重大。

一个人可能成为出色的实用心理学家，却也有可能对最新的心理学理论一窍不通。更值得注意的是，即便一个人所熟知的心理学理论具有明显缺陷，但他仍然能够凭借自己天生的洞察力，成长为一名出色的实用心理学家。另一方面，研究人性的错误理论（比如那种以附魔来解释歇斯底里症的理论）或许会激发最丑陋的激情，并为最残忍的暴行辩护。要知道，理论既可能是不重要的，却也的确可能是非常重要的。

那么，格兰第的同代人又是依据什么样的人性理论来阐释日常行为和发生在卢丹的种种怪事的呢？此处主要引用罗伯特·伯顿的意见，他在剖析灵魂奥妙的章节中提出了一种简明扼要却格外透彻的人生观，这种人生观在笛卡尔之前的时代里被大众视为理所当然，几乎是公认的真理。[①]

“灵魂不朽，并非是创造出来的，而是直接灌注给幼童或六个月大的胎儿；野兽不一样，它们的灵魂‘源自转移’（由父母传给下一代），随肉体死亡，湮灭无踪。”灵魂非常单纯，这么说是因为它不能分离、衰变。就词源学而论，“灵魂”这个词是心理学上的一种原子，是不能被切割的。但单纯、不可分割的灵魂却有三个层面的表现，有点像三位一体，包括了植物性、感觉性、理性这三个维度。

植物性的灵魂可做如下定义：“‘因肌体的实质行为，灵魂得到滋养和扩张，并产生另一个灵魂，一如它自己。’据此定义，有三个过程是需要做一说明的，即：滋养、生发、孕育。第一个过程是滋养，目标是提供营养，如肉、水及其他，以滋养器官，对动物而言，这器官是肝脏，对植物而言则是根或树叶。然后，使营养化为发达的肌体，以自然

① 罗伯特·伯顿（Robert Burton，1577年—1640年），英国牛津大学的学者，此处引用的是其名著《忧郁的解剖》。

的热能促进肌体的能动……正如滋养的功能是为了发达肌体，植物性灵魂的第二步过程就是生发扩张的功能。这是为了使灵魂在量上有所增长……并促使灵魂持续发展，直至达到预期的比例和完美的轮廓。”植物性灵魂的第三个功能，便是孕育，复制它自己。

灵魂的下一个维度是感觉性，“因为其中蕴含着植物性灵魂的力量，所以，正如野兽比植物更高贵一样，人的高贵更是远远胜过野兽。”罗伯特·伯顿给感觉性灵魂的定义是：“‘因肌体的行为，肌体得以存活，有感觉、嗜好、判断、呼吸和动作。’……肌体的主要器官是大脑，主要是由大脑派生感觉。感觉性的灵魂分为两个部分，一是理解的，一是动作的。……理解功能分为两部分，内在的和外在的。外在的理解指的是五根，如触觉、听觉、视觉、嗅觉、味觉。……内在的则有三种：常识、想象、记忆。”根据器官（如眼睛、耳朵）的特定感觉，常识，负责判断、比较、组织传递过来的信息；想象，则充分检查常识汇总的信息，“使这些信息保留更长久，随时可以召唤这些信息回到意识中，或制造源于想象本体的新信息”；至于记忆，负责汇集源自常识和想象的所有信息，“分门别类予以储存”。对于人类，想象是“服从理性支配的，或至少理应如此；但是对于野兽，想象却不受控制，它们只有麻木无知，这是它们全部的理性”。感觉性灵魂的第二个部分是动作功能，动作功能“也细分为两种功能，即嗜好、运动”。

最后要提到理性的灵魂了，“哲学家将其定义为‘自然人肌体的第一实质行为，人依理性而有选择地生存、感知和理解，自由地做一切事情。’据此定义，我们或许可以得出结论，理性的灵魂容纳内外的所有力量，并执行另外两个维度灵魂的职责，这两个灵魂其实也被理性的灵魂所包容。

于是，三个不同维度的灵魂合为一体，这个统一的灵魂本身并没有肌体作用，虽然它被灌注于全身所有的肌体之中；它是非物质的，只是利用器官、依赖器官来发挥作用。也可以将之分为两部分——不过仅仅是从职能上来说，本质上它是不可分割的，即理解力（理性认知的能力）和意志力（理性动作的能力），其他所有理性的力量均服从于二者。”

以上，便是我们祖先思虑自身并试图解释人类经验和行为等种种现象时所持的理论。此理论是很古老的，其中许多原理都是神学的教条，或是根据教条推导而出的，因此这理论看来也是不证自明的真理。不过，假如这也算真理，那么其中某些在今日看来也算是不证自明的观念，何以在当年被人取笑，并且还被当时的人认定为不可思议呢？下面我来举两个实例。

一是比彻姆小姐，她为人清白，却病恹恹的，年纪很轻，却满嘴高深的大道理，一面自我禁抑，一面焦虑渴望。她有时逃学，举止像个淘气、生机勃勃的十岁小孩。不料在催眠状态之下，这位童言无忌者坚持认为自己并非比彻姆小姐，而是另外一个叫做莎莉的人。几个小时后，或数天之后，莎莉的人格消失，比彻姆小姐便又回到她清醒的意识状态——回到的不是身为莎莉的意识，而是她本人的意识，因为她已完全忘记当莎莉控制她时，以她的名义，借她的身体，究竟做过什么事情。相反，莎莉却记得比彻姆小姐的意识中发生的一切，她以此来折磨这身体的另一个寄居者，并使之难堪。

负责这一著名案例的精神病学家莫顿·普林斯博士[①]，因精于催眠术，

① 莫顿·普林斯（Morton Henry Prince，1854年—1929年），美国医生，钻研神经学、变态心理学。

且以成熟的潜意识心理活动理论来思考如上的怪异事情，所以能解决比彻姆小姐的问题，并在多年之后第一次使比彻姆小姐重回身心健康的状态。

在某些方面，让娜修女的案例本质上与比彻姆小姐的案例是相似的。让娜定期从她常规的生活中解脱出来给自己放个假，于是，她从一个受人尊敬、出身良好的修女，一变而为一个粗野、渎神、完全无耻的泼妇，忽而称呼自己为阿斯摩太，忽而称呼自己为巴兰，忽而又称呼自己为利维坦。这种情况会持续几个小时，甚或数日。而当女院长回到清醒的自我意识状态中，她就记不住那些魔鬼趁她离开之时说过什么，做过什么。这就是事实。这该如何解释？

一些观察者会将这可悲的事情全部归因为故意的欺骗，其他人则会归因于她的“忧郁”，即体液平衡被打乱所导致的心灵错乱。有人不能或不愿接受这类假设，那么还有一个解释，即附魔——在让娜的时代，人们所能据以思考的理论，是不可能帮助人们获得除此之外其他任何结论的。根据基督教理的推论，“灵魂”——或者说“心灵”中清醒的、属个人的部分——是一粒原子，单纯、不可分割。因此，现代关于人格分裂的理念，在让娜的时代是不可想象的。因为假如两个或两个以上的自我，同时或交替现身，寄居于同一个身体，那么不可能是因为对“人格”（这是当代人的称呼）的保护不周，使得那捆缚为一团的生理、心理的元素发生了分裂；而一定是因为人那不可分割的灵魂被临时踢出了体外，人的身体暂时被无数鬼神精灵中的一个或多个所占据。而这些鬼神精灵正是事情的真相所在。

第二个案例是，随便一个被催眠的人，催眠师都能使其全身僵硬。

催眠的性质，以及暗示如何作用于人的植物性神经系统，目前仍未完全研究清楚；但我们至少知道，要想使某人进入出神的状态，实在轻而易举。在出神状态中，人的潜意识神智将浮现，并听从催眠师的暗示，或者，有时还会听从自身“上意识”（意识阈之上）的指令。在卢丹案例中，原本任何一个有能力的催眠师都能在任何一个合适的对象身上制造的全身僵硬症，却被当时的信徒们视为撒但的杰作。自然必须如此解释，因为当时的心理学理论有限，而此类现象必然或出于故意的欺骗，或出于某个魔鬼在捣乱。不信，读者可去翻阅亚里士多德、奥古斯丁、盖伦和那些阿拉伯人[①]的著作，字里行间没有一处暗示有潜意识神智的存在。

对于我们的祖先来说，一方面，只有灵魂或者清醒的自我，另一方面，则是上帝、圣人以及一大帮子或好或坏的神鬼。在今日，我们设想存在一个广大的潜意识精神活动的中间世界，它要比清醒的自我活动世界更加广泛，在某些方面，还要更有效。这一设想，在让娜的时代是不可想象的；在今日，人性理论的新发展近乎要淘汰这一设想，然而，就我们的祖先而言，这一设想甚至都不存在呢。今日，我们以潜意识活动来解释的现象，在让娜的时代要么全部被否定为骗人之举，要么则被归因于非人的神鬼的作用。因此，全身僵硬症要么是骗局，要么是附魔的症状。

1635年秋天，年轻的托马斯·吉列格鲁参加了一次驱魔仪式，并受负责驱魔的修道士之邀，触摸修女那岩石一般僵硬的身体。他触摸了，并坦承恶魔之力甚大，不过“战斗的教会”力量更大。然后，如果情况允许，他要远离异端，正如他的好友沃特·蒙塔古一年之前所做的一样。在一封信中，吉列格鲁描述了那一场景，“我必须告诉你真相，我

---

① 中世纪西欧文化闭塞，相反当时的阿拉伯世界学者辈出，对西欧有较大的影响。

仅仅只触摸到坚实的肉、强壮的胳膊与大腿，僵硬地伸出来”。（请注意此刻修女们已彻底不再被视为有隐私权、该受尊重的人。举行驱魔仪式的神父举止宛如集市上的杂耍摊主，“靠前，女士们先生们，靠前！眼见为实哪，赶紧过来，捏捏咱们的胖女孩的大腿啊，包教你看得一清二楚！”这些基督的配偶[1]于是化身为卡巴莱歌女和马戏团的怪胎。）吉列格鲁又写道：“但是别人断定，她已经完全僵硬，如铁般笨重；看来他们比我更相信此事，因此这奇迹在他们眼前似乎更真实。”看看“奇迹”这个词，何等意味深长啊！假如修女们不是在骗人，那么她们那如尸体般僵硬的四肢一定是神鬼作用的结果。莫非还可能有其他解释？

笛卡尔时代的到来，以及人们普遍接受一种在那时看来似乎更加“科学”的有关人性的理论，并未让情况有所改观；实际上，在某些方面，它反而导致人们在思考自身时，比过去天命论影响之下的思想更加轻飘。魔鬼淡出了人们的视野，但是随着魔鬼的消失，对魔鬼中介者带来的诸种现象也不再有人进行严肃的思考。驱魔人们至少还意识到存在出神、僵硬症、分裂人格、超感官知觉等现象，然而笛卡尔时代之后的心理学家却既不否认此类现象的存在，也不试图对这类现象进行解释（其实这些现象并非消失不见），只将其视为“想象”的产物。对于科学时代的人们来说，“想象”几乎与“幻觉”同义，于是，因“想象”而产生的诸种现象（比如，麦斯麦[2]对患者催眠，然后为其进行心理治疗）可

① 修女入会，等于许身基督。

② 弗朗兹·安东·麦斯麦（Franz Friedrich Anton Mesmer，1734年—1815年），出生在德国的精神医师。在心理学上的贡献，主要在于提出催眠治疗精神疾病。1843年苏格兰医生詹姆斯·布雷德以催眠这一术语取代动物磁力法的旧称。

能就被稳妥而适当地忽略了。

笛卡尔付出极大的努力，对人性进行几何学意义上的探索，这毫无疑问构建了许多美好的“明晰的概念”，但是不幸的是，这些“明晰的概念”只能取悦于那些选择忽视其他很多明显事实的人。

前笛卡尔时代的哲学家们却会考虑这些事实，虽然他们因心理学知识受限，被迫将这些事实归因于神鬼之力。而今日，我们可以接受这些事实的存在，并不需要求助魔鬼就能对其进行解释。我们在思考心灵（与“精神”、“纯粹自我”、“阿特曼”截然相反）时，会将之视为完全不同于笛卡尔时代或前笛卡尔时代的灵魂概念。较早时代的哲学家们武断地定义灵魂为单纯的、不可分割的、不朽的。但对我们来说，心灵显然是一个综合体，照里博的话说，其特性“乃是多少数量的问题”。这么多元素，既是综合，自然可分；然而或者在身体死亡后，它也能继续存活，在时间之流中，等待改变，终至分解。不朽并不属于心智，而是属于精神，心智如选择了精神，便可彰显自己的存在。

根据笛卡尔的说法，心灵以意识为其本质，本人的意识则与本人身体内的物质相互作用，但不是直接与外界的物质或他人的心灵相互作用。前笛卡尔时代的思想者们或许赞同笛卡尔如上的种种论断，除了第一句话（心灵以意识为其本质），在他们看来，意识是理性灵魂的本质，但是，感觉性或植物性灵魂的许多活动却是没有意识的。笛卡尔认为身体可以自动自我调节，因此无需考虑这些灵魂的分支。在清醒的“我”和有人或者会称之为“生理的无意识”之间，我们现在可以说有广泛的潜意识心理活动存在。而且，假如我们接受存在“超感官知觉”“念动力”等现象，那么我们必须承认，在潜意识层面，心灵能够而且确实直接与个体之外的其他物质和心灵产生相互作用。

笛卡尔与其信徒选择忽视的那些奇怪事件，被其前辈们接受，却只能以附魔一说来进行解释；而现在，我们却可以解释这些事件都是心灵自然活动的结果，而倘若单单研究人类心灵中的意识层面，那么我们将不会相信心灵的广度、力量以及弱点，其实还有更加广大的空间。

如此一来，我们看到在让娜的时代，假如排除行骗的可能性，那么对卢丹事件要做完全心理学的解释，唯一可利用的只有巫术和附魔一说。但是还有许多人，他们从来不从心理学的角度思考事情，对这些人来说，看起来很明显，发生在让娜修女身上的现象，可从生理的角度去解释，也应以生理的方法予以处置。于是其中一些较为严苛的人，便用桦条抽打赤背的办法来对付。塔勒芒记录说，德·库德莱·蒙庞西耶侯爵将他两个附魔的女儿从驱魔人手上领回家，“让她们吃饱之后，便予以狠狠地鞭笞，魔鬼立刻溜走了”。在卢丹附魔事件的后期，鞭笞的频率不断提高，绪兰记录道，通常，对教堂仪式大为嘲笑的魔鬼，一受鞭笞，便溜之大吉。

在许多案例中，老式的鞭笞法或许就和当代的电击疗法同样有效，其原因也是一样的，即是说，潜意识心灵对身体受折磨有一种畏惧，它不愿再一次经历这样的折磨，于是决定停止那仿佛是疯狂的举止。

直到19世纪初的那几年，对所有确定为精神错乱的人，还总是通过鞭笞进行治疗。

二十一岁前

我住疯人院

大厅很漂亮
我把自己鞭
心中乐陶陶
手镯丁冬响
不停禁食与祷告

现在我要把歌唱:
“有没有食物来喂养
饮料和服装?
夫人少女快快来,
一点莫慌张
需知可怜小汤姆
从不把人伤

可怜的汤姆是伊丽莎白女王时代的一个人物。200年之后，到了乔治三世的时代，英国国会上下两院仍然通过了一项法案，授权法院指定医生，鞭打那位疯狂的国王。

对付简单的神经衰弱或歇斯底里，鞭笞并非是唯一的治疗办法。根据当时的医学理论，这些疯狂病症的产生，是因为身体内部太多的黑胆汁流到了错误的部位。罗伯特·伯顿说，“盖伦将所有的疯狂症状归罪于冰冷的黑暗，他认为，如果精神是黑暗的，大脑质也是一片愁云，那么患者的身体状况就十分糟糕；因这些黑暗的、朦胧的、呛人的烟雾自黑色的蒸气中升腾而上，心灵本身将始终处在黑暗、恐惧和悲伤之中”。阿威罗伊[1]嘲笑了盖伦的逻辑，海格立斯·德·萨克森[2]也对盖伦予以嘲笑。但是他们却“受到众多人的指责、驳斥，如埃里亚努斯·蒙塔纳斯[3]、路德维卡斯·美卡图斯[4]、奥图玛鲁斯、齐安耶流斯、布赖特、洛伦汀·瓦利修斯等。他们认为，精神紊乱造成了黑胆汁过多，黑色则模糊了精神，阴暗的精神则制造了恐惧和悲伤。洛伦汀提出假设，认为这些黑色的烟雾尤其会干扰膈膜，或上腹部，导致心灵就此昏暗，好比乌云遮住太阳。但盖伦的见解受到几乎所有希腊学者、阿拉伯学者、新老拉丁学者的赞同，正如孩童黑暗中会感到害怕一样，忧郁的人随时都会感到害怕，因为他们内在的黑色烟雾在作祟，而他们身体中又始终携带着这样的烟雾。这黑色的蒸汽无论是从心脏附近的黑色血液中产生（耶稣会修士托马斯·怀特在论述心灵的激情时就是如此说的），还是从胃、脾脏、膈膜或其他所有错误的部位产生，都不会喷出身体，而是一直将心灵困于它的牢笼，持续以恐惧、焦虑、忧伤等情绪压抑着心灵。”

让我们想象一幅生理图画，在败坏的血液或染病的内脏中，升起一股烟雾，此烟雾或直接使头脑、心灵变黑暗，或在某种程度上堵塞了导管（那时人们将神经看成中空的管道），而通过这导管，自然的、生机勃勃的、充满活力的精神原本可以自如流动。

---

① 阿威罗伊（Averroes，1126年—1198年），中世纪著名的阿拉伯博物学家，为安达卢西亚人，他的著作对中世纪欧洲产生极其重大的影响。

② 海格立斯·德·萨克森（Hercules de Saxonia，1551年—1607年），意大利医学家。

③ 埃里亚努斯·蒙塔纳斯（Aelianus Montaltus，1527年—1598年），西班牙东方学家。

④ 路德维卡斯·美卡图斯（Ludovicus Mercatus，1532年—1611年)，西班牙医学家。

在阅读近代科学文献时，人们会被这种怪异的思想所震惊。因为这种思想同时缠绕着疯狂的超自然主义和原始的朴素唯物主义。这种原始的唯物主义与现代唯物主义有两个重要的区别：

首先，旧理论所提及的“物质”是无需进行精密测量的（只需对其性质做描述即可），只有热冷、干湿、轻重的说法，但是却从不进行量的计算以说明这些定性的表述下准确的含义。在我们祖先精细的思维结构中，“物质”是不可测的，因此对“物质”也就从来不做什么研究；既然从来没有什么研究，那么也就没有多少“物质”能被人理解了。

第二个区别没有第一个区别那么重要。对于我们来说，“物质”是永恒运动的——确实，物质在本质上是运动的。所有物质总是在做着什么，而在所有形式的物质中，那些构成生物体的胶状分散体疯狂地忙碌着，他们完美地融合在一起，以至于生物体各个部分的活动都非常协调，就像一场能量和谐的舞蹈。对于古人——特别是中世纪和近代的思想家们来说，物质不过是填充物，甚至在生物体中，它本质上都是惰性的，比如在植物中，物质的运动单单源于植物性灵魂的作用；在野兽中，物质的运动只源于植物性、感觉性的灵魂；在人类中，物质的运动就是植物性、感觉性、理性灵魂三位一体作用的结果。于是，生理的过程并非以化学作用来做解释——因为当时化学作为一门科学是不存在的；也不以电脉冲来解释——当时人们还不知道有电的存在呢；也不以细胞活动来解释——当时还没有显微镜也无人能看到一个细胞。所以，最终所有的生理过程都是这么解释的（容易得很）：灵魂的特定功能作用于惰性物质所产生的相关活动。举发育、营养、分泌功能为例——这是任一生理过程都会涉及的功能。对于当时的哲学家来说，用这些特定的功能解释一切，真是极其方便；但是倘若有人想绕过词语，深入自然的本质，他们将发现所谓特定功能的理论应用到实际研究中将一无所是。

原始唯物论之粗糙在其倡导者的语言表述中有清晰的呈现。生理问题便利用厨房、冶炼厂、厕所的活动来做隐喻，于是，便有“沸腾”“炖”“紧拉”“精炼”“提纯”“腐质”“粪坑里瘴气蒸发”，以及“主楼层的楼梯上凝缩着瘟疫”等说法。以这样的语言对人体组织做富有成效的思考，实在太难了。在当时，一位好医生有一种禀赋，多凭诊断的直觉，不让他的医学知识过多地干涉这种直觉；还有一种天赋，更多地倚赖自然本身的奇迹来达到治疗的效果。除了一大堆无用的甚至是危险的胡言乱语之外，幸亏还有为数不少的实用才智，保存在伯顿那本巨型汇编资料中。绝大部分的胡言乱语来自当时的科学理论，而绝大部分的才智则来自精明、善良的经验主义者。他们思想开明，仁爱同类，有特别的诀窍治疗患者，并且相信“自然的痊愈力量”。

要想得到治疗忧郁的过程的细节（无论这忧郁起因于自然或超自然的因素），读者便需参考伯顿那本荒唐然而迷人的书籍。从本书要探讨的问题出发，我们务需觉察到，在附魔的整个过程中，让娜修女和她的同伴们始终处在医学的监视之下。很不幸，在此案例中，伯顿所描写过的那些更加明智的治疗手段从未得到使用。对于修女们，不存在换环境、节食、消遣等治疗手段，她们不过是被放血和清洗，并需吞咽无数的药丸和大量的药液。这种治疗是如此凶猛，以至于作为观察者的一些医生认为，因为过于热心地尝试寻找到解药，修女们原有的疾病实际上加重了（而且更多的疾病还在滋生）；他们还发现，修女们被迫频繁服用大量的锑[1]。也许，这正是她们出问题的根本原因所在。

① 锑是一种有毒物质，过量会致人死亡。

（要想完整理解锑这一处方的医学应用史，我们必须牢记，在卢丹附魔案的时代，已经有三代人为这一处方吵得不可开交，而且双方的矛盾还在激化，也许我们可以将之命名为“锑之战役”。在异教传统中，反盖伦派的人认为这种金属和其化合物是神奇的药方，其药效可作用于几乎任何疾病。但是，在医药界信奉盖伦的人——他们可以称为“锑之战役”的右派——的压力下，巴黎最高法院曾下令禁止在法兰西使用锑。但法律最后却无法得到强制执行。在格兰第过世半个世纪后，其好友——同时也是卢丹最著名的医学之子——泰奥弗拉斯托·雷诺德热烈地赞扬锑的好处。而比他年轻些的居伊·帕坦[①]——著名的《书信集》的作者，却站在雷诺德的对立面，态度同样激烈。从现代研究的角度来看，我们认为，相较于雷诺德和其他反盖伦派的人，帕坦是更加正确的那一位。

锑的化合物在治疗名为黑热病的一种热带病方面有特效，但在其他绝大多数情况下，使用此种金属或其化合物的风险很大，不值得冒险一试。从医学角度讲，十六、十七世纪滥用锑以制造药物是毫无正当理由的。然而，从经济上来说，理由却是充分的。亚当先生和其药剂师同行们出售金属锑制成的药丸，称之为长效药。一旦吞下这种药，在它们进入肠子之前会灼伤黏膜，因此作用类似泻药，药在尿壶中还能还原，只要清洗干净便能再次食用，可谓一本万利。一次投资，后面就不必再花钱购置泻药了。帕坦博士对此或许曾发过雷霆之怒，于是最高法院便签发禁止令，但是对于精打细算的法国布尔乔亚们来说，锑的诱惑力实在不可抵挡。长效药被视为传家宝，竟一代又一代地传了下去。）

① 居伊·帕坦（Gui Patin，1601年—1672年），法国医生。

这里很值得顺便插一句评论的话，帕拉塞尔苏斯，这位早期反对盖伦派中名头最响的人物，之所以对锑深怀热情，是源于一个错误的类比。“正如锑能净化黄金，使金子不留一点渣滓；锑也同样能净化人体。”这就好比将冶炼工人、炼金术士的手艺与医生、营养师的手艺做同样错误的类比，然后便相信，随着提纯度的提高，食物的营养价值也跟着提高，如此一来，白面包就比黑面包好，炖烂的牛肉汤就比未浓缩的肉类和与之搭配的蔬菜妙。他假设“粗糙”的食物使食客变得粗俗，并且说道：“奶酪、牛奶和燕麦饼并不能予人一种敏感的性情。”

实际上，仅仅是在维生素被分离提取出来后，这种古老的、魔术般的，然而是错误的类比才停止搅乱我们的营养学理论。

发达的“忧郁”治疗术的存在，与普遍信仰在现实生活中有附魔和魔鬼侵袭存在（甚至很多医生也相信），两者完全并行不悖。伯顿说，一些人“对附魔之类的故事不屑一顾”，但与之态度相反的人却是“大多数的律师、神父、医生和哲学家”。本·琼森[①]在他的剧作《驴也是魔鬼》中，生动描绘了十七世纪人类的心灵是如何在轻信与怀疑之间动摇，又如何一面信赖神鬼之力（首先是相信魔鬼声誉较为不好的方面），一面却对新发现的应用科学的力量显示出傲慢的自信。在剧中，主人公斐茨多雀尔被刻画为一个对巫术一知半解的人物，他渴望与魔鬼会面，因魔鬼知道宝藏的隐藏之所。但是在相信巫术和撒但之力的同时，主人公也坚信那些骗子发明家、公司发起人（我们的父辈称呼这种人为“总设计师”）所提出的似乎是理性和科学的计划。当斐茨多雀尔告诉他老婆，他的 “总设计师”已经制定了一个方案，这方案将使他获得一千八百万

① 本·琼森（Ben Jonson，1572年—1637年），英国剧作家、诗人和演员。

英镑，并确保他赢得公爵之位时，他的老婆不住摇头，告诫自己的夫君不要太过相信“这些虚伪的精灵”。“精灵！”斐茨多雀尔大叫起来：

精灵！世间无此物啊，堂客；是智慧，仅仅是智慧。
这人藐视魔鬼，对魔鬼的伟绩不屑一顾。
他靠的是蒸汽车头和机械，这就是他！
他拥有着带翼的犁，工作起来好比乘着风帆，
一忽儿之间，将四十英亩地犁遍！
还有那磨坊，他催动机器，
将那水瞬间喷射到十里地之外。

无论斐茨多雀尔这位人物如何滑稽，却依然是一整个时代的典型人物，他们的智力生活横跨于两个不同的世界，晃晃悠悠，令人不安。而他对这两个世界都做最坏的打算（不是做最好的打算），这种悲观也是具有代表性的。对于那些冥顽不化者，相较于纯科学和对上帝的精神崇拜，神秘主义和“规划设计”显然更具吸引力。

正如在卢丹附魔事件中呈现的那样，在伯顿的书中这两个世界是共存的，且都被视为理所当然。忧郁既然存在，便有公认的治疗忧郁的方法。同时世人又普遍认为，得病（无论是心理上还是生理上）的常见原因包括了巫术和附魔，这是不足为奇的！因为“在天上、地上、水里或地下，没有哪怕一根头发那般细小的真空存在。盛夏里，空气中飞满了苍蝇，而在任何时候，空气中都充满了多得多的隐形的魔鬼（关于这一点，帕拉塞尔苏斯顽固地一口咬定），因此，魔鬼们使任何人都处于它们制造的混乱之中。”恶灵的数量必然是无穷无尽的，“因为假如我们的一些

数学家所言属实：一块石头倘自繁星的天堂或第八层天[①]坠落，速度是每小时100英里，那么它将要花费六十五年或更多的时间才能落到地面，此即是天堂与大地之间的遥远的距离，有人说，这距离为1亿7000万803英里……在如此巨大的空间内，得有着何等数量的恶灵啊？”在此情况下，真正令人惊讶的不是偶尔出现的附魔，而是绝大多数人穿行在人世间居然没有附魔！

前文已述，附魔的假设貌似合理，它恰巧对应了一个生理学、心理学谬误连连的时代，在此时代，生理学还未涉及细胞结构学和真正的化学，而心理学实际上从不考虑潜意识层面的心智活动。附魔现象在过去得到普遍的认可，但在今日，除了罗马天主教会和一帮招魂士之外，无人再以附魔自娱自乐了。提到招魂士，他们倒是阐明了扶乩会上的一些现象，即灵媒使死者仍然存于人世的心智附着在自己身上，可以进入短暂的附魔状态。至于罗马天主教会，虽然对死者灵魂附体之说予以否认，但在解释某些精神、生理的疯狂案例时，却引用附魔说；而在解释某些神秘并难以言传的情境所引发的某些精神上和生理上的副作用时，又会借助神力附身的说法。

就我所见，再没有比附魔的说法更加自相矛盾的了。倒不是说鉴于这一说法是“残留的古代迷信”，于是便早早将其打入冷宫，而是应该将

① 根据但丁《神曲·天堂篇》，天堂有九层。第一层：月亮天，正人君子所居；第二层：水晶天，行善者所居；第三层：金星天，仁慈博爱多情的人所居；第四层：太阳天，哲学家（公元后）所居；第五层：火星天，殉道者所居；第六层：木星天，开明君主所居；第七层：土星天，苦行僧所居；第八层：恒星天，基督和圣母所居；第九层：天府，天使和上帝所居。

其视为一种有效的假设，当没有其他办法解释某些案例时，可以谨慎引用。在实践中，现代的驱魔人似乎赞同说，绝大部分被怀疑为附魔的案例，其实都是因为歇斯底里，运用正常的精神疾病治疗法就能对付。然而，他们发现在个别案例中还有歇斯底里之外的其他因素存在，于是他们坚信，只有用驱魔术将恶灵逐出体内，才能使“附魔”患者痊愈。

有人宣称，宿主的肢体被无形的恶灵（或曰亡灵的“精神因素”）控制，以此来解释某些现象，比如扶乩时留下的手书和话语。这也是一种附魔，这种附魔现象的早期资料可以在F. W. H. 麦耶斯所汇编的《人之心性及其不随肉身亡灭论》一书中找到很多，更近些年代的相关资料，则汇集在G. N. M. 泰瑞尔《人性论》一书中，可进行方便的讨论。

厄斯特赖希教授在这一问题上也做了丰富的论证，他指出，十九世纪时恶魔附体的信仰急剧衰退，然而与此同时，相信亡灵会附身的观念则越来越流行。因此，较早时代里的精神病患者们会将其疯狂诿过于魔鬼，而当“狐狸姐妹”风行之后，则诿过于邪恶的男男女女的亡灵。

随着近来科技的进步，附魔的观念又有了新的变化形式。精神病患者常常抱怨被迫受某种无线电波的影响，这无线电波是由他们的敌人发出的。曾经困扰艾娣女士[①]多年的邪恶的动物磁力[②]，如今转变为邪恶的电力了。

但是在十七世纪，那时人们还不知道无线电，也很少有人相信亡灵附身。伯顿倒是提及过恶魔不过是源自恶毒的亡灵，但他提及这一说法

① 玛丽·贝克·艾娣（Mary Baker Eddy，1821年—1910年），宗教领袖，美国基督教科学教派的创始人。

② 动物磁力，即我们现在所说的催眠术。

只是为了斥责其为“荒谬的教条”。对于他来说，附魔是事实存在的，始作俑者只有魔鬼。（两个半世纪之后，对于麦耶斯来说，附魔依然是事实存在的，但始作俑者只有亡灵。）

魔鬼真的存在吗？假如存在的话，它们真的寄居在让娜修女和她同伴体内吗？我倒是以为，相较于附魔的说法，承认非人类精神（无论其为善、为恶还是中立）存在的可能，在本质上既不荒谬，也不自相矛盾。没有人逼着我们认为宇宙内只有人和动物有智慧。假如我们承认千里眼、心灵感应、预见力等为事实（其实如今要否定它们是越来越难了），那么，我们必须考虑到有一些精神的运动，在很大程度上是独立于时空和物质存在的。假如这是真的，那么我们似乎没有理由先验地否定世上有非人的智慧，不管这种非人的智慧是亡灵的作用，还是目前尚不为人知的宇宙能量所起的作用。（顺带说一句，人的精神如何与身体这种高度组织起来的“宇宙能量漩涡”发生联系，我们至今也摸不着头脑。很明显，精神与身体确有其联系，但能量如何转化为精神活动，而精神活动又如何影响能量，我们依然一无所知。）

直到现在，在基督教信仰中，魔鬼仍然发挥着极其重要的作用，其实，这是自基督教诞生之日起就开始的。正如耶稣会修士A. 勒非弗神父曾经评论的那样：“在《圣经・旧约》中，魔鬼没什么地位，他的疆域尚未被揭示；只是到了《圣经・新约》，魔鬼才被揭露为一支邪恶武装力量的头头。”在主祷文①的译本中，我们请求脱离“恶”。但是，“恶”就一定是

① 根据《圣经・新约》，这段祷文乃是耶稣对门徒所说，有两个版本，一个较长的版本见于《圣经・马太福音》，一个较短的版本见于《圣经・路加福音》。

中性名词，而非阳性名词吗？[①]难道这段祷文中的“恶”不是暗指某个人吗？“不仅让我们远离诱惑，更让我们远离那个‘恶人’即撒但。”[②]

理论上来说，基督教并非摩尼教[③]。对于基督徒来说，“恶”并非实物，它并不真实，也非基督教的核心教义。“恶”仅仅意味着善的缺失，意味着上帝赋予造物的“存在”之衰减。撒但并非恶神阿里曼的别名，也并非如在摩尼教中那样，恶神意味着黑暗的永恒性与神圣光明的永恒性相互敌对。其实，在数不清的天使之中，撒但仅仅是最计较的一个，它们在特定的时间，选择背弃上帝。仅仅出于礼貌，我们才称其为“恶人”。“恶人”有很多，撒但乃是其首领。每个魔鬼都有其个性、气质、幽默感、奇思怪想和特别喜好。有的魔鬼喜欢权力，有的好色，有的贪婪，有的骄傲，有的自负。此外，有些魔鬼比其他魔鬼的地位更重要，因为即使在地狱里，这些魔鬼也保留着未堕落之前它们在天使等级中的地位；而地位较低、作用不大的魔鬼，堕落之前在天堂里不过是些天使或大天使。而那些堕落的主天使、能天使、权天使则构成了地狱中产阶级的上层建筑。早先的炽天使、智天使则是地狱里的贵族，魔力巨大，人们甚至能在直径长达三十里格的圆形范围内感知到他们的实体存在（根据阿斯摩太提供给绪兰神父的信息）。

抛开魔鬼暂时不谈，在十七世纪，至少还有一位名为卢多维科·西

① 从生物学的自然性别角度分类，英语名词被分为四种性：阳性，阴性，通性和中性。阳性名词一般是指用来表示男人或雄性动物的名词；阴性名词则指表示女人或雌性动物的名词；通性名词多用于指称某一类别，不强调性别；而中性名词则表示无生命的物质名词和抽象名词。

② 见《圣经·马太福音》第六章中的主祷文。和合本译为：“不叫我们遇见试探。救我们脱离凶恶。”赫胥黎对这段《圣经》文字有所修改，以突出魔鬼撒但（The Tempter）。

③ 摩尼教，即明教。

聂斯特拉里[1]的神学家曾坚持说，人类不仅能被魔鬼缠身，或至少附身，而且也能（且更常见）被无恶意的精神的实体所纠缠。例如，农牧神、山泽女神、森林之神赛特，或欧洲农民口中的大地精，或现代心理研究者笔下的骚灵。根据西聂斯特拉里的说法，绝大多数的梦魇、魅魔，其实不过是自然现象，并不比毛茛好，也不比蚱蜢坏。但是不幸的是，在卢丹无人提及这一温厚的理论，而是将修女们那疯狂而淫荡的想象，全部归结为撒但及其使者的败坏。

请允许我再重复一遍，神学家们对摩尼教的二元论是小心提防的，可无论在任何时代，如果从行为举止上看，绝大部分基督徒似乎都认为，魔鬼才是第一原则，与上帝占据相同的地位。他们非常关心恶魔，想知道如何消灭恶魔，远胜过他们关心善事、关心如何加深个人的善意或提升人类总体的善良。由此导致的对恶魔持续、深切的关注往往是灾难性的。比如，十字军的兴起并非是为了心中的上帝，而是为了驱逐他人心中的魔鬼。十字军从未成功改良过这个世界，待此运动湮灭后人们发现，世界与之前相比一如既往，有时还明显更糟糕一些。如果我们主要考虑恶魔的问题，那么无论我们的初衷何等良善，终究都会给恶魔的显身创造良机。事实上，虽然摩尼教的教义在生活中有频繁的表现，但基督教的教义中从未认可它。关于这点，基督教区别于现代共产主义、国家主义的偶像崇拜。现代的偶像崇拜，不仅在行为上奉行摩尼教主义，而且在信条、理论上也奉行不误。今天，世界到处都以为我们站在光明这一边，而他们站在黑暗那一边，这仿佛是不言自明的道理。既然

① 卢多维科·玛利亚·西聂斯特拉里（Ludovico Maria Sinistrari，1622年—1701年），意大利方济会神父和神学作家。

站在黑暗那一边，那么他们应该受惩罚，我们自当可以运用最邪恶的手段将其消灭（我们既然是光明的那一边，所作所为自然光明正大）。如果用偶像崇拜的语言来说，那么我们就是善神玛兹达，而他们是恶神阿里曼——邪恶之道，身居二十世纪的我们，正在竭尽所能阻止我们的时代被妖魔攻城略地。然而，这不正是那些驱魔人在卢丹一切所作所为的翻版吗？只是他们的舞台更小罢了。出于宗派的政治利益，而像崇拜偶像般信仰上帝的存在，且将一思一行聚焦于恶魔的势力，这些驱魔人不也正是在竭尽所能地阻止撒但（他们相信自己斗争的对手正是撒但）取得胜利吗？幸亏这样的事情只发生在那时那地。

从眼下的目标出发，我们既没必要承认，也没必要否认世间有非人类的智慧能寄居于男女的身体之中。我们只需问自己一个问题：假设非人类的智慧确实存在，那么是否有理由相信，它们要对发生在卢丹的乌尔苏拉修会事件负责？现代的天主教历史学家一致认为格兰第是清白无辜的，对他的审判和定罪实在无稽；但还有一些人（阿贝·布雷蒙在其《法国文学史中的宗教思想》中列出了他们的名字）仍然相信修女们的确是被真正的魔鬼附身了。任何一个查阅过相关资料的人，任何一个哪怕只知道一丁点儿变态心理学知识的人，居然还能持有这样的观点，对此，我实在无法理解。其实，卢丹修女们的所有行为，无一不能在众多歇斯底里发作的案例中找到对应的病例，而这些歇斯底里都已被现代精神病医生治愈了。况且，也没有证据表明，有任何一名修女曾显出过任何被罗马教会视为魔鬼附身标志的超能力。

那么，如何区别真正的附魔与骗局或疾病症状之间的区别呢？罗马教会列出了四种测试的方式：语言测试、超能力测试、升空测试、千里眼和预见测试。假如一个人突然能理解，或者更厉害，能说出一种自己在正常情况下完全不会的语言；假如一个人可以当众升空，或表现出难以解释的力量；假如一个人能准确预言发生在未来的事或描述发生在很远地方的事，那么，就可以推测此人附魔了。（当然，也可以换一种说法，这个人也可能是领受了圣灵，因为在许多案例中，神迹和恶魔的奇迹没有区别。但附魔者是在迷狂中升空，这不同于那些于狂喜中领受圣灵后的升空者，后者只能是那些德高望重的祖先，而且他们终将去往的是天堂。通常，很难去评估这些祖先的升天是真是假。因为哪怕是某些最神圣的圣人，也曾被怀疑利用魔鬼的手段制造假的"超感官知觉"现象或"念动力"现象。）

这就是附魔的官方定义，这一定义悠久而神圣。但是对于我们来说，这类"超感官知觉""念动力"的现象仅仅证明，灵魂密不透风的古老观念是站不住脚的。需知，在自我意识层面之上和之下，存在着范围庞杂的潜意识活动，其中一些潜意识活动要比自我坏，一些要比自我好，一些比自我蠢得多，一些（在特定情况下）比自我聪明得多。在其边缘，潜意识自我与"非我"和精神的介质重叠、融合，各种自我[1]浸浴在这精神介质中，并通过此精神介质直接进行相互的交流，以至于与宇宙之心相通。

而在潜意识层面的某处，个体的心智与能量相接触，其接触不仅是在个体身体内部发生，而且（假如可以信任某些奇闻异事或统计资料的话）也在个体的身体外部发生。我们已经知道，古代的心理学受自身教

① 此处所谓的"各种自我"，应该是借用了弗洛伊德的创造性理论，将人格分为三个层级，即本我、自我和超我，但在作者的行文中，似乎又并非严格按照弗洛伊德理论的说辞，他提到了自我、潜意识自我和非我。

条的束缚，被迫忽视潜意识层面的心理活动；于是，为了能对可见事实做出解释，当时的人们不得不以魔鬼的存在作为论证的前提。

且让我们设身处地，站在卢丹的驱魔人和其同代人的立场，以他们的智慧去思考问题。在认可教会关于附魔的定义为合法之后，我们再来看看断言修女们附魔、教区长为巫师的相关证据。我们先来看看语言测试方面，因为这是判断附魔与否最为简易，也是在实践中使用最为频繁的方法。

在古代，对于所有的基督徒来说，通晓不同的语言/会说方言，实在是非凡的恩赐，这一免费的馈赠源于圣灵。然而，这个世界从来都不是非黑即白，通晓不同的语言/会说方言也被视为魔鬼附身的明显症状之一。在大部分案例中，所谓的“语意含混不清”，并非指一些至今为止不为人知的语言说起来是不是清楚的问题，其实它指的是如下的表达方式：其发音或多或少是清晰的，语速很快，或多或少也有些条理，表达上与某些传统说法近似，因此良善的听众虽可以听明白，却宁愿将之视为某种他们碰巧熟悉的语言的一种隐晦的表达。当人们处于出神状态之时，如果对正常情况下某种完全不懂的语言忽然明确表现出相当认知的话，一般在经过调查后就会发现，这种语言其实是他们幼年时说过，不过后来又忘记的；或者他们曾经听人说过这种语言，虽不曾理解其意义却熟悉了它的发音。照F.W.H.麦耶斯的说法，“尚少证据证明人通过别的途径能够掌握以前从未接触的大量新知识，比如新的语言、更高一级的数学知识——心灵感应术除外”。

根据所掌握的情况，通过在心理学上系统地对出神状态下的通灵术和自动写作进行研究，我们发现任何自称附魔者似乎都很难通过毫不含糊、表达明确的语言测试。可以明确的是，在这种语言测试中完全不合格的案例极多，而成功过关的案例大抵受到测试者的偏袒，并不能令人信服。教会方面有一些关于附魔事件的调查，在运用语言测试方面还是颇具创意的，效果亦甚佳。例如，1598年玛尔蒂·布罗西耶因展示附魔症状而出名，症状之一即是当祷告者或驱魔人在她面前朗诵经文时，她便大肆抽搐起来。（魔鬼憎恨上帝与教廷，因此一旦听闻《圣经》或《祈祷书》中神圣的语言，自然易于狂怒。）为了测试玛尔蒂超常的拉丁文知识，奥尔良主教打开了圣白托略的布道文，庄严地朗诵起以弗所的妇女那个不太光彩的故事[①]。朗诵的效果非常奇妙，那洪亮的第一句还没读完，玛尔蒂就倒地打滚，且诅咒起主教，称其朗诵圣文，使她备受折磨。值得注意的是，此举并未终结玛尔蒂的附魔生涯，实际上反而帮助她获得了更多的胜利。她逃离了主教，将自己置于方济会的羽翼之下，方济会声称她受到了不公的迫害，其后便利用她吸引大量观众来观看驱魔仪式。

据我所知，在对付乌尔苏拉修女时，从未用圣白托略的布道文的大作来做测试。最接近这种测试法的要数一位来卢丹游览的贵族所施，他交给驱魔人一个盒子，低声告诉驱魔人，盒子里有一些极其神圣的遗物。这盒子便被用来对付女院长，她立刻表现出极大的痛苦症状，且怒火冲天。善良的修道士们非常得意，将盒子归还其主。这位贵族当面打开了盒子，结果，盒子里除了一些灰尘外，完全是空的。驱魔人叫起来：“哎呀，大人，你对我们使了怎样的恶作剧啊？”此位贵族的答复是：“尊敬的神父，你们对我们又是要了怎样的滑头呢？”

在卢丹，简单的语言测试其实时常使用，但总是不成功。德·奈昂

① 布道文中提及的一位寡妇的故事。丈夫死后，她庐墓而居，好似心如死灰一般，但在一位兵士的引诱之下，终于失贞，且为了保护情人，她将死去丈夫的尸体挂到了十字架上，被全城称为神迹。

坚信修女附魔之事为真，为此他记录下了一件事，并认为此事毫无疑问属于奇迹。尼姆[1]主教以希腊语命令克莱尔修女把她的念珠给他，并说了一句“万福马利亚”。结果克莱尔修女最先拿过来的是一根大头针和一些八角。主教强使她执行命令，她便说：“我知道你要的是什么东西。”然后终于将念珠拿过来，并被迫说了“万福”。

在大部分的案例中，所谓的奇迹远没有这般令人震惊。所有对拉丁文一窍不通的修女，其体内寄居的魔鬼对拉丁文同样也大字不识。为了解释这奇怪的巧合，一位方济会的驱魔人在一次布道中说，魔鬼中也是有文盲的。而在卢丹事件中，受过教育的魔鬼看来都附在了女院长身上。但即使让娜身上的魔鬼也明显并非博识之鬼。

这里有一段正式记录，时为1632年11月24日，当着德·塞里赛先生的面，举行了一场驱魔仪式。“巴雷先生挡住附魔者的去路，用拉丁文质问魔鬼：‘你崇拜何人？’回答是：‘耶稣·基督。’[2]本地监狱管理办公室审判员丹尼尔·德鲁安先生立刻大声指责：‘这个魔鬼前言不搭后语。’于是，驱魔人便换了种方式询问：‘你崇拜的那东西，究竟是什么？’回答是：‘耶稣·基督。’[3]对此，许多人评论说：‘瞧瞧，这拉丁文糟透了！’但是驱魔人反驳说，她已经说过‘我崇拜你，我主耶稣·基督’[4]。恰在这时，一位年轻的修女跑进来，不停大叫着：‘格兰第，格兰第！’然后那位庶务修女克莱尔也跑进来，像马一样嘶叫着。”（幸亏有人

---

① 尼姆，法国南部城市。

② 此处用的是拉丁文中耶稣基督的主格*Jesus Christus*，其实应该用呼格*Jesu Christe*。

③ 此处用的是拉丁文中耶稣基督的呼格*Jesu Christe*，其实应该用宾格*Jesum Christum*。

④ 此处也是拉丁文，但称呼耶稣基督用的仍然是不标准的*Jesu Christe*，可见驱魔人本人也半是文盲。

来打岔。）可怜的让娜！她从来对拉丁文所知无多，并不清楚有关主格、宾格、呼格这些乱七八糟的废话。“Jesus Christus”“Jesu Christe”，她可是把她所能记得的全部说出来了呀，他们却仍然说她的拉丁文糟糕透顶！

与此同时，德·塞里赛先生宣称，他很愿意相信附魔一事属实，“只要那位女院长能直截了当地回答他两三个问题。”但是，他虽问了问题，却没有得到回答。让娜修女被彻底难倒了，只得以抽搐和嚎叫来掩饰躲藏。在让娜这次极其牵强的表现之后，第二天，巴雷去找德·塞里赛抗议，宣称自己的行为清白无辜，不带有个人情绪或心怀不轨。“他将圣杯[①]放在头顶，祷告说，假如在有关修女的所有事情上，他的举止有任何不当，或有所暗示和怂恿，此杯便将砸晕他。待他的表演结束，轮到加尔默罗修会的长老，此人向前数步，提出同样的抗议和诅咒，他也将圣杯放在头顶，祷告说，假如在此事中他曾犯罪或所为不当，愿大坍、亚比兰的诅咒落在他身上[②]。”

巴雷和长老或许足够疯狂，完全不顾自己行为的性质。毫无疑问，当他们发此毒誓之时是问心无愧的。我们注意到，米尼翁教士倒是很狡猾，未曾将什么东西放在自己头上，也未曾发下雷霆之誓。

当附魔事件热闹之时，一批英国游客拜访了卢丹市，其中最著名的几个人中有年轻的约翰·梅特兰[③]，他是后来的劳德岱尔公爵。

① 圣餐仪式上一种附盖的容器。

② 根据《圣经·民数记》第十六章，大坍、亚比兰是两兄弟，他们和可拉一起，共同反对摩西，被摩西诅咒。“摩西刚说完了这一切话，他们脚下的地就开了口，把他们和他们的家眷，并一切属可拉的人丁、财物都吞下去。这样，他们和一切属他们的，都活活地坠落阴间；地口在他们上头照旧合闭，他们就从会中灭亡。”

③ 约翰·梅特兰（John Maitland，1616年—1682年），苏格兰政治家。

梅特兰的父亲曾对自己的儿子说，有一个苏格兰的农妇，一个魔鬼借这农妇的口，曾纠正过某位神父糟糕的拉丁语，可见这年轻人是在对附魔一事深信不疑的氛围中长大成人的。为了当面目睹附魔的情况，以验证自己的信仰，梅特兰跨越大海，做了两次大陆之旅，一次是去安特卫普，一次便是来到卢丹。在这两处地方，他都大失所望。

在安特卫普，“我只见到几名高大的荷兰乡下姑娘，耐心地听着驱魔仪式，她们打起嗝来极其恶心”。在卢丹，情况倒是活泼些，但附魔的实证也并不更多。“当我看到小礼拜堂中对多至三四名修女做驱魔仪式时，我没有听见别的，只听见这些水性杨花的少妇用法语唱着淫猥的歌曲，我开始怀疑，这完全是个骗局。”他向一个耶稣会修士抱怨，此人赞扬了他出于“神圣的好奇心”来到卢丹，建议他当晚到教区教堂，并称他在那里可以得到极大的满足。“在教区教堂，我看到一大帮人正在围观，只见一位经过良好训练的少妇正在耍一些花招，但这些花招可没有我以前所见的二十名杂技演员的把戏让我更觉受用。于是，我又返回女修会的小礼拜堂，看见耶稣会修士们在好几座圣坛上忙忙碌碌，其中一位可怜的方济会僧侣（他可真值得同情）被一种忧郁的幻想所缠绕，认为魔鬼们正在他的脑袋里跑马，便不停地请求用圣物来镇压魔鬼。我也看到有人对女院长进行驱魔仪式，我看到她那只手，手上写着耶稣、马利亚、约瑟诸圣的名字。我本来都要被她骗了，相信写出这些字实在算得上奇迹（不过很明显，对我来说，她是用硝酸来写这些字的）；然后，我的耐心被耗尽了，我就走向一位耶稣会修士，告诉了他我对此事的全部见解。这位耶稣会修士仍坚持附魔是真实的，于是，我请求做一个实验。当着众人的面，我要说一门奇怪的语言。这名耶稣会修士问我：‘什么语言？’我回答说：‘这我不能说，但是不管是附魔者还是这些魔鬼，准保

普瓦捷的主教为让娜·德·艾格丽斯驱魔。

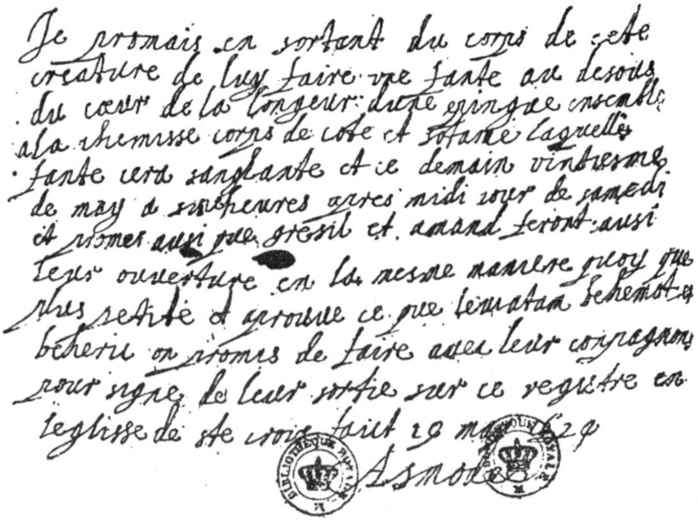

Je promais en sortant du cors de cete
creature de luy faire une fante au desous
du cœur de la longeur dune epingle ensemble
a la chemisse cors de cote et sotane laquelle
fante sera sanglante et ce demain vintiesme
de may a sixheures apres midi jour de samedi
et promet aussi que gresil et amand feront aussi
leur ouverture en la mesme maniere quoy que
plus petite et aprouve ce que leviatam behemot et
beherie ont promis de faire avec leur compagnons
pour signe de leur sortie sur ce registre en
leglisse de ste croix faict 29 may 1629

Asmodee

让娜·德·艾格丽斯写的一份文件，但却署名阿斯摩太。

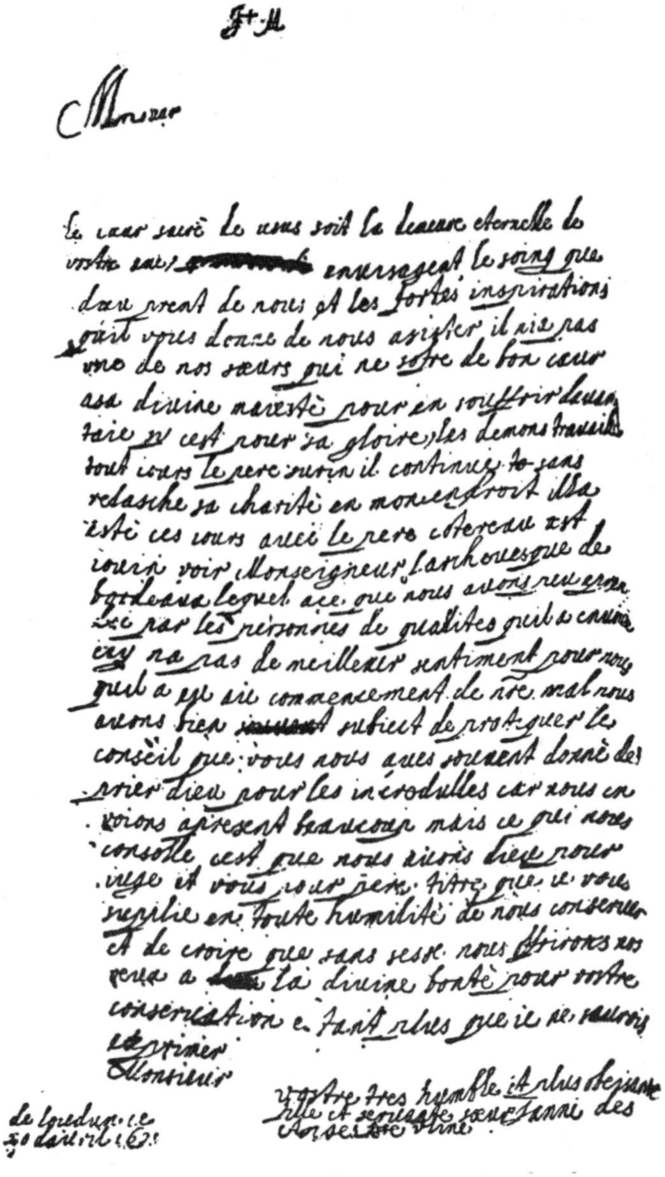

让娜·德·艾格丽斯写给劳巴特蒙的一封信。

他们都不晓得我说的语言。'(估计这门语言是梅特兰记住的盖尔语，当时苏格兰本地的一种方言。)他问我，如进行了这个实验，我是否会改宗。(因为他已看出，我并非天主教徒。）我对他说，'这不是我们要解决的问题，因为即使地狱里所有的魔鬼一并施力，也休想让我改宗；我们现在的问题是，假如这是一次真正的附魔，假如附魔者和魔鬼中有谁能听懂我说的话，我将签名承认此事为真。'他的回答是，'可惜这些魔鬼并不曾周游过外国。'对此，我报之以一阵大笑。"

根据方济会修士的说辞，这些魔鬼并未受过教育；根据那位耶稣会修士的说辞，这些魔鬼则从未出外旅行过。以此来解释这些魔鬼不懂外语，似乎有点蹩脚，于是，为了让那些不太情愿认可附魔事件的人信服，修女们和驱魔人们又添加了三两个新的、更强有力的（他们是这么希望的）说明。如果魔鬼不能说希腊语或希伯来语，那是因为他们在与格兰第签署的契约中，包括了一个特别条款，即在任何情况之下，他们都不能说希腊语或希伯来语。如果这还不能令人信服，那么还有最后一招，最斩钉截铁的解释，即上帝无意让某些特定的魔鬼说话。上帝不情愿啊——或者如以让娜修女那蹩脚的拉丁文来说——上帝不情。在意识的层面上犯此大错，毫无疑问是因为单纯的无知。但是隐晦地来讲，无知常常是故意的。在潜意识的层面，说“上帝不情”，翻译成正常语言，意为“我，上帝，不愿意”，岂不正好表达了让娜内心深处自我的真实情绪吗[①]？

语言测试之外，再来看看千里眼测试，但这一测试似乎与语言测试同样不成功。比如，德·塞里赛曾与格兰第商定，让后者在他一位同工

① 此处应理解为让娜在说出自己的心声：上帝啊，我不愿意这样的。

的房子里过一天；尔后，塞里赛前往女修道院，在驱魔仪式的过程中让女院长说出此刻格兰第身在何处。让娜修女毫不犹豫地说，格兰第正与德·阿曼涅克阁下在城堡大厅里呢。

在另一案例中，让娜身上的一个魔鬼断言说，它不得不到巴黎跑一趟，为的是陪伴一个新亡灵——巴黎最高法院的某位名为普鲁斯特的律师——前往地狱。不过经调查发现，从来没有一个名为普鲁斯特的律师，而且当天也没有任何律师过世。

在审判格兰第期间，另一个寄居女院长身上的魔鬼在圣礼上发誓说，格兰第的巫术秘籍藏在玛德琳·德·布鲁的屋子里。但在搜查了屋子后却并无所谓的巫术秘籍，但至少让玛德琳遭受到了惊吓和羞辱，而这才是女院长的真正目的所在。

在描述附魔事件时，绪兰承认，修女们大抵都无法通过“超感官知觉”测试。这一测试是地方预审法官和那些知名的游客出于消遣或教诲的目的而做的。这些失败导致耶稣会的许多修士不再相信修女附魔的鬼话，认为她们不过是备受忧郁症和“慕男狂”的困扰。绪兰指出，他的这些持怀疑态度的同行每次在卢丹停留时间不过数天。但是，正如圣灵一样，邪灵的歪风何时刮向何处，是它自己所定。所以要想见证邪灵作祟，就需要身在现场，一口气不停地待上数个日日夜夜，甚至数月。

绪兰就像是一个本地的驱魔人一样为修女们说话，他断言，在他还没有说出任何想法时，让娜修女已然多次阅读了他的思想。像让娜修女这样高度敏感的歇斯底里者，能够与一个高度敏感的精神导师（比如绪兰神父本人）建立长达近三年的亲密关系，因此，她能做到这样，如果不是与导师建立了某种程度的心灵感应联系，难道不太令人吃惊了吗？

埃伦沃德博士[①]和其他人已经指出，在精神解析过程中，医生和患者之间确实有时能建立类似的心灵感应。那么，附魔者与驱魔人之间产生的心灵感应关系，应该比精神病医生和精神病患者之间的关系更为亲密。我们姑且回忆一下，前面提到过，在卢丹附魔这一特别的案例中，曾有驱魔人也被附在他的忏悔者身上的同一魔鬼附身。

因此，绪兰满心相信女院长偶尔能成功阅读周围人的思想。但是根据教义，无论何人，如果能阅读别人的思想，必定是被魔鬼附身，或者，也可能是领受了圣灵。认为“超感官知觉”或者是一种自然机能，潜伏于所有人的心灵中，却只有少数人表现出来，这一想法似乎从未进入过绪兰的头脑——其实他的同时代人或前人也没有过这样的想法。对于他们而言，心灵感应、千里眼的现象要么并不存在，要么这些现象就是精灵在起作用——除非那阅读思想者被公认为是圣徒，否则，人们或许可以认为那精灵便是魔鬼。绪兰只在一点上偏离了严格的正统教义，他相信，魔鬼能直接阅读人的思想，而最权威的神学家却认为，魔鬼只能间接地通过那些与人的思想相伴而生的身体变化来推测人的思想。

在《女巫之锤》中作者宣称，根据最伟大的权威说法，魔鬼不能占据人的意志和认识，而只能占据身体以及与身体最紧密相连的一些心理官能。在许多案例中，魔鬼甚至不占据附魔者全部的身体，而只占据其中一小部分，比如某个器官，一两块肌肉群，或一两块骨头。皮耶·德·拉梅那尔蒂埃尔，黎塞留的那位私人医生，列出了在卢丹附魔

① 简·埃伦沃德（Jan Ehrenwald，1900年—1988年），二十世纪著名的医学博士、心理学家，著有《精神疗法历史》《天才解剖学》《心灵感应与医学心理学》等多部书籍。

事件中现身的所有魔鬼的清单，包括其名字和寄居的所在。照他的说法，利维坦寄居于女院长的前额中央，贝赫利特寄居于她的胃中，巴兰则寄居于右肋的第二根肋骨上，伊沙卡龙则寄居于左肋的最后一根肋骨上。伊扎兹和卡朗则分别寄居于“信耶稣”的路易丝修女的心脏之下和前额中央。

艾格丽斯·德·拉莫特-巴拉塞修女的心脏下面寄居着阿斯摩太，胃部的孔道中寄居着贝赫利特。克莱尔·德·萨泽莉修女的身体中一下子聚集了七个魔鬼，西布伦在前额，拿弗他利在右臂，桑梵（别名“主宰者格兰第”）在右肋的第二根肋骨，艾力迷在胃旁，“圣母马利亚之敌”在颈部，韦锐钠在左太阳穴，而属于智天使的孔丘丕荃斯则在左边肋骨。塞拉菲卡修女胃部中有一滴水在作怪，这水由巴录管理，巴录不在，则由卡罗管理。安妮·德·埃斯库本的胃部有一片神奇的伏牛花叶子，归艾力迷管理，此魔鬼同时还要照管安妮姐姐胃中一颗红色的李子。在附魔的庶务修女中，伊丽莎白·布朗夏尔的每个胳肢窝里都有一个魔鬼寄居，左臀部另有一个魔鬼，号为“不洁之煤”。其他多数魔鬼则寄居于肚脐、心脏、左边奶头之下。有四个魔鬼则寄居于弗朗索瓦·菲拉特里奥-吉尼利昂的前脑，还有一位亚贝尔在她的肢体内四处乱逛；比弗蝶森则居于她的脐下；还有属于大天使的“狗尾”，藏于她的胃部。

在寄主体内，魔鬼们一次一个从其宅邸出发，穿行于寄主全身，影响寄主的体液、精气、感觉、幻想。如此它们便能影响寄主的思想，虽然他们并不能占据其思想。意志是自由的，唯上帝才能看透人。因此作者得出结论，附魔者是不能直接阅读他人思想的。假如魔鬼有时似乎具有“超感官知觉”，那是因为他们的观察很敏锐，为人又狡诈，能通过一个人外在的行为推断出其隐秘的思想。

在卢丹，“超感官知觉”或曾出现过，至少绪兰相信存在这一现象。但即使这种现象确实发生了，它们也只是偶发的，在调查律师和医生设计的测试环节中，这一现象从未出现。但是教会声称，驱魔人可以强迫魔鬼们听从命令。假如适时被控制，附魔者便不能在测试条件下展示出“超感官知觉”；那么根据神学、法学的规则，这类附魔者便名不副实了。但是很不幸，对于格兰第和其他牵涉此案的人们来说，这一规则在此案中并没有得到遵循。

方才讨论了附魔的精神标准，现在再讨论一下附魔的生理标准。

关于升空问题，附身在让娜修女身上的魔鬼在早期一场驱魔仪式上曾表示，在与格兰第签署契约时，里面有一条款，特别禁止所有超自然的飘浮。任何渴望看到此类奇迹者，纯粹是在浪费好奇心，如拉丁文俗语所言，“好奇心过度”，此类奇迹乃是上帝绝不情愿的。虽然女院长本人从未承认自己曾升空，但她的一些支持者自信地对德·奈昂说，有好几次，“女院长双腿离地，悬停在空中，高度有24英寸。”德·奈昂是个诚实的人，他或许会相信这一说法。不过，此事也只能表明，一个人要时刻保持何等的谨慎，才能采信一个信徒的说辞。

其他一些修女并不如她们的院长谨慎。1634年5月初，魔鬼伊扎兹承诺，要将“信耶稣”的路易丝修女抬升三英尺到半空。为免落后，刻耳柏洛斯[①]提出要在“献身的凯瑟琳修女”身上做同样的奇迹。可惜，这两位年轻的女士一个都没有成功地升离地面。不一会儿，寄居在艾格丽斯·德·拉莫特胃部孔道之中的贝赫利特发誓，要将劳巴特蒙的圆顶礼

① 刻耳柏洛斯，原为希腊神话中地狱的看门狗。

帽飘浮到小礼拜堂的屋顶。观者云集，要来见证这奇迹，可惜又没有发生。此后，所有要求见证升空的请求，都被婉言谢绝。

还有超能力测试，这是由马克·邓肯[①]博士主持的，他是一位苏格兰医生，此时身为索米尔[②]新教学院的校长。在抓住一个附魔者的手腕之后，他发现要想阻止她的攻击行为或阻止她逃开是轻而易举的事情。恶魔居然如此柔弱？在这一丢人的表演之后，驱魔人们便限定那些怀疑者只能将手指放入修女们口中，来检验一下魔鬼会不会咬他们。当邓肯和其他人拒绝了这一邀请之后，所有头脑健全的人都承认了，附魔的事实清楚无误。

这一切必然证明了，倘若照罗马教会所坚称的那样，“超感官知觉”现象、“念动力”效果是魔鬼附身的记号（或者反过来也可能是非凡圣恩的记号），那么卢丹的乌尔苏拉修女们只不过是歇斯底里罢了。她们不慎落入某些人之手，这些人绝非她们的朋友，也非永恒的神，只不过是一小撮驱魔人。这些驱魔人完全是迷信的、渴望被大众关注的人，其中一些甚至是骗子，并且怀着明显的恶意。

因为缺乏“超感官知觉”和“念动力”的证据，驱魔人和其支持者们被迫退而求其次，选择一些更少可信度的狡辩。他们断言，修女们一定附魔了，否则的话，她们那种无耻的行为、色情的话语、反宗教的言辞又如何解释？正如特朗基耶神父所言，“她们又是从哪一个培养淫荡之人和无神论者的学校里学会了喷吐如此亵渎、淫猥的话？”几乎带点自吹自擂的意思，德·奈昂告诉我们，修女们“谈吐猥亵至极，甚至最放荡的

① 马克·邓肯（Mark Duncan，约1570年—1640年），苏格兰人，索米尔大学董事会董事。
② 索米尔，法国西部城市。

男人听了都感到羞耻；而她们的举止，无论是当众表露的姿态，还是勾引观众时做出的下流行为，甚至要引得这个国家最下等的妓女都要莫名惊愕了。”至于她们的咒誓和渎神之语，“完全闻所未闻，若还算一个人，恐怕是永远不会想出这样的话吧”。

这样的表述何等天真动人啊！可悲啊，世间万恶无不出于人心！奥菲莉亚曾经说：“我们倒是晓得自己算个人，但不晓得我们终会干出何等勾当。”[①]事实上，一个人什么勾当都可以干得出。甚至那些成长于最严谨的道德氛围之中的人，也是如此。所谓的“感应”可不仅仅发生在低级人的脑部和神经系统中，也可发生在高级的大脑皮层，它是人类心理活动的突出特征——情感冲突——的生理基础。凡有正面，必招致相应的反面。看见红色的物体，紧随的残留影像却是绿色的。做任意一个动作，牵涉其中的肌肉群的作用力原本相对，却不自觉地构成合作关系，最后形成动作。在更高的层面上我们发现，爱慕后面跟着恨意，嘲笑既产生敬意也产生畏惧。一言以蔽之，“感应”非常活跃。

自幼年起，让娜修女与其同伴便已被灌注宗教、贞洁的思想，然而，因为“感应”的作用，这些教训却也在她们的大脑及其相联系的心灵中，建构了一个“精神—身体”的中心，从中发散出反宗教、淫秽的教训。（每一本讨论灵修的书信选都充斥着类似的内容，关于那些令人惊惧的诱惑，勾引人反对信仰、贞洁，而且越是追求完美的人越是受到这样的诱惑。出色的导师指出，这类诱惑是正常的，而且在灵修生活中几乎不可避免，弟子们不必因此生出无端的烦恼。）平日里，这些否定性的思想和情感受到抑制，即使它们浮出意识的表面，也被人的意志所

① 见《哈姆雷特》第四幕第五场。

控制，并不表现于人的语言与行为。但当女院长患上精神和身体上的疾病，意志便开始薄弱了；当她因陷于种种禁忌的、且不可实现的幻想而变得疯狂时，她就再也无力控制“感应”作用下种种令人难堪的结果了。歇斯底里是有传染性的，她受到其他修女的模仿，很快，整个女修会深陷于阵阵惊厥、渎神言论和色情笑谈之中。本着宣扬各自修会和整个教廷的好心，出于故意利用修女们作为整垮格兰第的工具之目的，驱魔人们尽其所能地将事态扩大。修女们被迫当众表演种种滑稽的动作，受怂恿当着知名访客的面说出渎神的话，并以其格外粗鲁的表演取悦那些俗人。

我们先前已经提及，女院长在其患病的初期，并不相信自己被魔鬼附身了。不过在其告解神父和其他驱魔人反复向她保证她全身遍布魔鬼之后，让娜修女才最终相信，自己果然附魔了。此后，她的任务就是表现出一个附魔者的样子。与此同时，其他修女也至少是经此过程后才附魔的。根据1634年出版的一本小册子，我们得知，在驱魔仪式过程中艾格丽斯修女多次声称，自己并未附魔；相反，那些骗子非要说她附魔了，并逼迫她经受驱魔仪式。有一次，“在去年的6月26日，驱魔人不慎将一些燃烧的硫磺滴到了克莱尔修女的嘴唇上，这可怜的姑娘号啕大哭，说道：‘既然人家告诉我我附魔了，我也就打算相信了，但是并不能因此缘故就要让我受这等的折磨呀。’”

原本只是偶然的歇斯底里发作，却因米尼翁、巴雷、特朗基耶和其他修士的怂恿，终于变了味儿，造成如上的局面，这一切当事人心里都清楚得很。上面提及的那本小册子的匿名作者写道：“假定此事并无骗局，那么是否可以得出结论说，修女们附魔了？或者其实与之相反，修女们是因为愚蠢和错误的想象，自认为自己附魔，而实际上她们并没有附魔？”此册子的作者继续写道，修女们的附魔，或由三种途径造成。首先，因为禁食、熬夜，或沉思于地狱撒但；其次，因告解神父的一些评论，导致她们以为自己被魔鬼诱惑；“第三，告解神父因见她们行为怪异，或许因为无知而想象她们附魔或被蛊惑，然后便以其影响力说服她们。”而本案例中，误认为自己附魔，其原因可归结为第三种。像较早些时候修女们水银中毒、锑中毒，以及后来的磺胺中毒和“血清热病”，凡此种种发生在卢丹的流行病，都是“医源性疾病[①]”，正是那些原本应妙手回春的医生，却制造并诱发了这些疾病。而当我们念及驱魔人们的仪式直接违反教会的规定时，似乎他们的罪孽比那些医生还要深重，因为根据教会的规定，驱魔仪式理当秘密举行，不允许魔鬼表达意见，永远都不许相信魔鬼的话，要对魔鬼的言行表示不屑一顾。然而，在卢丹，修女们被公开展览给大众；附身的魔鬼们则被鼓励滔滔不绝地畅谈各种话题——从性行为到化质说[②]，魔鬼的话被奉为福音般的真理，魔鬼本身则被当作来自另一个世界的著名客人来对待。总之，魔鬼们的言语几乎具有了《圣经》般的权威。假如魔鬼说出渎神的话，或言谈下流，那不正是他们的风格吗？而且，越是下流、渎神，越是吸引看客。看啊，那些虔诚的信徒们，他们简直欣赏得不得了，然后，他们又带来成千上万甚至更多的信徒再来欣赏。

如果超自然的亵渎和非人的下流，还不足以作为附魔的证据，那么修女们表演的柔术呢？她们那马戏般壮丽的演出呢？升空表演倒是立刻

① 医源性疾病，指在诊治或预防疾病过程中，由于医护人员各种言行和措施不当而造成不利于患者身心健康的疾病。

② 化质说，天主教会主张，圣餐的饼和酒会神奇地转变成为基督的身体和血的实体。

取消了，但即使修女们从来不能升空，至少她们还能在地板上表演种种最令人惊叹的特技呀。德·奈昂说，有时“她们抬起左腿，越过肩膀，都贴近面颊了。她们几乎将腿掰到了头顶，直到大脚趾碰到鼻尖。还有能劈叉的，大腿和地板之间没有一丁点的缝隙残留。其中，女院长的腿劈叉成惊奇的角度，以至于从一个脚趾到另一个脚趾之间，距离长达七英尺，而她本人不过四英尺高”。

读到这样的描述，任何人都不免认为，正如人天生是基督徒一样，女性的灵魂天生是夜宴表演者。就永恒的女性灵魂而言，女人似乎内在有一种对特技、裸露的趣味，只待一个合适的时机表现出来，诸如前手翻、后空翻等等。对于那些隐居、冥想之人，这样的机会可不常见。因此，全靠七个魔鬼和米尼翁教士创造的良机，才终使让娜修女表演起了劈叉。

修女在她们的体操运动中获得了一种极大的满足感，这可由德·奈昂的描述作为见证，根据他的说法，尽管长达数月“每隔一天被魔鬼折磨一次”，从不间歇，她们的健康却丝毫不受损害。相反，“那些原本略显瘦削的修女，似乎比附魔之前更加健康了”。这些潜伏的夜宴表演者和卡巴莱舞者，终于得到允许见光见日，这些可怜的女孩子们在她们人生中第一次卸下祷告者的职业，寻觅到真正的快乐。

可惜，她们的快乐并非全无限制，到底还是有清醒的时候。她们会时不时清楚地知道别人在她们身上做了什么，也清楚地知道自己对那个可怜人——她们全都疯狂地幻想自己爱上的那个可怜人——做了什么。

前面已经提到，早在6月26日，克莱尔修女便已在抱怨驱魔人对待她的方式。7月3日，在城堡的小礼拜堂，她忽然泪如雨下，在啜泣中，她宣称前面那许多天里自己所说的有关格兰第的坏话，悉数都是谎言和诽谤，她所做的一切，悉数出于拉克坦斯神父、米尼翁教士和加尔默罗修会会士们的命令。四天之后，被更强烈的悔恨和叛逆的激情所鼓舞，她试图逃跑，但是刚离开教堂就被抓回来了。面对着神父们，她挣扎、痛哭流涕。被克莱尔所鼓舞，艾格丽斯修女（就是那个“漂亮的小魔鬼”，一年之后，吉列格鲁仍将看到她匍匐于她的方济会神父脚下）满脸泪光，向那些来看她表演大腿舞的观众请求，求把她从这些驱魔人的可怕禁锢中解救出来。

但是驱魔人们总是有应对的措辞。艾格丽斯修女的恳求、克莱尔修女的逃跑企图和她的翻供、良心的自责，凡此种种，很明显是格兰第的主子和保护者即魔鬼的杰作。假如一位修女撤回对教区长的指控，那么这正是撒但通过她的嘴发言的铁证，这也就证明了先前她的指控乃是无可辩驳的事实。

这一狡辩术用在女院长身上，发挥了最高的效力。有一名法官就格兰第的罪过写下了一份简短的清单。这份文件的第六段写道：“在修女们发生的所有意外中，没有一件比女院长的更稀奇了。在作证之后的第二天，当德·劳巴特蒙阁下还在向另一位修女取证时，女院长来到修道院的后院，身上只穿着睡衣，呆立在那里足有两个小时。当时大雨倾盆，她没戴帽子，脖子上缠着一根绳子，手上拿着一根蜡烛。当客厅大门打开时她冲向前，跪在德·劳巴特蒙阁下面前，宣称她指控了清白无辜的格兰第，恳求能予赔罪。此后，她退出大厅，将绳子挂到花园的一棵树上，要不是其他修女跑来救她，她恐怕就要上吊自尽了。”

其他人或许会认为女院长果真是做了伪证，现在受到忏悔的折磨实在是应得的报应。但是德·劳巴特蒙阁下并不这么想。在他看来，这明显是巴兰或利维坦在捣鬼，让她上演这出忏悔的好戏，她完全是被巫师的符咒逼迫到树下的。于是，让娜修女的坦白和自杀未遂不仅没有为教区长开脱罪责，反而比以前更加明确地证实了他的罪孽。

一切的忏悔都毫无益处。她们自己为自己搭建了一座监狱，在监狱里，淫秽的幻想被当作客观的事实，刻意的谎言被当作揭露的真理，修女们此生再也无法逃离这座监狱了。红衣主教已骑虎难下，他不可能允许她们忏悔。而她们又岂能承受坚持忏悔所要付出的代价？收回对格兰第的指控就等于是在指控她们自己，不仅是在世俗世界指控自己，而且也是在那死后的世界指控自己。经过重新考虑，她们决定继续相信驱魔人。神父们则向她们保证，她们如此强烈地感觉到的悔恨之情，不过是魔鬼制造的幻觉；而回顾起来似乎像是最大谎言的说辞，其实才是真理，这真理是健全的、符合天主教教义的。教会保证，其教义与事实是相符的。她们虽然倍感痛苦，却也强迫自己被说服。当再也不能继续假装相信这套令人憎恶的胡说八道时，她们便以发狂来寻求慰藉。日常生活，乃是水平的世界，在此世界，她们无以逃脱拘禁自己的监牢。而要想达到向上的自我超越，提升自己的灵魂向上帝而去，还有可能吗？答案显而易见，她们可是彻底身处恶魔的包围之中了呀。不过，往下而去的路却敞开着。于是，她们一次又一次地向下面走去，有时是自愿的——当她们不顾一切地渴望逃离那种罪过、耻辱的感受时；有时却是违反其意志或不知不觉的——当她们的疯狂和驱魔人的怂恿使她们再也不能承受时。她们的人生是向下的，遁入阵阵的抽搐之中，遁入猪一般的肮脏之中，遁入狂怒之中。向下，再向下，直到低于人性的水平，遁入潜意识的世界。在这个世界里，一位贵族以杂耍取悦暴民，一位修女发出渎神之语、摆出下流姿势、喷出禁忌之词似乎是自然而然的事。继续向下，到更深的底部，直到遁入恍惚和僵硬中，直到遁入完全无意识的极致的狂喜中，那是绝对的、彻底的人性的湮灭。

Chapter Ⅷ
第八章

“适时控制之下，魔鬼们将被迫吐露实情。”承认这一大前提，就几乎可以得出任何结论。德·劳巴特蒙阁下既然不喜欢胡格诺派；而十七名被魔鬼附身的乌尔苏拉修会修女准备以圣餐发誓，称胡格诺派是撒但的朋友和忠诚的仆人；那么如此一来，特使便认为完全有正当的理由忽视南特敕令了。于是，卢丹市的加尔文教派首先被剥夺了墓地，其祖先的尸骨被迫移葬于他处。然后轮到新教学院遭殃了，此学院宽敞的大楼被没收，交付给乌尔苏拉修会。乌尔苏拉修会原本是租的房子，现在已没地方容纳蜂拥至卢丹的虔诚观众了。现在，修女们可以在大庭广众之下表演驱魔仪式了（这是她们应得的），无需栉风沐雨地四处闲逛，不用一会儿去圣克鲁瓦教堂，一会儿又去“城堡的教堂”了。

与胡格诺派相比，某些天主教徒也一样令人厌恶，他们顽固地否认格兰第有罪，否认附魔一事属实，否认方济会的新教义具有绝对的正统性。拉克坦斯和特朗基耶在布道会上对他们进行了严厉斥责。他们咆哮着说，这些人与异端没有区别，他们的怀疑是不可饶恕的大罪，他们因此受了诅咒。与此同时，梅曼和特兰坎到处指责怀疑者是在背叛国王，而且（更严重的是）还密谋反对红衣主教阁下。通过米尼翁控制的修女们的嘴巴，通过加尔默罗修会控制的俗人中歇斯底里症患者的嘴巴，有二十个魔鬼宣称，这些人是巫师，和撒但有交易。而从巴雷先生控制的身处吉洛恩的附魔者们那里传来消息，甚至是无可挑剔的“巴日”——德·塞里赛先生，在巫术界也有所客串呢。另一名附魔者指责布隆和弗罗吉耶两名神父试图强奸妇女。女院长指控玛德琳·德·布鲁行巫术，后者被逮捕，关进了监牢。多亏玛德琳的亲戚有钱，还有高层关系，才将她保释出来。但是当对格兰第的审判结束后，玛德琳又再次被捕，她向巡回法庭诸位先生提出上诉，巡回法庭遂向劳巴特蒙发出禁令。特使转而向上诉人发出禁令。幸亏红衣主教认为玛德琳不过是个小角色，不值得为她而与司法系统争吵，于是命令劳巴特蒙放弃玛德琳的案子，而女院长也只得放弃复仇。可怜的玛德琳从此披上面纱，在一个修道院中终了残生——在她母亲死后，她的情人原本曾经劝说她放弃这一想法。

与此同时，其他的指控如雪花般飞来。现在轮到本地那些初入社交界的少女们被人攻击了。艾格丽斯修女开玩笑似的宣布，世间再无别的地方能像卢丹一样有如此多的淫荡之事。而克莱尔修女则要公开点名，详细列举淫行的细节。路易丝修女和简修女则加上一句，说所有的女孩都是初出茅庐的小女巫。这一闹剧最终还是以常见的下流姿态、污秽言语和狂笑尖叫告终。

其他情况中，受人尊敬的绅士们被控参加“安息日”仪式，且亲吻了魔鬼的屁股。他们的老婆则与恶魔通奸，他们的姐妹则给邻居的小鸡下蛊，他们未出嫁的姨妈则让一名正直的男子在新婚当夜完全阳痿。而且，格兰第还透过砖头堵起来的窗户的缝隙，一直在神奇地播撒他的精液，作为给女巫们的奖赏；同时他还心怀恶意，试图用精液令红衣主教支持者们的老婆和女儿蒙羞。

所有这些恶言恶语，都由劳巴特蒙及其文员逐字记录。那些被魔鬼指控的人——换句话说就是特使和驱魔人们厌恶的人——被叫到劳巴特蒙的办公室，被讯问，被恫吓，被威胁要启动法律程序——这可能会夺去这些人的命呀。

七月的一天，根据贝赫利特的建议，劳巴特蒙召集了众多年轻的小姐到圣克鲁瓦教堂。接着，方济会的僧侣对女孩们进行了非常仔细的搜身，然而，却没有发现她们身上有与撒但立下的契约。虽然贝赫利特已经得到了“适时控制”，可是不知出于什么奇怪的原因，这次它居然没有说实话。

一周复一周，方济会、小兄弟会[①]和加尔默罗修会的修士在每一个布道台上手舞足蹈、嘶喊不休，但是怀疑者们并不信服，认为格兰第受到了不公审判的抗议声越来越高，也越来越频繁。匿名作者所写的打油诗讽刺了特使。新词装入旧调调，人们便在大街上、小酒馆中嘲弄般地唱起特使的故事。在夜色的掩护下，人们将讽刺神父们的诗钉到了教堂的大门上。在一次询问中，“狗尾”和利维坦指称一名新教徒以及数名学童是罪魁祸首，尔后几个孩子便被逮捕，但是没有任何证据可以指证他们，只得不了了之。后来教堂周围安设了哨兵，其结果不过是让人们把控诉书钉到别的门上罢了。7月2日，恼羞成怒的特使发布一份公告，明确宣布从今往后禁止谈及或做任何事情，来“指责修女和其他被恶灵附身之人、驱魔人以及那些帮助驱魔人的人”。

凡不遵守此令者，将被罚款一万里弗；在必要情况下还将蒙受更

① 属于方济会的一支。

严重的损失，包括经济和身体上的损失。如此一来，批评者们变得谨慎了，而魔鬼与驱魔人吐露任何诽谤的言语都不会再有遭人反驳的风险。当时有一篇《关于卢丹本堂神父受审判的备注与考量》的文章，这位匿名作者在文中写道："上帝啊，那些只说真话之人，已被赶下台；取而代之的乃是那邪恶者，他口吐出来的，无非是欺骗与虚夸，而这些虚夸之词却必须要被认定为真理。这岂非是在复兴异教？此外，人们纷纷说，魔鬼要指认这些巫师，实在是最方便不过，因为如此一来，这些人就要被审判，他们的信誉也将被注销，假如那邪恶者愿意，这些人的财产还将分给皮埃尔·摩尼奥一份，对此，皮埃尔·摩尼奥无论如何都要感到满足了。同样满足的还有他的表亲米尼翁教士，因为他不仅将看到教区长之死，还将见证本城那些最受人尊敬的人家破人亡。"

八月初，特朗基耶神父发表了一篇小论文，提出一条新的教义，并做了阐释。"魔鬼被适时控制之后，将被迫说出真理。"此文受到了普瓦捷主教的认可，劳巴特蒙也为之喝彩，认为此文是正统神学的扛鼎之作，不再允许有任何的怀疑了。格兰第就是个巫师，而那位正直到无礼的德·塞里赛先生也算是一个巫师——程度较低的巫师。卢丹市里，除了父母是红衣主教支持者的女孩，其他的女孩都是妓女和女巫。而本城一半的人口都因为怀疑魔鬼的话而受到了诅咒。

特朗基耶神父发表此文两天之后，"巴日"召集城中贵族开会，会上讨论了卢丹目前的窘境，决定派德·塞里赛和司法专员路易斯·肖韦前往巴黎，恳求国王的庇护，压制特使目空一切的作为。对此表示反对的人包括路易斯·穆索、公诉人特兰坎、摩尼奥、埃尔韦。当德·塞里赛询问"刑事中尉"是否接受新教义，是否同意那些人以巴兰、"狗尾"、耶稣连队的名义对本城市民为所欲为时，埃尔韦的回答是："既然国王、红衣主教和普瓦捷的主教相信附魔事件为真，那么对他来说，自然一切遵从。”听到古人这种相信政治领袖绝对可靠的声音，我们这些二十世纪的人是否听到了这声音在现代的回响？真是振聋发聩。

第二天，德·塞里赛和路易斯·肖韦启程奔赴巴黎。他们携带着卢丹市民的请愿书，信中清晰罗列了卢丹市民的种种埋怨和恐惧，都是公正合理的；信中严厉谴责了劳巴特蒙的诉讼程序，指称方济会的新教义“公然违背上帝的律法”，悖逆教廷长老、多马和巴黎大学神学院全体教员的权威——1625年，巴黎大学神学院刚刚正式谴责了一条类似的教义。基于如上理由，请愿者恳请国王陛下下令让巴黎大学神学院的人调查特朗基耶的论文，更要求准允受魔鬼和驱魔人诽谤的人得以向巴黎最高法院提起上诉，“因为只有最高法院对此类事务才能做出实事求是的判决”。

在宫廷里，这两位地方长官找到了德·阿曼涅克，后者立刻去到国王那里，请求国王接见二人。国王生硬地拒绝了。德·塞里赛和路易斯·肖韦将请愿书交予国王的私人秘书（此人是红衣主教的傀儡，公开表达过对卢丹的敌意），然后原路返回。

在他们离开卢丹期间，劳巴特蒙又发布了一则公告，禁止再举行任何公开的集会，违者罚款两万里弗。此后，魔鬼的敌人们再也没能制造新的麻烦。

初步调查结束了，终于到了审判的时刻。劳巴特蒙本希望至少召集由本地主要长官组成的审判团，但他的希望落空了。德·塞里赛、德·布尔纳夫、查尔斯·肖韦、路易斯·肖韦，所有这些地方长官全部拒绝成为这场司法谋杀的共犯。特使先是甜言蜜语诱哄，见这招不灵，他便暗示他们惹恼红衣主教阁下的后果，但依然不奏效，四人态度始终坚决。劳巴特蒙被迫到别处去找人，他去了吉洛恩、桑特尼罗[①]、普瓦捷、图尔、奥尔良、拉弗莱舍、圣麦克桑[②]、博福尔，终于凑齐了一组十三人的审判团。审判团成员都是彬彬有礼的地方法官，此外，在与一位名叫皮埃尔·富尼耶的律师讨价还价后，这位过于慎重的律师（此人起初居然拒绝按照红衣主教的意思完成这场审判游戏）成为了他绝对可靠的公诉人。

到了八月第二个星期的星期四，终于一切就绪了。在听完弥撒、领完圣餐之后，法官们在加尔默罗修会的修道院里集合，听取劳巴特蒙在前面数月里搜集的证据。普瓦捷主教已经正式承认卢丹附魔事件的真实性，这也就意味着确实有魔鬼借乌尔苏拉修女的口说话，而这些魔鬼一遍又一遍地发誓说道，格兰第是一名巫师。既然“在适时控制之下，魔鬼们将被迫吐露实情”，那么……证毕。

格兰第罪证昭彰，恶名远扬。游客们已经蜂拥到达卢丹，要观看这场死刑。在八月那盛夏炎热的时光，竟有三万名游客（比本地总人口的两倍还多）争抢稀缺的床铺、饭食和火刑柱旁的座位。

我们中的绝大部分人也许很难相信，自己会有兴趣欣赏一场公开执行的死刑。但是，我们在为自己有如此细腻的情感而沾沾自喜之前需要记住，第一，我们从未被允许观看过死刑现场；第二，当死刑公开执行时，绞刑被视为与木偶剧《潘趣与朱迪》一样吸引人，而火刑几乎相当于拜罗伊特音乐节或耶稣受难剧演出季，这样的盛况很值得人做一次漫

① 法国西部城市。

② 法国西北部城市。

长、昂贵的旅行。公开执行死刑被改变成非公开，并不是因为大众的要求，而是因为一小撮过分敏感的维新派施展了影响力。此外，文明的发展或许也系统性地要求人们克制自己，不再做一些野蛮的行径。近来我们发现，经过一段时间的克制之后，这些野蛮行径再一次出现了，表面上看与我们差不多好坏的人，无论男女，已经表现得好像乐于看到这些野蛮场面，甚至还有些迫不及待。

国王、红衣主教、劳巴特蒙、法官们、市民、游客，所有这些人都知道将发生什么，只有犯人自己对将要降临在自己身上的判罚毫不知情。时间甚至已经到了八月第一周的周末，格兰第还相信自己不过只是一名普通的被告，而他遇到的不公完全是偶然的，认为一旦有人关注此案，不公就会被纠正。他的陈述书，还有他从牢房私自送出去给国王的信件，都明显出自一个仍然相信法官会被事实、逻辑和证据所打动的被告之手，他还相信这些法官对天主教教义会感兴趣，甚至是期望这些法官会向那些公认的神学家们鞠躬致敬。可怜啊，人类的幻觉！他不知道，劳巴特蒙和他手下那些驯服的法官们乃是那位对事实、逻辑、法律、神学一点都不关心之人的代理，此人只关心复仇和政治实验，他诸事谨慎，只为在十七世纪的第三个十年里看看极权统治究竟能安全地推广到何等地步。

当魔鬼的口供公之于众后，犯人被带到了法庭。辩护人大声宣读了犯人的陈述书，在这份陈述书中，格兰第对那些恶魔的指控进行了答复，他强调调查程序的非法和劳巴特蒙的偏见，谴责驱魔人系统性地怂恿那些附魔者，并证明方济会提出的新教义是危险的异端思想。法官们坐在那里，屁股磨着椅子，显然很不耐烦，他们互相耳语，谈笑，抠鼻子，在面前的纸上用鹅毛笔咯吱咯吱地乱涂乱写。看着他们，格兰第突然彻底明白了，自己已然在劫难逃。

他又被带回了监牢。无窗的阁楼里甚是闷热，压得人透不过气来。他躺在稻草上，却无法入睡，他听到某个来自布列塔尼的观光者酒醉的歌唱，这酒鬼是来看盛大演出的，但却不得不消磨掉等待的无聊时光，好在只需再多等几天了……

这一切的恐怖岂是他应得的？他何尝做过任何坏事？他完全是无辜的呀！真的，完全清白无辜。但他们对他怀有恶意，不肯放过他，他们耐心地、固执地迫害他；现在，那架用不公正搭起来的庞大机器，渐渐逼近了他。他或许能还击，但他们强壮得近乎无敌；他或许可发挥他的才智与雄辩，但他们听都不听一句。现在只有恳求他们的宽恕，但他们却只会笑他。在他少年时，曾在家里的田野上用陷阱捕捉过兔子，现在，他像那些兔子一样被困住了。他记得那些畜生在绳索中嘶喊，但越是挣扎，那绳索就束缚得越紧，不过，再紧也不会妨碍那些畜生嘶喊，要想阻止它们嘶喊，只能用棍子猛击它们的头将其打倒。

突然间，他发现自己被一种可怕的情绪淹没了，那种情绪是愤怒、沮丧、自怜、痛苦和害怕的混合体。对那些嘶喊的兔子，只需仁慈地一击，便放它们脱离苦海。

但是他们，他们准备用什么来处置他？他给国王的信中，最后一段的词句浮现在他的眼前：“记得在十五六年前，下民还在波尔多做学生，一个僧侣因行巫术被烧死；但是神职人员和他的僧侣同伴们都尽全力救他，即使他已坦白自己的罪行。但在下民一事上，不怀怨恨地说，所有的僧侣、修女、下民自己的同工、如下民一样的教士，都是合谋要毁灭下民，然而，下民却并未犯任何与巫术相近的罪过。”他闭上了眼睛，在想象中，他看见咆哮的火幕之中僧侣那扭曲的面庞。“耶稣啊，耶稣啊，耶稣啊……”他记起那僧侣的叫声。然后，僧侣的叫声变得模糊，变为兔子误入陷阱后的嘶喊声。不，没有人会同情他。不，没有人能结束他的痛苦。

恐惧变得难以忍受。不知不觉中，他放声痛哭。而这痛哭声，令他自己都吃了一惊。他坐起来，看着四周。黑暗，无以穿透。突然之间，他充满羞愧之情。在黑夜中哭泣，那是妇人做的，是受惊的孩童做的！他皱着眉头，握紧了拳头。永远都不可让别人称我懦夫。让他们尽情作恶去吧！他坦然承受。他们将发现，他的勇气远胜过他们的恶意，他的勇气超越他们对他施以的残忍折磨。

教区长又躺下了，但仍然睡不着。他有英雄的精神，但肉体却惊慌失措。他的心脏不可控制地猛跳。他的神经系统分泌着无心的泪水，在战栗之时，他的肌肉因刻意控制纯粹生理的恐惧而变得更加紧张。他试图祷告，但是“上帝”一词失去了意义，“基督”与“马利亚”无非空洞的名字。他唯一能想到的是那即将来临的耻辱，那难以言表的痛苦与死亡，以及他无辜遭受的巨大不公——这完全是不可想象的，但确是一个事实，它真的要发生了。

但愿他当时接受了大主教的建议，在十八个月前就离开教区！可是，他为什么拒绝听从纪尧姆·奥宾的意见呢？究竟是出于何等的疯狂，才使他留在此地，等着被人逮捕？相较于现实情况，一想到事情原本可以有另外的结局，他便更加难以承受，更加难以承受啊……然而，他还是决心承受这样的结果，像个男人那样。他们希望看见他畏缩、屈膝，但是他永远都不会让他们得逞，永远不。他咬碎钢牙，鼓起意志，要与他们斗争。但是，血液仍在他的耳朵中轰鸣，当他在稻草上辗转之时，他意识到，自己早已汗流浃背。

夜晚漫漫难熬，极其恐怖，但是，看，转眼之间黎明已至。新的一天来了，他又接近了那最终的一天，那一天，最终的恐怖会无穷无尽。

五点钟，监牢大门开了，监狱长宣布有一来客，是安布罗斯神父。此人是奥古斯丁修会的教士，他出于纯粹的慈悲来看看能否提供给犯人什么帮助或安慰。格兰第慌忙着衣，然后跪下，开始忏悔其一生的种种过错和缺陷，无非是些老套的罪孽，对此，他早就忏悔过，且已获得赦免。老套的罪孽？不，其实是全新的，因为现在，在他人生中是第一次，他认出了那些罪孽真正的意义：它们是通往圣恩之路的阻碍，有它们在身好比当着上帝的面将通向天堂的大门砰的一声关上。在口头上和形式上，他是基督徒，是教士；然而在思想上、行为上和情感上，他从不曾崇拜过任何事物——除了他自己。“我的国降临，我的旨意成就。”[①]什么样的国呢？无非是性欲、贪婪、虚荣；什么样的旨意呢？无非是出风头、将人踩在脚下、胜出他人和狂喜不已。在他人生中这是第一次，他知道了什么叫悔悟，不是教条或学术上的定义，而是源自人心，是一种后悔之痛、自我谴责。

当忏悔结束时，他哀哭不已，但那不是为他将要承受的，而是为他曾经做过的。

安布罗斯神父照惯例宣布他已得赦免，遂给他圣餐，并谈起一点关于上帝意志的话。神父说，无需索取，则不受拒斥。除了罪孽，所有发

① 《圣经·马太福音》第六章主祷文中有曰：“愿你的国降临。愿你的旨意行在地上，如同行在天上。”此处的你指上帝。

生在一个人身上的事情，不仅仅要以顺从的心接受；而且，时时刻刻要知道那是上帝的意志，引人向最后的时刻。要情愿承受折磨和苦难；对人性弱点导致的羞辱，还有种种不当的举止，都要情愿承受。当一个人心甘情愿承受这一切，这一切也将使他大彻大悟。当明白了这一切时，这一切也就变了形，此时再看，便不是用人的眼看，而是用上帝的眼了。

教区长听着。日内瓦的主教如此说过，圣依纳爵也如此说过。他不仅曾听过这样的话，他自己甚至也说过，一千遍一万遍，说得比可怜的、好心的安布罗斯神父更加雄辩、更加有力（这是老神父做梦也达不到的言语境界）。但是，这位老者充满热忱，他清楚地知道自己在说什么，他的牙齿都掉光了，说话很是含糊，一点都不优雅，甚至都不讲语法；但他说的话就像明灯，突然照亮了一颗灰暗的心灵，这心灵曾经过多地计较旧日伤痕，曾经过多地渴望未来的享受和虚拟的胜利。

“上帝在此地，”那疲惫、苍老的声音含糊地说着，“基督在此时。此处是你监牢，你正身处无尽的羞辱与折磨之中。”

门又开了，是监狱长邦当，他将安布罗斯神父来访的消息通知了特使，于是德·劳巴特蒙阁下下达强制令，要神父立刻离去，莫再返回。假如犯人要见神父，他可以找特朗基耶或拉克坦斯。

这位苍老的修道士被推出了牢房，但他说过的话仍在牢房中回响，意义也越来越清晰。“上帝在此地，基督在此时。”是的，就灵魂而言，上帝与基督确乎不可能在别处、在他时。鼓起意志与敌人斗争，蔑视那不公正的命运，决心成为不屈不挠的英雄，所有这些，何其琐细！想想看，上帝永远在场，那么所有这些又是何等彻底的无意义！

七点钟，教区长被带到加尔默罗修道院，法官们已经再度会聚，宣判的盛典将在这里进行。但是，看啊，上帝就在人群之中，甚至当劳巴特蒙试图对他的言辞挑剔时，基督也在那人群之中。格兰第态度安静，一身尊严，这给一些法官留下了非常深的印象。但是特朗基耶神父对此的解释极其简单：那是因为魔鬼在帮忙。格兰第的安静，不过是来自地狱的傲慢与无耻；而他的尊严，不过是他那顽固不化的骄傲的外在表现。

其实，到那时为止，法官们总共只看过被告人三次。

然后，在8月18日一大早，经过审判前虔诚的常规仪式，法官们下定了决心。判决是一致的。格兰第因“此问题”将遭罪，不仅有常规的折磨，也有非常规的折磨；他需跪在圣彼得教堂和圣乌尔苏拉教堂大门前，在那里，一条绳子将缠上他的脖子，他要举着一根两磅重的蜡烛，请求上帝、国王和司法的原谅；然后，他要被带到圣克鲁瓦，绑在柱子上活活烧死；他的骨灰则将在风中飘洒。特朗基耶神父写道，这一审判实属天意；而对于劳巴特蒙和他的十三名法官来说，这一审判“在天而言，乃是源于他们虔诚与热忱的祈祷；在人世而言，乃是源于他们所据职务的本分”。

判决刚一宣布，劳巴特蒙就命令曼诺利医生和富尔诺医生立刻出发到监牢。曼诺利是第一个到达的，但是格兰第说了一些有关上次针刺的事，使得曼诺利大为慌张，他突然离开了监牢，留下他的同事为执行死刑作准备。法官命令把格兰第身上的毛全部剃光，无论是头发、胡须还是其他体毛。富尔诺医生坚信教区长的清白，他尊敬地请求格兰第的原谅，然后开始工作。

教区长再次被剥光衣服。剃刀滑过他的皮肤。几分钟之后，他全身无毛，犹如阉人。他那浓黑的卷发被剃掉，头皮上留下又硬又粗的发茬；然后用肥皂涂抹，将头皮剃得精光；接下来轮到他那优雅的上唇胡须和下颚那一点稀疏的胡子了。

“现在把眉毛……”一个声音从门口传来。

医生吓一跳，回头一看，原来是劳巴特蒙。富尔诺很不情愿地执行了命令。格兰第的这张脸，曾经为众多妇人所喜爱，标致得令人无法抗拒，但现在却仿佛是滑稽戏表演中小丑的面具，光秃得奇异。

“干得不错，”特使说，“干得很不错！现在是指甲。”

富尔诺一脸困惑。

“我说指甲，”劳巴特蒙重复一遍，“你要把他的指甲拔掉。”

这次，医生拒绝遵命。劳巴特蒙极感震惊，这是怎么回事？此人可是被判为巫师的呀。但是，医生回嘴说，即使被判为巫师，但他仍然是一个人。特使大为光火，可无论他怎么威胁，医生就是不从。没有时间再去找另一位医生了，劳巴特蒙也只得满足于受罪人只有部分身体受摧残的局面。

仅仅套上一件薄长的睡衣，穿着一双烂拖鞋，格兰第就这样下了楼。他被胡乱塞进一架马车，关紧门，便出发前往法庭。市民与游客拥挤在法庭门口，但仅仅只有少数几名特权人士——有爵位的贵族和他们的家眷，布尔乔亚中那六名虔诚地支持着红衣主教的人——得到允许进入法庭。

丝绸窸窣作响，天鹅绒绚烂夺目，珠光闪耀，麝香与龙涎香芬芳四布，这是何等的荣耀啊！一身法服，拉克坦斯和特朗基耶神父走进审判大厅，一路上，一边以神圣的毛掸播洒圣水，一边吟诵不休——跟他们在进行驱魔仪式时一模一样。门打开了，一个人走了进来，他穿着睡衣和拖鞋，光秃秃的头上罩着小帽，一顶四脚帽扣在外面，他便是格兰第。当全身都被洒上圣水后，守卫们便带他穿过整个大厅，使他跪在法官席前。他的手被反绑到身后，因此他无法摘掉头上的帽子。法庭的书记员走上前，摘掉他的帽子，轻蔑地扔到了地上。一看到那张苍白的、无毛的、小丑般的脸，好几个贵妇人歇斯底里地咯咯笑了起来。引座员喊道："安静！"书记员戴上眼镜，清了清喉咙，开始宣读审判书。先是半页法律术语；然后是一段冗长的描述，告诉犯人需要如何做公开谢罪；接着宣布犯人要执行火刑；其后他说了段题外话，要求以150里弗的价格，在乌尔苏拉修会的小礼拜堂树立一块纪念牌，款项从犯人充公的财产中支付；最后，似乎是回想起来，他蜻蜓点水般地提到，在执行火刑之前，要执行一些刑罚，常规的、非常规的都要有。书记员最后强调："本案于1634年8月18日在卢丹市宣判，判决于当日执行。"

法庭内一阵沉默，长久无人作声。然后，犯人要求法官允许他说话。

"诸位阁下，"他缓慢地、坚定地说，"我吁求圣父、圣子、圣灵，并请圣母——我仅有的支持者做证：我从来不是巫师，我从来没有犯过渎神之罪，我从来不知道什么魔术；我唯一信奉的，只有《圣经》，我所布道，全都依它。我崇拜救世主，我祈祷，主受难之血造成种种伟绩，我亦愿能分享。"

只见他抬头望天，片刻之后，他低下双眼，看着特使和他那十三名领薪金的法官。他以亲密的口吻——仿佛他们都是他的朋友一般——对他们说，他很担心自己能否得到拯救，就怕那将施予他身体的可怕折磨可能驱使他的灵魂陷入绝望——因这最大的罪，他将陷入永恒的诅咒。各位大人是否确定，不想杀死一个灵魂？如果真是这样，那么能否请他们格外开恩，减轻对他的刑罚，哪怕仅仅一点？

他又停顿了几秒，疑惑地看着那一张张冷漠的脸。在妇人席位那里传来了勉强压抑着的笑声。于是，教区长再一次明白，尘世间没有希望了，只有正在此地的上帝不会抛弃他；只有正在此时的基督，将在此后他受难全程的每一个时刻与他相伴。

他再一次开口，谈起殉道。烈士们为上帝的爱并耶稣基督的荣耀而死，他们死于轮下、火中、剑下，他们万箭穿心，他们被野兽撕碎吞噬。他永远不敢将自己与这样的烈士相提并论，但至少，他希望，那无穷慈悲的上帝将因他的受罪而原谅他此前空虚、混乱生活中所犯的一切罪。

教区长的语言如此动人，而他将面对的命运又是如此可怕残忍，以至于除那些最顽固的敌人之外，所有人为之感动，并且开始怜悯他。刚刚还因他那小丑的古怪姿态而咯咯傻笑的妇人，突然眼中饱含热泪。引座员再次要求安静。但是没用，啜泣声无法控制地蔓延开来。

劳巴特蒙深感苦恼，一切都没有按照计划进行啊。他比其他所有人都清楚，格兰第并没有犯那些罪，而现在他要因这些罪受到折磨，并被活活烧死。然而即便如此，他也要以高尚的匹克威克式的态度，认定教区长就是一名巫师。因为一千多页毫无价值的证词便是定罪的基础，因为十三名领了薪金的法官也是这么定罪的。所以，尽管肯定是误判，但在某种意义上来说，这定罪也一定是真实的。根据游戏规则，格兰第应该在他最后的时光里表现出绝望、抗拒，应该诅咒诱陷他的魔鬼，诅咒那送他进地狱的上帝啊。可是现在反倒好，这个流氓的谈吐仿佛是一位善良的天主教徒，表现出了一位虔诚顺服的基督徒最动人、最令人心碎的模样。这一切都是不可容忍的。当红衣主教阁下听说这场谨慎策划的典礼最后导致的唯一结果，不过是让观众确信教区长是清白无辜的，那么他会怎么说呢？现在只能孤注一掷了，而劳巴特蒙是一个果断的人，他立刻便采取行动了。

“清场。”他命令道。

引座员和守卫的弓箭手立刻服从命令。贵族和他们的贵妇人们发出愤怒的抗议，却被吆喝出了大厅，赶进了走廊和等候室。大门在他们身后关上了。除了格兰第、守卫、法官、两名修道士和少量本城官员，大厅里再无他人，变得空荡荡的。

劳巴特蒙命令犯人只需承认其罪，供出同犯的名单。如此，也只有如此，法官们才可能考虑他减轻刑罚的请求。

教区长回答说，既然他从没有共犯，也就不能列出他们的名字，既然他一身清白，也就无罪可认。

但是劳巴特蒙需要他的认罪，确实，他迫切地需要格兰第认罪，因为他要挫败那些怀疑者，堵住那些批评者的嘴。他原本严厉的嘴脸，此刻突然变得相当和蔼起来。他命令给格兰第松绑，然后从自己的口袋里掏出一张纸，拿出一支笔，在墨水瓶里蘸上墨水，递给了犯人。只要他签名，就可免除折磨。

照常理，被判刑的罪犯若有机会给自己赎取一点点宽容，定当跳起来去争取。例如那位马赛的僧侣巫师格弗里迪，到最后情愿将自己的名字签在任何东西上面。但是，格兰第再一次拒绝陪玩。

“请阁下原谅。”他说。

“不就是签个名嘛。”劳巴特蒙诱哄道。当对方抗议说，他的良心不允许他证实谎言，特使居然用恳请的口吻求他重新考虑一下，这是为了他好，可以让他那可怜的身体少受些不必要的痛苦，还可以挽救他身处危机中的灵魂，可以欺骗魔鬼，甚至可以使他最终归顺上帝（先前他是何其深重地冒犯了上帝呀）。

根据特朗基耶的说法，当劳巴特蒙最后一次请求犯人的忏悔时，确实流下了泪水。我们不必怀疑这位修士的话，因为黎塞留的刽子手有流泪的天赋。目击证人描述过，在辛克-马尔斯侯爵和德·图[①]二人生命中最后的时光，劳巴特蒙又哭又闹，活像一条鳄鱼，为刚刚被他判为死刑的年轻人落泪，这真是生动的画面啊。

然而，在当下的这次表演中，眼泪和威胁一样不起作用。格兰第坚持拒绝签署虚伪的忏悔书。对于拉克坦斯和特朗基耶来说，这更是最终的证据，进一步表明犯人是有罪的。一定是路西法关紧了犯人的嘴巴，顽固了他的心，使他不愿忏悔。

劳巴特蒙关闭了泪腺，声调变得冷酷而愤怒，他质问教区长，这是最后一次获取宽容的机会，他要签字吗?

格兰第摇头拒绝。劳巴特蒙向卫队长点头示意，命令将犯人带上楼关进酷刑室。格兰第没有吼叫。他只是要求将安布罗斯神父找来，在他受折磨时可以陪伴他。但安布罗斯神父是请不来了，在上次未经授权拜访监牢后，他便被命令离开卢丹。格兰第只得请求格里约神父的帮助，他是绳索腰带修会的学监。可是，因为此修会拒绝承认方济会的新教义，又不愿与附魔事件发生任何关系，所以他也不受欢迎。而且，据说格里约与教区长及其家人的关系一直不错，因此劳巴特蒙拒绝派人请他过来。假如犯人需要精神安慰，他可以推荐拉克坦斯和特朗基耶——这两位可是格兰第的敌人中最冷酷无情的。

“我明白了，”格兰第苦涩地说，“你不满足于折磨我的身体，还希望毁灭我的灵魂，使它坠入绝望。终有一天，你要在救主面前对这事做出

① 弗朗索瓦-奥古斯特·德·图（约1607年—1642年），法国地方法官，对辛克-马尔斯侯爵的阴谋知情不报，被黎塞留处死。

交代。”

自从劳巴特蒙的时代以来，邪恶也是在进化的。在极权统治之下，那些被带到人民法庭接受审判的人，无一不承认他们被控的罪行——甚至在这些罪行是虚构的时候。而在过去，犯人却绝不是统统认罪的。比如格兰第，即使身受折磨，即使被绑上火刑柱，他也坚持自己的清白。格兰第的案例绝非独一无二。许多人，有男有女，女人甚至不比男人少，也有相同的经历，他们都一样不屈不挠、坚定不移。我们的祖先发明了拷问台、铁女架、靴刑、水刑；但是，在击破人的意志、使人非人化方面，我们创造了种种精妙的艺术，让古人望尘莫及。在某种意义上，可以说古人甚至并不想研究这种艺术，因为在他们成长的宗教环境中，所受的教育告诉他们意志是自由的，灵魂是不朽的，他们照这样的理念做事，甚至在对付自己敌人的时候也秉持着这些理念。不错，甚至叛国者和魔鬼崇拜者也有灵魂，这样的灵魂或许也可以得救，最残忍的法官也从不会拒绝犯人寻求宗教安慰的请求，而此宗教，是承诺直到死都会向人提供拯救的。执行死刑之前，以及执行过程中，神父都会在场，他们尽其所能地调解着即将离世的犯人与造物主之间的关系。神父们的行为前后并不一致，他们用炽热的钳子折磨犯人，或将犯人绑在车轮上分尸，但同时，他们却又珍重这些犯人的人格，这种不一致是神圣的。

而在我们这个更加文明的世纪里，对于极权主义者来说世上既无灵魂，亦无上帝；所谓的人，不过是一块生理的原材料，经条件反射和社会压力的铸造，才构造出来；出于礼貌，才依然称之为人。这种人造环境下的产物，不具有内在的意义，也不具自我决定的权利；人只为社会而存在，必须服从集体意志。当然，实际上社会不是别的，就是民族国家；而残酷的事实是，集体意志不过就是独裁者的权力意志，这权力意志有时柔和些，有时则扭曲至疯狂的边缘；根据某些伪科学的理论，这权力意志在光辉灿烂的未来时代，将被精炼地冠以“人道主义”的美名。于是，个人被定义为社会的产品和工具。由此可以推论，政治领袖们既然宣称代表社会，那么他们也就可以合法地犯下任何可以想象到的暴行，以对付那些可能被他们挑选出来、并被称为社会公敌的人们。以射杀的方式消灭敌人的肉体（或采取迫使其在集中营拼命地工作这种有收益的方式），并不足以令领袖们满意。人并非仅仅是社会的产物，这一事实有目共睹，但是官方理论宣称说，人就只是社会的产物，因此，有必要使“社会的公敌们”丧失个性，如此便能将官方的谎言变成真理。对那些掌握了这套诀窍的人来说，要想把人降低为非人，将自由的个体变成乖巧的机器，其实相当简单。神学家们根据教条，假设人性是统一的整体，可是，人性其实远不是那么铁板一块。要知道，灵魂与精神便不是一体，灵魂不过是与精神有所联系。

对于灵魂本身来说，直到自觉选择为精神让路之前，它只不过是一些不太稳定的心理因素形成的松散的集合体，这一集合体很轻易地就能被分解。任何人只要足够无情，愿意尝试，而且有足够的技巧正确行事，就能做到这一点。

但这样的无情态度，在十七世纪还很难为人想见，相关的统治术也还未被发明出来。因此，劳巴特蒙便不能诈取到他急需的忏悔书，虽然他不让教区长选择告解神父，但他却做出退让，原则上承认一名巫师亦有权获得精神的安慰。

虽然可以享受特朗基耶和拉克坦斯神父提供的服务，但格兰第自然而然地拒绝了。他们便给他十五分钟的时间，让他自己的灵魂去与上帝和解，准备他的受难。

教区长双膝跪地，大声祷告起来：

“伟大的上帝，至高的裁判，无助者与遭罪者的救星！请周济我，给予我力量，让我承受那定罪的苦痛。请将我的灵魂引入至福，一如圣徒；请宽恕我的罪孽；请原谅你这最为卑劣、最为可鄙的仆人。

“上帝啊，你拣选人心，你知道我绝没有犯那强加于我身的大罪，我必将遭致火焰，乃是因我那汹涌的情欲。主啊，人类的救星，请原谅我的敌人和指控我的人吧，但请让他们看见自己的罪孽，使他们能忏悔。圣母啊，悔罪者的保护人，请仁慈地接纳我那不幸的母亲，到你那天国之中，请慰藉她的丧子之痛，告诉她，她的儿唯一惧怕的痛苦，就是她在俗世将要承担的痛苦，而他很快将离世而去。”

说完他沉默了。此非我之意愿，乃是主你的意愿。在折磨人的刑具之间，上帝在场；在终极痛苦之时，基督在场。

卫队长拉格朗热，在他的笔记本中写下了他所记得的教区长的祷词。

劳巴特蒙走过来，问这年轻人在写什么。知道实情之后，他勃然大怒，要没收这笔记。但是拉格朗热保护了自己的财产，特使最后只能满足于命令这年轻人，在任何情况之下都不得将笔记给任何人看。因为格兰第是一名死不悔改的巫师，而死不悔改的巫师是不应该祷告的。

在特朗基耶神父有关这次审判和死刑的记录中，以及在其他以官方立场所作的描述中，教区长具有最为天真烂漫的魔鬼崇拜者那般的举止和态度。他没有祷告，而是唱起一首不合时宜的歌；当十字架带到他面前，他厌恶地掉过头去；他从未说出万福马利亚的名字；尽管他偶尔喊出“上帝”的名号，但每一个明理的人都很明显地听出来，这名号真实所指的乃是路西法。

不幸的是，这些虔诚的卫道士们虽然留下了很多文字记录，但他们却不是唯一记录整个过程的人。劳巴特蒙或许为整个过程的秘密性沾沾自喜，然而他却绝不能迫使拉格朗热遵从他的命令。当时还有其他一些公正不偏的见证者——其中一些人的名字为我们所知，比如天文学家伊斯梅尔·布利奥，还有一些人则留下了匿名的手稿。

钟已敲响，犯人简短的休息时间结束了。他再次被捆绑起来，平放在地上。他的腿，从膝盖到脚，被捆在四块橡木板之间，外侧两块固定死，内侧两块则可以活动。他们会将木楔子敲进那两块松动的木板之间的空隙，然后犯人的双腿便受到固定死的两块木板的压迫，以致骨头破碎。所谓常规折磨和非常规折磨之间的区别，是由不断增多、强行插塞的厚木楔的数量决定的。因为这种酷刑是致命的（不过不会那么快），那么，所谓的非常规折磨，只适用于那些需要立刻执行死刑的犯人。

当犯人准备受刑之时，拉克坦斯和特朗基耶神父给捆索、木板、楔子、木槌进行了驱魔仪式。这是很有必要的，因为倘若不将魔鬼从这些器具中赶出，那么靠它们邪恶的魔力，犯人所受的折磨就会没有预想的大。当修道士们完成他们洒圣水、念咒语的仪式，刽子手走上前，举起了笨重的木槌，就像一个人劈开一块结实的木材那样，用尽全身之力，将木楔敲了进去。犯人不禁痛苦地尖叫起来。拉克坦斯神父弯腰看着犯人，用拉丁语问他是否要忏悔，但格兰第不过是摇了摇头。

第一根木楔敲进的木板位置在两膝中间；第二根的位置在脚踝处；第三根更粗的木楔敲进第一根木楔靠下的位置。木槌砰的一声响，随着便是痛苦的尖叫，然后便是沉默。犯人的嘴唇在蠕动，他是要忏悔吗？修道士耳朵靠近了听，但他听到的仅仅是“上帝”，犯人喊了好几遍，然后，又听到犯人说：“不要抛弃我，不要因疼痛使我忘记你。”修道士转向刽子手命令他继续工作。

当第二次敲击第四根木楔的时候，格兰第的几根脚骨以及踝骨全部断了。在那一刻，教区长晕了过去。

“使劲敲，使劲敲！”拉克坦斯神父对着刽子手吼叫道，“快敲，快敲！”

犯人又睁开了眼睛。

“神父，”他低声说道，“圣方济各的慈悲还在吗？”

而这位圣方济各的徒子徒孙并未屈尊做出回答，只是再一次喊道：“使劲敲！”木槌砸下，他转身对着犯人说，“说呀，说呀！”

但是犯人没有什么好说的了。第五根木楔敲了进去。

“说呀！”木槌悬在了半空。“说呀！”

犯人看了看刽子手，又看了看修道士，闭上了眼睛。他用拉丁语说道：“随你们的便，折磨我吧，过一会儿，一切都将结束，永远结束。”

“使劲敲！”

木槌又落下了。

时值盛夏，刽子手敲得一身大汗，喘气都困难了，便将木槌交给了助手。

现在轮到特朗基耶神父与犯人说话了，嗓音甜美、充满理性的他列举了忏悔的种种好处，说这好处不仅存在于另一个世界，而且当下就能享用。

教区长等着听神父说完后，问了一个问题。

他问：“神父，问一问你的良心，你自己相信一个人仅仅为了逃避痛苦，便会承认他所没有犯下的大罪吗？”

不顾这些明显的撒但的诡辩，特朗基耶继续他的劝诱。

教区长低声说，他非常愿意坦白他所有真实的罪过。“我曾像一个男人一样，爱过女人们……”

但这不是劳巴特蒙和方济会修士们愿意听到的。“你是一个巫师，你曾与魔鬼做交易。”

当教区长对此又一次提出抗议，强调他的清白时，第六根木楔敲了进去，然后是第七根、第八根。现在，按照传统的标准，常规折磨已到极致。膝盖骨、胫骨、脚踝骨、脚骨，全部粉碎了。但是修道士们仍然没有榨出认罪的话语，他们听到的只是尖叫，在尖叫的间歇，则是低声念着上帝的声音。

是的，第八根木楔是常规折磨的最高标准。但劳巴特蒙还要加更多的木楔，比非常规折磨所定的木楔数量还要多，他就是这样残忍。刽子手走到库房，带回来两根木楔。当劳巴特蒙得知这两根木楔没有比第八根更粗的时候，竟怒发冲冠了，他威胁要给刽子手一顿皮鞭。同时，修道士们倒是建议说，敲在膝盖位置的第七根木楔可以换成与敲在脚踝部位的第八根木楔一样的尺寸，于是，一根新的木楔敲进了两块木板之间。这一次，拉克坦斯神父亲自挥舞了木槌。

“说呀！”每一次敲击，他都大喊大叫。“说呀！说呀！”

为了不落人后，特朗基耶从他的同行手里取过木槌，调整了第十根木楔的位置，三次重击，将木楔敲了进去。

格兰第又一次晕了过去。看上去，似乎在被绑到火刑柱之前，他可能就要死了。而且，已经没有木楔了。为了折磨这个顽固的骗子，本来劳巴特蒙已经准备了所有最棒的计划，可是，他不得不勉强终止了酷刑。

这是格兰第受难的第一阶段，持续了四十五分钟。刑具被拆开，刽子手们将犯人抬到一张凳子上，犯人低头看了看自己已经粉碎的双腿，然后又看了看特使和他那十三名同犯。

“先生们，”他说，“看吧，看吧，世人还有悲伤，如我悲伤一般的吗？”

根据劳巴特蒙的命令，犯人被抬到另一间房，放在一张长凳上。八月里，空气令人窒息，但是教区长却因极度的痛苦而战栗。拉格朗热给他披了一块小毯子，倒了一杯红酒给他。与此同时，虽然他们糟糕的工作以悲惨的失败告终，但拉克坦斯和特朗基耶仍然试图对此工作进行充分利用。面对所有向他们询问的人，他们的回答是，不错，巫师在酷刑之下拒绝认罪；原因再清楚不过了：格兰第吁求上帝给他力量，而他的上帝就是路西法，魔鬼使了法术，使格兰第感觉不到疼痛。他们本来可以用一整天，用一根又一根木楔折磨他，但是却不会得到任何结果。

为了验证他们的话是否属实，另一位驱魔人阿克安卓神父，决定做一个小小的实验。当时的一位观众对此实验做了记录，几天后，在一次公众演讲会上，这一实验的情况被描述如下：“那位阿克安卓神父说，魔鬼已赋予格兰第无痛觉的能力，以至于当他躺在长凳上时，当他的膝盖已被地狱之火碾碎时，当他盖着一块绿色的小毯子时，当毯子被那位阿克安卓神父很是粗暴地掀起来时，甚至当那位神父刺着格兰第的腿和膝盖时，格兰第也没有对那位神父给自己所造成的痛苦有过一丁点抱怨。”由此可以推断，第一，格兰第感觉不到疼痛；第二，撒但让他感觉不到疼痛；第三，（引用这位方济会修道士的原话）“当他赞美上帝时，他所指的乃是魔鬼；当他说他厌恶魔鬼时，他所指的乃是上帝”；最后，所有预防措施要做好，务必要保证，当格兰第被送上火刑柱时，他要能感到火焰真实的威力。

当阿克安卓神父离开，又一次轮到特使出场。他坐在犯人身边已有两个多小时，这期间他用尽一切的雄辩术引诱犯人签字，为自己所有非法的审判开脱，为红衣主教洗白，使未来在每一个案件中使用类似的审讯方式变得合理（因告解神父们将从那些歇斯底里的修女口中挖出更多的政府敌人）。格兰第的签名是不可或缺的，可无论他怎么努力也难以得到——当时，德·加斯蒂纳先生在现场，称在他的一生中“从未见过如此恶心的人”，此人满嘴浮夸的言论、甜言蜜语、伪善的叹息和啜泣。

对特使所说的一切，格兰第回答，要他在一份他自己知道、上帝知道（毫无疑问特使也知道）是虚假的声明上签署他的名字，在道德上绝无可能。最终，劳巴特蒙知道自己失败了。他唤来拉格朗热，命他再喊刽子手过来。

他们来了。他们给格兰第穿上一件撒满硫磺的衬衣，在他脖子上缠了一条绳索，将他抬到天井，在那里，有一驾六头骡子牵引的车子正在等候。格兰第被抬到车里的一张凳子上。车夫对牲口们吆喝起来。牲口们前面是一队弓箭手，后面跟着劳巴特蒙和他那十三名驯顺的法官。车缓缓地走过街道，一路传出隆隆的响声。中途车子停了一下，判决书再次被高声朗读出来。尔后牲口们继续前进。到达圣彼得教堂的大门口时——多年来教区长自这个大门进进出出，永远一身自信、庄严和高贵——队列停了下来。那根两磅重的蜡烛放到了格兰第的手上，他被抬下车，要在大门前为自己的罪行跪求原谅，这是判决书所规定的。可是他的膝盖已经碎了，跪是跪不下来了。所以，当他们把他放下时，他直接脸朝下扑倒在地，刽子手只好再把他扶起来。这次，格里约神父，这位绳索腰带修会的学监，从教堂里冲出来，撞过弓箭手，俯身抱住了那犯人。

格兰第深受感动，他请求神父为他并为他所在社区的所有人祷告——

在卢丹，格兰第所在的社区是唯一坚定拒绝与格兰第的敌人们合作的。

格里约发誓，将为这遭罪的人祷告，鼓励他坚信上帝和救主，然后将格兰第母亲的一个口信传达给了格兰第，她正跪在圣母马利亚的脚下为他祈祷，她托神父转达对儿子的祝福。

所有人都在哭泣。民众之中传来一阵同情的低语。劳巴特蒙听到了，他愤怒了。莫非一切都不照他设想的那样执行？按照所有惯例，此时这帮乌合之众应该要对这与魔鬼做交易的人施以私刑了呀。然而，不，他们却在哀悼犯人残酷的命运。他疾步上前，蛮横地命令卫队将那名绳索腰带修会的神父赶走。此后便是一阵混乱，在混乱之中，一个方济会的小厮择机在格兰第头上打了一记闷棍。

当秩序恢复时，教区长说了判决书要他说的话，但是在请求上帝、国王、司法的原谅之后，他加了一句话说，虽然身为一个罪大恶极的犯人，但在判他即将受刑的罪上，他是完全清白无辜的。

当刽子手将格兰第抬上车时，一位修道士对着众多游客和本城市民发表了长篇大论，向他们保证，如果他们胆敢为这个死不悔改的巫师祈祷，就是犯了极大的罪。

队伍继续前进。在乌尔苏拉修会的大门口，格兰第再一次演绎了请求上帝、国王、司法原谅的仪式。但当书记员要求他请求女院长和所有修女们的谅解时，犯人说他从未伤害过她们，因此只能向上帝祷告，愿上帝原谅她们。然后，他看见了菲丽璞·特兰坎的丈夫穆索（他的敌人中这一位是最难缠的），请求穆索原谅他往日之失，并且奇怪地加上了一句宫廷里优雅的话——这种风度令他一度出名——“我将为您奴仆，效死至终。”穆索别过脸去，没有回答一句话。

格兰第的敌人也并非全都无基督徒的风度。勒内·贝尼耶，也是一名神父，当格兰第被控行为不端时，曾作证指责格兰第。此时他推开人群走上前，请求教区长的原谅，并且提出要为格兰第做一次弥撒。教区长握住他的手，感激地轻吻了它。

在圣克鲁瓦教堂前，超过六千人将广场挤得水泄不通，其实仅一半人聚在这里，就会让这里逼仄至极使人不快了。广场上每一个窗口都被出租了，甚至屋顶上、教堂的滴水兽上都站有看客。广场上搭了一个看台，那是给法官、劳巴特蒙和他的一些特殊朋友们坐的。但此时那些乌合之众却侵占了每一个座位，只有出动卫队以矛与戟才将他们驱逐出去。经过一场激战，这些重要的客人们才得以入座。

甚至，对于这场盛会来说最为重要的那个人，要到达指定的地点也是极其困难的。到达火刑柱那最后的一百码，犯人花了半个小时才走完。守卫们为了开辟每一寸路，都要与人打斗。

从教堂墙北面不远处，有人将一架十五英尺高的、结实的柱子推进场。柱子下面，堆积了层层的柴把、木头、稻草，考虑到犯人腿骨粉碎不能站立，在柴火之上几英尺高的地方，有人将一个把小小的铁椅绑在了柱子上。考虑到火刑是如此重要的盛会，考虑到这盛会臭名远扬，这死刑所花费的费用实在是太过寒酸了。因为“那用于焚烧于尔班·格兰第大师的柴火，以及大师被绑的柱子”，某个叫得利亚德的人获得了19里弗16索尔；因为“重12磅的铁椅——每磅价格为3索尔4第纳尔，另外还有六枚钉子——用以固定椅子”，锁匠雅客共得到42索尔的报酬。善良的吉洛恩市监狱长同意出租五匹马，以备弓箭手当天之用；同时因为租了六头骡子、一辆车、两个车夫，一个叫莫琳的寡妇共获得了108索尔的报酬。

犯人的两件衬衣共花去4里弗，其中一件是方才受刑时穿的，另外一件被撒了硫磺，现在他正穿着要被火烧。当众谢罪仪式上所用的那根两磅重的蜡烛则花去了40索尔，为刽子手准备的酒花去了13索尔。除此之外，加上支付给圣克鲁瓦教堂的看门人和两名助手的薪水，当天整个盛会共花费29里弗2索尔6第纳尔。

格兰第被从车上抬下来，抬到铁椅上，再被牢固地绑到柱子上。他背对着教堂，面朝看台和一座房子的大门，就像他的神父住所一样，他一度感觉那座房子仿佛是他的家。在那间房子里，他曾大肆嘲笑过亚当和曼诺利，他曾阅读凯瑟琳·哈蒙的信愉悦了一众朋友；也正是在那间房子里，他曾教过一名年轻的女子拉丁文并诱奸了她，且将一位最好的朋友变为他不共戴天的仇人。路易斯·特兰坎现在坐在家中绘画室的窗户前，在他旁边的是米尼翁教士和蒂博。看见于尔班·格兰第今日如光头小丑的模样，他们胜利地笑起来。教区长抬起头，与他们的目光相遇；蒂博像个老朋友那样朝他挥挥手，而特兰坎先生正啜饮着白葡萄酒，喝着水，扶了扶眼镜框，为他那私生子外孙的亲生父亲干杯。

部分是因为羞愧，格兰第想起了那些拉丁文课，想起他抛弃的那个绝望哭泣的女孩；部分是因为恐惧，害怕看见他们庆祝胜利的场景或许会令他苦涩，使他忘却上帝就在当下，就在此地。于是，格兰第垂下了眼睛。

一只手碰了碰他的肩膀。那是卫队长拉格朗热，他过来请求教区长原谅自己将要做的事情，那是他的职责所在。并且，他发了两个誓愿，其一，犯人可以当众讲话，其二，在火点燃之前，他可以先将格兰第缢死。格兰第深谢了他。于是，拉格朗热转身向刽子手下了命令，刽子手立刻着手准备绳索。

与此同时，修道士们忙于驱魔仪式。

“主之十字架在此，让那些主的敌人们落荒而逃吧；因犹大支派中的狮子，大卫的根已经获胜。柴火啊，我将驱逐窃据你之中的魔鬼，以全能圣父上帝的名义，以我主圣子耶稣基督的名义，以圣灵之伟力……”

他们在柴火上、稻草上、火盆中燃烧的木炭上（火盆就搁在柴火堆旁）都洒了圣水，他们也在地上、空中、犯人身上、刽子手身上、观众身上洒了圣水。他们宣誓，现在没有任何魔鬼会来阻止那卑鄙的家伙受到极限的痛苦了。好几次，教区长想要对观众说话，但是刚一张口，修道士们就把圣水浇到他脸上，或者用铁十字架砸他的嘴巴。当他躲过击打时，修道士们就胜利般地叫道：“这叛徒当众抛弃了救主。”在这过程中，拉克坦斯神父一直要求犯人坦白忏悔。

“说呀！”他吼叫道。

这话激发了旁观者的想象力，在此后他那短暂、悲惨的余生中，这名小兄弟会的会士在卢丹的绰号变为了“说呀神父”。

“说呀！说呀！”

格兰第像之前的无数次一样回答说，他没有什么可坦白的。

“那么，现在，”他补充说，“请给我和平之吻，令我死去。”

最初，拉克坦斯是拒绝的，可是观众表示抗议，认为他的拒绝实在恶毒，并非基督徒所为，他便只得爬上柴火堆，亲吻了教区长的面颊。

“你这犹大！”一个声音突然叫起来，有二十个人跟着喊起来。

“犹大！犹大！……”

拉克坦斯听到了他们的叫声，在一阵不可控的愤怒之下，他从柴火堆上跳下来，抓起一把稻草在火盆中点燃，在犯人面前挥舞着火焰。让他坦白他是什么东西——魔鬼的仆人！让他坦白，让他抛弃他的魔鬼主子！

“神父，”格兰第平静、温柔、高贵地说——他的声音与指控他的人那近乎歇斯底里的恶声恶语形成奇怪的对照，“我将要见上帝，他是我的见证，他知我所言属实。”

“坦白！”修道士几乎尖叫起来，“坦白！……你只有几分钟可活了。”

“几分钟，”教区长缓慢地重复说，“只有几分钟——那么我将前往那公正、威严的审判之所，尊敬的神父，很快你必定也将步我后尘。”

拉克坦斯神父忍受不了，他不能再听格兰第说任何话，便将火把扔到柴火堆的稻草上面。

午后的阳光明亮耀眼，使人几乎看不见那一簇微末的火苗，但这火苗开始蔓延，逐渐变得旺盛，然后蔓延到那束干燥的引火物上。照着那名小兄弟会会士的榜样，阿克安卓神父在另一边柴火堆旁的稻草上也点了火。一道细微的蓝色火苗飘入无风的空中。然后，是一阵欢快的噼里啪啦声，像是在冬夜于火炉旁痛饮加香热葡萄酒时发出的声音——那是一束柴火燃烧起来了。

犯人听到那声音，他转过头，看见那欢快跳跃的火苗。

“这就是你许诺我的吗？”他对拉格朗热喊道，声音中有痛苦，有抗议。

突然之间，神圣之力如日遭蚀，一切隐去，没有上帝，没有耶稣，什么都没有，只有恐怖。

拉格朗热神父义愤填膺地朝修道士们怒吼，努力要将最近旁的火苗踩灭。但到处是火，他无能为力。而特朗基耶神父又将教区长身后那堆稻草点燃了，拉克坦斯神父又从火盆中点着了另一个火把。

“缢死他。”拉格朗热神父命令道。人群也跟着喊起来。“缢死他，缢死他！”

刽子手跑去找绳索，却发现某位方济会的修士偷偷将绳索打了结，使绳索无法立刻用上。等结头解开，已然太迟了。在刽子手和他打算去救助使其免遭最后痛苦的犯人中间，是一道火墙，汹涌的烟浪宛如风中的窗帘。与此同时，修道士们还在用毛掸子和圣水罐，忙着将火苗中残留的魔鬼驱走。

“逃吧，火中的恶魔……”

水浇在燃烧的木板上，发出嘶嘶的响声，立刻化为蒸汽。在火墙另一边的深处，传来一声尖叫。很明显，驱魔术生效了。修道士们停了下来，谢天谢地。然后，重拾了信心的他们倍加热情，又开始忙碌起来。

“放荡的毒龙啊，古老的大蛇啊，肮脏的恶灵啊……”

此时，不知从哪里飞过来一只很大的黑苍蝇，撞到了拉克坦斯神父的脸，跌落在他手上打开的驱魔法书上。一只苍蝇，大的就像一个核桃！苍蝇王，不就是那别西卜嘛！

“我吁求殉道者之血，”拉克坦斯神父的喊声胜过火焰的咆哮声，“命你做全面之坦白……”

发出不可思议的声响，那虫子又飞起来，从烟雾里消失了。

“以火神阿耆尼[①]之名，他曾脚踏蛇妖、蜥蜴怪……”

突然，尖叫声变成一阵咳嗽声。那可怜虫被烟呛住，要装出窒息而死的样子来欺骗他们！为了挫败撒但最后的诡计，拉克坦斯将毛掸浸满水，猛地将圣水甩进了火里。

“烟雾中的妖怪，我将驱逐你。你将逃离，带着你那所有的恶意和狡猾魔鬼的伎俩，逃离吧。……”

真的起效了！犯人不再咳嗽了。他发出一声哭泣，然后沉默下去。突然，令小兄弟会会士和他的方济会同行们惊愕的是，火柱正中央那炭

① 阿耆尼（Agni）：吠陀教及印度教的火神。显然作者这里是在讽刺。

燃烧中的格兰第（版画，1634）

画家：Dr. Gabriel Legué

黑的躯体竟说话了。

“我的上帝，”那声音说，“求我主垂怜。”然后又改用法语，“原谅他们，原谅我的敌人们。”

接着又发出了咳嗽声。片刻之后，将他绑在柱子上的绳子断了，那受罪之人滚落下来，跌进燃烧的木柴中。

火继续燃烧。善良的神父们继续撒圣水，念咒语。突然，从教堂上方俯冲下来一群白鸽，它们开始绕着呼啸的火柱和烟柱盘旋。人群开始喊叫，弓箭手挥舞着戟，要驱走鸽子；拉克坦斯和特朗基耶向鸽子的翅膀上洒圣水。但是没有用，赶不走鸽子。它们不停盘旋，穿过烟雾，它们的羽毛被烟火烤焦。任何一派的人都称赞这是神迹。对于教区长的敌人们来说，这些鸽子很明显是魔鬼的部队，来接走他的鬼魂；而对教区长的朋友人来说，它们却是圣灵的象征，是他无辜的活生生的证据。任何人似乎都未曾想过它们仅仅是鸽子而已，遵循着它们生命的逻辑，而它们与人并不一样的本质才是神圣的呀。

当火焰渐渐灭去，刽子手将四铲子的灰烬分别倒向罗盘的四个基本方位。人群一拥而上。不顾手指被烧灼，无论男女都在滚烫的、闪着火星的灰烬中拨弄着，寻觅牙齿、头盖骨和盆骨的碎片，或任何有烧焦肉体痕迹的黑色残余。毫无疑问，这些人中，有少数纯粹是在猎取纪念品；但是绝大多数人却在寻找遗物，这样的遗物有魔力，可以带来好运，可以收获爱情，可以抵抗头疼、便秘或敌人的恶意。

至于教区长是有罪还是无辜，都不影响这些烧焦的零碎的效用。因为，它们的魔力所在，不是因为它们真是圣物，而是因为它们的名气——不管这名声是从何得来。在人类的历史中，长久以来，有一部分人在获得那些被广为宣传的事物之后，能治愈疾病，获得快乐。比如，去卢尔德[1]旅行、行巫术、沐浴恒河、吃专利药、信奉艾娣女士、崇拜圣弗朗西斯·泽维尔的奇妙法力，以及，如乔叟故事中的那位贩卖赎罪券者——他拿着一玻璃杯的“猪骨头”当作圣物，给所有人看和崇拜[2]。

倘若如方济会修士所言，格兰第真是巫师，那就妙极了。因为，哪怕化成了灰，一名巫师的魔力仍然存在这些灰中。如果格兰第是清白的，那他遗物的魔力也不会减少，因为他将一变成为殉道者，与那些殉道的圣人们相比毫不逊色。所以，一会儿工夫，大部分的灰烬便消失无踪。游客、市民们极感疲惫、焦渴，然而一想到口袋中满满的都是遗物，他们又开心起来。然后他们便散去，找个地方喝一杯小酒，歇歇脚。

当晚，仅仅经过最短暂的休息，享用过最少的点心之后，善良的神父们又在乌尔苏拉修会集中。他们给女院长进行驱魔仪式，而她也适时抽搐起来，在回答拉克坦斯的质问时，她也适时宣称，那只黑色的苍蝇并非他物，就是那位教区长的密友——魔鬼巴录。可是，何以巴录会如此不要命地撞到驱魔书上？对此问题，让娜修女先是来了一个漂亮的下腰动作，头都靠近脚后跟了，然后又做了个劈叉，最后才回答说，巴录是想把书扔到火里去。

修道士们大受启发，决定当晚的审问暂告一段落，第二天早晨，要当着公众的面继续审问。

① 卢尔德，法国西南部城市，据传1858年，圣母在此显圣。

② 见《坎特伯雷故事集》总序有关“赦罪僧”的部分。方重译本，上海译文出版社，1983年版，第17页。

第二天早晨，果然，修女们被带到了圣克鲁瓦教堂。许多游客仍然滞留城内，教堂大门前依旧人满为患。他们再次给女院长进行了驱魔仪式，在例行的预备仪式之后，女院长自命为伊沙卡龙，是当时她身体内唯一的一个魔鬼，因为其他寄居的魔鬼都已经跑到地狱去参加一场狂欢的盛会，为的是欢迎格兰第的鬼魂。

经过一番明智而审慎的讯问，让娜修女承认驱魔人们一直以来都所言属实，也就是说，当格兰第称呼“上帝”时，他所指的大抵都是“撒但”；而当他谴责魔鬼时，事实上他是在谴责基督。

拉克坦斯于是想知道，教区长在下面会受到何等的痛苦，女院长回答说，其中最痛苦的是，格兰第将失去上帝，这个回答明显令修道士相当失望。

那是当然，那是当然。但是他的身体有受到折磨吗？

在经过多次催促之后，让娜修女回答道，格兰第“因他所犯的所有罪尤其情欲之罪，受到了特别的痛苦。”

那么死刑呢？魔鬼有没有设法使那可怜虫感觉不到疼痛？

哎呀，伊沙卡龙回答说，因为驱魔术，撒但的努力受挫了；假如那把火没有受到圣水的祝福，教区长就不会感到任何痛苦啦。但是，亏了拉克坦斯、特朗基耶、阿克安卓的工作，格兰第承受了极大的痛苦。

驱魔人叫道，与现在他承受的痛苦相比，那种痛苦还算不上最大！然后，既沾沾自喜，同时也带点恐惧，拉克坦斯神父把话题又引向了地狱。在地狱的那么多层中，巫师现在居住在哪里？路西法又是如何待他的？此刻在巫师身上，正在发生什么事情？让娜修女身上的伊沙卡龙努力回答这些问题，但当这魔鬼的想象力逐渐枯竭时，让娜修女也就适时地抽搐起来，此时，魔鬼贝赫利特附身了，轮到它来发言。

当晚在修道院，修道士们发觉拉克坦斯神父脸色苍白，似乎心事重重，便问他是不是身体不舒服。拉克坦斯神父摇摇头，不，他没有生病。他只是在想，犯人当时要见格里约神父，可是他们却拒绝了，如此一来，犯人就失去了忏悔的机会，那么，他们是不是因此也犯了罪？

他的同行们竭力安慰他，却未能成功。第二天，因一宿无眠，拉克坦斯发起高烧来。

“上帝在惩罚我，”他不停地说，“上帝在惩罚我。”

在亚当先生的催促下，曼诺利医生给他放了血。高烧先是退了一点，然后复发了。现在，拉克坦斯开始看见一些东西，听见一些东西：格兰第身受折磨，格兰第在尖叫，格兰第在火刑柱上，格兰第在吁求上帝宽恕他的敌人们；然后是魔鬼，成群结队的魔鬼，他们侵入他的身体，他们使他胡言乱语，使他乱蹬腿，使他撕咬枕头，他们还使他的口中满是最为可怕的渎神之语。

9月18日，在格兰第火刑之后恰巧满一个月，拉克坦斯神父将给他行临终涂油礼的神父手上的十字架拨落在地，死了。劳巴特蒙为其承担了一场盛大的葬礼，特朗基耶神父为之布道，在布道中，他颂扬这位小兄弟会的会士乃是圣洁的典范，并称他是被撒但谋杀的，撒但以此报了这位上帝最为英勇的仆人所给予它的所有蔑视和羞辱之仇。

下一个告别人世的是曼诺利医生。就在拉克坦斯神父死去不久的一天晚上，有人喊他去给一个病人放血，病人居住在博蒂德马特雷[①]附近，在返回的路上，他的一个仆人提着灯走在前面，而他却看见了于尔班·格兰第。当时，格兰第赤裸着身体——就像当日为了寻找他身上魔

① 法国西北部小镇，靠近卢丹。

鬼的记号而被曼诺利医生戳来戳去时一样。他站在“大圆石”街道上，那街道位于城堡的外墙和格里约神父的花园之间。

曼诺利停住脚步，他的仆人见他呆望着黑暗的虚空，听见他在问某人话——是谁在那里，你想要什么。

但是没有任何回答。然后医生浑身战栗，过了片刻，便倒在地上，尖叫着请求原谅。一星期之内，他也死了。

接下来是路易斯·肖韦，他是一名正直的法官，拒绝参与这场既邪恶又无聊的审判。女院长和大部分修女都曾指控他是巫师，而巴雷先生也在他吉洛恩的教区内一些附魔者的口中套得同样的证词，此后，肖韦一直怀有一种恐惧，假如红衣主教认真对待这些疯言疯语，那么在他身上会发生什么样的事情？他变得忧郁，发疯，然后消瘦下去，于是，没等过完冬天，他就死了。

特朗基耶的神经较别人更粗糙。一直到1638年，他才终于向一个太过强势的魔鬼屈服。因为对格兰第的仇恨，他兴风作浪，引出了众多魔鬼；由于他可耻地坚持要公开行驱魔术，实际上也就竭尽全力让这些魔鬼存活于人世。终于，魔鬼们转而对付他了。上帝岂可蒙骗？特朗基耶自种苦籽，亦必自收苦果。

起初，魔鬼附身情况很少，即使附身了威力也小。但是，渐渐地，“狗尾”、利维坦占据了上风。在他生命的最后几年，特朗基耶神父的举止一如那些修女——他可是精心培植了她们那歇斯底里啊，他在地上打滚、诅咒、吼叫、吐舌头、发出嘶嘶声、学狗叫、学马嘶。这还不是全部。为他写传的方济会修士绘声绘色地给那个折磨他的魔鬼起了个绰号，叫“地狱中恶臭的猫头鹰”，这魔鬼折磨他，引他向那些几乎难以抗拒的诱惑屈服，这些诱惑，无非是所有贞洁、谦卑、容忍、信仰、忠诚的反面。他吁求圣母、圣约瑟、圣方济各、圣文德，可是毫无作用。附魔之势，渐次加重。

1638年的圣灵降临节，特朗基耶完成了最后一次布道；此后的两三天，他勉强做了弥撒；然后他因病躺倒在床上，这病无论在心理上还是在生理上，都明显是致命的。“他口吐秽物，可作为与魔鬼订约的证据。……每次当他改善点伙食，魔鬼便令他猛烈地呕吐，这呕吐的力道都能将一个健康人杀死。”同时他还身受头痛、心痛之苦，“这种病痛就是在盖伦、希波克拉底[①]的著作里也没有提到过。”到了那周的周末，“他又开始呕吐出污秽之物，如此之臭，人不能忍，仆人们立刻将这些污物扔出去，以免房间被污染。”圣灵降临节之后的第二个星期一，他受了临终涂油礼。魔鬼离开了，却立刻侵入另一位修道士的身体，当时他刚好跪在死者的灵床前。这位修道士发疯了，需要六七个同工才将他摁住，他们付出巨大的努力才阻止了这位修道士踢向那毫无生命气息的尸体的腿。

在葬礼当天，特朗基耶的遗体被摆在那里供人凭吊，“礼仪还没有结束，人们就冲向了尸体，有人将玫瑰花抛向了尸体，其他人照习惯割下他身上的零碎物件当作圣物。人流过大，棺材都被挤得粉碎，尸体被难以计数的方式打搅，每个人都想把尸体扯到自己一边，以便能得到些零星的圣物。可以确定的是，如果不是几位高贵的人士阻止（他们围成一个卫队，防止粗鲁的人群在强烈的热情之下，既割小物件又损伤尸体），这位善良的神父恐怕难免落个赤身露体的局面。”

特朗基耶神父的小物件，还有他所迫害并烧死的那个人的骨灰，两

① 希波克拉底（Hippocrates，约前460年—约前370年），古希腊著名医生，被西方尊为“医学之父”。

者其实是等价的。那巫师死时成了殉道者，而那残忍的刽子手如今也成了圣徒——虽然是被别西卜附身的圣徒。但有一件事是肯定的：恋物癖就是恋物癖。你已用完剪刀，小刀何不借我！

I

Chapter Ⅸ

第九章

格兰第已经故去，但伊扎兹还在，“不洁之煤”还在，西布伦也在人群中行进。对于许多人来说，这一切似乎难以解释。但这并不奇怪，当原因并未消失，则结果将永远跟进。是米尼翁教士和驱魔人最早将修女们的歇斯底里定义为魔鬼附身，也是他们保证了附魔事件的延续：除了礼拜天，附魔者们每天两次配合驱魔人完成他们的驱魔把戏。正如可以预见的，他们现在的驱魔表现与死去的巫师活着时相比，水平不仅没有更好，甚至有所下降。

快到九月底时，劳巴特蒙向红衣主教汇报称，他已经请求耶稣会来帮忙。耶稣会以其知识和能力而著名，由这些各种科学上的大师来解释一切，那么公众必将“不会有多少反驳就能接受此次附魔事件真实性的相关证据”。

许多耶稣会士——包括了该会的会长维塔莱斯奇，都很礼貌地拒绝了请求，因为他们不想与这次附魔事件有任何关系。但要提出反对意见已经太迟了，因为跟着劳巴特蒙的邀请信之后迅速而来的，乃是一封皇室命令。根据红衣主教的说法，这是国王本人的要求。

1634年12月15日，四名耶稣会神父进入卢丹市。其中就有让·约瑟夫・绪兰。阿基坦省[①]的管区长博依热神父挑选他负责驱魔一事，后来又因接受了管区耶稣会委员会的建议，试图撤回这个任命。但是太迟了，绪兰已经离开了马雷内[②]，原有的任命只好继续被视为有效。

绪兰此时34岁，在这趟旅途之中[③]，他的性格已经定型，他的思维模式也已固定。耶稣会的同行们对他的能力评价甚高，认可他的热情，钦佩他朴素的生活态度和追求成为完美基督徒的努力。但是，有一些顾虑却使这种仰慕打了折扣。绪兰神父完全像一个富有英雄主义的人，但是却有一些问题引得他那些更为谨慎的同行和上级们大摇其头。在他身上，他们发现他的言行有一些过度。他总喜欢说“对上帝之事想法不是太多之人，将永不能靠近上帝”。这当然是正确的，但前提是这些丰富的想法必须没有错误。一些年轻神父有丰富的想法，虽然很传统，但似乎偏离了谨慎的大道。比如，绪兰坚持认为，我们要随时准备为那些与我们在一起生活的人去死，“但同时却要远离他们，似乎他们是我们的敌人”—这一论述几乎不会有利于提升耶稣会住地或耶稣会学院里公共生活的水平。他既有些反社会的意见，同时过于丰富的思想也使他在判断言行正义与否上吹毛求疵，有些顾虑过度。他曾说，“我们应该为自己亵渎神灵的虚荣心而哀叹，我们应该最严厉地惩处我们的无知和粗心。”在这一基于完美主义的非人的严苛态度之外，他对“非凡圣恩”还有一种兴趣，这种兴趣在他的那些前辈和同代人看来是轻率的，甚至是危险的（因它有时会赐予圣人，但是对灵魂得救和净化却并非是必要的）。安

① 法国西南部盆地。

② 马雷内，位于法国西南部的一个城市。

③ 原文为意大利语。

吉诺神父是他的朋友，在多年之后曾如此写道，“从幼年开始，他（绪兰）就被圣恩这类事情强烈地吸引，对这类事情的评价非常高。有必要以这类事情迁就他，且要允许他走上一条大道，虽然这条大道与众不同。”

在鲁昂的“第二个见习期”结束之后的四年里，绪兰绝大部分时间都在马雷内的渔港度过，在那里，他成为两位非凡妇人的导师，其中一位是德·维尔热太太——一位虔诚富商的妻子；另一位是玛德琳·布瓦内——一位新教徒补锅匠的女儿，但她却改宗了。两位妇人都热衷于冥想，也都（尤其是德·维尔热太太）曾受到过“非凡圣恩”。绪兰对她们的幻觉和狂喜的兴趣如此之大，以至于他从德·维尔热太太的日记中进行摘录，并将两人承受圣恩的详细情况以手稿的形式在朋友间传布。当然，这些都没问题，但是，对一个本质上模棱两可，而且充满陷阱和危险的主题给予如此之多的关注，有什么理由吗？能将一个灵魂引入天国的是普通的恩赐，那么又何必纠缠于非凡的圣恩呢？所谓的非凡圣恩是否源于上帝，还是源于想象、刻意的欺骗，甚至是恶魔，还不是很确定；考虑到这一点，那么绪兰的这种热情，就更值得怀疑了。如果绪兰想要成为完美的基督徒，就让他走上坦途，这条坦途对社会上的老百姓都是足够方便的，那就是：服从、热心做事、开声祷告、理性冥想。

从他的批评者的角度而言，使情况更糟的是绪兰身体不好，患有神经衰弱症—当时称之为“忧郁症”。在前往卢丹之前至少有两年时光，他遭受心理—生理失调之苦，不能做事。最轻微的体力劳动都能造成他肌肉的剧痛。当他要阅读时，很快就产生剧烈的头痛，只得放弃。他的精神一片黑暗，乱成一团，因他生活于“极大的困恼和压力中间，以至于他不知道自己将来会成为什么人”。有没有可能他这种行为上、教学上的奇异性，是源自不健康的身体上的一种病态精神的产物？

绪兰记录道，他的许多耶稣会同行抵死不相信修女们真的附魔了。甚至在前往卢丹之前，他本人也为自己何以会毫不怀疑而感到苦恼。其实，他深信这个世界永远都在被超自然的力量所渗透，认为这是很明显也很神奇的事实。正因坚信于此，反过来便造成了他完全的轻信。一旦有人说起自己曾与圣徒、天使或魔鬼打过交道，绪兰就会立刻毫无保留地相信他们。很明显，他的确是缺乏“精神洞察力”，甚至缺乏判断力和朴素的常识。绪兰是那种兼具巨大才华和一点愚蠢的矛盾体，这种人倒是并不少见。他从来不能像泰斯特先生[①]的开场白那样说出如此的话来：“愚蠢不是我的特长。”因为除了才智与圣洁，愚蠢也是他的强项。

绪兰第一次见到附魔者是在一次公开的驱魔仪式上，当时的主持者是特朗基耶、米尼翁和几名加尔默罗修会修士。当他前往卢丹时，心中是相信附魔事件的；而当他第一次见到驱魔仪式的盛大场面，就更加确信附魔事件必定为真。现在他认为魔鬼绝对真实存在，“而上帝赐予他极大的怜悯心，要他慈悲地看待那些附魔者，以至于他都不能控制自己的眼泪。”其实，他是在浪费这种怜悯，或者至少将这怜悯用错了地方。让娜修女写道，“魔鬼常常以某种快乐诱惑我，而我激动地接受这种快乐，它加在我身上的其他非凡之事，我也欣然接受。我怀着极大的快乐倾听人家谈论这些事情，并且为自己表现出比他人受到魔鬼更深的折磨而欣慰”。乐极生悲，一当驱魔人们行为过甚，修女们就再也不能享受附魔的乐趣了。如果公开的驱魔仪式较为温和，那么修女们内心里还是很愿意

① 保罗·瓦勒里（Paul Valéry，1871年—1945年），法国象征主义后期代表诗人，1926年出版《泰斯特先生》一书，是三篇散文的合集，在散文中，作者创造了泰斯特先生这个角色。在这一“没有神的神话”里，泰斯特致力于不间断、不分心地思考。

的。同样，如果一个惯于自省的人在道德自律上过分严苛，那么他几乎一定会发现自己的苦闷。

虽然在魔鬼附身的发作中灵魂表现出的所有丑恶的举止被认为是无罪的，但让娜修女却长期受到良心的折磨。“这一点并不奇怪，因为我清楚地知道，在绝大多数情况下，是我自己造成了自己的混乱，而魔鬼得以妄为的线索也是我亲自给它们的。”她知道，当她表现得狂怒，并不是因为她的愤怒出于自己自由的意志，然而，“令我极感困惑的是，我确信地感觉到，是我让魔鬼能这么做，假如不是我和它联合，那么它是不能这么做的。……当我激烈地反抗时，所有这些狂怒便突然消失了，就像它们突然来到一样。但是，哎，这种狂怒来得太过频繁，我并没有尽力去抵抗它们”。知道她们获罪不是因丧失理智时所做的事，而是因歇斯底里发作前她们没有做的事，修女们感到一种极其痛苦的罪恶感。因深信自己罪孽难逃，于是，附魔和驱魔仪式上种种放荡之举，成就了她们快乐的时光。在做这些疯狂举止和下流勾当时，她们不会流泪；泪水在那疯狂的间歇，当她们清醒的时候，才会暗暗流下来。

离到卢丹路还很远，绪兰就已被授予了为女院长驱魔的荣耀。当劳巴特蒙对她说，他叫来了几名耶稣会修士，而来自阿基坦省一位最有才华、最为圣洁的神父将做她的导师，让娜修女极感恐惧。耶稣会修士与那些头脑迟钝的方济会、加尔默罗修会的人不一样，后者太容易蒙骗了。耶稣会修士都很聪明，受过教育；再者，这位绪兰神父是圣洁的，是一个经常祷告的人，一个伟大的冥想者。一旦他见到她，他就会看穿她，知道她何时是真的被魔鬼附身，何时不过是在演戏——或至少是在与魔鬼们合作。她向劳巴特蒙请求，把原有的驱魔人留下，即可敬的米尼翁教士、善良的特朗基耶神父和杰出的加尔默罗修会会士。

但是劳巴特蒙和他的主子主意已定。对于卢丹附魔案，他们需要可以为世人接受的证据，而只有耶稣会修士能找到这样的证据。让娜修女只得勉强同意了，但在绪兰到达之前的好几个星期里，她竭尽全力地寻找一切有关新来的驱魔人的信息。她不仅给其他修会的朋友写信，问她们一些信息，还追着本地的耶稣会修士询问，目的是“研究那位未来导师的性情”，在得到她所能得到的所有信息之后，她好“依其性情行事，尽量不露本来面目，也不告诉他有关我心灵状态的任何消息。我是下定了决心的”。

当新的驱魔人到达时，她对他在马雷内的生活已经了如指掌，都能讽刺地引用布瓦内蒂魔鬼的话了。绪兰惊讶地竖起了手，这是奇迹啊——当然是魔鬼的奇迹，但必定是真实的。

让娜修女决心将她的秘密深埋自己心底，她感觉到且表现出对新驱魔人深深的厌恶，于是当绪兰试图询问她灵魂的状况时，她就发作起来（照她自己的说辞是“内在和外在都被魔鬼困扰”）。当他一靠近，她就跑开；当她被逼着听他说话时，她就嚎叫、吐舌头。对于这一切，让娜修女自己评论说，“我极大地利用了他的优点，但是他却仍然很宽容，将我的表现归因于魔鬼的作用”。

不管怎样以魔鬼作为借口，所有修女也同样深信自己犯了极大的罪孽，因此痛悔不已。但是女院长有更迫切、更明显的理由要比她的姊妹们感到更大的罪孽。在格兰第执行死刑之后不久，伊沙卡龙——这个色情之魔鬼——“乘我松懈之时，诱惑我做了最不贞洁的事，它对我的身体加以人类能够想象出来的最奇怪、最狂烈的动作，然后它说服我，称我已经怀孕，我坚定地相信了，随之表现出怀孕的所有症状。”她向姊妹们吐露了这事，很快，多达二十名魔鬼宣称修女们有孕在身。驱魔人们向特使做了汇报，特使向他的主子做了汇报，他在信中写道，修女们的月经已经停止了三个月，一直在呕吐，反胃情况明显，分泌出奶汁，肚子也明显在增大。

一周复一周，女院长越来越感到痛苦、焦躁。假如她怀了孩子，她自己，还有她掌管的整个修会便将蒙羞。她感到绝望，而唯一的安慰竟是来自伊沙卡龙的拜访，这些拜访通常都是在夜晚。黑暗中，她的小屋内会发出噪音，她会感到床在摇动，有手扯着床单，有声音在她耳边说着谄媚、下流的话。有时房间内会发出奇怪的光，在光中她看见山羊、狮子、蛇，甚或男人的形象。有时，她陷入僵硬状态，当躺着一动不能动时，似乎有小动物从被下爬过，用爪子、凸起的鼻子挠她。然后那甜蜜的声音会再一次问她，承诺她最微末的慷慨，再来一次爱抚如何。当她回答说“我的荣誉已交于上帝之手，上帝将根据其意志处理”时，就被拽出被窝。有什么东西狠命打她，她的脸都被打得变形了，身上全是青肿。“我经常被这样对待，但是上帝赐予我极大的勇气，我本来都不敢奢望这样的恩惠。但我太坏了，竟因为这些轻浮的缠斗而感到骄傲，以为上帝一定因我喜悦，如此一来，我就没有理由如以前一样害怕良心的责备了。但无论如何，我发现没法藏匿自己的悔恨，或忍不住相信，我并没有成为上帝期待我成为的那个人。”

伊沙卡龙是罪魁祸首，为了对付伊沙卡龙，绪兰集中了他所有的能力，动用了驱魔仪式所有雷霆般的威力。“听吧，因此你将恐惧，你这撒但，你这万魔之祖，邪恶之火……”但是不起作用。

“因为我不会泄露我受到的诱惑，它们也就变得越来越多。”因此，当伊沙卡龙越来越强大时，让娜修女的绝望也越来越深，她因稳步发展的孕状而感到的焦虑就更大。圣诞节前夕，她发现可以得到某些药物，当然是艾蒿[1]、马兜铃[2]、干药瓜瓤[3]这三味药，依据盖伦派的理论，绝望的女孩们乐观地以为用它们可以达到堕胎的奇效。但是，假如胎儿死于腹中，连洗礼都没有经历，又怎么办呢？胎儿的灵魂可就永远沦亡了呀。于是，她又只好将药物扔掉。

另一个计划萌生了，她要到厨房去，借厨师最大的刀，自己剖腹，取出婴儿，给婴儿洗礼。她自己要么活下来，要么就死去。1635年的元旦，她做了总忏悔[4]，“然而，却没有向告解神父坦白我的计划”。第二天，带着刀，还有一盆用于洗礼的水，她把自己关在修会最高层的一个小房间里。房间里有一个十字架。让娜修女跪倒在十字架前，向上帝祷告，“若我杀死婴儿并自杀的话，请原谅我的死亡，请原谅那小生灵——因我已经下定决心，给婴儿做过洗礼后，便要将其扼死。”当她脱衣时，感到一种“真是该死的小恐惧”，但是这些小小的恐惧不足以打消她那邪恶的计划。脱下外衣后，她拿剪刀在自己的内衣上剪了一个大洞，取出刀，将刀置于靠近胃部的两根肋骨之间，“满心要达成最后的目的”。但是，虽然修女们经常尝试自杀，但这种歇斯底里的发作却很少能成功。

“看啊，是上帝的慈悲阻止了我行那原本要做的事！我突然被一阵不可言传的力量推倒在地。刀子被夺走，放于十字架下，就在我眼前。”一个声音大叫道：“住手！”让娜修女抬眼看着十字架，基督从十字架上伸出一只手，到她面前。有神圣的话语在流淌，此后便是来自魔鬼的嘀咕

① 艾蒿，有温经、去湿、散寒、止血、消炎、平喘、止咳、安胎、抗过敏等作用。

② 马兜铃，具有温和而持久的降压作用。

③ 干药瓜瓤，具有泻药的作用。

④ 总忏悔，天主教徒对一段较长时间内所犯罪过所做的全部的总结忏悔。

和咆哮。就在当时当场，女院长决定改变她的人生，全心向主。可与此同时，她的孕状还在继续，而伊沙卡龙也绝不放弃。

一天晚上，它刻意出来关心她，并给她一管神奇的药膏说，倘若她敷于胃部，就可以终止妊娠。女院长受到极大的诱惑，想接受它的药膏，但是再一想，决定拒绝。气急败坏的魔鬼给了她一顿好打。下一次，伊沙卡龙哭泣起来，悲悲戚戚地抱怨，让娜修女内心大受感动，“感到一种渴望，要与魔鬼再干那勾当。”魔鬼又上了她的身。似乎没有理由不让这种事情无限期地发生下去。

劳巴特蒙感到不解，便派人到勒芒请著名的杜谢纳医生，此人来到卢丹对女院长做了一次深入的检查，之后宣称她是真的怀孕了。劳巴特蒙由困惑转为了恐惧。新教徒们听闻此事，会怎么说？幸运的是，伊沙卡龙在一次公开的驱魔仪式上显身了，断然反驳医生，这事相关的人都知道。所有这些暗示的症状，从早上的病痛到乳汁的分泌，都是魔鬼造成的。让娜修女记录道，“然后它被适时地控制起来，且使我吐出它放在我身体里的血块。这事是当着一位主教、几名医生和许多人的面发生的。”然后，所有的孕状就此消失，再也没有重现。

观众感谢上帝，女院长也蠕动着嘴唇，做了同样的谢恩。但是，在她心里深处却保留着怀疑，她写道，“魔鬼竭力劝我说，当时阻止我为去掉那所谓的怀孕而割开自己肚腹的并非我主耶稣基督，并非上帝，因为怀孕并不是真的，所以，我应该将此事不过当成是一个幻觉，对此缄默，在忏悔时再也不用提及”。后来，这些怀疑被她淡忘，她迫使自己相信，自己身上确曾发生了奇迹。

对于绪兰来说，他从来没有怀疑过这次奇迹。就他而言，发生在卢丹的事情都是超自然的。他的信仰是饕餮贪婪、不分青红皂白的。他相信附魔之说，相信格兰第有罪，相信其他魔鬼确实在修女身上作祟。他确信，魔鬼一旦被适时控制，必将吐露真相。他相信，公开的驱魔仪式对天主教会大有好处，那些数不清的自由派、胡格诺派在听闻魔鬼有关化质说的证词之后，将立刻改宗。最后，他相信珍[①]和她想象出来的一切。轻信是一种严重的智力上的罪过，只有那些最顽愚之人才会为之辩解。在绪兰的案例中，这种无知其实可以克服，但谁叫他要刻意这么无知呢？前面我们提及过，不管当时社会的主流学术氛围如何，对于附魔事件，很多耶稣会的同行们和绪兰比起来，没有一丁点相信的意思，更没有绪兰那种甚不得体的热诚态度。他们怀疑附魔一事，对事件中所有荒唐、丑恶的胡说八道，他们都自由地拒绝认同；而这位新驱魔人，因为对非凡圣恩和非凡丑闻的病态兴趣，对此没有一丁点的怀疑，就全盘接受了这些胡说八道。绪兰的特点之一是身体有病，这点我们前面提过；但他还有一个特点是圣洁和拥有英雄般的热情。他的目标是成为完美的基督徒，至死方休，这样的话，就有可能使灵魂接纳与上帝融合一处的荣耀。他提倡这一目标倒也不是全为自己，也是为那些被他说服，愿意与他同赴那净化自身、服从圣灵的大道的所有人。其他人都被他说服了，难道女院长不会吗？这个想法（他觉得像是灵感）当他还在马雷内的时候就有了。除了进行驱魔，他还将对修女们进行灵修生活上的训练，他本人从伊莎贝尔修女和拉勒芒神父那里就接受过这样的训练。他将引导附魔者的灵魂到光明之地，以此救助她们。

到卢丹一两天之后，他对让娜修女提出了自己的想法，得到的答复

① 对让娜的亲昵称呼。

是来自伊沙卡龙的一阵笑声，来自利维坦充满愤怒与轻蔑的一阵咆哮。两个魔鬼宣称，这女人是它们的宝贝，魔鬼们共同寄居于她的身体。他向她谈起精神上的修炼，催促她做好准备，要让她的灵魂与上帝融合！为什么要这样呢，她可是在长达两年多的时间里没有尝试过默祷了。真的，他叫她默祷！完美的基督徒！

笑声更狂躁了。

但绪兰并未打消念头。一天又一天，不管面对的是女院长何等的亵渎、抽搐，他都一次次地发起冲锋。在她的人生路上，他已安放了天堂之犬[①]，他打算跟随他的猎物直到死亡，而那死亡，将是永生。女院长却想逃跑，但他尾随着她的脚步，他以祷告和说教缠住她，他向她提起灵修生活，请求上帝赐予她力量以便开始艰难的初期修炼，并向她描述与上帝融合的至福。但让娜修女却以尖利的笑声打断他，嘲笑他珍爱的布瓦内蒂，猛烈地打嗝，东一阵西一阵地歌唱，模仿猪吃食的样子。但是他始终不懈，从未放松对她的教训。

一天，女院长经过一场极其可怕的恶魔般淫猥的发作之后，绪兰祈祷说，希望自己可以代女院长承受这一切痛苦。他想体验魔鬼迫使让娜修女所感到的一切痛苦，他本人已经做好准备，让魔鬼来上身吧，“只要这能取悦于神的善意，使她治愈，并引导她过贞德的生活”。他进一步要求说，希望可以得到允许而成为一个疯子，体验那最极端的羞辱。道德家们和神学家们都明确表示过这一类的祷告词是绝不可说出口的。不幸的是，谨慎从来不是绪兰的优点，他就是说出了这些不智的、完全不合理的请求。但是，祷告者倘若热切的话，是可以得到回应的，有时无疑

① 天堂之犬，是参照希腊神话里地狱犬所作的比喻。

还会直接得到神的相助；不过，我们怀疑，更多的时候，由于这类想法的性质所定，它们易于被具体化地表现出来，呈现出物质的或心理的、事实的或象征的形象，无论是在人清醒之时，还是在睡梦之中。绪兰既然祈祷说他情愿承受让娜修女所承受的，于是在1月19日，他真的被魔鬼附身了。

或许，即使他不那么祈祷，这事也会发生。魔鬼们已经杀死了拉克坦斯神父，特朗基耶神父也很快步其后尘。真的，根据绪兰自己的说法，没有一个驱魔人不在一定程度上被魔鬼所困扰，因这些魔鬼是驱魔人们自己唤醒的，而且他们还在竭力使这些魔鬼生龙活虎。因世上无人可以专注于邪恶，或者专注于邪恶的想法而不受影响。反对魔鬼的态度比拥护上帝的态度还要坚决，那可是极其危险的事情。每一个十字军战士都易于发狂，因为他加诸敌人身上的邪恶，也缠绕着他自己，且逐渐变成他自己的一小部分。

通常，附魔更多是因为世俗的缘故，而非超自然的问题。人们会因为对仇人，或对憎恨的阶级、种族、国家而附魔。在今日，世界的命运被那些自造的附魔者所掌握，这些人被他们刻意在别人身上发现的邪恶所附身，且将这邪恶呈现于世界。他们并不相信魔鬼，但他们却破除一切困难使自己被邪恶附身，他们尝试了，他们成功了。既然这些人信仰上帝并不比信仰魔鬼更多，那么他们很有可能永远都不能治愈自己的附魔。

回到绪兰，他将自己的注意力集中于如下的想法，即存在某个超自然的、形而上学的邪恶，因此，他驱使自己陷入了一种疯狂，在世俗的附魔者中，这种疯狂是不常见的。但他对善意的想法也是超自然的、形而上学的，因此，最后他还是得到了拯救。

五月初，绪兰给他的朋友和耶稣会同工德阿第契神父，详细描述了发生在他身上的事情。“自从上次通信之后，我限于一种状态，是我素来不能想见的，但是完全凭了上帝对我灵魂持久的引导，……我与四名来自地狱的最邪恶的魔鬼缠斗不休。……这战场中最不起眼的一个是驱魔仪式的现场，因为我的敌人们日日夜夜，以不下一千种的方式秘密地现身。……在过去的三个半月中，时刻都有魔鬼缠着我。情况演变到这样一种程度，一定是得到上帝允许的（我想那是因为我的罪孽深重）。……魔鬼们从它们寄居的身体中出来，钻进我的身体，攻击我，把我扔在地上，当众折磨我，他们能一口气附在我身上达数个小时，就好像我真的成了一个附魔者。

“当时，我发现几无可能解释发生在我身上的事情，有一陌生的精神不知如何就与我的精神合为一体，它没有剥夺我的意识，也没有剥夺我内心的自由，然而它却构成了第二个我，就好像我有了两个灵魂，其中一个占据我的身体，作为它的营地，却看着另一个侵入者为所欲为。这两股精神力缠斗的战场局限于我的身体。那真正的灵魂似乎分裂为二，其中一部分是各种恶魔的印象，而另一部分则属于正确的情感，或受上帝激励的情感。一方面，我感到一种巨大的平静，仿佛我被上帝的善意所庇护；同时另一方面，（不知何故）我感到一种对上帝的极其强力的愤怒和憎恶，表现为疯狂的挣扎（看到这一切的人瞠目结舌），试图将我剥离上帝的怀抱。一方面，我感到一种巨大的欢乐；同时另一方面，我感到一种痛苦，就在哭泣、哀歌中寻找发泄，像是那些该下地狱的人一样。我感到自己处于被诅咒的状态，我理解了它。我感到，似乎在那陌生的灵魂（看起来像是我自己的灵魂）中，绝望之爪刺痛了我；然而同时，另一个灵魂却居于绝对的坚信之中，对如上的情感并不在乎，并诅咒造成这些情感的始作俑者。我甚至能感到，从我口中发出的喊叫，同时来源于那两个灵魂；而我发现很难分辨它们是源于快乐还是源于疯狂。当圣餐置于我身体的任何一部分，我都会战栗，这是因为对圣餐即将靠近的恐惧让我感到难以承担，同时（在我看来似乎如此）也是因为感到一种至深的尊敬。……

“当身处任一灵魂的冲击之下，我便试图在嘴边划十字，另一个灵魂就会把我的手拨开，或者将我的手送进我的嘴里，然后残忍地咬它。然而，我发现在此类骚动之中，当我的身体在地上打滚，当教堂的神父们对我说话宛如对魔鬼说话满是诅咒时，我感到默祷从来都不会比那些时刻更容易或更平静。其实，我都无法向你描述，当我发现自己被魔鬼占据之时，感到何等的快乐。魔鬼占据我身，不是因为我背叛了上帝，而是我的罪孽迫使我进入了一种状态，此种状态简单来说，好比一场灾难。

“当其他附魔者看见我这个状态时，看看她们那欢欣鼓舞的样子！听听那些魔鬼是如何嘲笑我的！‘医生，治治你自己吧！现在是从布道台上下来的时候啦！看那厮布道真是乐事一桩！’……可以亲身体验那种邪恶的状态，是耶稣基督将此状态呈现给我看，以使我领悟祂伟大的救赎之道；这不是让我成为一个异端，而是让我真正体验那邪恶的状态——感谢耶稣基督救我们脱离了此状态！这是何等的恩荣啊！……

“这是我现在的立场，是我几乎每天都要经历的一切。我已成为人们争议的对象。我真的附魔了吗？神父也会陷入这样的麻烦吗？有人说这是上帝在惩罚我，惩罚我的一些幻觉；其他人则另有说法。至于我本人，我保持平静，无意改变我的命运，我坚信，世间没有比经历最极端的境遇更好的事情……”

（在后来的通信中，绪兰就这个主题做了更深入的探讨。他坚持说，在一些案例中，上帝利用附魔事件作为赎罪的先导，而这是达到澄明之境的序曲。“允许魔鬼附身、缠住那些上帝本欲引导至更高神圣境界的灵魂，乃是上帝施恩于人的较为普遍的一种方式。”魔鬼是无法控制灵魂的，也无法强迫受害者犯罪。恶魔虽诱使附魔者说亵渎之语，行不贞之事，仇恨上帝，却无碍于灵魂本身的纯洁。不错，魔鬼们干得很好，因为它们让灵魂感到耻辱，一如人主动犯下如此恐怖之事将使灵魂感到的耻辱一样。但魔鬼在人心中投下的所有耻辱、痛苦、恐惧乃是“如一口坩埚，燃烧之时，能触及人心，能触及骨髓，终会焚毁人所有的自私自利。”

与此同时，上帝也在为至苦的灵魂忙碌，祂的工作“效力强大，却曲折迂回，然而又引人入胜，以至于人们可以说，灵魂乃是上帝因慈悲而造的最可爱的作品。”）

在这封写给德阿第契神父的信的结尾，他请求对方言行谨慎，为其保密。“除了我的告解神父和我的尊长，您是唯一一个听到我吐露这些事情的人。”很可悲，他的信任完全选错了人。德阿第契将这封信给所有人看，无数的抄本在流传，几个月内，这封信就被付印了，还是印在很大的一张纸上。绪兰与被判刑的杀人犯和六条腿的牛犊一起，成为了新闻人物，成为俗人们取乐的谈资。

从现在开始，利维坦和伊沙卡龙永远都不会彻底远离他了。但是，在它们攻击他的间歇，实际上在它们迷惑他的灵魂期间，绪兰仍能执行他的使命：净化让娜修女。当她跑开，他就追上。女院长被逼到墙角，就朝他大发脾气，对此他并不上心。他跪在她脚下，为她祈祷；坐在她身边，在她那不顺从的耳边低语拉勒芒神父的灵修教义。“内在的完美，顺服于圣灵，心灵的净化，意志转向上帝……”她体内的魔鬼翻滚着，说着急促而不清晰的话；但他不管不顾继续说。然而，在他的内心中能听到利维坦的嘲笑，还有不洁的魔鬼伊沙卡龙淫猥的刺激话。

绪兰要对付的还不只是魔鬼。甚至在女院长清醒的时候，她也不喜欢他。她讨厌他，因为她怕他，怕被他的洞察力看穿她的真实面目——在她清醒时知道自己是谁：半是演员，半是冥顽不灵者，完全是个歇斯底里的人。他乞求她能与他坦诚相处，得到的回答要么是魔鬼的嚎叫声，要么是修女断然否定自己有可以吐露给他听的事。

这位附魔者与驱魔人之间的关系因如下的事实变得更其复杂。在复活节那一周，让娜修女突然对这个她如此害怕、厌恶的男人产生了一种“非常邪恶的欲望和最为无法无天的情感”。她不能坦白这个秘密，然而恰恰是绪兰本人，在圣餐之前经过长达三个小时的祈祷，第一次提及了那些“无耻的诱惑”。让娜修女写道，“假如有人曾慌成一团，那么我当时就是那样”。见时候不早，他便离开了，任她回味自己的震惊。最终，她又一次决定，不仅要改变自己对待绪兰的态度，而且要改变自己的整个人生态度。这是意志表面上所下的一个决心，其实在意志的深处，在潜意识中，魔鬼们的想法却大不相同。

她尝试阅读，但她的大脑一片空白。她尝试思索上帝，将自己的灵魂放在上帝面前，但她立刻就头痛欲裂，还伴随“奇怪的昏迷和虚弱”。对付这些症状，绪兰有一味灵药：默祷。她同意尝试一下。这时魔鬼们加倍表现出愤怒之情。她才一念及“内在的完美”，它们就使她的身体抽搐起来。绪兰把她放在一张桌子上，细心地用绳子绑好，确保她一动不能动；然后他跪在她身旁，在她耳边轻声私语，说出那种典型的冥想的语言。“心向上帝，完全献身于上帝，是我讲的主题。我列出了三点建议，以丰富的情感做了表达，完全都是从女院长的角度做出这些建议的。”一天又一天，这样的仪式重复着。她被捆缚，似乎要经历一场外科手术，在那时，女院长就被上帝的慈悲照顾了。她挣扎，她吼叫，但是在她发出的一切噪音之中，她仍能听到那强硬的祝福者的声音。

有时利维坦会注意到驱魔人，突然之间，绪兰神父就发现自己不能说话了。此时，恶魔从女院长那里发出高声的嘲笑。但是绪兰转瞬间又恢复正常，于是，从被打断的地方开始，祷告者继续他的耳语教育。

当魔鬼太过凶悍时，绪兰便从一个银盒子中取出一枚圣饼，将圣饼贴在女院长的心窝或额头。经过开始的痛苦抽搐之后，“她受感召，勇于献身，恰如我在她耳边轻语的一切——它们一直激励着我，也取悦了上帝。她用心听我说的一切，并投身于意义绵长的冷静之中。她的心受到何等巨大的触动啊……泪水溢满了她的眼眶。”

这是一种改变，但这改变却是基于她歇斯底里的境地，是在一个想象的舞台上发生的。八年前，作为一名年轻的修女，让娜曾努力取悦她的尊长，为此还炫耀过自己要成为第二个亚维拉的德兰的雄心壮志。除了那位年老的院长嬷嬷，当时无人被她感动。而当她本人成了院长，可以自由享用会客厅，那种神秘主义似乎渐渐不再令她感兴趣了。此后，几乎是突然之间，她执迷于春梦，在梦中与那个叫格兰第的人缱绻不已。于是，她的神经衰弱症加剧了。米尼翁教士又谈起了魔鬼，进行了驱魔仪式，并将自己那本米夏埃利斯所著的关于格弗里迪事件的书借给她看，她看了这书，然后便视自己为附魔者中的女王——那时她的野心，在所有方面（如渎神、咕噜、污言秽语、杂技等）都要超过其他附魔者。当然，她知道，“她灵魂中所有的错乱都源于她本人的性格”，还有，“她本人应为这种错乱负责，而不能从外部找理由为自己开脱”。在米夏埃利斯和米尼翁的影响下，源自她本性的缺陷变身为七个魔鬼。而现在，这些魔鬼却自得其乐起来，反过来竟做了她的主人。

为了取出它们，她不得不抛弃她的坏习惯和那些丑陋的性情。要做到这点，正如她的新导师所言，她务必要祷告，将自己置身于圣光之中。绪兰的激情是具有传染性的，他的诚恳使她深受感动，她清楚，在他迷狂的症状背后，以其丰富的经验知道自己在说什么。听了他的话，她渴望靠近上帝，但她期望的却是要在一众仰慕的观众面前，以最为壮观的形式，展现出自己对上帝的渴望。她已经成功地成为了附魔者中的女王，而现在，她渴望成为圣徒，或者说，她渴望被人视为圣徒，此时此刻就得到封圣，然后创造奇迹，祷告者也将吁求她的名字……

她以全部的激情投身于自己新设定的目标。原本定下的每天默祷三十分钟，被提高到每天三到四小时。为了让自己有被圣光照耀的资格，她开始了一系列最为苛刻的身体苦行。她去掉羽毛被褥，改为不加衬垫的木板床；食物上不再倒沙司，而是挤上苦艾熬制的汤汁；她穿上刚毛衬衣[①]，系上满是尖钉的腰带；每天至少三次鞭打自己，有时，如她自己明确告诉我们的，曾在24小时内鞭打自己长达7个小时。绪兰对苦修是极为推崇的，他鼓励她坚持下去。他注意到，魔鬼们仅仅是对教会的仪式嘲笑了几声，因为她狠狠地鞭打自己的肉身，几分钟之内它们就逃之夭夭了。鞭子驱散俗人的忧郁或驱散超自然的附身，效果都好，这一点亚维拉的德兰也曾发现。“我要再次强调（因为我看到过，而且与许多被忧郁症困扰的人们有联系），没有其他办法可治疗忧郁，只有以我们的力量想方设法地压制它……假如语言的力量不够，便求助于苦修，如果轻微的苦修无效，便加重苦修的程度。”这位圣女又加了一句，“看起来似

① 刚毛衬衣，是用多刺的、让人不适的粗麻布或动物粗毛制成的贴身内衣。

乎惩罚生病的修女姊妹是不公的，因她们控制不住自己，但其实她们会没事的”。

不过，首先我们绝不能忘记，那些神经症患者会给其他灵魂造成巨大的伤害。而且，“我真的相信，一个散漫的、不谦逊的、受教育不多的灵魂，常常会弄出恶作剧来……撒但以这种火暴的脾气或忧郁为借口，力争捕获更多的灵魂。与过去相比，这一现象在今日更加普遍；原因在于今日人们所有的任性和过度的自由都被称为忧郁。”在那些视意志为绝对自由、视自然为完全恶性的人中，以这种最简单的方式来拣选出神经症患者明显是非常奏效的。但在如今，这种方式仍然有效吗？在某些情况下，也许答案是肯定的。但在其他多数情况下，考虑到当下知识界的氛围，鼓励人们“讲出来”也许比自残式的休克疗法有更好的效果，因此，神经症患者不那么容易显现了。

因驱魔仪式，以及观光者进进出出，修会的小礼拜堂变得太过吵闹，影响了让娜修女与导师私语的畅谈。1635年的初夏，二人开始到更静谧的一间阁楼里交流。在阁楼中临时搭建了铁栅，透过栅栏，绪兰给出建议，或是阐释神秘主义的神学；而女院长则告诉绪兰她身受的种种诱惑、与魔鬼的斗争、在默祷中的体验（实在惊人啊）。然后在沉默中，二人一起冥想起来，于是这阁楼变成（照绪兰的话）“天使之屋、快乐天堂”，二人在阁楼里都感到被非凡的圣恩所照耀。一天，当她冥想到耶稣在受难之时身受的蔑视时，突然陷入一阵狂喜中。当狂喜消散，她透过栅栏向导师汇报，“她是如此接近上帝，以至于似乎感到了来自上帝嘴唇的亲吻”。

那么，与此同时，其他驱魔人是怎么看待这一切的？卢丹市善良的市民们又是如何议论的呢？绪兰告诉我们，他曾“听到人们嘀咕：这个耶稣会修士整天对一个附魔的修女能干什么事情？我则在内心深处回答，你们并不知道我正在做的事有何等重大的意义。我似乎看见，天堂与地狱都在这个灵魂中燃烧着，天堂中燃烧着爱，地狱中燃烧着狂怒，两股势力都在奋力争夺她”。可惜他所见的，并非别人所见的。其他人所知道的是这样的版本：绪兰并未对他的悔罪者施以完全的、严格的驱魔仪式，而是与她进行长时间的私人谈话，不顾她身上有众多魔鬼的事实，仍试图教育她，要她过一个完美基督徒的生活。对于绪兰的同行来说，绪兰的这一努力似乎不过是愚蠢之举，至于绪兰本人则更是愚蠢，因为他已迷狂，他本人甚至还需要进行频繁的驱魔仪式呢。（五月，加斯顿·德·奥尔良——国王的弟弟——来看魔鬼了。而当时，绪兰已经当众被伊沙卡龙附身，此魔鬼离开让娜修女的身体，钻进了绪兰身体中。当附魔者们安静地、神智清醒地、反讽而微笑地坐着时，绪兰则倒在地上打起了滚。自然，王子非常开心，但对绪兰来说，这不过是那位深不可测的上帝使他身陷的众多羞辱中最新的一次罢了。）无人怀疑绪兰在目的和行为上的纯洁性，但是所有人一致认为他的举止轻率，对他的举止必然招致的流言蜚语则一致表示悲叹。到了夏天末尾，开始有人建议管区长博依热神父将绪兰召回波尔多。

与此同时，女院长则已完成了她所有的尝试。在她作为伟大冥想圣徒这一新角色中，她的表演理应博得满堂喝彩。然而结果不然，“我主允许我的姊妹们在与我谈话时给予我许多痛苦，这是那些折磨她们的魔鬼的杰作。现在，她们中绝大多数人对我抱有厌恶之情，理由是我近来的举止和生活方式有了变化，而她们看到了这些变化。魔鬼劝说她们相信，这些变化是由魔鬼造成的，可以令我处于能够褒贬她们性格与行为的更高的位置上。于是，只要我与她们在一起，魔鬼们就诱使其中一些人嘲弄我，取笑我的所言和所为。这情形最是令我痛苦”。

在驱魔仪式中，修女们通常会指证她们的院长是“虔诚的魔鬼”，驱魔人也认同这样的观点。除了绪兰之外，其余所有在修会里忙碌的神父都不相信女院长的表演。让娜修女试图让他们相信伟大的圣约瑟曾给予她默祷的天赋，也曾谨慎地自称“受神圣上帝的恩典，已达冥想的境界，我以此感知圣恩极大的照耀，而我主也以特别的、私密的方式与我的灵魂对话”，但徒劳无益。驱魔人非但没有在这处“神圣智慧”的移动泉水前拜服，而且仅是告诉她，她所谓的圣恩的照耀，不过是迷狂之辈特有的感知现象。面对如此冷酷的心灵，女院长只有退却，或是陷于疯狂，或是退入阁楼，与她亲爱的、善良的、可信的绪兰神父在一起。

不过，甚至连绪兰神父也是对她的一个考验。对她所言的所有关于非凡圣恩之事，他全都相信，但是他对圣洁的理想要求太高，这使她很不自在，而他对让娜修女的性格评价太低，也令她不快。坦白自己骄傲、多肉欲是一回事，但被别人说出这些令人不快的事实却是另外一回事。绪兰非但不满足于告诉让娜修女她的问题所在，而且他还一直尝试纠正她。他相信女院长是附了魔，但他同样相信，魔鬼的威力来自于附魔者本身的缺陷；因此，只要改正身上的缺陷，魔鬼自会溜走。因此，照绪兰的话讲，“射人先射马”就是很有必要的了。但是马发现自己在被攻击，是不会觉得舒服的。虽然让娜修女已经打定主意要“完美地走向上帝”，但她却总视自己为一个圣徒，当别人在她身上看见一个不自觉的（或许还是太过自觉的呢）丑角形象时，她就感到难受。

终于她知道了，走向圣洁之路是极其痛苦和沮丧的。绪兰严肃地看待她，认为她进入了狂喜的境界，这自然讨她欢喜，但她所能得到的欢喜也不过如此罢了；因为很不幸的是，他更严肃地看待她，视她为一个忏悔者、苦修者。当她过于骄傲，他就斥责她；当她要求华丽一些的苦修仪式，如当众坦白自己的罪孽，或降低自己的教阶做一名庶务修女，他反而坚持要她施行不起眼的、不间断的、小规模的禁欲；当她装出上层女士的样子，他却待她如女帮厨。女院长被激怒了，躲进利维坦自得的狂怒中，躲进贝西摩斯反对上帝的胡言乱语中，躲进巴兰的插科打诨中。到这个时候，魔鬼们已然彻底将驱魔仪式当成享受，而绪兰却并不求助于驱魔仪式，他命令那些骚扰女院长的魔鬼自己鞭打自己。既然女院长仍保留着足够的自由和提升自己的真实愿望，那么魔鬼们只得服从。它们叫嚣："我们可以对抗教会，我们可以藐视神父，但我们却抵抗不住这条母狗的意愿。"于是，抱怨着、诅咒着，根据各自的性情，它们开始挥舞起鞭子。利维坦鞭打自己时手法较重，贝西摩斯紧跟其后，但是巴兰，尤其是伊沙卡龙却害怕疼痛，几乎不能被人引诱而自我鞭打。"看见这些淫荡的魔鬼受到惩罚，真是令人称叹的盛大场面啊。"绪兰如此说道。鞭打力度其实轻微，但是尖叫声却能刺穿人的耳膜，眼泪也是涟涟不已——清醒时的让娜修女，要比这些魔鬼承受更多的惩罚呢。有一次，足足鞭打了一个小时才驱散了由利维坦造成的某种心理的、身体的病症，但在绝大多数情况下，仅仅几分钟的鞭打就足以让魔鬼们逃离，而让娜修女也就可以自由地继续走她的完美之道了。

成为一个完美的基督徒这件事，至少对于让娜修女来说，开始变得冗长乏味了。

要知道，完美有一个严重的缺陷，就像绪兰神父描述的那些琐碎的小小的禁欲行为一样，完美的达成是毫不起眼的。你达到了更高的冥想水平，你蒙恩得与上帝有私密的交流，但是到哪里去炫耀这样的荣耀呢？根本就没有机会嘛。你倒是可以向人们描述你得到了何等的荣耀，但人们所做的不过是摇头耸肩。当你的举止像神圣的德兰一样，人们会哄堂大笑，或勃然大怒，称你是伪君子。

她需要某些更明确的机会，那将是引人入胜的，而且明显是超自然的。

现在修会中不再有魔鬼的奇迹了，因为让娜修女已经不再做附魔者的女王，她现在渴求的是立刻封圣。1635年2月，在她身上出现了第一个神迹。那天，伊沙卡龙坦白说，有三名神秘的巫师，两位来自卢丹，一位来自巴黎，附身在三枚圣饼上，他们打算要焚毁圣饼。绪兰立刻命令伊沙卡龙去把圣饼拿过来，那圣饼藏在巴黎某处某个床垫底下。伊沙卡龙离开了，当天未再回来。绪兰又命令巴兰去做伊沙卡龙的助手，巴兰先是顽固地拒绝，但在善良天使的帮助下，绪兰最终迫使他听命。绪兰的命令是，圣饼应在第二天晚餐之后举行的驱魔仪式上出现。在规定的时间内，巴兰和伊沙卡龙现身了，在经过许多的抵抗（通过女院长身体的歪曲扭动可以知道）之后，宣称巴黎的三枚圣饼就在神龛上方的壁龛里。“然后魔鬼使女院长原本很小的身体拉长了”，于是在手臂伸长之后，她的手够到了壁龛，拿出了一张折叠好的精美纸张，里面包裹着的，恰好是三枚圣饼。

这奇迹，实在费力且可疑，但绪兰却高度重视。不过，在让娜修女的自传中她甚至没有提及此事。是不是因为她对成功欺骗了她那值得信任的导师感到羞愧呢？又或者是因为她发现这个奇迹本质上有很多漏洞？不错，这次奇迹中，她扮演了核心的角色，但这次奇迹却不独属于她。她需要一个完全属于自己的奇迹，于是在当年秋天，她达成了这个心愿。

十月底，基于修会内部的舆论压力，阿基坦省的管区长命令绪兰返回波尔多，接替他的将会是一位不那么古怪的驱魔人。消息传了出去，利维坦心花怒放，但是当让娜修女清醒过来时，却感到极大的沮丧。她感到，该是做些什么的时候了。于是她向圣约瑟祈祷，满怀坚定地相信“上帝会帮助我们，而这个狂妄的魔鬼终将受到羞辱”。此后的三四天时间她都卧病在床，然后突然之间病好了，她立刻要求举行驱魔仪式。“那天（11月5日）许多有声望的人都聚集在教堂里观看驱魔仪式，实在是上帝显灵，天助我也。”（“天助我也”通常指有重要人物在场的机会，正是大人物在场时魔鬼们能表现出最大的奇迹。）

驱魔仪式开始了，“利维坦以一种非凡的风度出场，夸下海口，说自己已然击败了教会的神父。”绪兰予以反驳，命令魔鬼要尊崇圣餐。紧接着是常见的咆哮和抽搐，“上帝以其慈悲临照我们，给予我们的，超过我们敢于想象的”。利维坦竟拜服于地，或者更准确地说，它在驱魔人脚下向让娜修女表示拜服。它坦诚自己阴谋对付绪兰，破坏其名誉，并请求绪兰原谅；接着，在最后一次发作之后，利维坦离开了女院长的身体，这次是永远离开。

对绪兰来说，这是一次胜利，证明了他的方法是正确的。被这奇迹所震撼，其他的驱魔人改变了他们的说辞，管区长则又给了绪兰一次机会。让娜修女得到了她想要的。她这么做，证明了当她被魔鬼附身时，在某种程度上，最终魔鬼也将被她所控制。魔鬼可以使她举止疯狂，但她只要想利用这种疯狂，那么她完全有能力使魔鬼照她的吩咐来做事，就仿佛它们不存在似的。

在利维坦离开之后，一个血色的十字架印记出现在女院长的额头，三周后依然清晰可见。这还不算什么，更绝的在后面。巴兰也宣称自己准备离开了，并发誓说它离开时会在女院长的左手留下自己的名字，这名字将一直留在她左手上直到她死去。想到那插科打诨的恶灵的签名将不可磨灭地印在她身上，让娜修女是并不情愿的。如果被适时控制的魔鬼提出要写下另外的名字——比如圣约瑟的名字，那该有多好啊！接受了绪兰的建议之后，为荣耀圣徒，她开始持续与之进行长达九天的交流。巴兰竭尽所能要破坏这次交流，但是不管疾病还是精神模糊，都无法阻止女院长的坚持。一天早晨，就在弥撒仪式开始之前，巴兰和贝西摩斯（前者是插科打诨之徒，后者是渎神之徒）进入她的头部，制造了非常大的混乱，以至于虽然她清楚知道自己的所作所为是错误的，却不能抵抗那种疯狂奔向餐厅的冲动。在餐厅，“我狼吞虎咽，一顿早餐，我吃了超过三个饥肠辘辘的人一整天的饭量。”她是不能再领受圣餐了。让娜修女深感愧疚，向绪兰请求帮助。他套上披肩，给出了必要的建议。“魔鬼又一次进入我的脑中，然后使我猛烈呕吐，我吐出来的东西之多，可以说是不可思议的。”巴兰于是发誓，现在她的胃是空的，绪兰神父判断说，她或可安全地享用圣餐。“于是，我终将九天的祷告持续到底。”

11月29日，插科打诨的恶灵终于离开了。当时，在现场看到这一景象的群众中，有两个英国人，一位是沃特·蒙塔古，他是第一任曼彻斯特伯爵的后代，刚刚改宗天主教，他以一个新改宗者的意愿，是要相信一切的；另一位是他年轻的朋友和被保护人托马斯·吉列格鲁——那位未来的戏剧家。几天之后，吉列格鲁向身在英格兰的朋友们写了一封很长的信，描述了他在卢丹所看见的一切。他说，这次的经验让他“大开眼界”。第一天拜访修会，他见到四五个附魔者在修会的教堂里，从一个礼拜堂走到另一个礼拜堂，她们安静地跪下、祈祷，而她们的驱魔人则跪在她们身后，她们每人脖子上缠着一根绳子，另一端在驱魔人的手上。绳子上系着小小的十字架，这绳子好比皮带，只要轻轻一动，就能控制住魔鬼的疯狂行径。然而当时，一切都很平静，“我只见到众人的跪拜。”在接下来的半小时内，有两名修女开始任性发作，其中一人扑向一位修道士的喉咙，另一人则双臂环绕她的驱魔人的脖子，伸出舌头要吻他。同时，在分隔教堂与后部修会的栅栏处，持续传来一种吼叫的声音。此后，沃特·蒙塔古过来喊这位年轻人见证一场魔鬼的测心术表演。魔鬼们使新改宗者心悦诚服，但是却未能成功地说服吉列格鲁。在表演的间歇，魔鬼们为加尔文祷告，对罗马教会则横加诅咒。当一个魔鬼离去时，观众问它到哪里去。修女的回答却很是模糊不清，使得吉列格鲁这位《欧洲杂志》的编辑没法将她说的话印到杂志上。

然后便是对漂亮小巧的艾格丽斯修女的驱魔表演。相关描述在前文中已经提过。看见这等尤物被两个粗笨的农夫摁在地上，而她的驱魔人竟将腿压向她的胸脯，然后压在她雪白的喉咙上，这使得年轻的骑士甚感可怕和厌恶。

第二天，驱魔仪式继续，但这次的仪式以更有趣、较不那么讨厌的方式结束。吉列格鲁写道：“祷告一结束，她（女院长）转身面向修道士（绪兰），他将一串十字架戴在她脖子上，绳子上打了三个结。她安静地下跪，在十字架被系紧之前，她停止祷告；然后，她突然站起来，数起了念珠；在向圣坛表达敬意之后，她走向一个座位，这座位有点像躺椅（只有一头），专门为驱魔仪式定制，在礼拜堂里还有好多呢。”（想来很是有趣，只是不知这些古老的“心理分析”躺椅是否还存在。）“躺椅的一头靠近圣坛，她带着谦卑走向躺椅，有这种谦卑，甚至无需神父们的祷告也能助她赶走魔鬼。她走到了躺椅旁，躺了下去，帮助神父用两根绳索捆住自己，一根捆在腰际，一根捆在腿部。当捆好了自己，并看见神父端着装圣餐的盒子时，她便叹息起来，浑身颤抖，像是要承受一场折磨。这次她倒没有显出谦卑、耐心，因为所有修女在同样的情况下都是如此害怕。驱魔仪式开始，另一名附魔者喊她的神父，她要自己放好椅子，躺在椅子上，像刚才那位一样自己把自己捆好。”看到她们如此谦逊地走近圣坛，看到她们如此正常地行走于修道院内，吉列格鲁知道那时她们是清醒的，她们那谦逊的外表和脸庞展现出她们的本来面目——承诺献身宗教的少女。“而那位修女，从驱魔仪式一开始就躺在那里，似乎睡着了……”绪兰于是开始工作，几分钟之内，巴兰显身了，打滚、抽搐、骇人的渎神话语、可怕的鬼脸。让娜修女的肚子突然膨胀起来，就像一个怀胎很长时间的妇人，然后她的乳房也膨胀起来，膨胀程度与她的肚子相当。一到膨胀之处，驱魔人就将圣物敷上去，于是膨胀处就消肿了。

吉列格鲁走上前，摸了摸她的手，那手是凉的；搭了搭她的脉，那脉是平稳缓慢的。女院长把他推到一边，开始扯自己的头巾。过了一会儿，露出了她光秃秃的、剃得干净的头颅。她翻着眼睛，吐出舌头，舌头肿大得非常厉害，是黑色的，就像摩洛哥皮革一样还布满丘疹一般的纹理。绪兰将她松绑，命令巴兰向圣餐表示崇拜。让娜修女滑离座位，站到地上。有很长一段时间，巴兰都固执地反抗指令，但是最终还是被逼按要求向圣餐表达崇拜。“然后”，吉列格鲁继续写道，“当她又躺下时，像个杂技演员一样弓起她的腰，以头着地，以脚朝天，跟着修道士绕着小礼拜堂走。此外还有许多奇怪的、反自然的姿势，为我前所未见，也是我认为无论任何男女都不可能做出来的动作。还不是说就来这么一下，而是持续这种动作整整超过一个小时，另外，无论她做了何等动作，都脸不红、心不跳。”整个过程中，她的舌头都是吐出来的，“肿大到匪夷所思的程度，从她一开始发作以来，这舌头就没回到过她嘴里，真的，我从没有一刻看见过它缩回去。然后我听到她突然发出一声尖叫，你会想，她是不是将自己撕成了碎片，但她其实是在说话，说的是一个词：'约瑟'。一见此景，所有驱魔人都站起来，喊叫起来，'那就是迹象，看看那个记号！'有一修道士看到她伸出了一只手，便过去找。蒙塔古先生和我亦非常认真地寻找。在她的手上，我看到有一块颜色显了出来：有些红，沿着她的静脉有一英寸长，是许多个红点点，很明显，红点组成了一个词，而那个词正是她所呼喊的'约瑟'。据那位耶稣会修士所说，这个记号是魔鬼答应在离开之际要标记的。"然后便是数分钟的后续仪式，官方的驱魔人在一份记录文件上签名，蒙塔古、吉列格鲁也以英文签名。最后，这封信欢快地总结道，"我希望你能相信这一切，或至少可以说：世上骗子太多，但没有一个能比你那最谦卑的仆人托马斯·吉列格鲁的骗术更高明。"

除了圣约瑟的名字之外，后来又加上了耶稣、圣母马利亚和圣方济各·沙雷氏的名字，名字第一次出现时是鲜红的，一两周后就会褪色，亏得简修女的善良天使，名字还会焕然一新重新出现。从1635年的冬天到1662年的圣约翰节，这一奇迹没有规律地反复出现，但此后这些名字就永远地消失了，绪兰写道，"无人知道原因何在，如果有原因，也是因众多人等强求女院长展现这奇迹，使她分了心，远离了我主，于是，女院长不断祷告，让这一苦恼离开了自己。"

绪兰和他的几位同行，以及绝大部分的公众都相信魔鬼这种新形式的羞辱，其实是源自上帝的非凡圣恩。而在同时代受过教育的人中，大家却抱有普遍的怀疑，这些人不相信附魔一事，现在也不相信这些名字的产生源于圣恩。其中一些人，如约翰·梅特兰认为，这些名字是被某种酸性药水写在了皮肤上；另一些人则认为，或许是用染色淀粉涂写在皮肤上的。许多人的评论基于如下一个事实：这些名字没有平均分配到两只手上，而是集中显现在左手上，只有惯用右手的人才会轻而易举地把名字写在左手上。

在研究让娜修女自传的文章中，加布里埃尔·勒盖和吉勒斯·德·拉图雷特两位博士（他们都是沙可①的学生）倾向于认为手上出现的字是自我暗示的结果，并列举了几例现代歇斯底里症病人的皮肤上出现印痕的案例佐证。需要补充的是，在大多数歇斯底里案例中，病人的皮肤会变得非常敏感，用手指轻轻按下去，皮肤的表面便会出现红色印痕，可以持续数个小时。

自我暗示、故意造假，或两者都有，凭此我们可以轻松地解释让娜修女的奇迹事件。就我而言，我相信是第三种情况。皮肤的红瘢或许是自发出现的，以至于在让娜本人看来，这似乎是真正的奇迹。假如这是真正的奇迹，那么加强这现象的效果以使得大众更受触动，同时使她本人增长声誉，也就是无可厚非的选择了。她手上那些神圣的名字，就像沃尔特·司各特爵士的小说：基于事实的基础，但却赋予相当的想象与艺术。

现在，让娜修女拥有了属于她私人的奇迹。由于她那善天使的帮助，这奇迹还有固定的更新，神圣之名随时出现，亦随时可以向尊贵的来客或蜂拥而来的普通观光客们展示，于是，这奇迹也就不再仅仅是私人的了。现在，她成了行走的圣物。

1636年1月7日，伊沙卡龙也溜之大吉了。现在唯独剩下了贝西摩斯，但是这位渎神的魔鬼比其他所有魔鬼加在一起还要顽固。驱魔仪

① 让-马丁·沙河（Jean-Martin Charcot，1825年—1893年），法国神经学家，解剖病理学教授。

式、苦修、默祷，一切都不能动摇他。宗教强压着这颗有所不甘、粗野散漫的心灵，而这颗心灵内部的心电感应导致的是一种非常猛烈、非常骇人的反宗教态度，以至于正常的人格被迫从那否定一切（正常人格尊重的一切它都予以反对）的态度中抽身而出。否定一切的态度，化身为"他者"，就像一个恶灵，在人的心灵中自发存在，且在人的内部制造混乱，在人的外部则制造丑闻。绪兰与贝西摩斯大战了超过十个月的时间，到了十月份，他彻底被击垮了。管区长召他回波尔多，另一名耶稣会修士取代他指导女院长。此人名叫雷斯。

雷斯神父对"直接的驱魔仪式"坚信不疑，据让娜修女说，他深信，那些观看驱魔仪式，见到魔鬼崇拜圣餐情景的人将极大地受益。绪兰曾经尝试过"射人先射马"，而雷斯则直接当众攻击骑手，在攻击时，完全不顾马匹的感受，且毫无修正马匹态度的想法。

女院长写道，"一天，一帮名人到修会来，为了这些人精神受益，神父打算进行驱魔仪式"。女院长则告诉了她的导师，自己身体不适，此时进行驱魔仪式，会对她的身体造成伤害。"但这位善良的神父，极其渴盼表演驱魔术，于是教我鼓起勇气，相信上帝，然后开始了他的驱魔表演。"让娜修女完成了她所有的把戏，结果，她躺到床上时，却发了高烧，肋部甚痛。范东医生虽是一个胡格诺派，但他是全城最好的医生，于是就把他叫过来看病。她被放了三次血，服了医生给的药，效果妙极了，于是"她又是腹泻又是流血，足足有七八天之久"。此后她感觉好了些，但没过几天又生病了。"雷斯神父认为，最好重新开始驱魔仪式，但仪式一结束，我又开始剧烈呕吐。"并发症还包括高烧、肋部疼痛、咯血。范东又被叫来，宣称她得了肋膜炎，于是在数天之内给她放了七次血，并进行了灌肠疗法。然后，他倒是告诉了她，称她的疾病是致命的。

当晚，让娜修女听到内在的一个声音说，她不会死，相反，上帝将引她进入最后一个大危险，但却更其壮观，因上帝要在她踏上死亡门槛时，出手治愈她，以此显示那神圣的伟力。接下来的两天，她的状况似乎变得更糟，人也愈发虚弱。到了2月7日，为她举行了临终涂油礼。有人去叫医生，等着医生到来时，让娜修女说出了如下的祷告：“主啊，我总是想，你希望治愈我的疾病，以此显示你非凡伟力，在人世彰显你的名；假如我所言不虚，请令我的病情改观，当那医生到来，他必判断说，我已康复。”范东医生到来了，宣布说，她只有一两个小时好活了。一回到家，他便写了报告给当时人在巴黎的劳巴特蒙，报告中说，她脉搏紊乱，胃部依然扩张，虚弱的症状非常明显，以至于无药可救，甚至连灌肠术都无效了。但是，他仍然给了她一份小量的栓剂，指望能缓解“她那难以言表的巨大的压抑”。倒不是说这缓和剂能起什么真正的效果，因为病人已到临终时候。到了六点半，让娜修女进入昏睡，看见了善天使的形象，是一个十八岁的非凡漂亮的青年人，有一头长长的、美丽的卷发。根据绪兰的说法，这位天使是博福特公爵形象的映照，这位王子是塞萨尔·德·旺多姆（法王亨利四世和其情妇加布里叶·德·艾丝缇斯的私生子）的后代。他近期刚巧在卢丹观看魔鬼表演，那一头金黄的齐肩的波浪卷长发，给女院长留下了深刻的印象。天使之后，到来的是圣约瑟，他将手放在让娜修女的右肋，正是她最感疼痛的那个部位，并且为她涂了某种油。“然后，我苏醒过来，发现自己已经彻底病愈。”这是一个新的奇迹。让娜修女又一次证明了，至少在某种程度上，她可以反过来控制那些控制她的人。她曾发愿并暗示要逐出利维坦，而现在，她又发愿并暗示要治愈一种急性的、明显是致命的疾病，使其所有症状全部消失。

她下了床，穿好衣服，走到小礼拜堂，加入她的姊妹们之中，一起吟唱《赞美颂》。范东医生又被叫来，在听说了发生的一切之后，他评论说，上帝的伟力远胜于俗人的医术。“毫无疑问，”女院长写道，“这个医生可是不会改宗的，而且未来他也不再敢来给我们治病了。”

可怜的范东医生！等劳巴特蒙一返回卢丹，范东就被叫到地方行政委员会，他被要求在一份文书上签名，承认他的病人的康复实属奇迹。范东拒绝了。在被要求解释拒绝的原因时，他说，从致命的疾病中突然完全康复在自然界中或许是很容易发生的。“或者是通过体液有知觉地分泌，或者是体液通过皮肤毛孔的没有知觉的排泄，或者通过体液由致病的区域迁移到别的次要的区域，病人就可以自行康复。而且，在特定部位由体液导致的病症，甚至无需体液的迁移就能得到缓解，只需依自然手段减少体液，或有新的体液（不那么凶性，却能使第一种体液的毒性降低）进入相关部位。”他还补充说，“尿液和肠子的蠕动，或者通过呕吐，或者通过流汗、放血，都是最显著的排泄形式；无知觉的排泄发生于相关部位自身没有知觉的时候，这种无知觉的排泄在产生热体液尤其是胆汁的病人中极其常见，他们看不到在这些排泄之前的消化的迹象，即使在疾病的关键时刻或自然分泌时分。很明显，在治疗疾病的过程中，一定会有少量的体液流出体外——药效会使体液排出，但排出的不仅是疾病的前因，也会排出疾病的后果。还需补充的是，体液的运动过程，是有特定时间段的。”

这下我们发现，莫里哀写作时提及体液的问题时，原来不过是在转录[①]。

① 见莫里哀《屈打行医》第二幕第四场。国内有肖熹光译本，见《莫里哀戏剧全集》，文化艺术出版社，1999年版。

两天过去了，女院长这才意识到自己竟忘记了将圣油抹去，因此她的睡衣上必定还有所残留。在副院长的陪伴下，她撩起外衣，“我们都闻到了一阵令人振奋的芳香，我脱下睡衣，然后我们齐腰将睡衣剪下。只见睡衣上留下了五滴神圣的膏油，散发出绝佳的芬芳”。

“小姐们在哪里？”在《可笑的女才子》的开头，戈尔吉比问道。“在她们的房间里。”玛萝特回答。“她们在干什么？”“弄搽嘴唇的香脂。”[①]在女院长的时代，每一个时髦的女子都必须有她自己的“伊丽莎白雅顿”[②]，诸如面霜、护手霜、口红、香水的秘方，这被当作秘密武器，但在特定的朋友圈中却又予以慷慨的交换。无论是让娜修女当初在家做女孩子时，还是开始做修女后，她一直是一位有名的化妆师和业余药剂师。我们可以猜想，圣约瑟的香膏怕是来自天堂下边的某处；可是，毕竟这“五滴香膏”被所有人知道了。女院长写道：“简直令人难以置信，有那么多的人，满怀奉献之心，来瞻仰这神圣的香膏，因这香膏，上帝创造了多少奇迹呀。”

现在，让娜修女一人就占了两项第一流的奇迹，一是呈现字迹的手，一是芳香的睡衣，均可以作为她受到非凡圣恩的永恒证据。但这还不够。她感到自己在卢丹依然是锋芒未露，不错，是有许多的观光客认识了她，甚至还有王子、议员、高级教士。但是想想看，依旧有几百万的人还从未踏上朝圣之旅呢！想想看，还有国王和王后未曾驾临呢！还有所有的公爵、女侯爵、法兰西的元帅、教廷使节、全权特使、巴黎大

① 见莫里哀《可笑的女才子》第一场，肖熹光译本，《莫里哀戏剧全集》，文化艺术出版社，1999年版。

② 伊丽莎白雅顿（Elizabeth Arden），美国化妆品品牌。

学神学院的博士们、院长们、修道院的院长们、主教们、大主教们！他们难道不想有缘瞻仰奇迹吗？他们难道不该来看看、听听这震撼人心的恩赐的接受者吗？

如果是从她自己嘴里说出这种想法，或许看来是放肆的；就是贝西摩斯首次提出来时，也未免狂妄。当时，经过极其艰苦的驱魔仪式，雷斯神父问贝西摩斯，何以它如此顽固地抵抗，这魔王回答说，直到女院长拜谒位于萨瓦[①]的圣方济各·沙雷氏陵墓之前，它都不会离开她的身体。一个又一个驱魔仪式不断进行着。但是面对种种诅咒，贝西摩斯不过是微笑对之。关于它的最后通牒，现在又附加了一个条件：必须召唤绪兰返回，否则就算前往阿纳西[②]都没用。

七月中旬，绪兰返回了卢丹，但是这次朝圣之旅很难安排。耶稣会会长维塔莱斯奇可不喜欢让一名耶稣会修士和一名修女并肩漫游法兰西的主意；而普瓦捷主教同样不欣赏自己属下的修女和一个耶稣会修士漫游法兰西。此外，费用也是个问题。国库一如以往空空如也。还怎么付给修女们津贴、支付驱魔人们薪水呢？附魔事件已经花费一大笔钱了呀，没有余钱支付这趟前往萨瓦的远足了。但贝西摩斯坚持已见，最后，逼不得已它做了退让，同意了永远离开女院长的身体，但要求让娜修女和绪兰神父发誓，在它离开后务必要前往阿纳西。最终，它得逞了。当局同意绪兰和让娜修女在圣方济各·沙雷氏的陵墓汇合，但他们应从不同的路前来。

---

① 萨瓦，法国西南部地区。

② 阿纳西，法国东南部地区，此地有圣皮埃尔大教堂。圣皮埃尔大教堂始建于16世纪，是方济会的著名修道院，曾是方济各·沙雷氏工作的教堂。

于是二人立了誓言。不久之后，在10月15日，贝西摩斯离开，让娜修女自由了。两周之后，绪兰返回了波尔多。来年的春天，特朗基耶神父在魔鬼附身的发狂中死去。国库不再支付余下几名驱魔人的薪水，他们便被召回各自所在的修会。当无人再管它们之后，残余的魔鬼们也各走各的路。在历经六年不断的缠斗之后，战斗的基督教会放弃了战斗，敌人们也就顺势开溜。漫长的狂欢就此终结。倘若驱魔人没有介入，这场狂欢原本都不会发生。

Chapter X

第十章

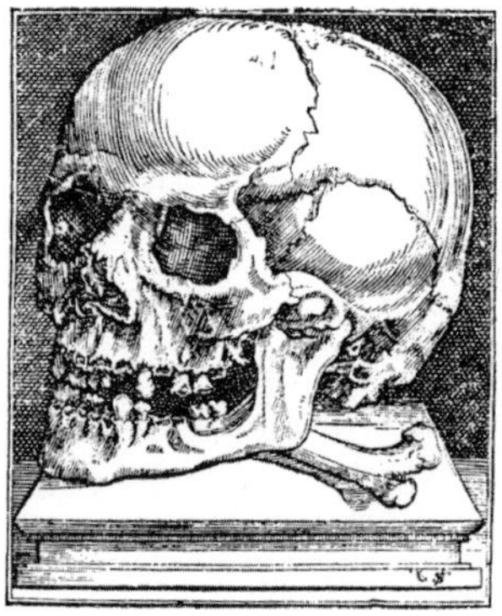

跟随着让娜修女的朝圣之旅，我们也有数周时间，摆脱外省修道院的阴暗时光，进入一个广大的世界。这是史书中呈现的世界，是皇家贵族、迷人的侍臣们生活的世界；在这个世界里，女公爵们倾慕恋爱，高级教士热衷权力，国是大政与昂贵潮流并行不悖；这个世界同样也是鲁本斯[①]、笛卡尔的世界，是科学、文学遍地开花的世界。从卢丹出来，从一个神秘兮兮、魔鬼肆虐、拥有着十六名歇斯底里症患者的修会出来，女院长一步迈进了十七世纪耀眼的全景中。

历史的迷人之处和它那高深莫测的教训在于，一代又一代，世事并无大变，然而每件事物却又全然在变。在其他时代的人和有着异质文化的人中，我们能辨出同样的人性，然而，我们在做这样的比较时也清楚，我们当下生活的历史参照系其实已经变化。曾经被人视为公理的命题现如今已经站不住脚；而当今我们视为不证自明的假设，在早先的时代，甚至在那些最为大胆、投机的人的脑中都从未闪现过。但是不管思

① 彼得・保罗・鲁本斯（Peter Paul Rubens，1577年—1640年），佛兰德斯画家，巴洛克画派早期的代表人物。

想、科学、社会组织和社会行为在人类历史中何其伟大和重要，它们的古今之别总是次要的。人类历史的核心是一种根本的人性。这人性表现为人的心灵，而这心灵受生老病死的影响，感受得到疼痛与快乐，被恐惧和渴望所驱使，同时在自我主张和自我超越的欲望之间徘徊；于是，无论何时，无论何处，人类永远面对同样的问题，受到同样的诱惑，且根据万物原理同样要在守旧与启蒙之间做出选择。语境虽然变了，但要义、内涵却不曾变化。

让娜修女不可能理解她周围这个世界里科学思想与实践的惊人发展，对于十七世纪文化的代表性人物，诸如伽利略、笛卡尔、哈维、范·海尔蒙特，她一无所知。她童年时熟知的和她在朝圣路途中所见的，乃是同样的社会等级制，以及由此等级制而形成的思想、情感和行为模式。

对于少数的统治者来说，十七世纪的文化，尤其是法国文化的一个特点，不过是稳步提升人作为工具的存在。近代历史以来，几乎没有任何一个时代能像十七世纪的法国那样，男男女女都渴求着确定自己的社会人格，他们不满足于仅仅冠上一个贵族的名头，他们还渴望成为这个名头的化身。他们的野心要配得上他们所占据的职位，配得上他们已经取得或继承来的高贵身份。于是，我们就见到巴洛克礼仪的繁文缛节，也见到为排序、勋章、礼貌等设定的严格而复杂的准则。并不存在人与人之间的关系，存在的是头衔、血统、职位之间的关系。当皇家在场，谁可以坐？在十七世纪末，对圣西门来说，这个问题可是头等大事。早上三代，同样的问题也困扰着婴儿期的路易十三，当时，他还只有四岁，就强烈感受到他那作为私生子的同父异母的哥哥——旺多姆公爵，不被允许与他同桌吃饭，或者当他在场之时，这个哥哥必须脱帽。当亨利四世命令“费费·旺多姆”[1]可以坐在皇太子的餐桌上，且吃饭时可以戴着帽子时，小王子不得不遵命，但却表现得非常无礼。

没有任何事比“皇家礼帽”更能生动阐释君权神授的理论与实践了。路易十三九岁那年，他离开家庭女教师的怀抱，改由某位总管教育。当某个“神圣的”人物在场时，未来国王的老师要一直脱帽。甚至当这位老师对他的学生执行体罚时（老国王和王太后命令他要这么做），这一规矩也不能打破。在这些场合，国王虽则戴着礼帽，屁股却被扒得精光，老师身为奴仆则恭敬地光着头，宛如立于圣坛的圣餐前一样，用桦木条鞭打国王，直到血流出来。当我们想象这个场景，觉得这事的教育意义真是让人难忘。“不管我们多么粗暴地对待他，君王自有神明安排。”[2]

单纯的出身与血统，还不能使他们满足，他们有更高的追求，这在当时的艺术中有非常清晰的表现。国王、王后、贵族、贵妇，喜欢把自己设想为鲁本斯描绘的人物，带有那种隐喻的性格，比如超人般的精力充沛、神一般的健康、英雄般的统治力。他们情愿被人敲竹杠，只是为了能看见自己出现在范戴克的画像里，画像中的人物是如此文雅、精致，且充满无穷的贵族气质。在舞台上，他们喜欢高乃依笔下的男女主人公，因为那些人物有单纯高大的体格、整体而非凡的一致性，以及对意志和自身的崇拜。随着时间流逝，他们更严格地要求三一律[3]，因他

① “费费·旺多姆”，这是法王亨利四世对旺多姆公爵的昵称。

② 引自《哈姆雷特》第五幕第二场。

③ 三一律，西方戏剧结构理论之一，由文艺复兴时期意大利戏剧理论家提出，后由法国新古典主义戏剧家确定和推行。要求戏剧创作在时间、地点和情节三者之间保持一致性，即要求一出戏所叙述的故事发生在一天（一昼夜）之内，地点位于同一个场景，情节服从于一个主题。

们渴望在悲剧舞台上看见的并非生活本身，而是修正的、符合规范的生活，在这种生活中，男男女女要成为超过他们实际为人的另一种存在。

在民宅设计上，一样鲜明地体现着追求非凡宏伟性的渴望，这在一位名叫安德鲁·马维尔的诗人的一首诗中有所表达，当这位诗人还是个孩子时，正是“红衣主教宫”建设期间，而当他临死时，凡尔赛宫刚刚完工。

万物之中，人为何追逐
那不甚匹配的居处？
野兽有其合体的洞穴
鸟儿筑起等身的小巢
被覆低矮屋檐的乌龟
也悠然自得于龟壳
所有生灵住所莫不量身定做
它们绝不爱那空无
唯有人类轻浮
生者比死者索要更多房屋
身在宫殿
长廊盘旋
此辈难免要迷路
要这大理石的地面
却有何用？
繁华消歇都成尘土

当大理石地面日益流行，圈于其中的淫娃荡妇们的假发花样也日益翻新，她们的鞋后跟也越来越高。踩着高跟鞋蹒跚而行，戴着堆叠着马尾毛的冠冕，当年“伟大的君王”[①]和朝臣们宣称自己比生活本身还要伟大，而其体毛远胜参孙[②]，更显出他们的男子气概已达顶峰。

不用说，这些试图超越大自然限定的行为通常是不成功的，而且可以说他们的失败是双重的，因为这些十七世纪的祖先们不仅没有能“成为”超人，他们甚至连“像”超人都没有做到。荒唐、傲慢的精神一厢情愿，可惜肉体不可救药地虚弱无力。“大世纪”[③]并无那么多物质的、组织的资源，没有这些资源，谈何表演超人呢？黎塞留和路易十四如此热烈追求的庄严氛围、宏伟奇观，最终只能由那些最伟大的舞台监督们去实现，他们需要的是诸如齐格菲尔德、科克伦、马克斯·莱恩哈[④]这样的人物。

可是伟大的表演取决于诸多因素，比如储备丰富的道具室，经过严格训练，纪律严明，配合默契的团队，等等。

但是在“大世纪”，这些训练啦，纪律啦，都很是缺乏，甚至连塑造庄严的舞台也缺乏物质基础——连引出（实际上是创造）上帝的机械都常出故障。甚至黎塞留、太阳王都好比波斯军队里的老家伙，从来没有正确完成过任何事情。”奇怪的是，连凡尔赛也不会给人留下深刻印象，

① “伟大的君王”，法王路易十四的称号。

② 参孙，《圣经·士师记》中的一位犹太人士师，生于公元前11世纪的以色列，上帝赐他极大的力气，可以徒手击杀雄狮，对敌作战所向披靡，他伟力的奥妙在于他的毛发，如果剪掉他的头发，他就会手无缚鸡之力。后来他的毛发被敌人剪光，遂与敌人同归于尽。

③ 大世纪（The Grand Siècle），即法王路易十四统治时期的法国。

④ 三人均为戏剧业工作者。

它庞大而琐细，富丽堂皇却大而无当。十七世纪的华丽其实在某种程度上是粗糙的，任何事物都未经过合适地排演，最为奇形怪状的设计（原本是可以避免的灾难）将最肃穆庄严的设计一笔勾销。举个例子，且看看德奥尔良小姐[①]吧，这个可笑的人物是路易十四的表姐，根据当时的古怪风俗，死后她的尸体被解剖，最后是一块一块下葬的：此处是头，彼处是腿脚，那里是心脏，这里又是肠子。尤其是肠子，对之进行了过分的防腐处理，以至于处理完之后它还在持续发酵，腐败的气体聚集起来，竟使储存内脏的岩瓮变成了某种炸弹，而且就在丧礼进行时，它突然爆炸了，吓坏了所有参加丧礼的人。

这些生理学的事故绝不只在死后才发生，回忆录的作者们和奇闻异事的搜集者们保存了大量的故事，都是关于身居高位者打嗝，皇室成员在公众场合放屁，国王身上刺激的香味，公爵和元帅们的汗臭之类的轶闻。亨利四世的脚臭和腋臭闻名全球。贝勒加德[②]则永远在流鼻涕，巴松皮埃尔[③]的脚与他主子的味道相比也是不遑多让的。这些丰富的轶闻一说起来就让人大为开心，它们与国王的暴行和贵族的自负是相匹配的。这是因为，大人物们虽然努力让自己看起来像个超人，然而他们之外的世界里的人们，却欢迎任何暗示王侯们至少在某些方面也不过是畜生的故事。

---

① 安妮·玛丽·路易丝·德奥尔良（Anne Mane Louise d'Orléans，1627年—1693年），历史上最有名的女继承人，被诸多王侯求婚，却爱上一个朝臣，最后被法王斥责，终身未嫁。她对推进法国文化起过一定作用。

② 罗杰·德·圣拉里·德·贝勒加德（Roger de Saint-Lary de Bellegarde，？—1579年），法国元帅。

③ 弗朗索瓦·德·巴松皮埃尔（François de Bassompierre，1579年—1646年），亨利四世的宠臣。

红衣主教将自己视为一个同时具备王子与僧侣气质、政治与文学才能的人，他的举止宛如半神一般。但这个可怜虫虽扮演起半神的角色，但却疾病在身，他的病令人厌恶，以至于有些时候，人们几乎都不能忍受与他同在一个房间。他的右臂有结核性骨炎，还有肛裂，因此被迫居于身体化脓所导致的恶臭氛围之中，麝香或许能掩饰却终不能完全消除那种腐烂的臭味。黎塞留一生都不能逃出那种屈辱的认知，他知道，那些环绕他的人都厌恶他的身体。一边是半神之尊，一边却是待死之躯，这残酷而鲜明的对比，极其强烈地震撼了大众的想象力。

当圣菲亚克的圣物（这圣物对痔疮有专门的疗效）被从莫城[①]移至红衣主教的官邸时，一位匿名的诗人为表祝贺，特赋诗一首，这诗或能令斯威夫特掌门[②]开怀大笑。

无需走出大门外
到处麝香和琥珀
烟熏和火燎
疗病圣徒吓一跳
大臣哪去了？
我来治他那完美之瑕疵。
这时一阵柔和味道
从最尊贵的阁下腐烂的屁股

① 莫城，巴黎东北部的一个小城。

② 斯威夫特掌门，指乔纳森·斯威夫特（Jonathan Swift，1667年—1745年），英国著名讽刺作家，代表作为著名的《格列佛游记》。

迎风飘到
呀，原来你在此。

此处还有另外一首歌谣的片段，描述这位大人物的私处疾病。

他看见自己的密室里，
溃疡之中虫子跑
他看见自己的肩膀里
死神在筑巢
他那伟大的肩膀啊
点起欧洲无数战争的火燎
哎呀，多少圣坛被他焚烧

在一个真实的男人腐烂的躯体和他那光辉的人格之间，鸿沟之大，无法飞跃。用朱尔斯·德·戈尔捷的话讲，“包法利的天使”[①]能将事实与幻想之间的角度拉平到180度。

对生活于“大世纪”的那样一代人，他们虽然视国王、神父、贵族的权力是天然的神圣，却抓住每一个机会要戳穿其统治者虚荣的西洋镜，红衣主教黎塞留的这个案例就是最能为人津津乐道的典范。傲慢必然带来相应的报复。那可怕的恶臭，那些寄居于“活着的尸体”而养得肥大的蛆虫，看来似乎诗意而恰当。在红衣主教最后的时光中，圣物不

① 指的是福楼拜的小说《包法利夫人》中的主人公，她的特点是分不清现实与幻想。

再起作用，医生们也放弃治疗，一个据说有治病本事的老农妇，遂被召唤到这位大人物的床前。她一边念叨咒语，一边拿出她的灵丹妙药——一品脱白葡萄酒浸泡过的四盎司马粪。正是因为品尝这排泄之物的味道，欧洲命运的仲裁人向鬼魂投降了。

让娜修女被带去见黎塞留时，他虽处于荣耀的顶峰，却已是一个病重之人，浑身剧痛，一直都需要医疗护理。“我的主教阁下那天被放了血，他那鲁尔城堡所有的大门都关上了，甚至连主教和法兰西元帅他都不见；但我们却被引到他的接待室，而他本人正躺在床上。”晚饭过后（“晚饭真好，而且有青年侍从来服侍我们”），女院长和一位乌尔苏拉修会的随从被领进卧室，跪下接受红衣主教阁下的赐福，一再被劝说之后，她们才起身坐下来。（“在他那方坚持着礼貌，在我们这边却要保持谦卑，双方僵持了好一段时间，但最终，我被迫听命。”）

黎塞留从女院长背负着上帝给予的巨大使命说起，甚至说上帝特意拣选了她，在这个不信神的时代，为教会的荣耀、灵魂的向善、邪恶者的受挫而受苦。让娜修女则以一阵感激的颂歌予以回答。她和她的姊妹们永生不能忘记的是，当外界待她们如疯狂的骗子之时，红衣主教阁下待她们不仅如父亲，而且也像母亲、保姆和保护人。

但红衣主教不准她们赞扬他。相反，他觉得自己极其感谢上帝给自己机会和能力去帮助那些受苦之人。（女院长评论说，所有这些话“都是引人入胜的，充满了甜蜜”。）

然后，这位大人物询问，是否可以看看刻在让娜修女左手上的神圣的名字，后又提出看看圣约瑟的香膏。修女睡衣打开了。在用手去接之前，红衣主教虔诚地脱下他的睡帽，然后，他嗅着那神圣的香膏，赞叹不已，“这味道可是妙极了！”他亲吻了修女睡衣两次。此后，他“满怀敬仰之情”地抓着修女睡衣，按在放于床头桌上的一个圣物箱上，大概是为了给里面的圣物增加一些来自于圣膏的魔力。根据他的要求，女院长描述了（这已经是她第几百次描述了？）她自行康复的奇迹，然后跪下来，请求红衣主教再给一次祝福。此后会面结束了。第二天，红衣主教阁下赠她五百克朗，以资助她的朝圣之旅。

有人在读完让娜修女关于此次会面的描述之后，特意去翻阅红衣主教写给加斯顿·德·奥尔良的一些信，在这些信中，他揶揄了德·奥尔良对附魔事件的轻信。“我很高兴地得知，卢丹的魔鬼们改变了殿下的信仰，现在，你大抵要忘记你嘴里常常吐出的誓言了吧。”还有，“卢丹的魔鬼们的师傅定然有足够的法力，可以助你在极短时间内，完成德行修炼的长途跋涉。”还有一次，他从一个朝臣（此人乃是“卢丹魔鬼中的一个”）那里得知，王子染了一种病，照“你活该”这句话来看，病的属性能得到充分的暗示[①]。黎塞留同情殿下，推荐他“去找约瑟夫神父给你做场驱魔仪式”以当作良药。这位以勾搭魔鬼为名将格兰第烧死的人，在与国王兄弟的通信中，却令人震惊地表现出对宗教的傲慢态度和讽刺的怀疑主义。这种傲慢或许可归因为存在于红衣主教复杂性格中的那种幼稚，这么说虽然不太合适，但这的确一直贯穿了他的一生，促使他总是要“驳倒”那些在社会等级上高于他的人。可是怀疑主义和冷嘲热讽又是从哪里来的呢？红衣主教阁下对巫术、附魔事件、手上印痕和受神赐福的修女睡衣的真正态度又是如何的呢？我想，在他感觉舒适，并与无学识的人谈论此事的情况下才能说实话。红衣主教或许将整个事件看成是一场骗局，或许认为是幻觉作祟，或者是两者的结合。如果他是假

① 此处或指性病。

装相信魔鬼的存在，那仅仅是出于政治目的。像坎宁[①]一样，他呼吁新世界公平对待旧世界，但唯一的区别在于，在红衣主教的观念里，新世界并不是指美洲，而是指地狱。不错，民众对魔鬼事件的反应不太令人满意，面对如此普遍的怀疑态度，他那盖世太保般的审讯计划泡汤了，而他原本打算是要对付巫术，顺便加强一下皇家权力的。但是，明白哪些事情不能做也是可以接受的结果，因此这场以失败告终的计划，到底还是值得一试的。不错，是有一个无辜的人被折磨，被烧死，但是毕竟没有人可以不打破鸡蛋做鸡蛋饼啊。况且，那教区长委实是个麻烦，最好将他踢出局。

他那肩部的痛苦又一次猛烈发作起来，而瘘管给他造成的难以忍受的痛苦则使他每一个夜晚都睡不着觉。医生倒是叫来了，可是他们又能做些什么！药的疗效毕竟是取决于“自然之力”啊。他的自然之体残破至此，似乎已经失去自愈的能力。这病是否有其超自然的病因呢？他到处找圣物和圣像，请求人家为他做祷告，秘密地求助于占星术，尝试触摸那些可信的护身符，小声重复着咒语——这些咒语是他小时候从老保姆那里学会的。当病痛发作，当他关上大门，“甚至连主教和法兰西元帅都不见”时，他是准备相信任何事的，甚至相信于尔班·格兰第是有罪的，相信圣约瑟的香膏是真实的。

对于让娜修女来说，与红衣主教阁下的会面是她一系列胜利与刺激之中的一次。从卢丹到巴黎，从巴黎到阿纳西，她一路走，一路享受荣耀之光，到处是群众的喝彩，到处是贵族们的招待，这更是满足了她的

① 乔治·坎宁（George Canning，1770年—1827年），英国政治家，曾任外交部长，短期担任过英国首相，在政治上，他对美洲事务多有发声。

虚荣心。

在图尔市，她受到了来自大主教伯特兰·德·肖“非凡慷慨”的招待，此人当时八十岁，热衷赌博，近来还因荒谬地迷恋一位比他小五十岁的女士——迷人的德·谢弗勒斯夫人——而声名狼藉。“他会做任何我喜欢的事，”那位夫人是这样说的，“而我所要做的一切，不过是当我们坐在桌子旁边时，任他掐我的大腿。”在听完让娜修女的故事之后，大主教下令组织一个医生委员会，对神圣的名字进行检查。检查完毕，女院长大告成功。于是，每天拥挤到她寄居的修会的观光客，由原来的四千人一下子涨到了七千人。

在另一次与大主教会面时，她还拜谒了加斯顿·德·奥尔良，他因与一位名叫露易丝·德·马博里爱尔的十六岁少女纠缠不清（她后来为他生了一个儿子，但却被她那王家情人适时抛弃，最后跑去做了修女），刚好逗留于图尔市。“奥尔良公爵一直走到接待室大门口来接我，他热情地欢迎我，恭贺我的获救，并且说，‘我曾到过卢丹，你身体里那些魔鬼让我吃了一惊，他们帮我止住了我乱发誓的坏毛病，当时，我就下定决心，要成为一个比以前任何时候都更好的人。’然后他就匆忙跑去找露易丝了。”

从图尔市出发，女院长和随从继续前往安博瓦兹[1]，在那里，有如此之多的人希望瞧一瞧她手上的神圣之名，使得修会的客厅被迫一直开放到当晚十一点。

第二天到了布洛瓦[2]，让娜修女进餐的宾馆的大门都被人挤破了。

① 安博瓦兹，法国中西部城镇。

② 布洛瓦，法国中部城市。

在奥尔良的乌尔苏拉修会，主教来看望她，他仔细看了看她的手，然后惊呼：“我们不当隐瞒上帝的杰作，我们必当满足人民瞻仰的渴望！”于是，修会的大门大开，以便人群可以透过格栅看见她手上的神圣之名，遂得满足。

在巴黎，女院长寄居于德·劳巴特蒙阁下的官邸，德·谢弗勒斯阁下和德·盖梅内王子常来拜访，至于下层社会，则每天有两万人涌来瞻仰。让娜修女写道，“最令人尴尬的是，人们并不满足于仅仅看看我的手，而是问我一千个关于附魔和驱魔的问题，这迫使我发表了一本小册子，民众由此可以得到对魔鬼附于我身和离我而去期间各种事件的最可信的描述，同时还额外描述了诸圣之名印刻在我手上时我的感受。”

然后，她拜访了巴黎大主教德·孔蒂阁下。他甚为有礼地陪伴女院长走向她的马车，给巴黎人留下至深的印象，以至于全巴黎的人都蜂拥来看她，于是不得不在德·劳巴特蒙官邸的第一层楼开了一扇窗户，好让暴民们得以一瞻这位超自然的人物（好似今日的电影明星）。从凌晨四点到晚上十点，她就坐在窗口，手肘靠着一个垫子，她那神奇的手则在窗户外不停摇晃。“我连望弥撒、吃饭的时间都没有了，天气又很热，拥挤的人群又增加了热气，我像被闷在水里，最后一头晕倒在了地板上。”

前面提到，让娜修女拜访过黎塞留，此事发生在5月25日，数天之后，根据王后的懿旨，女院长坐着劳巴特蒙的马车前往王后驻地，在那里，她与奥地利的安妮有一番长谈，在一个多小时的时间里，王后那王室的手握住她那神奇的手，“满目敬仰地看着她见所未见的事物，这样的神迹，是自教会建立以来第一次发生。王后惊呼道，‘谁能反对这样神奇的事情？它又激发了何等的崇拜之情！凡是诽谤、指责这神迹者，就是教会的敌人。’”

一份有关这神迹的报告递交了国王，他决定亲自见见女院长。在自信地看了那些圣名之后，他说，“我从不怀疑这奇迹为真，但是亲自看了之后，我发现自己的信仰更加坚定了。”然后他命朝臣中对附魔事件一直表示最大怀疑的人过来看。

“对此，你们还要怎么说？”国王问道，指着让娜修女的手给他们看。

“但是这些人，”女院长后来记录道，“并不屈服，出于宽容，我从未点出这些绅士的姓名。”

要不是发生了唯一一件尴尬事，当天本来会是完美无缺的。当时，王后要求女院长从神圣的修女睡衣上截下一段送给她，“以便她可以通过祷告圣约瑟，承接来自上帝的赐福，顺利分娩。”（当时未来的路易十四正在王后的肚子中，胎儿已经六个月大了。）女院长只得回答说，她不认为将如此珍贵的圣物剪成碎片符合上帝的意愿，如果王后陛下坚决索要，她准备将整件睡衣赠给王后。然而，她竟斗胆指出，修女睡衣如果继续由她本人保管，那么无数献身于圣约瑟的灵魂们就能因亲见他们保护神的真实圣物而获得巨大的安慰。王后勉强赞同，然后女院长带着自己完整的睡衣返回了巴黎。

拜谒完后，似乎一切都显得有些平庸了——哪怕与桑斯①大主教长达两个小时的会面，哪怕三万人来瞻仰，甚至是与教廷大使的面谈（大使还说“这样至善至美的事物在上帝的教会里实在罕见”，而他简直不能理解，“胡格诺派在见证了他们所反对的真理竟有如此明显的证据之后，何

① 桑斯，法国中北部城市。

以还在坚持他们的盲目”）都不再吸引她。

让娜修女与其随从于6月20日离开了巴黎，而一路停留时，依然是蜂拥的人群、高级教士和显贵人物在等待着她们。离开巴黎十四天后，她们到达了里昂，受到阿方斯·德·黎塞留大主教的接见，这位是首相黎塞留的哥哥。原本他的父母指望阿方斯加入十字军僧侣骑士团，但是，骑士团要求所有的骑士必须会游泳，而阿方斯一直学不会游泳，也就只能满足于继承家族的吕松[①]主教一职了，不过他却很快辞职，为的是当一名加尔都西会[②]的修士。在他兄弟登上权力宝座之后，他就从大查尔特勒[③]出来，先是当了艾克西[④]的主教，然后是里昂主教，然后又冠上了红衣主教的帽子。他作为一名出色的高级教士名声很好，不过他的精神错乱症会偶尔发作，发作期间，他会披一件猩红色的长袍，长袍上刺着金线，宣称自己是天父上帝。（这一类事情似乎在这个家族中世代相传，据传说——不知是真是假，他的弟弟有时会想象自己是一匹马。）

红衣主教阿方斯对诸圣之名极感兴趣，但他的兴趣在外科手术方面。这些名字能否通过自然手段清除呢？他便取了一把剪刀，准备做实验。“我斗胆说，”让娜修女写道，“大人，你会弄疼我。”红衣主教于是喊他的医生过来，命令医生将这些名字刮下来。“我又一次提出反对，说道，‘大人，我没有得到上司们的允许进行这样的实验。’红衣主教大人问我，那些上司都是谁。”女院长的回答极为巧妙，她的上司们的上司

① 吕松，法国城市。

② 加尔都西会，天主教修会之一，1084年由法国人圣布鲁诺创立，因创始于法国加尔都西山中而得名。

③ 大查尔特勒，指加尔都西会修会的主修道院，位于查尔特勒山中，位于法国东南部。

④ 艾克西，法国南部城市。

乃是红衣主教黎塞留公爵，亦即红衣主教阿方斯的弟弟。于是，这场实验立刻被叫停了。

想不到，第二天早晨绪兰神父出现了。原来他已经去过阿纳西，此刻已经返回。他深受歇斯底里症和沉默寡言症的折磨，认为这是进行驱魔仪式的结果，于是，在圣方济各·沙雷氏的陵墓前，他恳请圣人的救助。可惜徒劳。阿纳西的慈幼会[①]修女们拥有大量的干血收藏品，那是圣方济各·沙雷氏的贴身男仆在很长一段时间里搜集来的，每当他的主人被那些庸医放血治疗时，他就可以不断增加自己的收藏。慈幼会的女院长让娜·德·香塔尔因绪兰所受的折磨而感到痛苦，于是就给他一块干血吃。片刻之后，他就说起话来，“耶稣马利亚，”他叫道，这便是他所说的，再没有一句多余的话了。

在与里昂的耶稣会士们讨论、磋商之后，众人决定，绪兰和其同伴托马斯神父应当返回，与女院长汇合，陪伴女院长完成这趟朝圣之旅。在前往格勒诺布尔[②]的路上，发生了一件事——让娜修女仅仅以“某件非凡之事”的措辞形容。当托马斯神父吟诵“主啊，降临吧”时，绪兰神父立刻说了话。此后，他便能不受妨碍地说话了（至少在一段时间内）。

在格勒诺布尔，绪兰以其重获的声音，就圣约瑟的香膏和诸圣之名这两个神迹，发表了若干雄辩的布道。这些场景显示出他以何等的热情抱持着对上帝的巨大爱慕啊，但这虽庄严，却也未免可悲，因为他竟将邪恶当作了善良，将谎言当作了真理。在布道台上，他高呼大叫，直至用尽这具可怜的病体最后的一丝能量，而他的心灵却在崩溃的边缘摇

① 慈幼会，罗马天主教会的一个女性修会，但与圣若望·鲍思高创建的慈幼会有所区别。
② 格勒诺布尔，法国东南部城市。

摆，举凡这一切，都是为了劝说听众相信那场合法但不公正的死刑判决的公正性，劝说观众相信那些歇斯底里症的幻想，相信这些虚假的神迹。做这一切，自然是为了上帝伟大的荣耀。但是，所有主观善意一定要由客观的、实际的道德结果作为补充。一个人本意也许很好，但如果行事方式不切实际、不甚恰当，那么结果只能是灾难性的。因为轻信，因为不愿采纳传统的教条之外的理念去理解人类心理学，如绪兰这样的人便会相信，传统宗教信仰与发展中的科学之间存在的鸿沟看来将是无法填补的。照理来说，绪兰能力很强，在此案例中他本不该表现得如此愚蠢。他固然成为了自己信仰的殉道士，但这并不能为这信仰导致的错误做辩解[①]。

离开格勒诺布尔一两天之后，他们到了阿纳西。在那里，他们发现圣约瑟香膏的名声已经先于他们到达。人们不顾长途跋涉，都想赶来看看、闻闻这一神迹。从早到晚，绪兰和托马斯都忙着将那件神圣的修女睡衣与虔诚的人们带过来的其他物品碰触，诸如玫瑰经、十字架、勋章，甚至一些棉花球或纸片。

与此同时，女院长寄居于慈幼会的修道院里，院长是德·香塔尔夫人。我翻阅了让娜的自传，期望当中能有相应的文字献给这位圣洁的朋友、圣方济各的信徒，至少不比描述那位奥地利的安妮或那位糟糕透顶的加斯顿·德·奥尔良的文字少。但我们的希望落空了，自传中提及圣让娜·香塔尔之处仅在如下段落中。

① 原注：帕斯卡说，“迷信等同于肉欲。它是自然之罪，如同怀疑主义一样，虽则没有肉欲那么致命。”

“睡衣上香膏滴到的地方，有些脏了，于是，德・香塔尔夫人和她的修女们对之进行了洗涤，然而，香膏的色泽一点都没有消减。”

对这位创建了慈幼会修道院的杰出人士，让娜何以保持如此奇怪的沉默呢？我们也只能加以猜测了。是不是因为德・香塔尔夫人过于聪颖，当让娜修女开始她著名的对亚维拉的德兰的模仿时，德・香塔尔夫人不为所动？圣人们总是有一种特别令人尴尬的天赋，他们能看透人的伪装，发现面具之下那个真实的个体，或许可怜的让娜修女突然发现，在这位令人敬畏的温柔的老妇人面前，她的灵魂就像赤裸了一样——突然之间，她感到极大的羞愧。

返回的路上，在布里亚尔①，两位耶稣会修士与让娜修女分道扬镳，后者此生再也没有机会重见那位为了使她神志清醒而牺牲了自己的男人。绪兰和托马斯向西行，到达波尔多；让娜修女一行则向巴黎进发，她在那里与王后有一个约会，并及时抵达。

1638年9月4日的夜晚，生产的痛苦开始了。从杜皮伊②的圣母院借来的万福马利亚的腰带被缠在了王后腰上；而女院长的睡衣则覆盖在了王后的腹部。第二天上午十一点，奥地利的安妮顺利产下一名男婴，五年后，这男婴将成为路易十四。对此，绪兰写道：

“这乃是圣约瑟在显示他的伟力，不仅保护王后顺利生产，而且确保法兰西的王位有了一位继承人，他的威力、伟大的灵魂无与伦比，他的判断力举世罕见，他的谨慎与虔诚前无古人。”

确保王后安全无忧之后，让娜修女立刻将自己的睡衣打包，返回卢

① 布里亚尔，法国中北部城镇。

② 杜皮伊，法国南部城市。

丹。修会的大门打开了，然后在她身后关上，从此，她再未离开。她那荣耀的、喧嚣的岁月已经结束，但她却不可能立刻回归日常的平庸，虽然这将是她此后的命运。在圣诞节之前的几天，她因肺部充血而病倒，照她自己的描述，她的生命已无希望。她对告解神父说："我们的主曾给予我前往天堂的希望，但他同样让我知道，只要我在俗世多待一会儿，就能为他多效劳一点儿。所以，尊敬的神父，只要你将那神圣的香膏给我闻一下，我必定会痊愈。"这新的奇迹似乎必然会发生，于是，让娜修女的告解神父立刻邀请众人来瞻仰这神圣的时刻。在圣诞节的晚上，"在我们的教堂里，聚集了难以计数的人，他们渴望见证我的康复。"女院长卧室旁边的小房间为那些名流提供了座位，通过格栅，他们可以亲眼见证一切。"夜幕降临之后，我的病症已经极重，阿兰赫神父，一位耶稣会修士，一身法衣，身披十字褡[①]，走进了卧室，手上拿着那件沾着圣膏的睡衣。靠近我的病床后，他将这圣物放在我头上，开始圣约瑟的连祷，他准备将这冗长的连祷念完。然而，一当他将这圣物放在我头上，我就发现自己已经完全痊愈。不过，我决定什么都不说，直到这位神父结束连祷。之后，我宣布自己痊愈，并命人将我的衣服拿来。"

或许这次奇迹（这是第二次自行病愈了）太过准时，未能在观众中留下极深的印象。此后，类似这样的奇迹再也无人创造。

时光如逝。三十年战争如火如荼。黎塞留越来越富，人民则越来越惨。农民起义反抗苛捐杂税，布尔乔亚则起而反抗政府债券利率调低（帕斯卡的父亲也参与其中）。然而，在卢丹的乌尔苏拉修会里一切如常。每隔几周，那位善天使（他仍然是德·博福特阁下的形象，不过变

① 十字褡，举行弥撒时神父穿的无袖长袍。

得具体而微了，现在仅仅只有三英尺半高，年纪还不到16岁）就更新女院长左手上的名字。至于她那沾染有圣约瑟夫香膏的睡衣，则锁在一个漂亮的圣物箱里，已成为整个修会最宝贵的、最灵验的圣物。

1642年底，黎塞留去世，几个月后，奉路易十三之命下葬。奥地利的安妮作为她那五岁国王的代理人开始摄政，她与她的情人——红衣主教马扎然一起，无能地统治法兰西。

1644年，让娜修女开始写作她的回忆录，并有了一名新的耶稣会导师，此人叫圣瑞尔，她向他送去了她本人和绪兰未完成的论述魔鬼的手稿。圣瑞尔将手稿拿给艾弗尔[①]主教，这位主教当时正负责卢维埃[②]附魔事件，准备把这场新的、（如有可能）更令人疯狂的、邪恶的狂欢沿着卢丹事件定下的方向引向深渊。劳巴特蒙写信给女院长说："我以为，你与圣瑞尔神父的通信在目前这起事件中起了重要作用。"

还有一场附魔事件，乃是由巴雷先生在吉洛恩策划的，可惜没有卢维埃事件成功。起初，一切似乎看来进展顺利，一群年轻的妇人，其中还包括城中最显赫家庭的女子，屈服于巴雷的心理学暗示。渎神话语、抽搐、指控、淫猥，凡此种种，都已经摆上日程。不幸的是，其中一名叫蓓露坎的被魔鬼附身的女孩，对本地一位名为吉罗艾的神父抱有恨意，一天早晨到教堂后，她将一瓶鸡血倾倒在祭坛上，然后在巴雷先生的驱魔仪式中宣称，这血是午夜时吉罗艾先生侵犯她时她流下的。巴雷当然相信了她说的每个字，于是开始询问其他女孩和魔鬼，满心要搜集更多对他的同工不利的定罪证据。但是，那鸡其实是蓓露坎从另一个妇人处

---

① 艾弗尔，法国北部城市。

② 卢维埃，法国西北部城市。

借来的，妇人便将她的怀疑报告给了本地法官。刑事中尉开始调查此事。巴雷义愤填膺，而蓓露坎则在一次次精神失常中忍着剧痛予以反驳——而这精神失常，照她身上的魔鬼所说是由吉罗艾先生的巫术引发的。刑事中尉召唤了更多的证人，为了躲避他的调查，蓓露坎逃到了图尔市，该市的大主教以支持附魔事件而臭名昭著。不料，当时大主教不在城中，他的职务暂由一名不解风情的副主教负责，他倾听了蓓露坎的故事，然后叫来两名助产士对她进行了检查，结果发现，她身上的疼痛虽然是真实的，但造成疼痛的原因却是她子宫中有一个锡铅做的加农球。经过盘问，这个女孩承认，球是她自己放进去的。此后，可怜的巴雷先生被剥夺圣俸，并被逐出了都兰[①]主教区，余生在勒芒一处修道院里领养老金，死时无声无息。

与此同时，在卢丹，魔鬼们差不多也沉默起来。确实，也有过一次令人难忘的事件，“当时我见两个非常可怕的男人的形象出现在前面，他们散发出浓烈的臭味，这两人都提着鱼竿，他们抓住我，剥去我的衣服，把我绑在床柱上，用桦木条鞭打我，长达半个小时或者更久。”幸运的是，因为她那件修女睡衣盖住了她的头，女院长并没有看到自己的裸体。当这两个发臭的人给她松绑，把她放下来，她“却发现，实际上任何有违端庄的事情都没有发生”。

在同一个地区，后来也有一些魔鬼攻击事件，但是大体而言，让娜修女在其后的二十年时光里所记录的奇迹，从源头上讲都是属于天堂的。例如，她的心一分为二，上面标记着耶稣受难音乐的演奏乐器，既然是内在的，自然也就不为人所见。还有好几次，死去姊妹的灵魂浮

① 都兰，法国旧省，位于法国中西部地区。

现，谈起炼狱。当然，那时诸圣之名依旧透过格栅向知名来宾展示，这些有名的客人，其中一些是虔诚的，另一些却仅仅是出于好奇，或者完全表示怀疑。每次圣名有更新时，或在她常有的闲暇之时，那善天使就显身了，给出许多奇妙的好意见，通过她的冗长信件，这些意见传递给了她的导师。这善天使也向第三方提出建议，比如向那些身陷诉讼的绅士们，或向那些焦虑的母亲们——她们想知道，是即刻嫁女（虽夫婿不甚理想），还是再等等，看能否有更般配的婚姻冒出来（不过要在一切太迟只能让女儿进修道院之前）。

1648年，三十年战争终于结束。哈普斯堡家族的政权破灭，三分之一的德国居民破产，那时的欧洲正等待着古怪的路易十四大帝的统治和法国的霸权时代。这自然是胜利。不过，这期间却发生了一段无政府的小插曲。投石党运动[①]接连发生了两次。马扎然自我放逐，然后回到权力中心；再次退休，然后又复位；最终永远从历史的大幕前消失。

大约在同时，失宠的劳巴特蒙无声无息地死去。他唯一的儿子做了劫匪，后被人杀死。他唯一活下来的女儿被逼戴上了面纱，在卢丹做了乌尔苏拉修会的修女，归他父亲以前的被保护人管束。

1656年1月，《书函集》的第一部分出版，四个月后，发生了一个杨森主义的伟大奇迹——帕斯卡的侄女的眼病，被保存于皇家港修道院的“圣荆棘”治愈了。

一年之后，圣瑞尔死去。于是，女院长除了给其他修女或可怜的绪兰神父写信之外，再无通信之人了。而绪兰神父当时病重，都不能回信。1658年初，她收到了来自绪兰的一封信，这是二十多年来，他写给

① 投石党运动，法国反专制的两次政治运动，发生于1648年到1658年间。

她的第一封信，可想而知她有多么开心。“何其令人钦佩，”她写信给她的朋友杜·胡尔夫人——杜·胡尔夫人是雷恩[①]慈幼会的一名修女，“上帝的指引何其令人钦佩，他从我这里夺去圣瑞尔神父，现在却使我亲爱的灵魂导师能重新执笔写信给我！就在几天前，我收到了他的来信，我详细地给他回复了自己目前的灵魂情况。”

她继续描述着她灵魂的情况，既向绪兰，也向杜·胡尔夫人，也向任何情愿读她的信并给她回信的人。假如这些信能出版，那么流传下来的信将有满满好几卷。还有更多的信必定已经丢失了呢！很显然，让娜修女依然觉得，“内在生活”是指当众进行自我分析的一种持续的生活方式。然而，实际上真正的内心生活开始于自我不可分析之处。滔滔不绝谈论自身状态的灵魂，也就无法认知自身的神圣根源。

“并非因为我缺乏意志才忍住不给你们写信，我是真诚地期盼你们一切安好；而是因为似乎对我来说，想要说的已经差不多说完，同时那些话也产生了它相应的效果。而且，真正缺乏的（假如有什么东西是我缺乏的话）并非书写或言语——其实这些永远都不嫌多——而是沉默与工作。”这些话乃是圣十字若望写给一群修女的，她们抱怨他不给她们回信——在这些信中她们可是巨细靡遗地列举了她们的精神状态。但是，“言语会令人分心，而沉默与工作却能汇聚思想、强化精神。”可悲啊，世上没有什么可以令女院长沉默，她像塞维涅夫人[②]一样多产，不过，所有的流言蜚语都只限于她本人。

1660年，王政复辟，当年两位来自英国的观光客，现在也发达了，

① 雷恩，法国西北部城市。

② 塞维涅夫人（1626年—1696年），法国贵族，书信作家，其书信多记载贵族轶事。

他们曾经见证让娜修女最荣耀的时光。汤姆[1]·吉列格鲁当上了侍寝官，且得到授权建造一个剧场，在那里他可以上演戏剧而无需接受审查。至于约翰·梅特兰嘛，他先是在伍斯特[2]当了战俘，被关了九年，现在却摇身一变成了国务大臣，而且是新国的首宠。

与此同时，女院长感到自己正在老去，她疾病缠身，因身兼两职（一是作为行走的圣物，二是作为圣物的掌管者和饶舌的宣讲者），现在感到的疲惫已超过她的忍耐限度。1662年，圣名最后一次更新，此后，虔信者和好奇者什么名字都看不到了。虽然神迹歇止，但她精神的自负却一如既往地膨胀。绪兰在写给她的一封信中说，“我想建议你主要关注的，是圣恩的根基——我指的是谦卑。我要恳求你，请谦卑行事吧，这神圣的谦卑或许能成为你灵魂真正的、坚实的根基。而在我们通信中经常提及的种种拥有庄严、崇高本质的事物，绝不可危害到谦卑的本性。”虽然绪兰轻信她，对她所谓的奇迹估计过高，但他依然非常清楚他的通信对象是什么样的人：在那个特定的历史阶段，她明显是非常常见的包法利主义的一个亚种。究竟有多么常见，我们可以从帕斯卡所著《沉思录》里的一个注释中得窥一斑。在论及亚维拉的德兰时，帕斯卡写道：“她以对启示的深深的谦卑取悦了上帝，她以上帝启示给她的知识取悦了民众。然而我们忙碌至死却只为了模仿她的话语，并想象如此一来，我们就能模仿到她存在的本性。我们不爱上帝所爱的德行，我们也从不尝试让自己获得上帝所喜的存在之本性。”

在她心灵的某个地方，也许让娜修女知道自己确实是自己导演的喜

① 汤姆，托马斯的昵称。

② 伍斯特，英国中西部城市。

剧里的女主角；然后在她心灵的其余地方，她一定更加确信自己实际上是悲剧里的女主角。杜·胡尔夫人不仅一次在卢丹待过较长的时间，她认为她可怜的朋友几乎总是生活在虚空幻想中。

这些幻想是否一直持续到她生命终了？或者让娜修女至少在死时成功地卸下聚光灯前女主角的伪装，回归那大幕之后的自我？在后台的她是荒唐的，是可悲的；假如她不愿承认这个事实，但至少不再模仿那《七宝楼台》里的女作家，也许一切仍然可以接受。不过，只要她还坚持假装自己是另一个人，她将无药可救；假如她谦卑地承认自己就是自己，那么或许她会发现，事实上她却变成了另外一个人。

1665年1月，在女院长死后，她的喜剧被修会里的人改成了一出最重口味的闹剧。她的尸体被砍掉头，而她的头又被放进一个镀银的箱子，那箱子有着水晶的窗口，就放在神圣的修女睡衣旁边。本地一位艺术家受命画一幅巨作，描绘贝西摩斯被逐的场景。构图的中心，陷入狂喜的女院长跪在绪兰神父脚下，绪兰旁边则是特朗基耶神父和一名加尔默罗修会会士；中景则坐着加斯顿·德·奥尔良和他的女公爵，雄赳赳地旁观着；两人身后靠着一扇窗户，可见较低等级的观众那一张张的脸庞；而在所有人头顶上，是顶着光环由天使陪伴的圣约瑟，正在盘旋；圣约瑟右手握着三支闪电，照着那黑压压一群的魑魅魍魉（这些魔鬼乃是从那附魔者张开的嘴里源源不断冒出的）作势要砸下去。

超过八十多年的时光里，这幅画都挂在乌尔苏拉修会的小礼拜堂，受到普遍的推崇。但是在1750年，一位来访的普瓦捷主教命令将此画移走。在习惯性的爱教主义和服从命令的两难抉择中，修女们做了妥协，她们在原画之上挂了一幅更大尺寸的画作，将第一幅画作覆盖了。

女院长现在虽好比身处日食之中，但她还是挂在那里，然而，她挂在那里的时间也不会太长久了。修会遭遇了不好的年景，于1772年被取缔。于是，此画被交付给圣克鲁瓦教堂的一位教士，而让娜修女的睡衣和她那木乃伊化的头颅多半被修会里另外一些更幸运的女修道院所收藏。而这三件圣物，于今日已经飘渺无踪。

Chapter Ⅺ

第十一章

如是悲剧，我们将置身其中；如是喜剧，我们只当旁观。悲剧作者在他创作的人物中植入了自己的情感，在另一方面，读者和观众也同样会对人物产生移情。但在纯粹的喜剧里，剧作者和他创造的人物、观众与他所见的场景之间，并无认同感。作者看着，评论着，记录着，但只是在喜剧的外部；同样是在喜剧的外部，观众注意着作者所记录的，照作者的评论对人物进行评论，如果喜剧性足够，他们还会开怀大笑。纯粹的喜剧不能行诸久远，这也就是为什么那么多伟大的喜剧作家会采用不纯的喜剧形式的原因，他们经常出入于自己剧作的内外；至于观众，在某一刻我们仅仅是看、评论、发笑，但在下一刻，我们被感动，且认同某个人物，而这个人物在几秒钟之前还不过是一个纯粹的客体。每个可笑的人物都是潜在的埃米尔[①]或巴什基尔采夫[②]；而每一个写作忏悔录或隐私日记的痛苦的作者，只要我们愿意，就能将他们看作笑料。

---

① 亨利-弗雷德里克·埃米尔（Henri-Frédéric Amiel，1821年—1881年），瑞士哲学家、诗人、批评家，著有《私人日志》，叙述其悲惨一生，颇受人的同情。

② 玛丽·巴什基尔采夫（Marie Bashkirtseff，1858年—1884年），俄国血统，漫游于欧洲，是一位颇有天赋的日记作者、画家、雕塑家，但一生不幸，死于肺结核时，年仅24岁。

让娜·德·艾格丽斯便属于那种不幸的人物，他们始终招致外界的批评，被当作纯粹的笑料。然而，这却无碍于她写出忏悔录，试图以其悲惨的遭遇唤起读者真心的同情。但是，当我们阅读这些忏悔文字时，却仍然视这位可怜的女院长为一个喜剧人物，这是因为她首先是一名顶级的演员，作为一名演员，她几乎总是只呈现自己的外部表演，甚至面对自己也在表演。她的忏悔文字中的那个“我”字其实只是对圣奥古斯丁的拟古，有时她是附魔者的女王，有时她又变成第二个亚维拉的德兰，还有的时候，当她放弃所有的表演，显示出来的不过是一个精明的、暂时严肃的年轻妇人，这个妇人清楚地知道自己是谁，清楚地知道怎样与那些比她更浪漫的人物打交道。当然，她是绝不想让自己成为一个笑料的，不过她却利用了喜剧作家的所有桥段：从戴着面具突然转为露出荒诞的脸；种种强调和过多的抗议；虔诚的废话——潜意识之下的欲望由此得到天真的粉饰。

此外，让娜修女写作自己的忏悔录时并没有考虑到，她的读者也可以从其他渠道得到她所记录的种种事情的相关信息。因此，从有关格兰第被审判一事的官方记载中，我们知道女院长和其他几名修女曾对自己的所作所为产生过悔恨之情，且提出过撤回指控，因为，甚至在她们处于歇斯底里发作的高峰时，她们也清楚这些指控完全是错误的。而在让娜修女的自传里，多的是惯常的那些声明，充斥着虚荣、骄傲、冷漠；而对于她最大的罪孽——系统性的撒谎导致一个无辜的人受审并受火刑——她一字未提。她甚至没有一处提到，在整个可怕的故事中那唯一可信的插曲：当时她表示了悔恨，当众承认了自己所犯的罪孽。可是再三考虑之后，她还是接受了劳巴特蒙和那些方济会修士玩世不恭的断言：她的忏悔无非是魔鬼的伎俩，她所有的谎言才是福音一般的真理。对这段插曲的任何描述，即使出于最最维护她的立场，也不可避免地对她这个女作家所描绘的自身受魔鬼迫害、受上帝神奇地拯救的形象产生毁灭性的破坏。当这些奇怪的、悲剧性的事实被她压制，她就选择了让自己成为一个本质上属于虚构的书本人物。凡此一切，正是喜剧的作料。

在让-约瑟夫·绪兰的一生中，他思考、写作，也做了许多愚蠢的、欠妥当的、甚至可笑的事情。但是所有读过他的信、看过他的回忆录的人，都必定会视他为一个本质上悲剧性的人物，他受了很多的苦（虽然古怪，虽然在某种意义上纯属活该），我们对他的苦总是感同身受。他知道自己是何人，我们也知道他是何人，没有伪装，我们和他本人都看到了他的内心。以"我"的名义写下的这些忏悔文字，永远指称让-约瑟夫本人，永远不会是别的什么更浪漫的人；不像那可怜的女院长，他永远不会成为某个壮观演出中的人物，这些人最后总是机关算尽，秘密暴露，遂将那本来庄严的形象化为笑料，将那本来直率的人生化作闹剧。

绪兰那漫长的悲剧从何处开始，前文我们已经做了叙述。他有着钢铁般的意志，有着达到完美的精神状态的最高理想，对上帝与自然、绝对与相对之间的关系抱持着一些错误的观念，这些观念驱使着一具柔弱的身体，一种无法稳定平衡的性情。甚至在他抵达卢丹之前，他就是一个病人，在卢丹，虽然努力要缓和其他驱魔人那种过分摩尼教的态度，他本人却因太过密切、强烈地被"根本恶"的理念和表象先入为主，终于成了摩尼教的牺牲品。魔鬼的力量，恰恰源自那些针对他们的阴谋中的暴力；修女和驱魔人的力量，亦来自同样的暴力。在有组织的附魔事件的影响之下，通常潜伏的一些倾向（诸如放肆、渎神，根据归纳法，它们通常是由某种严苛的宗教信条所招致）急速涌出表面。拉克坦斯和特朗基耶在抽搐中死去，“彼列握紧他们的手和脚”。绪兰亦经历过同样的折磨（这是他自找的），但却活了下来。

在卢丹工作时，绪兰在举行驱魔仪式和抽搐发作的间歇写了很多信。但是除了他那位轻率的朋友德阿第契神父，他没有向别人吐露过自己的心思。冥想、禁欲、净化心灵，这些是他信中的恒常主题，至于魔鬼和他本人受到的考验，他几乎没怎么提及。

“至于你的默祷嘛……”他在写给一名隐居的笔友时，这么写道：“如你所言，你发现自己不能集中注意力在某些提前准备的特定主题上，我不认为这是一个坏征兆。我建议你不要让自己被一些特定的主题限定死，而是带着你那自由的心灵做祷告。还记得吗，过去，你经常拜访德阿雷亚珂女院长，与她说话，陪她打发时光，当时你的心灵就是自由的，因为针对这些会面，你从没有带上一份详细列明谈话主题的清单，这样的清单将毁掉谈话的乐趣。你去拜访她，只有一个心情，就是培养、加深你们的友情。去拜访上帝时，不也应该带着同样的态度吗？”

“去爱那亲爱的上帝吧，”他给另一个朋友写信说：“允许上帝照他所喜欢的行事。当上帝忙碌，灵魂便需搁下自身那粗糙的行为模式。照此执行，面对上帝爱的意志及伟力，全然开放接纳吧。抛开你的俗务，因这些俗务混杂着种种瑕疵，亟待净化。”

那么，此等神圣的爱，其意志及伟力令得灵魂开放接纳者，究竟是何等的爱呢？“神圣的爱，为的是先蹂躏、破坏、废止旧有，然后创建、重塑、复兴。它何等神奇，既令人讨厌又予人甜蜜；而且它越是令人讨厌，便越是使人向往、越吸引人。面对这神圣的爱，我们必然要坚决献出自身。除非见到这神圣的爱将旧日的你击垮、吞噬、摧毁，否则我一生不能快乐。”

对于绪兰来说，摧毁旧我的过程只不过是人生新旅程的开始。在1637年的大部分时光和1638年的早先几个月里，他生病了，但期间会间歇地转好。他的病症包括了一系列非正常状态。25年之后，他在《有关来世生活诸种科学之研究》一书中写道：“这种迷狂伴随着非凡的充沛精力和快感，助他承担这样的压力，使他不仅有耐心，而且满足。”

确实如此，他已然不能集中注意力了，也就不能再做研究。但是他却能充分利用旧时的研究成果，进行令人惊讶的即兴创作。当他感到被抑制，不知道该说什么，也不知道是否能再开口之时，他就登上布道台，其心情就如一个已决犯走向断头台。然后，突然间，他会感到“内在的感官忽然扩张，一种伟大的恩典温暖了他，他的心放下重负，他的声音譬如洪钟，思想强劲有力，他似乎变成了另一个人。……啊，一个管道破裂了，向他的心灵中注入了无比丰富的力量和知识”。

然后情况突变，那管道又抽离了，灵感的洪流瞬间枯竭。疾病又转化为新的形式，不再是那种间歇性的迷狂样子（相对而言，此时的灵魂还能与上帝保持正常的接触），而是光明被彻底剥夺，伴随着人格的萎缩、降低等，这完整的人变成另一种生物，完全低于他本人。在一系列的信中——其中绝大部分写于1638年，收件人是一位与他有着相同经验的修女——绪兰描写了他的疾病的新阶段的最初症候。

部分而言，至少他所受的折磨乃是身体上的。有好些日子，他连续低烧，处于极度虚弱的状态。在另一些时候，他有局部麻痹的症状；四肢倒是大致能够受到控制，但每一次移动都需要极大的努力，且总是伴随疼痛。连最小的运动都是残忍的折磨；而每一件工作，哪怕最轻松、最普通的，对他来说也好比赫拉克勒斯[①]的劳作。比如，解开教士袍上的扣子，他要花上两到三个小时；如要全部脱光衣服，他的身体是完全不能胜任的。在将近二十年的时光里，绪兰都是衣不解带而睡。然而，每周一次，却又必须要更换衬衫（假如他要免除寄生虫的麻烦，且他自言“我对虫子极其厌恶”）。“因换亚麻衣服，我感到极大的痛苦，有时从星期六到星期日，我几乎要花上一个晚上的时间才能脱掉污渍的衬衫，换上干净的一件，期间备尝痛苦，以至于我若看起来有些许快乐，那肯定是在礼拜四之前，而从礼拜四开始，一想到马上要换衬衫了，我就要承受最大的痛苦。假如有机会做一次选择，我情愿以几乎其他任何一种痛苦来取代这一痛苦。”

吃饭与换衣服几乎同样令人难忍。衬衫起码是一周换一次，但是切肉、将食物送进嘴巴，这样的动作是永远做不完的；握住杯子、倾斜杯子，又是何等费劲；而且每天都要经历这样的折磨。再加上他已完全没有食欲，且同桌进餐者知道他有可能吐出刚吃的一切，即使没有呕吐，他也会在咀嚼食物时备受折磨——如此一来，吃饭就更加不能忍受了。

医生们已经倾其所能。他们给他放血，他们给他灌肠，他们给他洗热水澡，但再怎么做也没有用。不错，这些症状乃是身体上的，但病因却不能从患者败坏的血液或致病的体液中找，而应该从他的心灵里去挖掘。

他的心灵已不受魔鬼的干扰。他心灵中的缠斗已与利维坦无关，不管身体如何，他现在的灵魂可以平静而清醒地认知到上帝的存在。现在，他的心灵一分为二，在有关上帝的特定理念和有关自然的特定理念之间左右互搏，每一次理念的冲突都给心灵造成巨大的伤害。

① 赫拉克勒斯，希腊神话中的大力神。

无限必然包含有限，因此，无限必全然出现于宇宙的每一处地方、全然存在于事件的每一个时刻，这似乎是理由十足、显而易见的。但为了避开这明显的结论，为了逃离这一理论的实践后果，早先那些严谨的基督教思想家们耗费了自己全部的灵性，更苛刻的基督教道德家们则动用了全部的雄辩和威吓。思想家们宣称，这是一个堕落的世界，而自然、人类、动植物，从根本上是堕落的。因此，道德家们会说，对自然天性要全面斗争，要压抑内心的这种天性，外在则要忽视它、贬抑它。

但是，只有通过自然赐予的天赋，我们才有望承接圣恩的赐予呀。圣恩是何等样式，便需以何等样式承接，唯有如此，我们才有资格接受圣恩的赐予。只有通过事实，我们才能得到“原初真相”。一位禅宗大师说，“绝去诸虑，自得根旨。”而基督教的神秘主义者们所言大抵与禅宗也是同样的意思。然而，却有一点区别，他们不得不对诸如教义、信条、虔诚的宗教传统之类的观念（诸虑）做破格对待。这些观念最多不过是些路标，倘若我们真的“以指为月”[①]，就必然迷路。“原初真相”必由事实，而绝非是通过词语或通过词语所激发的幻想来获得。天国或能现于大地，但它绝不能现于我们的想象或散漫的推理之中。而且，只要我们依旧生活，却并非生活于那原本面目的大地上，而是生活于一个似真似假的自我之中（这自我因自私、欲望、厌恶等诸种观念，因自怜自艾的幻想，因对万物本性先入为主的观念而迷狂），那么天国将不可能现于大地之上。人类的王国先当破灭，上帝的国才能降临。人类必当禁欲，但

① “以指为月”，佛教里一个著名典故。见《大佛顶首楞严经》卷二：“如人以手指月示人，彼人因指，当应看月。若复观指，以为月体；此人岂唯亡失月轮，亦亡其指，何以故？以所标指，为明月故。”

不是禁自然之本性，而是禁止人类那种以人造之物取代自然的倾向。如果事实并未成为人类的期望，我们就务必得丢弃我们的喜好清单，丢弃我们指望现实所服从的那套语言模式，丢弃我们躲避其中的幻想。

这便是圣方济各·沙雷氏所言的“神圣的冷漠”；这便是高萨德所言的“放下一切”，即每时每刻都保持清醒的意志，认知真实发生的一切；这是禅宗语录中所言的“丢弃喜好”，是得登完美大道的标志。

根据权威们的论断，也依据自身的经验，绪兰相信，通过灵魂那神圣的根基与世界存在的本质完美融合，人便可以直接感知上帝。但他同时有如下观点，即因为原罪，人的本性已经堕落，正是因这堕落，在造物主与万物之间有了一个巨大的鸿沟。因为这些有关上帝和宇宙的观念（在这些富有偶像崇拜特点的观念之下，事实与“原初真相”被视为可以互换），绪兰认为自他的心灵—身体中根除本性的所有因素将不会带来任何死亡，也就自然符合他的逻辑了。在他老年的时候，他认识到自己犯了一个错误：“其实务必需要察觉的是，在他前往卢丹之前有好几年，神父（绪兰是用第三人称描述自己的）出于禁欲考虑对自己秉持着极其严苛的要求，且努力使自身始终感知上帝的存在；在此过程中固然有值得赞美的热情，但心灵却亦过分缄默、自缚。职此之故，他身处一种狭隘的格局中，这的确应受谴责，虽然他的本意是好的。”又因为他秉持如下观念，即无限以某种方式外在于有限，上帝以某种方式与他的造物相对，绪兰便致力于禁欲，但他所禁止的并非他对自然的自负态度，或是取代自然的幻想和观念，而是存在于此特别星球之上的人类之中的具体存在的种种事实。

“敌视自然本性”是他的建议，“照了上帝的意愿，自然本性应当蒙羞。”自然本性已然“受到谴责，且被判了死刑。”这一判决是公正的，正因为此，我们务必需要“欢迎上帝凭其兴致将我们剥皮，将我们送上十字架”。是的，绪兰以其最痛苦的经验知道，那是上帝的兴致。因为秉持自然彻底堕落的观点，他将自己那种厌世的态度（在神经衰弱症中这是常见的症状）转为对自己人性的憎恶和对周遭环境的痛恨；考虑到他仍然怀有欲望，考虑到那些令人恶心的万物仍然给他带来诱惑，他的憎恶和痛恨就更加强烈了。

在一封信中，他写道，在过去的几天中，他不得不应付一些事情。充实的生活倒是给他那病躯带来了某种解脱。他感到没有那么痛苦了，直到他意识到这一改善乃是因为“每一刻都在背弃信仰”。痛苦的感觉恢复了，因为罪恶感，痛苦甚至还有所加重。此后他长期感到悔恨，但是这悔恨却并未促使他行动，因为他自觉已无能为力，甚至不能忏悔，于是，他只得“吞噎他的罪孽如饮水，咀嚼他的罪孽如吃面包”。他的意志与才能虽然同等麻痹，但他的感觉尚存。即使他什么也不能做，至少依旧能感知痛苦。“一个人衣服脱得越多，他越能敏锐感觉击打之痛。”他陷于“死之缺失”。但这种缺失并不仅仅指不在场，更指强烈的虚无感，“它是可憎可怕的深渊，陷于其中，任何造物都不能提供帮助或安慰”。当造物主变成了施虐者，那么受害人将只能感到对他的痛恨。新主人要求单独主宰他的命运，这就是为什么他会使他的仆人过上完全不像人的生活，这也就是为什么自然本性被穷追猛打几至无处可逃，于是缓慢被折磨至死。其个性差不多消泯，只留下那最令人厌恶的部分。绪兰不能再思考、学习、祷告、做善事，甚至不能再满怀爱与感激地将他的心倾向于造物主，但是“他本性中感官的、动物的部分”却仍然活跃，带他“一头跃入罪恶与憎厌”，于是他便犯了罪，轻佻的欲望使他分心，傲慢、自恋、野心也是如此。虽则因为精神衰弱症和严苛观念的作用，他已经在内部扼杀了自己的本性；但是他依旧决心要以禁欲的方式从外部加速摧毁这些罪恶的本性。既然仍有一些活动使他能微微得到些快慰，他就将它们放弃，因为他感到“内在的空无要与外在的空无结合”实属必要。因此，外部的帮助既能带来希望，则必须要拒绝；如此才能使得本性清净，完全无芥蒂地面向上帝的恩荣。当时，医生们要他吃定量的肉食，但他只能拒绝。上帝使他生病，目的是为了净化他；假如他尝试恢复健康岂非不合时宜，岂非在阻遏那神圣的意志。

他拒绝康复。他也拒绝做事和消遣。但还有他通过天赋和钻研而得的引人注目的产出呢，比如布道、神学论文、训诫，以及献神的诗歌，虽然他精研这些甚苦可至今却仍拙劣到毫无所获。经历漫长的、痛苦的犹豫不决之后，他强烈地感到应将先前所写的一切毁灭掉。于是，好几本书稿，好些论文，都被他悉数撕碎，付诸一炬。他现在“一切都被剥夺，赤条条一无牵挂地面对他的困难”。他已“落入那工匠[①]之手，此人（我向你保证）加快了进度，促使我走上艰难的道路，虽然我的本性对此却予以反抗”。

几个月后，那道路越发艰难，绪兰的身体、精神都不能支撑他描述这条道路。从1639年到1657年，他的通信中断，没有留下一封信，一段巨大的空白。在此期间，他因病理原因不能书写，不能阅读；甚至有时他说话都很困难。他被囚禁于孤独之中，与外界断绝了一切来往。放逐于人类之外已然够糟糕了，但是与放逐于上帝之外（这是他当时所受的判决）相比，这又不算什么了。从阿纳西返回之后不久，绪兰就确信（这一确信持续了很多年），自己已经受了诅咒。他已全无可为，只能在

① 这位工匠，指的是上帝。

彻底的绝望中等待死亡之到来，这死亡是注定的，是从大地上的地狱走向那无穷无尽的、更其恐怖的地狱里的地狱。

他的告解神父和上级安慰他，说上帝的恩荣无远弗届，只要一息尚存，就不能确定已被诅咒。一位博学的神父以三段论对此做了论述，另一人则到医务室里取出一堆对开本图书，拿教会诸博士的权威论证给他看。但是没用。绪兰知道，自己已经迷失了，而他刚刚击败的魔鬼们已然欢欢喜喜为他在永恒的烈焰中准备了位置。别人或者可以照他们的喜好说话，但是事实和他本人的行为远胜任何词语。所有已经发生之事，所有他曾察觉之事，所有他受人启发而做之事，都加深了他的确信。假如他坐在了火边，那么尚在燃烧的余烬（永恒诅咒的象征）必定要跃向他。假如他步入教堂，那么他总会听到有人在朗读或歌唱某些话语，这些话语一定是有关上帝之正义、邪恶之受谴的。假如他听布道，他也会听到神父肯定地说，会众之中必有迷路的灵魂——这迷路的灵魂一定指的是他。

有一次，当他来到一位临终弟兄的床边为之祷告，再次明确了先前的断言，像于尔班·格兰第一样，他自己也是一名巫师，有能力命令魔鬼侵入清白之人的身体。当时他真的是这么做的，他为那将死之人念了一段符咒，命令那傲慢的魔鬼利维坦进入此人的身体。他还召唤了色情之魔鬼伊沙卡龙、插科打诨之魔鬼巴兰、渎神之魔鬼贝西摩斯。

一个人，原本站在永生的边缘，准备迈出那最后的决定性的一步。假如他迈出那一步，他的灵魂将满是爱与信仰，一切都将圆满。但假如没有……绪兰几乎能闻到硫磺的味道，能听到咆哮声和磨牙声。他违背自己的意愿（或者他是主动如此？）呼唤魔鬼，他希望它们显身。突然之间，那病人在床上不安地扭动起来，他开始说话，但不是他惯常会说的顺从上帝的意愿，也并非呼唤基督与马利亚，也并非谈论神圣的慈悲和天堂的愉悦，而是语无伦次地发出魔鬼那黑色翅膀拍击的声音，说的是质疑、怀疑，以及难以言表的恐惧。在那压倒性的恐惧之中，绪兰明白，他的感觉千真万确：他就是一名巫师。

他之受诅咒，既有外部推论的证据，也得到了内在的确证——这是他的心灵被某种陌生、明显超自然力量所激发而产生的。他写道，“那谈起上帝的人，亦谈起无数的严酷性和（假如我敢说的话）严重性，无物可比。”在漫长的、无助的时光中，当他因意志麻痹、肌肉衰竭痉挛而困于床上时，他对“上帝巨大的愤怒”深有印象，“世间再没有比这（承受上帝的愤怒）更痛苦的事情了。”年复一年，一种痛苦更替为另一种痛苦。但是在他内心里，他知道上帝对他的恨意从未消歇——在理性上他就是知道这一点；这成了他巨大的负担，压迫着他，那可是神圣审判的重压啊！“我无法承受这重担”——是的，他不能承受，但那重担就在那里。

除此之外，他还不停地出现幻觉。幻觉如此生动，如此真实，以至于他很难做出决断，他到底是用心灵的眼睛看见，还是以肉眼看见的这些幻象。这些幻觉绝大部分是有关基督的，但并非作为救世主的基督，而是作为审判者的基督；并非教训世人、承担世人痛苦的基督，而是审判日到来那天的基督，是冥顽不灵的罪人在他们死时看见的基督，是限于地狱至深处那些受诅咒的灵魂看见的基督。这基督一副抑制不住愤怒、抑制不住憎厌、抑制不住要报仇雪恨的样子。有时绪兰见祂披着猩红的斗篷全副武装；有时看祂飘浮半空置身顶峰，守卫教堂的大门，禁止罪人进入；有时，基督是可见、可触的，似乎自圣餐中散发其存在，绪兰可以感知，但感知到的却是一种憎恶的情绪，这情绪如此强大，以至于有一次当绪兰站在梯子上观望一场宗教仪式时，被这情绪击中，竟跌落下来。（而在其他时候，他确信加尔文是正确的，基督确实并不在圣餐中——若依据归纳法，凡诚实的信仰者在其心灵中难免会生发这种强烈的怀疑。他陷入两难，两种观点如号角长鸣，中间却并无妥协之道。因此，根据直接经验，当他认定基督在圣饼之中，他也就认定上帝已诅咒他。但是当他认同异教徒的观念，以为圣餐时基督并不在场，那么他受到的诅咒肯定一点都没有少。）

绪兰的幻觉还不仅仅关乎基督。有时他看见万福马利亚以一种憎恶、义愤的态度朝他皱眉头，当她抬手，就抛出一束复仇的闪电，明亮骇人，而他从精神到肉体，整个的存在都因此而疼痛不已。有时，还有其他圣人浮现于他面前，每个圣人都怀着那种抑制不住的眼神，且携带着雷电。绪兰在梦中见到他们，当闪电向他击打过来，他便受惊而起身，陷于痛苦之中。甚至连最不可能出现的圣人都现身了，比如在某天晚上，从“圣爱德华，英格兰之王”的手上就抛过来一道闪电，打在他身上。不对，这位圣爱德华，是殉道者爱德华呢？还是那可怜的忏悔者爱德华？不管是哪一个，这位圣爱德华反正表现出了“对我极大的愤怒，我确信，这种情况（圣人们朝我扔雷电）将发生在地狱之中”。

在绪兰长期被天堂与俗世所放逐的最初阶段，他仍然可以（至少在境况较佳的时候）尝试与周边环境重新建立联系。“我总是追着我的上级和其他耶稣会修士，为的是向他们说出我灵魂中发生的一切。”但是没用。（极端精神错乱的最主要的恐惧之一，在于如下的事实，即“你和我们之间有一条鸿沟”。例如，紧张性精神病患者的状态与正常男女的状态是无法相提并论的，正如瘫痪者生存的宇宙与四肢健全的人生活的世界迥然不同。爱或许可以搭建出一座桥来，却不能抹掉那鸿沟；而如没有爱的存在，则连桥也不会有。）是的，绪兰追着他的上级或他的同行，但他所说的一切他们都不懂；他们甚至不愿表现出同情。“我理解了亚维拉的德兰所说的那个道理：‘你向其做出告解的人如果太过谨慎，那你将承担世上无可比拟的痛苦。’”他们很不耐烦地径直离开他。他揪住他们的袖子，再一次请求向他们解释发生在他身上的事情。可是，实在是太直接了、太明显了、太糟糕了，连语言都无法描述这种糟糕，他们只会拍拍自己的额头，轻蔑地一笑而过！——这家伙，已经疯了，更糟糕的是，这疯狂还是他自找的呢。他们倒是会安慰他，说上帝之所以惩罚他，是因为他的傲慢和怪异，他之所以怪异，是因为他想比其他人更具灵性，是因为他想象自己能够以某种怪异的、非耶稣会的、由他本人自创的方式塑造自己为完美的基督徒。对此，绪兰表示抗议，“我们的信仰建基于自然的常识，它促使我们顽固地抗拒世上的事物，所以，一当某人宣称他受了诅咒，将下地狱，其他人便将这想法视为疯狂”。

但这与忧郁症导致的罪孽并不相同，比如忧郁症患者假想“某人是一个水壶，某人是位红衣主教”，或称某人为天父上帝（假如这人乃是一位红衣主教的话，如阿方斯·德·黎塞留）。与之不同的是，相信某人受了诅咒，绝非疯狂的征兆，对此，绪兰颇为坚持；为论证他的观点，他引用了亨利·苏瑟[①]、圣依纳爵、布卢修斯、亚维拉的德兰、圣十字若望的例子。所有这些人都或早或迟相信自己受了诅咒，但他们所有人其实都是清醒的、非常圣洁的。但那些谨慎的修士们要么拒绝听他说，要

① 亨利·苏瑟（Henry Suso，1295年—1366年），德国神秘主义者、灵性作家，1831年被封圣。

么是听他说了（他们那毫不伪装的不耐烦啊！）却并不相信。

他们的态度使绪兰本有的巨大痛苦又加重了，促使他沿着绝望的道路更深地下滑。1645年5月17日，在波尔多附近的圣马凯尔[1]的一处耶稣会的小房子里，绪兰试图自杀。在前一天晚上，他一宿都在与自杀的诱惑作斗争，而当天早晨的绝大部分时间里他都用于圣餐之前的祷告。"就在晚饭前不久，他走到自己的房间，进入房间后，他发现窗户开着，便走上前，看了看窗户之下的悬崖（这房子建在河上一块岩石高地），这悬崖激发了他心灵里疯狂的本能，他退回到房子的中央，仍然面朝窗户，然后他失去了意识，突然之间，他就像睡着了一样，并不清楚自己在干什么，便跌下了窗户。"他的身体下坠，被一块凸出的岩石反弹了一下，跌在了河岸边。大腿的骨头断裂了，内脏却没有受伤。绪兰对奇迹的热情是根深蒂固的，受此激发，他完美地将自己的这场悲剧描述为近乎喜剧的片段。"就在这场事故发生的时候，就在坠落发生的那个地方，一个胡格诺派教徒走向了河边，在渡船过河之时，他对这次事故大开玩笑。这胡格诺派教徒说，过去有一次，他骑马在草原之上，路很是光滑，他的马将他摔下，跌断了他的胳膊，他本人当时说，这是因为他曾嘲笑某位试图飞翔的神父，因而被上帝惩罚了，于是，上帝让他在一个矮得多的高度，遭遇同样的灾难。而现在，又一位神父摔下来了，这高度足以致命，不到一个月前，一只猫因试图抓住一只麻雀，也曾从同样的地方摔下来，却丢了命，虽然照理说，这些动物既轻盈又敏捷，通常它们摔下来不会伤着自己。"

绪兰的腿打了封闭，几个月之后，他能够走动了，虽然此后走路总

① 圣马凯尔，法国西南部城市。

是一瘸一拐。可惜，心灵并不如身体一样可以那么容易就治好。他的绝望感持续了好多年，而他的上级们则一直有种不祥的预感。他甚至不能对一把刀或一根绳子细看，一看就会兴起强烈的渴望，要割断自己的咽喉或将自己挂在绳子上。

这种自毁的冲动不仅是有其外在表现，内在也一样。有些时候，绪兰发现自己内心有一种不可抗拒的渴望，要将自己所住的房子付诸一炬。甚至所有房子和其中的住户，图书馆和收藏于其中的人类智慧与虔诚的财富，礼拜堂与教士法衣，十字架与圣餐，诸如此类，一并要焚为灰烬。只有魔鬼才会如此邪恶。然而，这不正是他的写照：一个受诅咒的灵魂，魔成肉身，为上帝憎恶，反过来则憎恶上帝？对于绪兰来说，这种邪恶终归是要彻底占据他；然而，即使知道自己已迷失其中，他体内却仍有一种力量，抵抗着为恶的冲动——作为一个受诅咒的人，为恶本应是他的所想所感，也应是他要去践行的。自杀、纵火的诱惑虽然强烈，但他却努力抵抗着。与此同时，那些生活在他周围的人，因为太过谨慎，所以力求万全。自从他第一次尝试自杀之后，他或是由某个庶务修士看管，或是被故意绑在床上。在接下来的三年中，绪兰受到系统性的非人对待，这是神父们专为发狂者准备的。

对于那些因这类事感到开心的人（这样的人多到不可计数），非人行为本身就是值得享受的一件事，虽然他们常常问心有愧。为了减轻罪感，流氓们和那些虐待狂们便为自己最爱的虐人行为寻找合理的借口。因此，虐待孩童的暴行被以“纪律”之名，说是要向上帝（只不过是一个词语）表示服从——“不忍用杖打儿子的，是恨恶他”[①]；针对犯人的

① 原文见《圣经·箴言》第十三章。

暴行则是由康德的绝对命令的推论结果；针对宗教、政治的异端实行暴力，说是为了保卫真理；针对异族之人的暴行，则冠以科学的名义[①]。而过去一直普遍存在的针对疯子的暴行，至今也没有绝灭，人们的理由是，疯子们实在是要气死人。过去，这种对疯子的暴行还能找到神学上的依据，但在今日，它却不再有理可依了。折磨绪兰或其他歇斯底里症患者或精神病患者的人，之所以要这么做，一是因为他们喜欢残忍，二是因为他们相信自己这般残忍是对的；而之所以相信自己所为正确，是因为世人假定，疯子们总是自己给自己制造麻烦。出于某些或显或隐的原因，疯子们是受了上帝的惩罚，上帝允许魔鬼缠住他们，使他们发狂。既然疯子们是上帝的敌人，而且是根本邪恶之魔鬼的临时肉身，那么他们活该受到虐待。于是，疯子们受到了虐待；但虐待者本人却良心安稳，自觉感动，因为神恩已行在地上，如同行在天上。疯子们受敲打、挨饿、锁于肮脏的地牢。如果有神父来拜访，那么疯子们便会听到神父说，这一切都是他们本人的错误，上帝正对他们发火呢。对于一般大众而言，疯子介于狒狒和骗子之间，他们与被关起来的已决犯相比，有些相同的特征。在假日里，人们会带孩子们去围观疯子，就如今日的人们带孩子们去动物园或马戏场——而无论如何戏耍动物都不会受到指责，相反，动物之为动物，乃是上帝的敌人[②]，折磨它们不仅是受到许可的，而且还是人类的责任。至于十六、十七世纪的剧作家和小说家，最喜欢的一个主题便是让心智健全的人受到疯子般的对待，遍受各种凌辱

① 此处讽刺的是希特勒信奉的雅利安人种学。

② 上帝的敌人，《圣经》中，能称为上帝敌人的动物，只有古蛇，即撒但。

和恶作剧。想想马伏里奥[①]吧，想想拉斯卡笔下的马南特博吧，再想想格里梅尔斯豪森的《痴儿西木传》里那可怜的受害人吧。然而，现实可比小说中描写的要糟糕。

露易丝·杜·特隆诗艾在1674年因在大街上突然尖叫，且独自发笑，身后还跟着一大群流浪猫，从而被关进了巴黎最大的疯人院——萨伯特医院[②]，在此医院的经历后来被她记录下来。因为身后的那一群猫，她不仅被人认为发狂，而且还被怀疑是一名女巫。在医院，她被锁在一个笼子里，供公众取乐。人们用手杖伸过栅栏戳她，向她开关于猫的玩笑，并以女巫当受的惩罚来作弄她。她睡在污秽的稻草上，要是她被送上火刑柱，这些稻草将发出何等耀眼的火光啊！于是，每隔几周，新的稻草就送进笼子，而旧的稻草就在院子里烧掉，这时，人们就带她看那火光，众人欢呼雀跃地喊道："烧死女巫！"到了礼拜日，人们命她听布道，而她本人就是布道里的主人公；布道者将她展示给众人看，把她当作一个可怕的实例，证明上帝会如何惩罚那些犯罪之人：在此俗世，她被送入萨伯特医院的笼子；而在彼世，等待她的将是地狱。当这可怜人啜泣、战栗时，布道者便津津有味地描述地狱里的火、恶臭、翻腾沸滚的油、火热铁线的鞭打……诸如此类，永远不歇。阿们。

置身于这样的环境里，露易丝的身体自然越来越糟糕。她最终之所以康复，是因为一位正派的来医院参观的神父，他待她很好，因为慈

① 马伏里奥，莎翁喜剧《第十二夜》中的一个角色，他遵循着清教徒式的生活法则，但他的内心却远不如外表那般循规蹈矩，扭曲的性格使他成为了众人戏弄的对象。

② 萨伯特医院，位于巴黎的一家古老而著名的医院，最初是一个兵工厂，后来成为收留妓女的监狱，再后来成为收容疯子、癫痫患者、穷人的地方。1656年，路易十四命令在兵工厂原址建立一所医院，该医院于1684年扩建，逐渐成为巴黎最大的医院之一。

悲，便教她祷告。

绪兰的经历与其大抵近似。不错，他虽然免于在公立疯人院里遭受精神和身体的种种折磨，但是，甚至在耶稣会学院的医务室里，甚至置身那些受过高等教育的学者和他那些虔诚的基督徒同行们之间，种种恐怖也是少不了的。庶务修士原是他的侍者，却残忍地打他。学生们只要看见这发疯的神父，便破口大骂或肆意嘲笑。对于他们来说，这样的行为只能是在意料之中。但是，严肃而博学的神父，即他的兄弟们，即他的传道者同工，他们的行为却出乎他的意料之外——他们表现出来的，是何等粗鲁、麻木不仁、毫无同情心啊！还有那些咋呼的、健壮的神父（他称他们为筋肉基督徒），一面向他保证他一点错误没有，一面却命他做一些他根本做不了的事，当他因痛苦而喊出声来，他们就告诉他，这一切不过是他的幻觉。还有那些恶毒的道德学家，他们过来，坐在他床边，长篇累牍、满怀得意地告诉他说，他到这地步实在是活该。还有一些神父，出于好奇来看他，指望能得些乐趣，他们对他胡言乱语，似乎他是一个小孩或白痴，他们卖弄自己的智慧和他们那无价的幽默感，他们开他的玩笑，假设他既然不能反驳也就不能理解。有一次，"某位地位显要的神父来到医务室，那时我一人待着，只见他坐在我床边，好长一段时间凝视着我，突然，他狠狠扇了我一耳光——我与他可是今生无仇的呀，而且我甚至连要伤害他的想法都从未有过。然后，他出门而去"。

绪兰竭尽全力将这些暴行看作有益于自己的灵魂。他以为，这是上帝之意，要他受此羞辱，被人视为疯狂，被人当成犯人，既不受人尊重，甚至也不受人同情。对发生在自己身上的一切，他顺从了，他甚至走得更远，竟主动要求使自己受辱。但是，清醒地顺从自己的命运还不足以治愈他。正如在露易丝·杜·特隆诗艾的例子中一样，是另一个人的善良治愈了他。

1648年，他所有同行中唯一坚信他的疯狂并非不可挽救的巴斯蒂德神父，被任命为桑特[1]耶稣会学院的教区长。他请求带这病人同去，并获得了上级同意。在桑特，十年以来，绪兰第一次发现自己得到了同情与关心，他被当作一个灵魂受折磨的病人，而不是受到上帝之手惩罚因而遭致人类之手更多惩罚的罪犯。他只差那么一点点，因而尚不能离开他的监牢与世界交流，但是，世界已然进入他的心灵，主动与他交流了。

这新的治疗法，使得绪兰有了第一种变化，这变化乃是身体上的。多年以来，因为长期焦虑，他的呼吸甚是微弱，似乎始终活在窒息的边缘。而现在，几乎突然之间，他的呼吸膈膜开始活动，他可以深深地吸气，他的肺可以吐纳那赋予人生命的空气："我所有的肌肉曾僵化，似乎被钩子扣死了，但现在有一个钩子松开了，然后是另一个，这一切真是轻而易举。"他在他的身体中感知到一种类似心灵解放的快慰。那些身受哮喘、花粉热之苦的人知道自己的身体被外部环境隔离时的那种痛苦，而一当他们康复，那种狂喜又是何其真切。

在灵魂的层面，绝大部分人也身患类似哮喘的毛病，但却只是间歇性地、隐晦地觉得自己困于一种慢性窒息的状态之中。然而有一些人却很清楚，自己是不能呼吸者，于是，他们绝望地渴望着空气，当他们终于努力让空气灌满自己的肺部，他们感受到的又是何等不可言喻的幸福啊！

在他那古怪的职业生涯中，绪兰忽而感觉自己要被掐死，忽而又觉得自己重获呼吸，仿佛被锁于令人窒息的黑暗之中，忽而又被移至顶峰面朝太阳。他的肺反映了他的灵魂状态，当灵魂被堵塞，则呼吸被扼住

① 桑特，法国西南部城市。

而僵硬；当灵魂开放容纳，则呼吸翕张有力。紧绷、拉紧、变狭等词，及其反义词膨胀，在绪兰的文字中反复地轮流出现。这些词描绘出他的经历中最主要的事实，即他在紧张与释放这两个极致状态之间如何来回摇摆，即他如何在内心收缩之时丧失自我而在内心扩张之时则容纳更广大的生命。这种经验与曼恩·德·比朗在日记中详细描写的经验是一致的，这种经验也在乔治·赫伯特、亨利·沃恩的一些至美诗行中出现，这种经验，实在是一系列无与伦比的经历。

在绪兰的案例中，心理上的缓释作用有时会伴随一种非常特别的胸部扩张。有一次，他发现自己的皮马甲原本前面是用绳子系紧的，但是因为他陷于奔放的狂喜之中，不得不将马甲松开五六英寸。[当圣菲利普·内里年轻的时候，曾感到巨大的狂喜，以至于他的心脏永久扩张了，且撑断了两根肋骨。尽管如此（或者也正是因为如此），他活到高寿之年，直到死都在勤奋工作。]

绪兰常常意识到，在呼吸与灵魂之间，不仅有词源上的联系，而且还有实际的关系。他列出了四种呼吸，包括了魔鬼之呼吸、自然之呼吸、恩惠之呼吸，以及荣耀之呼吸。他向外界保证，这四种呼吸他都逐一体验过了。可惜他并未就此做详细论述，因此我们也就对他在“吐纳”领域的真实发现一无所知。

亏了巴斯蒂德神父的善良，绪兰重新找回了人类一员的感觉。可惜巴斯蒂德或许能为凡人仗义执言，却不能代替上帝发声——或者更确切地说，不能代替绪兰概念中那个他所珍爱的上帝。这病人确能再次呼吸，但是，他却仍然不能阅读、写作、吟诵弥撒、行走、进食，或者舒便且不带剧痛地脱衣。此等无能使绪兰坚持认为自己依然受着诅咒，由此带来恐惧、绝望。能使绪兰从这种情绪里分心的，也只有疼痛和疾病了。他的精神要感觉舒适一些，只能以身体感觉更加糟糕为代价。

绪兰的疯狂，其中最怪异的一点是他的心灵中有一部分从来都没有出过问题。虽然不能阅读、写字，也不能不带痛苦地做那些最为简单的动作，虽然他确定自己受了诅咒，并被自杀、渎神、不洁、异端的冲动所缠绕（他一度自信自己是一个加尔文派，而在另一些时候，他又信仰摩尼教，且照此教义行事），但在他漫长受苦的全过程中，绪兰文学创作的能力丝毫未受损伤。在他发疯的第一个十年中，他主要创作韵文。他会根据流行的音乐创作新的歌词，他将数不尽数的民谣和饮酒歌改编为基督教的颂歌。且举如下一首，这歌是关于亚维拉的德兰和热那亚的圣凯沙伦[①]，改自一首名为《圣人陶醉于爱》的民谣，调子则借用了《我碰到一个德国佬》。

瞥过去，看看那边
有美妙处女世间稀见
她名为德兰
她面上荣光明亮
显出她已然嗅见
那合她心意之佳酿

她且对我把话讲：
“瓶塞推下

① 热那亚的圣凯沙伦（Catherine of Genoa，1447年—1510年），意大利天主教会圣人，神秘主义者。

畅饮这酒
同我一起歌唱：
‘上帝，上帝，上帝
我渴慕的上帝喂
你赐人快乐
其余世间事
无非是烦恼。’”

还有一位热那亚人
她的心也满装这佳酿
显身而来，陪伴上帝

她亦满面红光
呼喊着：“纯然佳酿
味道芳香。”

这韵文气势甚弱，趣味粗粝，原因倒不在于绪兰身体的无力，而是他缺乏天赋。无论是清醒还是疯狂，他的诗都好不到哪里去。他那惊人的天赋其实在于他用散文清晰、穷形尽相地阐述某个主题的能力，而这正是病情发展到下半个阶段时他所做的事。他在脑中打好草稿，然后每晚向一名抄写员口述，以此方法，他在1651到1655年间，完成了他的伟大著作《心灵教义问答书》。这部专著，就其视野和内在价值而言，可以媲美他的同时代人、英国的奥古斯丁·贝克所写的《神圣智慧》一书。此书的十二开版本超过了一千页，但不管书有多厚，这本《心灵教义问答书》的可读性仍然很高。不错，表面上这书并不令人感兴趣，但这不是绪兰的错，因为他那种原本老式的亲切文风在当代的修订版中消失无踪，照十九世纪的编辑们常说的（算是无意识的讽刺），那是有“一只友好的手”对这本书动了手脚。幸运的是，这只友好的手到底不能破坏此书的本质优点，如简练（甚至在进行最微妙的分析时）、实事求是（甚至在处理神圣崇高的主题时）。

当绪兰在创作他的《心灵教义问答书》时，他没有办法借鉴参考书，或翻阅自己的手稿。尽管如此，本书仍然参考了众多著作，且引证非常恰当；文字的组织也格外令人钦佩，同样的主题反复回响，每次或从不同角度予以论述，或精巧地不断加深论述。在身体残疾的情况之下能创作如此一本书，所需要的是惊人的记忆力和非凡的专心。但是，虽然绪兰在创作过程中身心已经比过去有相当的改善，却仍旧被普遍看成一个疯子——这倒不是没有理由。

思路清晰、完全掌控自身的智力，却处于发疯之中，这必定是最糟糕的人生经验。绪兰的理性毫发不伤，却无助地旁观着自己的想象、情感、植物性神经系统合力施为，如罪恶的疯子一般，下定决心要毁灭他。归根结底，这是一场争夺战，作战的双方是那积极的自我和种种暗示的受害者。在争夺战中，绪兰既作为一个现实主义者，竭尽全力处理实际问题；也作为一个咬文嚼字者，借助词语创造出丑陋的拟态真实——如此一来，他感到恐惧和绝望也就情有可原了。

绪兰的案例，不过是人类普遍困境的一种极端表现。话说“太初有道”[1]，就人类历史而言，这一描述完全正确。正是语言，使人从动物性

① “太初有道”，《圣经·约翰福音》的第一句话。

中脱离，使人不再具有动物般的纯真和适应自然万物的本领，却陷于疯狂和恶行。词语，既不可或缺，也非常致命。有关世界的诸多命题被视为工作假设①，通过这一工具，人类才能逐渐理解这个世界。

它们被视为绝对真理，如同教义被人生吞活剥，如同偶像被人五体崇拜，这些有关世界的命题扭曲了我们的真实视野，引我们进入各种各样的不当行为之中。大灯国师②曾说："为了诱引瞽者亲近菩提，佛祖金口一开，如同游戏一般，词语源源而下，此后天地之间，遂满是言语争执，好比荆棘遍布。"这种言语争执可不是独独局限于远东。如果说基督"并不是叫地上太平，乃是叫地上动刀兵"③，那是因为他和他的追随者们别无选择，只能通过语言来传递他们的思考。就像其他的语言一样，基督教的语言有时候是不适当的，有时是过于以偏概全的，有时是不严密的，因此，也就总是容易被人从不同的角度去做解读。当它们被视为工作假设，作为有用的参照系，以此来组织、应对人生的诸种现实，那么，由此形成的种种命题，其价值也就存疑了。当这些命题被当作教义，等同于偶像，就会造成许多巨大的邪恶，诸如神学仇恨、宗教战争、教会帝国主义；同时也会造成一些微小的恐怖，比如发生在卢丹的那场可怕的狂欢，以及绪兰自我暗示出来的疯狂。

道德家们喋喋不休地议论着要控制激情，他们这么要求当然有其

---

① 科学研究和认识活动中为探索自然现象和社会现象的本质和规律而提出的初步解释，称之为科学假说；为解决工作中遇到的具体问题而提出的初步推测，称之为工作假设。

② 大灯国师，即宗峰妙超（1282年—1338年），日本禅宗大师，曾到中国求学，返回日本后，将临济宗发扬光大，建大德寺。

③ 见《圣经·马太福音》第十章，原文为："你们不要想我来是叫地上太平；我来并不是叫地上太平，乃是叫地上动刀兵。"

道理。然而不幸的是，绝大部分道德家并没有以同样的力度强调控制语言，并控制以语言为基础的理性。因激情所犯之罪，只会因一时热血冲动发生，而血液也仅仅是偶尔才会发热；可语言呢，永远伴随我们，而且语言（这当然是因为童年时成长环境所致）还充满了巨大的暗示的魔力，某种程度上它会为人的信仰符咒和魔法术做辩解。比激情之罪更危险的乃是因信了唯心论而犯的罪——这些罪因那神化的语言所怂恿、培植而生，且由这种语言为其进行美化。当这种罪孽进行预谋时，人的脉搏正常；当此等罪孽施行时，人的血液冰冷；而且这样的罪孽还能坚定地延续相当长的岁月。过去，由语言引致唯心论从而导致诸种罪孽的发生，这些罪孽主要体现在宗教领域；而现在，则主要体现在政治领域。现在的教义不再是形而上学的了，而是实证主义的、意识形态的。唯一没有改变的，是人们对那些生吞活剥教义之辈的盲目崇拜和迷信，是人们系统性的疯狂行为，是人们残忍的暴行——凡此种种，确实是人们依了自己的信仰而做出来的。

从图书馆、书房转移至教堂、国会、会议厅，工作假设的理念或许能将人类从集体精神错乱、大规模屠杀和自杀的慢性冲动中解放出来。但人的根本问题却是生态学的：人类需要学会如何与宇宙相处，而这宇宙的所有维度——从物质的到精神的，人都要学会去对待。作为一个种族，我们不得不去寻觅良方，解决如此庞大且快速增长的人口在一个面积有限、资源不足的星球上舒服地生存的问题，而这个星球上的许多人还在浪费资源，这些资源将永远不能更新。作为个人，我们不得不努力去发现与宇宙精神建立和谐关系的办法，而我们通常习惯性地认为自己是与这样的宇宙精神相隔离的。当我们集中注意力于来自天国的恩赐和已知的万物，那么作为一个副产品，我们将发现与他人建立良好关系的办法。“你们要先求他的国，这些东西都要加给你们了。”[①]然而，实际情况是，我们却首先执着地寻觅其他东西——一方面是源自自我中心的激情所产生的种种太过人性的利益，另一方面是对语言的盲目迷信。这就导致我们根本的生态学问题不能解决。聚焦于权力政治，使得社会不能提升它与这个星球的关系；聚焦于令人盲目崇拜的语言系统，使得个人不能提升自己与“原初真相”的关系。正因为首先寻觅其他东西，我们不仅将“原初真相”丢失了，而且也将“他的国”丢弃了，同时也抛弃了唯一能实现“他的国”的这个星球。

在绪兰的案例中，他所受教育中的要求他崇拜的某些理念如教条一般迫使他疯狂，在他的生命中制造了恐惧和绝望。幸运的是，也有其他一些理念，虽然很教条，却更具有鼓舞人心的力量。

1655年10月12日，波尔多学院（当时绪兰已经返回该学院）的一位神父到他的房子里，倾听他的忏悔，为他准备圣餐礼。这位病人所犯的唯一严重的罪行——根据他本人的自我指控，是他举止非常恶劣，上帝既然诅咒了他，他理应沉溺于所有的恶行之中。然而，实际上他却总在努力向善。1663年，他曾写下这么一段文字：“如果说一个基督徒在行善之时应当感觉踌躇，这话在读者看来似乎很荒谬，而现在我也觉得这荒谬。”在1655年，绪兰当时还觉得身为一个迷失的灵魂，全心向恶乃是他的责任。然而，虽然有这样的责任在，他却发现从道德上而言，要他做善事之外的其他事情，实在办不到。他还确信，自己犯了一项大罪，比预谋杀人还要严重，他便做了忏悔：“我活在此世，却不抱希望，而是视自己为受诅咒者。”接受告解的神父显然是一个善良敏感的人，对绪兰那

① 见《新约·马太福音》第六章。

倾向非凡事物的弱点很熟悉，他向忏悔者保证，虽然他本人一点也不倾向于灵感这类东西，但他却有一种强烈的印象——直接可以称作灵感，最终一切都将安稳变好，他说：“你将认识你的错误，你将能像别人一样思考、行动，你将在平静中离开这个世界。”这些话给绪兰留下至深的印象，从此，恐惧、痛苦的令人窒息的乌云开始飘离他。上帝并没有抛弃绪兰，希望仍然存在，这希望，既是在此世身心康复，也是在彼世获得拯救。

当他找到希望，便也恢复了健康。身体的种种禁锢和瘫痪逐一消退，首先恢复的是写字的能力。1657年的一天，在被逼远离纸笔长达十八年之后，他拿起一支笔，写下了三页有关灵修生活的思想文字。只是笔迹“甚是混乱，似乎都有点不像人类的字了”；但是这没有关系，真正重要的是他的手终于又能与他的思想合作了——即使还没有那么流畅。

三年之后，他又恢复了行走的能力。那时他住在乡间一位朋友的家中。当他刚在这朋友家中住下时，每次都要请两个男仆把他从卧室抬到餐厅，“因为我迈一步都感到剧痛，这种疼痛不像是中风患者的疼痛，这种疼痛会导致胃部的收缩，同时绞痛”。1660年10月27日，一个亲戚来拜访他，当亲戚要离去时，绪兰痛苦地拖着腿走到门口，与亲戚告别。当访客离开后，他站在那里，望着花园，“很明显，我开始探究花园中的动植物，因为神经的极度虚弱，这样的动作我已经有十五年都不能做了”。他并没有感到那种熟悉的痛苦，反而感到“一种愉快”，于是，他向花园又走了五六步，他停住，就那么环顾四周。他看着黑莓，看着树篱射着荧光绿，看着草坪和紫菀，看着角树两边排列的小径；他又望向远处低矮的山丘，在灰白的天空下，在几乎是银色的阳光的照耀下，山上那秋日的树木泛着黄光，好像狐狸的皮毛。那时风都没有，一切安静，宛如一颗巨大的水晶，每一处皆是种种色彩交融，如此神秘，如此富有生命力；万物皆显明独立；无限与单一、过去与永恒的现在，皆融融泄泄。

第二天，绪兰斗胆探究起他几乎都要忘却的那个宇宙。第三天，他重新发现的世界之旅又引他一直走到井旁，不过，并没有勾起他自杀的想法；他甚至离开花园，穿过墙外的小树林，脚陷在深深的落叶中。他痊愈了。

绪兰解释了自己何以没有察觉到外部世界，给出的理由是"神经的极度虚弱"，但这种虚弱从未阻止他关注神学理念和由这些理念引发的幻想。实际上，正是因为着迷于这些想象和抽象之物，他很凄惨地将自己隔离于自然世界之外。在他开始生病之前很长一段时间，他就已经迫使自己生活于一个语言和语言带来的反应比万物和生活本身更其重要的世界——他远离了实际。拉勒芒因为自己的信仰，得出一个逻辑性的结论，这结论显出崇高的疯狂，他以此教训别人，"我们不应对这个地球上的任何事物感到惊奇，除圣餐之外。倘若上帝会产生惊奇，他只会对圣餐之谜和道成肉身感到惊奇……在上帝道成肉身来到人世之后，我们不应该还对其他事物产生惊奇。"因为对这个世界里的万物既不观看，也不发生惊奇，绪兰仅仅依其导师的指令行事，因为渴慕圣恩，他忽略了已知。但上帝最高的恩赐，不就是当下的已知世界吗？上帝的国将降临在大地上，但却是通过大地本身的觉醒来实现；那以自我为中心、满怀着欲望和反感而扭曲的意志，那因为现成的信仰而扭曲的智识，依靠这些是不能实现上帝的国的。

作为一位严苛的理论家，又坚信这个堕落世界里人性乃恶，绪兰同意拉勒芒的观点，在自然之中，无物值得一看，无物值得人惊奇。但是他的理论却与他的直接经验抵触。“有时，”他在《心灵教义问答书》中写道，“圣灵持续地、逐步地照亮灵魂，然后圣灵越过万物，使自身浮现于万物——包括动物、树木、花朵或其他被造物——的意识之中，以教导灵魂何为至真之理，且秘密地告知灵魂，务必做哪些事，才能真正献身于上帝。”书中还有另外一段文字的意思相近，“甚至于一朵花、一只微小的昆虫中，上帝都向所有灵魂展示他所有的智慧珍宝，还有他的仁慈；如此，再也无需刻意激发新的爱主之情。”然后写到自己时，绪兰是这么说的，“在许多场合，我的灵魂都被这样的荣光浸染，那时，阳光似乎比平常的要强烈许多，然而却又是那般柔和，使人轻易可以承受，似乎那是自然阳光之外的另一种阳光。有一次，我身处这样的境界中，走进波尔多学院的花园，啊，那时的光芒何其耀目，我似乎以为自己正在天堂中漫步呢”。那时，每一种色彩都更加“强烈和自然”，每一个形体都比平常时候更加精致显目。像是自然而然发生的，却也是好比受了恩赐的机遇，他忽然进入了那个无限的、永恒的世界，都要永远在其中居住了——假如真如布莱克所言的那样：“知觉之门打扫清洁。”[①]但是这荣耀随即离去，在此后多年的疾病中从未折返。“对我来说，一切都不存在了，只留下对那极其伟大的经历的回忆，其超凡卓绝的美丽与辉煌，远胜过我在世间体验过的一切。”

像绪兰这样的人，上帝的国曾经真实地向他显现，他却甘心以严

① “知觉之门打扫清洁”，英国著名神秘主义诗人威廉·布莱克（1757年—1827年）的长诗《天国与地狱的婚姻》中的句子，张炽恒译为：“一旦知觉之门打扫清洁，一切都会向人显示出本相——无限。”见《布莱克诗集》，上海三联书店，1999 年版，第194页。

苛的态度全盘否定一切被造物，这是在向那空洞语言和理念的令人着迷的魔力屈服，他献上的是多么令人悲伤的一个贡品啊！他确实曾在自然中体悟到上帝，但是他却没有如特拉赫恩在《冥想的世纪》中所做的一般，系统地、虔诚地利用这些经验。绪兰在每一次神的显现之后，选择了返回陈旧的、疯狂的思路——拒绝观看任何被造物或对之表示惊奇，相反，他将所有的注意力集中于他信条中那些较为沉闷的命题，并关注这些观念所引发的情感、想象等行为。要阻绝无限的善，除了绪兰的办法之外，恐怕世人再也没有发明过别的办法。

每当巨人安泰[①]接触大地，他就得到新的能量，因此，赫拉克勒斯只好举他在空中，将他扼杀。绪兰同时是巨人和大英雄，从与自然的接触中，他的身心得以康复；然而纯粹因意志力的作用，他却自己将自己抬离地面，在半空中扭断自己的脖子。他渴求着自由，然而他以为与圣子融合为一需要系统性地否定自然根本的神性，结果，他远离了表象的世界，也就只能部分地领悟如何与圣父融合为一，同时也只能通过所有精神的体验实现与圣灵的融合。在康复的初始阶段，绪兰并非从一片漆黑的状态直接进入那“澄明清醒的至福”境界，只有当个体心灵以其有限的知觉许可宇宙精神接受个体心灵本来面目时才有可能达到这一境界。相反，绪兰的初步康复是由一种极其反常的状态转变为其对立的异号[②]状态，在这种异号状态中，“非凡圣恩”变得很平常，就如同以前非凡的孤独感常常出现一样。需要注意的是，甚至在他最为疯狂的时候，绪兰也曾体验到片刻欢乐的闪光，他也曾短暂地相信，即使他受到诅咒，上帝

① 安泰，希腊神话中的大力士。

② 异号，即正负号。一个正数和一个负数，二者相加为零，称为异号。

却永恒地陪伴着他。而现在，这些快乐的时刻成倍增长，而这种自信，由短暂变为恒长。精神的体验一个接着一个，每一个幻想现在都光明闪亮，鼓舞着他；而每一种情感都属于至福的感受。

然而“要想荣耀我们的主——因为主自当受荣耀，你需要将自己从精神的快乐和可感知的恩赐中剥离开来，你是绝不能依赖这样的快乐和恩赐的，因为只有信仰，才是你唯一的支撑；因为只有信仰，才能让我们以纯洁之姿升入天堂，面对上帝；因为只有信仰，才能让灵魂一空如洗，好让上帝填满我们的心灵”。这是绪兰二十多年前写给一位向他请教的修女的信中的话。而现在，巴斯蒂德——绪兰初步康复实拜这人的仁慈所赐——也秉持相同的观点，他也是这么对绪兰说的。不管精神的体验何等崇高，何等慰藉人心，它们绝非领悟，甚至都不是能助人领悟的一种途径。巴斯蒂德这般说，不是妄意雌黄，教会里所有那些可信的神秘主义者都为他作证，他可以引用圣十字若望的意见。有一段时间，绪兰竭力遵从巴斯蒂德的建议，可是那“非凡的圣恩”如水涌来，既不停歇，也不放弃。当绪兰要拒绝那“非凡的圣恩”，它们就会再一次反转，变成以前那种乏味、孤寂，如此一来，上帝似乎再一次退场，使他限于旧日那种绝望的边缘。

绪兰不再顾及巴斯蒂德和圣十字若望了，他重新认可他所见的幻想、所听的圣言，接纳他所感到的狂喜和启示般的灵感。随后，两位神父和他们的上级安吉诺神父陷于争论之中，三人遂向让娜·德·艾格丽斯求助——能否请她问一下她的善天使，对“非凡的圣恩”有何看法？善天使刚开始支持巴斯蒂德的意见，绪兰表示抗议；经过四人之间的数次通信，这位善天使改变了观点，宣称争论的双方都是对的，只要他们都能尽其全力效忠上帝。绪兰和安吉诺对此甚为满意，然而巴斯蒂德却顽固地坚持己见，甚至过分到向让娜修女提出建议，是时候与那位天堂的代理人德·博福特公爵阁下断绝关系了。对让娜修女的善天使提出反对意见的不止巴斯蒂德一个人，绪兰于1659年写信给女院长，提到有一位杰出的神职人员发了牢骚，"他说，你已然开了一个门店，人们迫使你去询问那位善天使，而善天使就能变出人们需要的一切事物；他还说，你还开了一个情报局，婚姻、诉讼和其他所有类似的事情，你都能提供建议"。类似这样的事情必须立刻停止，但不是如巴斯蒂德神父曾经建议的那样断绝与善天使的关系，而是只向天使请教关于灵修方面的问题。

时间流逝。绪兰身体康复得差不多了，可以拜访病人，听取告解，可以布道、写作，也可以通过谈话、写信的方式指导他人的灵魂。但他的行为仍然有些怪异，他的上级认为很有必要审查他的来往信件，他们害怕信件中存在异端思想或至少有一些令人尴尬的放肆言论。他们的疑心真是莫须有啊。显而易见，绪兰在疯狂之中已然口述出《心灵教义问答书》，那么，当他康复之时，他的审慎自然也是可以信赖的。

1663年，绪兰又写了一本书，叫《实验科学》，描述了卢丹附魔事件的历史，也写出了他自己随后遭遇的种种考验。当时，路易十四已经开始在欧洲大陆纵横捭阖，然而绪兰毫不关心，因他对"公共事务和大人物们的计划"不感兴趣。他行圣礼，他阅读、思考福音书，他体悟上帝，这些对他来说足矣。实际上，从某些方面来说，他所做的这些事甚至超过他之所能，因为他正在老去，正在失去他的体力，"人一衰落，爱即褪减，因为爱的施予，是需要一个强有力的体格去支撑的"。

数年前他曾感到的那种近乎狂热的至福现在离他而去，而那时常见的、轻易显现的种种"非凡的圣恩"也已属于过去时，不过，他现在有了别的一些东西，更好的东西。他给让娜修女写信称："近来上帝予我些微小的知识，乃是关于上帝之爱的。可是，在灵魂的深奥与能力之间，竟存在何等巨大的鸿沟啊！实际上，灵魂总是深不可测的，而且充斥着超自然的圣恩之珍宝，而灵魂的能力却又纯然空乏。我可以这么说，在其深奥中，灵魂具有一种非常崇高、非常精细、非常丰富的对上帝的感觉，与此感觉相伴，灵魂中还有一种至为慰藉人心的爱意和一种非常奇妙的心灵的扩充；然而，灵魂却不能将这些感受传达给别人。从外表来看，感知到灵魂深奥的人，给人的感觉毫无趣味（甚至是对宗教事务）、缺乏天分、限于赤贫……假如允许的话，我倒想把这种感觉表达出来，可非常不幸的是，灵魂不能吐露这样的感觉；因此之故，灵魂的丰富感受横溢其中，给人造成相当大的压力，这种压力带来的痛苦，超乎所有想象。关于灵魂深奥处发生的一切，如果打个比方，就像是洪水滔天，逼近堤坝，却没有孔道使其流淌，以致压迫堤坝，其压力非同小可，使得堤坝耗尽其能量，濒于死境。”这似乎是一种矛盾的现象，一个有限的存在却包容了无限，这样的体验几乎要令这有限的存在覆灭。但是绪兰不会抱怨，因为这虽然痛苦，却也是神所赐福的，死固然可怕，但他却虔诚吁求这死的到来。

在狂喜、幻想之时，绪兰其实是走在一条道路上的，毫无疑问，这路所属的国度风景如画，而这路亦终于带他到达了那辉煌明亮的死亡。既然“非凡的圣恩”已然消逝，既然他已经自由感知到绝对的悟道临近了，最终也就有可能醍醐灌顶。现在，他终于活在“信仰”中，正如巴斯蒂德催促他要做的那样。现在，他终于褪去所有智力和想象，赤条条无牵挂，置身于世界万象和他本人的生命之中；他已空无，以利填满，他已赤贫，或可致富。在死亡到来的前两年，他写道：“我听说采珠人有一根管子，从海床伸到海面，这管子系着软木，使其可以漂浮海上，而采珠人借这管子呼吸——即使在大海之底也不怕窒息。我不知这是真是假，但这事无论如何却完美表达了我要说的意思，就是说，灵魂也有一根管子，这管子直通天堂，如热那亚的圣凯沙伦所言，它就是一个通道，可以直抵上帝之心。通过这管子，灵魂呼吸着智慧和爱意，如此便不会死去。当灵魂在大地深处采珠时，将与其他灵魂说话，它可祷告，并执行上帝的任务；在这期间，那根通向天堂的管子永远都在，从天堂带着永恒的生命和慰藉下到人世……灵魂若处于此等境界，就会同时感到幸福与痛苦——但我以为，灵魂其实只有幸福……因为，如果没有幻想、狂喜或感官的悬浮，那么，在尘世日常痛苦的生活中，在人生的虚弱和多方面的无能中，我们的主将有另外的恩赐，但这恩赐超过我们的理解，我们永远无法度量它……这恩赐乃是某种爱，但人却看不到它，它却能洞彻灵魂，使灵魂永远向往上帝。”

于是，就是这样，采着大地深处的珍珠，口中叼着管子，肺中充满另一个世界的空气，这老者走向了他的圆满。在死前的几个月，绪兰完成了《关于上帝之爱的诸问题》这一虔诚之作，只需读上几段我们就可预言，最后的障碍已然扫清，上帝的国又一次为了一个灵魂，显现于大地之上。在那通往上帝之心的通道上，流淌着一种“和平，这和平非仅指平静，如海浪的暂歇，或如大河的缓流；而乃是神圣的洪流，涌进我们，却骤然安歇；灵魂在历经诸多风浪之后，可以说感到了和平的泛滥；而这神圣的安歇如此迷人，它不仅进入且俘获了灵魂，而且还骤然冲来，如滔天之水奔流。

“我们发现，在《圣经·启示录》中，上帝的灵曾提到某种竖琴与琉特琴合奏的音乐，好比雷霆。这就是上帝那妙绝人天的手段，他使雷霆如动听的琉特琴，使琉特琴的交响乐宛如雷霆。与此相似，会有人相信且想象有和平之洪流扫荡堤岸、冲决洪坝、粉碎海堤吗？然而，这却是真实发生的，这是上帝的手段，他以那和平冲垮人，却蕴含无声的爱意……上帝的和平就像一条河，原本流经一个国度，然而决堤之后，却转而流入另一个国度。和平具有如此大的冲击力，似乎并非它的本性；然而它就是这么猛地一下过来，那么激烈，但这是仅仅属于上帝的和平。只有上帝的和平，才能如此威猛行进，当这和平临近，发出潮涌的轰鸣，并非是为了夷平大地，而是为了填满那园地——这园地是上帝特意为这和平准备的。它的到来似乎汹涌，来时甚是咆哮，虽然大海可能是一平如镜。这咆哮，只是因为水的富饶才产生，而不是因为水的暴怒；因为这水的行进，不是由暴风雨驱动，而是由水本身驱动，这水好比一丝风也无的时候那般天赋平静。这圆满的大海前来拜会大地，它亲吻着海岸，因这海岸是它命定的局限；这大海的到来，威风凛凛、辉煌壮丽。灵魂也是如此，当它历经长期的折磨后，无垠的和平前来拜会于它，那时一丝风也无，灵魂的表面掀不起一点涟漪。这和平是神圣的，它带来上帝的珍宝和上帝的国里所有的财富。这和平的到来是有其征兆的，翡翠鸟和传令鸟将宣告它的到来，天使也将先于它而来访。它的到来，就像彼世的降临，发出天堂的和音，速度之快彻底颠覆了灵魂，倒不是说灵魂对如此的至福产生抵抗，而是因为这至福太过充沛。这充沛的至福除了冲破那抵挡恩赐到来的障碍，并不会造成其他破坏。当这和平降临之前，所有心不和平的动物悉数逃离。所有许诺给耶路撒冷的珍宝，如肉桂、琥珀及其他稀罕之物，也将随着和平的到来显现在灵魂的河边。就是如此——神圣的和平来到，充沛与丰盛来到，无限祝福来到，所有圣恩之珍宝也一并来到。”

三十多年前，在马雷内，绪兰常常望着那平静的、不可抵挡的大西洋洪波涌起，而现在，对那日常奇迹的回忆使这圆满的灵魂终于可以“吐露它自身”，它所经验的那真相，终于充分表达出来了。如此，他终于换取他的来世。他到达了目的地，其实在不知情的情况下他一直都在那里；而当1665年的春天，死亡赶上他，我们也就可以引用雅各·伯梅[①]的话，他“无需再到别处”，因为他已经在那里。

① 雅各·伯梅（Jacob Boehme，1575年—1624年），德国基督教神秘主义者、神学家。

Appendix

附　录

倘若不了解人类心底深处自我超越的冲动，倘若不晓得人类天性会排斥走那艰难的、上升的超越之路，倘若不明白人类会寻找一种虚假的自由——这种自由源自人格中潜藏的部分或偏颇的一面，那么我们就无法弄清某段历史，实际上也就无法弄清整个人类的历史，同时也无法弄清过去和现在人类生活的真相。因此，我寻思需要探讨某些更为常见的圣恩替代品，借此等替代品，男男女女试图逃避身为庸人的那种折磨人的清醒意识。

在当今的法国，大约每一百个人就会有一个酒类零售商。在美国，至少有一百万个绝望的酗酒者，此外还有数量更为庞大的酒徒——他们喝大量的酒，但尚不会致命。至于过去的每个时代有多少酒鬼，我们并无精准的统计数字。在整个中世纪和早期现代的西欧，凯尔特人和条顿人的人均酒精摄取量或许比今日还要高。在许多情况下，当我们喝茶、喝咖啡、喝汽水时，古代的祖先们却只能以红酒、啤酒、蜂蜜酒来提提精神，到了近代，我们的祖先则改以杜松子酒、白兰地、威士忌解乏；至于喝水，则或是对有罪之人的惩罚，或者被宗教机构视为一种非常严苛的禁欲行为，只在素食等特殊情况下才采用。如果一个人滴酒不沾，那么在古代他就要被视为怪人，受人瞩目，遭致抨击，且难免要被人取个蔑视性的外号。所以意大利语中有“贝维拉夸”的父名，法语中有“波瓦洛”的父名，英语中则有“德林克沃特”的父名①。

人类为了逃避隔绝的自我而寻觅的种种道路中，酒精不过只是其中之一。我相信，自古以来，任何一种自然的麻醉品、兴奋剂、迷幻药，其特性没有不被人类知晓的。现代科技则发明了一系列全新的合成品，但是与古代的天然毒品比较，这些新东西不过是采用了更好的提纯、浓缩的办法，将人类早已知晓的天然毒品做了新的组合。从罂粟到马钱子，从安第斯古柯到印度大麻、西伯利亚伞菌，每一种植物、灌木或菌类，一旦被人吞下，就能使人迷惘、兴奋，或制造幻觉，这一现象，早就被人类知道，而且早已系统性地加以利用。这是不可思议且相当重要的事情，因为它似乎表明，人类随时随地都感觉他们个人的存在根本就不完整，他们那隔绝的自我也十分痛苦，而他们则不能成为别的更宽广——若以华兹华斯般的诗句就是“无量深沉之融入”——之物。

原始人在探索周遭的世界时，显然“尝试了所有的事物，且紧紧抓住那有益人类的”。为了人类的延续，这些有益品包括了可食用的水果、蔬菜，各种有益健康的种子、根、坚果。但是，在另一种背景（自我不满和自我超越的冲动）之下，所谓的有益品容纳了自然中的一切能改变人意识的东西。而这些由药物引发的改变，可能明显是有恶性作用的，或者可能当下带来痛苦，未来则导致人上瘾、早衰、早亡。但所有这些都无足轻重，真正重要的是，人只要有一两个小时甚或仅仅几分钟的时

① 贝维拉夸，为意大利语*Bevilacqua*的音译；波瓦洛，为法语*Boileau*的音译；德林克沃特，为英语Drinkwater的音译，都是喝水的意思。

间就可以成为另一个人——或者，更加常见的是成为隔绝的自我之外的任何事物。“我活着？其实那不是我，那是酒精、鸦片、乌羽玉或印度大麻在我的体内存在着。”超越那隔绝的自我的界限，是何等的解放啊，虽然这种自我超越要经历由恶心到疯癫，由抽搐到产生幻觉、昏迷的过程，然而，正是这种由药物引发的体验被原始人，甚至被高度发展的文明人视为本质上的神圣之物。

至今，在非洲、南美洲和波利尼西亚的许多人群中，由中毒引发的狂喜仍然被视为宗教中的基本要素；而现存文献则清晰揭示出来，过去在凯尔特人、条顿人、希腊人、中东人、征服印度的雅利安人中，这种中毒引发的狂喜也是他们的宗教中同样基本的要素。并不仅仅是说“指证上帝指示人类的大道，啤酒要比弥尔顿的诗更其有效”。啤酒就是神。在凯尔特人中，“萨巴兹乌斯[①]”是一个神圣的名字，用于那些过饮啤酒烂醉如泥乃至感觉到精神错乱的人。再往南方一些，就会有狄厄尼索斯[②]，作为过量饮酒导致的生理心理上种种超自然后果的人格化产物。

在吠陀神话中，因陀罗乃是如今无法复原的药物——索玛[③]之神，身为英雄，身为屠龙者，他是那些醉酒者所体验到的奇异而辉煌的天堂的投影，甚至还要更伟大些。与药物合一，他就成了索玛—因陀罗，变成不朽的源泉，变成人类与神界的中介。

在当今社会，啤酒和其他可导向自我超越的毒品不再被官方认定为

① 萨巴兹乌斯，原文为*Sabazios*，是源自古希腊语的一个词，指罗马神话中的酒神巴克斯。

② 狄厄尼索斯，希腊神话中的酒神。

③ 索玛，一种古代印度的致幻剂，在赫胥黎所著小说《美丽新世界》中有相当多的描写。

类神之物要人崇拜，理念有了改变，可惜实际情形未变，因为世界上，数百万成千万的文明人仍然继续向神祈祷，只是这神不再是那致人解放的完美之神灵，而是酒精、印度大麻、鸦片及其衍生品、巴比妥类药物[①]，以及古老的能导向自我超越的毒药之外的其他合成药。自然，在任何情况下，这些看起来是神的东西，实际上都是恶魔；这些东西似乎解放了人，其实却奴役了人。此种情况之下的自我超越，永远都是向下的，直到进入非人的、非个性化的境地。

像毒品一样，世俗性行为（这种性行为仅仅为了性而沉溺于性，与爱无关）过去也曾被当作神，不仅是作为生殖力来崇拜，而且也作为每个人身上完全的“他者的显现”而受到崇拜。理论上而言，世俗性行为早就不再被当作神崇拜了，然而实际上，它却仍可自夸拥有无数的信徒。

有一种世俗性行为是纯洁的，还有一种世俗性行为在道德上、美学上却是污秽的。D.H.劳伦斯就前者写了许多美丽的小说；而让·热内[②]则以令人恐惧的强力和丰富的细节描写了后者。无论是伊甸园里的性交，还是下水道里的性交，它们都能引导个体超越那隔绝的自我限制。但我们也许要悲观地猜测，这第二种性交是更为常见的，它引那些沉溺于其中的人进入非人的低下境界，激发人对一种更彻底的（与第一种性行为比较）精神错乱的感觉却不会对之留下任何记忆。因此，对于那些迫切

① 巴比妥类药物，一类作用于中枢神经系统的镇静剂，属于巴比妥酸的衍生物，其应用范围可以从轻度镇静到完全麻醉，还可以用作抗焦虑药、安眠药、抗痉挛药。长期使用则会导致成瘾性。

② 让·热内（Jean Genet，1910年—1986年），法国当代著名小说家、剧作家、诗人、评论家、社会活动家。著有小说《小偷日记》《鲜花圣母》《玫瑰奇迹》。

渴望逃离自我监禁的人，放荡以及等同于放荡的一些怪异行为就具有了长足的吸引力——对此，下文将会有所描述。

在绝大多数的文明社群中，公众是谴责放荡和药物上瘾的，认为它们在伦理上是错误的。除了在道德上不受认可，这些行为还存在经济上的困难和法律上的制裁。酒税很高，麻醉品则不允许出售，某些性行为则被视为犯罪。但是，当我们抛开药物上瘾和性行为，去看那第三条向下的自我超越之路，我们会发现，道德家和立法者对此表现出一种不同的且更宽容的态度。这第三条道路，就是集体性谵妄。这似乎会令人更感惊讶，因为集体性谵妄对社会秩序造成了更直接的威胁，对构成文明社会的礼仪、理性、相互包容的那薄薄的一层防护亦有更引人注目的恫吓作用，这是酒精和放荡所不能相比的。

不错，泛滥地、长期地沉溺于性交，或许就如J.D.尤恩曾指出的，会降低整个社会的能量等级，因此导致人类无法达到或保持一种更高水平的文明。药物上瘾也不遑多让，假如它也充分地普及，那么或许也会降低社会的军事、经济、政治效率。在17、18世纪，生酒是欧洲奴隶贩子们的秘密武器，海洛因则是20世纪日本军国主义者们的秘密武器。一旦烂醉如泥，则黑奴轻易做了俘虏。而倘若中国人都药物上瘾，那么他们也就不会给那些征服者制造麻烦了[①]。当然这两例都是例外，不过，如果

① 此处指第二次世界大战期间，日本在华强制种植并专卖鸦片。日本制订这一政策时，有极强的目的性和完整的政策措施，“鸦片战略”成为日军获取侵华军费和削弱中国民众反抗能力的重要手段。日本军方断言，“中国只要有40%的吸毒者，那它必将永远是日本的附属国”。对此问题，朱维华、龙涛的《日本对华的“鸦片战略”》一文做了详尽阐述，见《文史博览》2005年第21期。

一个社会不受外界影响，那么它通常可以与此社会里最热门的毒品达成协议，固然，此类药品对国家就好比寄生虫，但其主人（我们用隐喻来表达）却有足够的能力和意识控制这个寄生虫。上述情况也适应于性行为。任何一个社会，如果它的性行为参照萨德侯爵的理论进行，那是不可能持续下去的，而实际上，也没有任何社会接近于这样做过——甚至最为随和的波利尼西亚天堂里的人们，也有其关于性交的规矩、绝对命令和戒律。

社会反对滥交，反对滥用药物，似乎在保护自身方面取得了相当大的成功。然而，许多情况之下，在防御集体性谵妄及其通常的灾难性后果方面，社会却做得相当不成功。职业道德学家一面猛烈抨击酗酒，一面却对那些通过混入暴民而完成向下的自我超越（直至非人境界）者——这种集体性的迷狂其邪恶一样令人厌恶——保持奇怪的沉默。

“有两三个人奉我的名聚会，那里就有我在他们中间。”①然而，在两三百人之中，神是否在场就更可疑了。而当人群扩大至成千上万人，在每个个体的意识中，上帝在场的可能性几乎降至零。因为亢奋起来的群众（每个聚会的人群都会自动变得自我亢奋）本性就是如此，于是，当两三千人聚集，不仅神性将缺席，而且甚至连共同的人性都会消失。意识到自己置身人群，将使得一个人抛弃自我隔绝的意识，带他滑向一种不具个性的领域，在此领域，人无需担责，无是非之分，无需思考，无需判断，无需辨别；他只会有一种既强烈又模糊的归属感，只会与人共享兴奋，只会陷于集体的精神错乱。与放荡相比，这种精神错乱立刻

① 见《新约·马太福音》第十八章。

就能持久延续，而且还没有那么费劲耗力；与酗酒或吸毒相比，第二天则很少有宿醉感。而且，人陷于集体性谵妄，不仅不会心中有愧，而且实际上在许多情况下还会自觉高尚，因而感到积极的快乐洋溢。因此，宗教领袖、政府精英根本就不谴责这种集体迷狂所带来的向下的自我超越，相反只要有利于推动他们的目标就积极鼓励。

在一个相互协作、目标明确的团体（这些团体构建了一个健康的社会机体）中，男男女女身为个人，表现出依据道德原则进行一定的理性思考、自由选择的能力。然而，一旦涌入暴民之中，同样是这些男男女女，却表现得似乎毫无理性和自由意志。集体迷狂降低了他们的境界，使他们变得非个人化、反社会、无责任感。每一个亢奋的群体都有其秘密的毒药，身处其中的人皆中了毒，坠入一种高度接受暗示的状态，这有点类似一个人被注射了阿米妥钠[①]，或通过无论什么办法，被引入了轻度催眠状态之中。在此状态之下，他们会相信任何胡言乱语，会执行任何命令或训告，不管它们有多么无意义、疯狂、罪恶。身处集体迷狂之下的男男女女，“任何谎言，三遍成真”，更不要说被念叨了三百遍的话，那就是《圣经》一般的启示，是直接被圣灵感动而说出来的。这就是为什么那些权势之辈（神父、统治者）从来没有明确宣布这种向下的自我超越是不道德的。不错，由反对派发动的，或者由异端理论怂恿的集体性谵妄到处都受到那些权势者的谴责，但是由政府发动的、冠以正统之名的集体性谵妄，却完全是另一回事了。凡是有利于教会和国家统治者的那种向下的自我超越，如通过集体迷狂的办法来达成的，那么它

① 阿米妥钠，一种药物，常用于神经心理评价，经采用药物后，人一侧大脑功能会暂时性阻断。

就要被视为合法，甚至是极其令人满意的。朝圣漫游、政治集会、宗教大会、爱国游行，诸凡此类，只要做这些事的人乃是我们的朝圣者、我们的集会、我们的大会、我们的游行，那么它们在伦理上就是正确无误的。至于参加这些事的人因集体迷狂而短暂性地丧失人格，与他们虽丧失人格却可被利用来巩固宗教的、政治的权力相比，可以忽略不计。

当政府、正统教会出于利益之需利用集体性谵妄时，他们也总是小心谨慎，不允许这种迷狂越过界限。少数的统治者利用他们的臣民向下自我超越的渴望，首先是娱乐臣民使其分心，其次是使得臣民们陷于一种非人的状态，易于接受各种暗示。而大众则欢迎宗教的、政治的种种仪式，这样就有机会进入集体迷狂，而他们的统治者则有机会将自己的种种暗示注入那些暂时性失去理性和自由意志之人的心灵中。

集体性谵妄的最终症状，便是癫狂的暴力。因为集体性谵妄，最后导致无端的破坏行为、残忍的自残、野蛮的自相杀戮（没有任何目的，违反所有参与者的根本利益）等案例，在人类学家笔记本的每一页上，几乎都有记录；甚至在最为发达的文明社会的历史上，这种谵妄虽不那么频繁，却仍然有规律地发生着。一念及此，难免为人类感到凄楚。

当政府、教会的官方代表打算清除一小部分不受欢迎的人物时，他们就不再那么谨慎了，也不害怕激起那种他们无法确定是否可以控制的狂怒。这样的顾虑也不会约束到革命的领袖，领袖们是憎恶现状的，他们只有一个目标，那就是制造一场混乱，而当他们执掌了政权，他们或许就能重新恢复秩序。当革命鼓动起人们向下自我超越的冲动时，它也引人达到疯狂和着魔的边缘。对那些厌倦了自我被隔绝，厌倦了因身处某个目标明确的团体而要肩负相关责任的人们，革命提供了一个激动人心的机会，令他们在游行示威、公众集会中“摆脱一切”。

乌合之众等同于社会的癌症，它所分泌的毒液使其中的人失去个性，使他们开始表现出野蛮的暴力，而在正常状态下，人们是完全不可能这么野蛮的。革命怂恿其追随者们表现出集体迷狂这一最后的也是最坏的症状，然后引导暴民们的狂怒指向革命的敌人——那政治的、经济的、宗教的当权者。

在过去的四十年中，怂恿人类挖掘那最危险的向下自我超越冲动的手段，能达到如此完美的高度，这是人类历史上前所未有的。首先，人口密集度是有史以来最高，而将庞大的人群在相当距离范围内往复运输的技术、将他们集中在某个单体建筑或舞台的技术，比人类过去的任何时候都更有效率。与此同时，新的、过去做梦都想不到的设备也被发明出来了，令暴民们亢奋起来，比如广播，它令煽动家那嘶哑的叫喊声无远弗届；比如喇叭，它放大了种族仇恨、好斗的国家主义那亢奋的声音，且予以无限的重复；比如摄像机（以前人们天真地以为“它不会撒谎”）及其衍生品，如电影电视，这三个发明使得带有偏见的幻想荒谬地、轻松地得到客观展示；最后，还有我们最大的那个社会发明，即免费的义务教育，现在每个人都识字，因此，每个人也就相应地被政治的、商业的宣传家所控制，他们掌控了造纸厂、铸字机、印刷机。在过去，想要集中一伙暴民会受到种种条件限制，而现在只需每日一份报纸，再辅以放大的声音、璀璨的灯光，和一个雄辩的煽动家——而一个煽动家永远都同时会是集体迷狂的怂恿者兼受害人，那么你立刻就能将暴民们带入那种几乎没有思考力的非人状态。在人类历史中，从来没有这般轻易就能制造出如此之多的愚人、疯子、罪犯。

在共产主义的俄国，在法西斯主义的意大利，在纳粹德国，激发人类对集体迷狂的致命嗜好的那撮人，最后都经历同样的发展过程。当这撮人处于在野党时，他们怂恿受其影响的暴民们变得极度暴力，然后，当这撮人取得政权，他们只会选择外国人或特定的替罪羊，让集体迷狂对之发泄。既然已经在现状中成为既得利益者，他们就严格控制这种向下发展的非人状态，不至于越过狂怒的标准。他们现在是新保守主义者了，因此集体迷狂首要的价值在于能提升臣民们对教唆的敏感性，以使臣民们对独裁者的意志更加顺从。将个人放在人群之中，这是独裁者所知的清除独立思想的最佳解药，这也就是独裁者对“简单心理学”和私人生活坚持反对态度的原因了。“全世界知识分子，联合起来！除了思想，你们再没有什么可以失去的了。”[①]

毒品、世俗性行为、集体性谵妄，这是三种最为流行的引人向下的自我超越之路。还有其他的道路，不过都没有这三条向下的大道受到那么多人的青睐，即便它们自然也能达到相同的去个性化的目标。举个例子，我们来看一下节律运动。在原始宗教中，常常诉诸长时间的节律运动，目的是引导信徒进入非个性化的、非人的狂喜境界中。许多文明都曾用这技术，为的是达到同样的目标，比如希腊人、印度教徒、伊斯兰世界里苏菲教派的苦行僧，基督教里包括震教徒[②]和圣滚者[③]等。在这些案例中，冗长、重复的节律运动是一种刻意的仪式，目的是引发信徒向下的自我超越。历史记载中也不乏偶然发作的种种无意识的、不可控制

① 此处是对《共产党宣言》的模仿。

② 震教徒，属于基督再现信徒联合会，是贵格会在美国的分支，在该派的集会上，通常会放音乐，然后教众集体震颤身体。

③ 圣滚者，指五旬节教派基督教徒，常有受圣灵感召而满地打滚，或说话时舌头失控等行为。

的抖动、摇摆、晃头等行为。这些症状在此地被称为毒蛛舞蹈症，在别处被称为圣维特斯舞蹈症，通常是在战争、瘟疫、饥荒之后发生，在疟疾横行的地区尤其常见。陷入这种集体疯狂病症的男男女女，他们虽然没有意识，其目的与那些以舞蹈作为宗教仪式的信徒们的目的其实是一样的，就是说，借此逃离自我隔绝的状态，进入那种无需担负责任、无需对过去有负罪感、无需对未来焦虑的状态，在那时他们只需关注当下的至福——他们意识到自己成为了另一个人。

与这种制造狂喜的节律运动仪式紧密联系的，是制造狂喜的韵律仪式。音乐，就如同人性一样广大，它总有许多话要对各阶层的男男女女说，既包括那些自恋的感伤主义者，也包括那些喜欢抽象的知识分子；既包括完全遵循本能生活的人，也包括进行灵修生活的人。音乐有不计其数的形式，其中一种作为一种特效药，部分具有兴奋作用，部分具有麻醉剂的作用，随人选择。不管一个人有多么文明，他都不能在长时间倾听非洲鼓、印度诵经或威尔士的颂歌之后还能完整保持其批判的、自觉的个性。如果将一帮系出名校的最杰出的哲学家关在一个闷热的房间里，让他们与摩洛哥的苦行僧或海地的伏都教[①]信徒共处，且拿出秒表测量他们对那些信徒的韵律声的心理抵触的强度，想来一定是一件有趣的事情。逻辑实证主义者会比主观唯心主义者坚持更长时间吗？马克思主义者会比托马斯·阿奎那的信徒或吠檀多[②]学家的神经更粗糙一些吗？这一实验该会是多么迷人且富有成效啊！但与此同时，有一点我们是可以做出安全预测的，即长时间置身于那单调的手鼓声和诵经声之中，每个

① 伏都教，又译“巫毒教”，源于非洲西部和北美洲。

② 吠檀多，印度六派哲学中影响最大的一派。

哲学家都必将与那些野蛮人一起雀跃、咆哮。可以说，节律运动、韵律声音的方法已经叠加在集体性谵妄的技术之上。但是仍然有一些小路，那些对人群不感兴趣的孤僻的旅行者，那些对原则、体系、伟人（因他们的名字人群汇集）没有什么信仰的人选择走这些小路。其中一条私密小径，就是箴言之道，这种方式亦被基督徒们称为“徒劳重复”。在公开崇拜仪式中，“徒劳重复”几乎总与韵律结合在一处。诸如祷文之类的话被人吟唱，或至少吟诵；如同音乐一样，这样的吟唱或吟诵能取得类似催眠的效果。当“徒劳重复”只在私密环境下发生的时候，它不是因为韵律声音而作用于人的意识（因为仅仅默想这些词语也一样生效），而是因为人的注意力、记忆力高度集中。反复重复相同的词语和句子常常导致一种轻微的，甚至较深的催眠状态。一旦发生，那么或许这种恍惚的状态本身就受到人的喜欢，给人一种非个性化的、成为他者的愉悦感；又或者，精心利用这种状态，以自我暗示提升个人操守，并为向上的自我超越的终极目标之达成做好铺垫。在后文中，我还将对第二个可能性予以进一步的阐述，此刻我们集中探讨“徒劳重复”作为一种向下之路，是如何导致人陷于自我认知的异化。

现在我们必须要探讨一种严格的生理手段，它助人逃离自我隔绝的状态，我指的是肉体苦行。集体性谵妄的最终症状乃是极度暴力，但这种极度的暴力却并不永远是朝向外部的。而在宗教历史中，却充斥着有关群体自鞭、自割、自阉甚至自杀的阴森故事。这些群体性现象的产生，根源于集体性谵妄发作，人在疯狂的状态之下，便做出这些事来。与之大不相同的是私人状态下冷静进行的肉体苦行，这种自我折磨源于个人意志，而其结果（至少在一些案例中）则是当事人暂时性地脱离自我隔绝状态，转变为其他什么东西——就其本身而言其实就是人对肉体疼痛的意识，这意识如此强烈，使当事人排斥其他修行方法。因为疼痛，这自我苦行之人确证了自身的存在；因仅仅关注自身受罪的身体，他便遗忘过去的罪孽、当下的挫折、对未来的强迫感与焦虑——这些原本构成神经质自我的相当大的一部分。如此一来便有一条逃离自我的向下之路，使人进入纯粹的肉体苦行的状态中。但是这种自我苦行者无需停留在非个性化的意识之中，像那些利用“徒劳重复”达到自我超越的人一样，他也可以利用这种暂时性的脱离自我的状态，就像走过一座桥，向上进入灵修之生活。

这也导致了一个非常重要且困难的问题，即在何等程度上，在何种情况下，一个人可以利用向下的逃遁之路，作为走向灵性的、向上的自我超越的办法呢？乍一看，似乎很明显，向下之路永远都不可能成为向上的路。但在“存在”的领域，事情并不像在我们那由词语构建的漂亮整洁的世界那般简单。在实际生活中，向下的运动或许有时会成为向上运动的开始。当自我的躯壳被打破，潜伏在个性之下的潜意识、生理上的他者之感开始浮出意识表面，有时我们一瞥之间，就发现了那飞逝的、天启般的他者，就是那神圣万有之疆域。但只要我们被拘束在我们自己那隔绝的自我之中，我们就无法意识到那与我们相连的种种“非我”——诸如器官的“非我”、潜意识的“非我”、精神介质（我们所有的思考、情感都在其中发生）中那集体的“非我”，以及那固有的、超越的圣灵之“非我”。任何对自我隔绝的逃离，即使采取的是向下的道路，至少也可能使人短暂意识到每个维度的“非我”的存在，包括那至高的“非我”。威廉·詹姆斯在《宗教经验种种》一书中列举了一些例子，在吸入一氧化氮之后，人会感知“麻醉般的天启”。酗酒者有时也能体验到类似神出现的情况，而且，几乎每一个醉鬼在烂醉的过程中都可能有机会感知到如下的情况，即在一瞬之间，他们可能意识到在他们那支离破碎的自我中，一个“非我”的高级存在忽然现身。但要获得这样的天启的闪光，代价是巨大的。对于那些吸毒者，圣灵现身的时刻（假如它真的到来）迅速让位给非人的恍惚、狂怒、幻觉，紧随其后的，便是一种沮丧的宿醉感，最终对其身体、心智造成永久的、致命的伤害。只有在极其偶然的情况下才会出现一次“麻醉般的天启”，就像其余神出现的情况一样，它激励那承受者努力转变自我，以达到向上的自我超越。此类事情确实曾发生过，但不能因此就要求使用化学方法以达到自我超越，因为这种方法实际上是向下的，绝大部分采用这种方法的人将变得堕落，在此堕落的状态中，忽而进入非人般的狂喜，忽而意识到那极其可鄙的自我之存在——以至于任何逃离（纵使采用药物上瘾的慢性自杀方式）似乎都要比做一个人更好。

凡对毒品而言属实的，经过修改，亦将符合对世俗性行为的论述。道路是向下的没错，但滑落的过程中可能也偶然有神出现——劳伦斯称呼这样的神为黯黑之神，它或许会伪装，变得光辉明亮。在印度，有一种密宗瑜伽，建基于一种精致的生理、心理控制术，其目的乃是为了将世俗性行为那向下的自我超越之路调整为向上的自我超越之路。在西方，与密宗瑜伽最相似的，乃是由约翰·汉弗尔·诺伊斯[①]设计，并由奥奈达公社的成员所践行的那种性爱纪律。在奥奈达公社，世俗性行为

① 约翰·汉弗尔·诺伊斯（John Humphrey Noyes，1811年—1886年），美国传教士、激进的宗教哲学家、乌托邦社会主义者。他先后建立了帕特尼公社、奥奈达公社、瓦林福德公社，在其中践行所谓“自由之爱”。其中，奥奈达公社位于纽约附近，于1848年建立。

不仅成功地表现出相当的文明，而且它还与新教相符合，且服从新教教义，牧师们严肃地宣讲这样的性行为，而信众则热诚地遵照执行。

集体性谵妄比世俗性行为更彻底地瓦解了人的自我，它激发狂怒、罪恶、提升人受暗示的程度的作用，只有药物迷狂才能比得上，这样的药物包括酒精、印度大麻、海洛因。但是，即使一个身处亢奋暴民群体中的人，也或能碰见（在那向下的自我超越的相对初始阶段）那超越自我之上的他者的真实现身。这也就是为什么在一些最为狂魔乱舞的宗教大会上也会出现一些好事的原因。人群之中，既有好事发生，也会出现相当大的邪恶，这是因为那时的男男女女变得比平常更加易受暗示。在那样的状态之中，他们接受了强有力的布道，当他们清醒过后，却仍然残留着催眠时接受的命令。

像煽动家一样，宗教复兴运动者和宗教仪式研习者将人们聚集起来，向他们灌输足量的“徒劳重复”、韵律声音，直至瓦解听众的自我。然后，与煽动家不同的是，他们向听众灌输一些暗示，而这些暗示，却可能是真正的基督主义。如果听众“接受”了这些，那么他们那瓦解破碎的自我将在某种更高的维度上得以重塑。

召唤暴民的政治家所发出命令的残留影响倒也有可能重塑人的个性，但这些命令一方面是对仇恨的煽动，另一方面却要求盲目地服从并给予一些补偿性的幻觉。如果有人摄入大量的集体性迷狂的毒素，且被一个雄辩的疯子（此人同时也是一个马基雅维利[1]式的人物，善于挖掘人们的弱点）说服并受其引导，那么这样而来的政治“转变”亦将导致

① 马基雅维利（Machiavelli，1469年—1527年），意大利政治思想家和历史学家，主张国家至上，代表作《君主论》，宣扬为了目的可以不择手段。

一个人新个性的产生，然而，这新的个性却比旧个性更糟糕，且更加危险，因为他们所全心投入的党派，其首要目标就是根除所有的对手。

我对煽动家和宗教家进行了区分，认为后者有时能做些好事，而前者依其本性是不可能做什么好事的，他们只会做坏事。但不能因此就想象那些善于诱发集体性谵妄的宗教家就完全清白无辜，相反，他们要为过去时代里制造的祸害负责，他们所制造的祸害，与今日革命煽动家们所制造的祸害（还要加上煽动家们的受害者接着制造的伤害）几乎不分上下。在过去的六七代人的时光里，纵观整个西方世界，宗教组织作恶的能力已极大地衰落，这主要归功于应用科学的惊人发展，以及由此而导致的民众对补偿性幻觉的极大需求——技术使这种幻觉具有了实证主义的风格，不再那么形而上学了。

煽动家提供了虚假的实证主义幻觉，而宗教却没有。当宗教的吸引力衰落之后，其影响力也就一落千丈，其财富、政治权力以及大规模作恶的能力都相应地衰退了。如今形势的发展将神职人员所受的一些诱惑祛除了，在过去的时代里，他们的前辈们几乎总是向这些诱惑屈服。然而，还有一些诱惑，他们虽自愿接受别人的告诫要祛除，但却依然存在。这些诱惑中比较显眼的，就是那种迎合信徒永不满足的向下自我超越的欲望以获得权力的诱惑。故意诱发集体性谵妄，即使假借的是宗教之名，即使其目的完全是为了亢奋的信徒好，这样的行为在道德上也是站不住脚的。

至于水平的自我超越，倒没有多少可说的，不是因为这样的现象不重要（其实远非如此），而是因为太过明显而无需分析，也因为它的发生太过频繁，来不及进行分类。

为了逃离那对自我隔绝的恐惧，绝大部分人在绝大部分时间选择的，既非向上也非向下的道路，而是侧面的路。他们为自己找了些比自己切身利益更宽泛的理由，在道德上不丢人不低下，如果说有多高尚，也只是在流行的社会价值观的范围内略微算是高尚。这种水平的，或几乎水平的自我超越，或许表现为某些琐碎事，比如一个癖好，也有可能表现为某种珍贵的事，比如夫妻恩爱。只要参加任何人类的活动——从开公司到研究核物理学，从作曲到集邮，从参加政治竞选到教育孩童到研究鸟类交配习惯——人就可以通过对自我的认同，达到水平的自我超越。水平的自我超越是极其重要的，没有它，就没有艺术、科学、法律、哲学，实际上也就没有了文明；当然，同时也就没有了战争、神学冲突、意识形态冲突、系统性的偏见和迫害。凡此大善大恶，皆由人造成，因为人有了想法、情感、理由，就有了追求彻底的、持续的自我认同的能力。我们怎么可能期望一个完全善良的世界呢？我们又怎么可能期望一个没有密集轰炸，没有宗教、政治异端清除行动的高度发达的文明呢？原因在于，只要我们的自我超越停留在水平层面，这样的期望就不可能实现。只要我们还在以理念、理由来认同自我，我们实际上就是在崇拜某种国内的、局部的、地方性的东西，这种东西再高贵，也无非是太过人性的东西。

有一位伟大的爱国者[①]，在她被自己国家的敌人处死的前夜曾经这么

① 一位伟大的爱国者，此处指艾迪丝·卡维尔（Edith Cavell，1865年—1915年），她是一名英国护士，在一战期间，她为战争双方的士兵治疗，后因放士兵逃离，被德国人判刑杀死。“爱国主义是不够的。”是她的名言。

说，“爱国主义是不够的。”社会主义、共产主义、资本主义、艺术、科学、公共秩序，包括任何的宗教和教堂，都是不够的。所有这些对于人类来说，都是不可或缺的，但没有一个足够解决人类的所有问题。文明向个人索求，盼望他们本诸人类的最高事业，献身于自我认同的道路。但如果没有伴随自觉的、始终如一的向上的自我超越，直至抵达圣灵那宇宙般的境界，那么人性的自我认同所完成的善举，将总是与相反的恶果混杂。

帕斯卡写道：“我们为真理造出了一个偶像，因为真理如果不伴随慈悲就不能称作上帝，但是上帝的画像与木偶，却绝不可成为我们爱或崇拜的对象。”崇拜偶像不仅是错误的，而且还是极其不明智的。崇拜真理，却忽视慈悲；因科学而强化自我认同，然而忽视对神圣万有之疆域的认同——这两种情况导致我们目前身处的困境。

无论何种偶像，无论这偶像何等高贵，假以时日，它必将化为摩洛神，贪婪地吞噬一切人类牺牲品。

特别鸣谢:

利 维 坦

liweitan2014

利维坦 微信公共订阅号: liweitan2014

神经基础研究、脑科学、诗歌、小说、哲学……乱七八糟的什么都有。

反清新,反心灵鸡汤,反一般文艺,反基础,反本质。

当人类进入21世纪，科学、神学、哲学、文学、艺术、政治、军事、文化等各领域都取得了伟大的成就，但普通大众对人类自身所处的这一纷繁复杂的世界的认知程度却依然非常有限。“Reflection { 不重要 }”以完全中立并独立的视角，与读者一起阅读人类历史进程中不同时空、不同观点的优秀图书作品。

REF 015 **权力精英**

绑架美国社会的少数群体

美国著名社会学家C. 赖特·米尔斯经典力作。揭示美国上流阶层环环相扣的权力结构，勾勒美国精英主义的社会图景。

ISBN 978-7-5699-1500-6

REF 014 **卢丹的恶魔**

法国神父“附魔”案

法国历史上的绝命冤案，神父与修女荒淫无度，究竟因为被魔鬼附身，还是权力阶级陷害？

ISBN 978-7-5699-2568-5

REF 013 **失控的正向思考**

“正能量”不总是正确的，真正的正向思考不是凡事都乐观，而是拥有面对现实的勇气。这本书教你不做“积极废人”。

ISBN 978-7-5699-2283-7

REF 012 **恶女**

普通女性为何化身连环杀人狂

欧美犯罪心理学权威专家彼得·佛伦斯基代表作，全面揭秘骇人听闻的女性连环杀手罪案现场。

ISBN 978-7-5699-2285-1

REF 011 **暗网**

全面深入揭秘暗网的幕后世界和操纵者，现实中所有的罪恶，在暗网中，都是明码标价的商品。

ISBN 978-7-5699-2330-8

REF 010 **死亡的视线**

医学、谋杀指控与临终抉择争议

在濒死边缘，医学是要不惜一切代价保全生命，还是减轻临终病患的痛苦？

ISBN 978-7-5699-2305-6

REF 009 **永远的现在时**

失忆症患者H. M. 留给后世的礼物

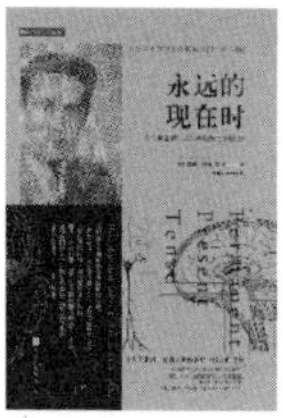

一个记忆只有30秒的男人的真实故事。他的失忆症悲剧，却带来人类医学的伟大进步。

ISBN 978-7-5699-2323-0

REF 008 **召唤**

沃伦夫妇的惊凶职业实录

《招魂》和《安娜贝尔》等恐怖影片的灵感来源，这可能是一本强烈颠覆你以往对闹鬼、幽灵、驱魔认识的著作。

ISBN 978-7-5699-1518-1

REFLECTION

{不重要}

REF 007 知觉之门

英国伟大作家阿道司·赫胥黎最具献身精神的作品，用迷离文字记录下亲自服用迷幻剂后的超感官体验。

ISBN 978-7-5699-1434-4

REF 006 人贩

难民危机中的罪恶生意

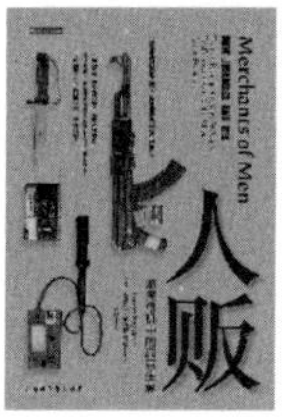

大量一手材料、深入调查还原世界范围内罪恶的地下人口交易，地球上的“犯罪丛林”正在捕获一个个普通人。

ISBN 978-7-5699-1418-4

REF 005 亚伯拉罕·林肯传

充分地了解亚伯拉罕·林肯个人的方方面面，进而也可以了解美国的历史，从而理解今天的民主世界。

ISBN 978-7-5699-1170-1

REF 004 极简进步史

人类在失控中拨快末日时钟

科技的不断发展是引领人类进步还是毁灭？

英国国宝级非虚构大师罗纳德·赖特震撼白宫的惊世小书。

ISBN 978-7-5699-1150-3

REF 003 来份杂碎

中餐在美国的文化史

中餐文化在美国发展的趣味历史，以中餐和华人在美国的历史为线索，引出一段“舌尖上的中国”不会讲给你听的美国中餐文化传奇。

ISBN 978-7-5699-0703-2

REF 002 天谴行动

以色列针对“慕尼黑惨案”的复仇

以色列摩萨德特工自述真实经历，挑战西方文明的20世纪大案纪实。

史蒂文·斯皮尔伯格导演、奥斯卡热门影片《慕尼黑》原著作品。

ISBN 978-7-5699-0465-9

REF 001 重返美丽新世界

20世纪英国著名作家阿道司·赫胥黎晚年集社会学、心理学和传播学于一体的伟大论著，国内首部无删减版本。

ISBN 978-7-5699-9942-2

图书在版编目（CIP）数据

卢丹的恶魔 / （英） 阿道司·赫胥黎著 ； 庄蝶庵译. -- 北京 ： 北京时代华文书局，2018.9（2022.4 重印）

ISBN 978-7-5699-2568-5

Ⅰ. ①卢… Ⅱ. ①阿… ②庄… Ⅲ. ①纪实文学－英国－现代 Ⅳ. ① I561.55

中国版本图书馆 CIP 数据核字（2018）第 191255 号

卢丹的恶魔

LUDAN DE EMO

著　　者 | （英）阿道司·赫胥黎
译　　者 | 庄蝶庵

出 版 人 | 陈　涛
选题策划 | 黄思远
责任编辑 | 黄思远
装帧设计 | 黄　海　赵芝英
责任印制 | 訾　敬

出版发行 | 北京时代华文书局 http://www.bjsdsj.com.cn
北京市东城区安定门外大街 138 号皇城国际大厦 A 座 8 楼
邮编：100011　电话：010 - 64267955　64267677
印　　刷 | 北京盛通印刷股份有限公司　010 - 52249888
（如发现印装质量问题，请与印刷厂联系调换）
开　　本 | 710mm×1000mm　1/16　印　　张 | 28　字　　数 | 320 千字
版　　次 | 2018 年 10 月第 1 版　印　　次 | 2022 年 4 月第 4 次印刷
书　　号 | ISBN 978-7-5699-2568-5
定　　价 | 88.00 元

9 787569 925685 >